Joseph F. Murray

IT'S A MATCH

Ein Update für die Liebe

Aus dem Englischen
von Tanja Hamer

FISCHER Taschenbuch

Einen Hinweis zu möglicherweise belastenden
Inhalten finden Sie am Ende des Buches.

MIX
Papier | Fördert
gute Waldnutzung
FSC® C014496

Deutsche Erstausgabe
Erschienen bei FISCHER Taschenbuch
Frankfurt am Main, Juni 2024

Die Originalausgabe erschien 2023 unter dem Titel »Fling«
bei Macmillan, einem Imprint von Pan Macmillan, London.

Redaktion: Lisa Caroline Wolf

Satz: Dörlemann Satz, Lemförde
Druck und Bindung: GGP Media GmbH, Pößneck
ISBN 978-3-596-70756-0

Synchronizität

(NOMEN)

---

1. Das Korrelieren zweier oder mehrerer Ereignisse, die nicht über eine Kausalbeziehung verknüpft sind, jedoch als miteinander verbunden, aufeinander bezogen wahrgenommen und gedeutet werden.
   (nach Carl Gustav Jung)

2. Ein unerklärlicher und äußerst bedeutungsvoller Zufall, der die Seele in Aufruhr bringt und einen Einblick auf das eigene Schicksal gewährt.
   (nach Phil Cousineau)

KAPITEL
Eins

»Lass uns nach Hause gehen«, sagte Tara. Sie fühlte sich, als wäre ihr Leben mit einem Schlag vorbei.

Auf dem Stuhl rechts neben ihr saß ihr Ehemann Colin wie versteinert da und versuchte offenbar, die niederschmetternde Nachricht zu begreifen, die Dr. White ihnen gerade mitgeteilt hatte. Der Embryonentransfer war missglückt, und damit der bereits dritte Versuch einer künstlichen Befruchtung fehlgeschlagen.

Für Tara schien die Zeit stillzustehen. Alles, was sie hören konnte, war ein seltsames Klingeln in den Ohren, als wäre gerade eine Bombe explodiert. Sie konnte Dr. Whites Worten nicht mehr folgen, die Niederlage lastete zu schwer.

Aber sie wusste ohnehin, was gesagt wurde. In dem Moment, als sie auf Dr. Whites Gesicht wieder diesen müden, mitleidigen Blick gesehen hatte, war ihr klargeworden, dass ihr Traum, Mutter zu sein, genau das bleiben würde.

Ein Traum.

»Nach Hause gehen?« Colin drehte sich zu ihr um. »Wir sind doch gerade erst gekommen.«

»Ich weiß, Sie müssen enttäuscht sein, Tara, aber es besteht immer noch Hoffnung.« Dr. White klang nicht sehr überzeugend, als läse er von einem Teleprompter ab.

»Es tut mir leid, aber ich kann das einfach nicht mehr«, erwiderte Tara und hängte sich ihre Handtasche um. »Es soll nicht unhöflich klingen, aber ich will gerade einfach nur nach Hause.«

»Tara, wir müssen doch erfahren, wie die nächsten Schritte aussehen«, wandte Colin ein, sichtbar verärgert.

»Colin, das wissen wir doch längst. Alles geht wieder von vorne los. Zurück auf Anfang.«

»Nun ja, bei vielen Paaren ist die künstliche Befruchtung erst beim vierten oder fünften Versuch erfolgreich. Wir hatten sogar mal ein Paar, bei dem es erst im achten Durchgang geklappt hat.«

Bei der Vorstellung zuckte Tara zusammen. Sie fand den Gedanken unerträglich, die gesamte Tortur ein weiteres Mal zu durchlaufen, geschweige denn noch mehrere Male. Nach dem ersten und auch dem zweiten gescheiterten Versuch war es ihr noch gelungen, sich einen Funken Hoffnung zu bewahren, aber irgendwann war es genug. Colin hatte ihr immer wieder versucht einzureden, dass es beim dritten Mal klappen würde. Und doch fand sie sich nun in dieser Situation wieder und musste das alles erneut durchleiden.

»Dr. White, wir müssen uns wohl einfach damit abfinden, dass ich nicht dazu bestimmt bin, Mutter zu werden«, erklärte Tara schweren Herzens.

»Tara, hör auf, so zu reden«, fuhr Colin sie an.

»Ach, komm schon, ich bin fast siebenunddreißig. Meine Eierstöcke gleichen inzwischen vermutlich diesen vertrockneten Ballen, die in den Western über die Straße geweht werden.«

Dr. White musste schmunzeln, wurde dafür aber von Colin mit einem missbilligenden Blick gestraft.

»Tara, es ist doch erst unser dritter Versuch. Komm schon, aller guten Dinge sind vier!«

»Das sagst du jedes Mal, Colin. In ein paar Jahren ist es laut dir dann das fünfzehnte Mal, dass uns garantiert Glück bringen wird. Das Ganze hat uns jetzt schon dreißigtausend Euro gekostet. Wir müssen aufhören, das Geld aus dem Fenster zu schmeißen«, erwiderte Tara und warf einen sehnsüchtigen Blick Richtung der Tür. Sie fühlte sich, als müsste sie gleich ersticken.

»Tja, vielleicht gibt es ja ein Treuepunkte-Programm oder so was in der Art«, meinte Colin und warf Dr. White einen hoffnungsvollen Blick zu.

»Ja, genau, wir holen uns beim Rausgehen einfach einen Stempel, und das nächste Mal geht dann aufs Haus. Wir reden hier von meinen Eizellen, nicht von einer Tasse Kaffee.« Tara verdrehte die Augen. »Ich meine, für zehntausend Euro pro Schuss hätte es ja wohl wenigstens eine verdammte Stofftasche dazu geben können. Oder ein Shirt, auf dem steht: Ich habe es mit In-vitro versucht, und alles, was ich bekommen habe, war dieses lausige T-Shirt«, schnaubte sie frustriert.

»Tara, das ist eine ernste Angelegenheit.« Colin war sichtlich entsetzt.

Tara wusste, dass sie die Sache ins Lächerliche zog. Aber sie stand kurz davor loszuheulen, wenn sie sich nicht ablenkte. Und sie hatte es satt zu heulen. Dieses ganze Theater hatte sie nun schon oft genug mitgemacht, um zu wissen, dass es eine Farce war. Sie hatte jedes Recht, Witze darüber zu reißen, denn genau so fühlte es sich für sie an. Wie ein einziger Witz.

»Ich kann Ihre Frustration durchaus nachvollziehen, Tara«, meinte Dr. White. »Aber manchmal braucht es eben ein paar Versuche.«

»Bitte entschuldigen Sie uns, ich möchte wirklich nur noch nach Hause.« Tara wandte sich zum Gehen und verließ das Zimmer. Ihre Entscheidung war gefallen.

Auf dem Heimweg versuchte Tara, die Nachricht in Ruhe zu verarbeiten. Sie wollte nicht darüber sprechen, sie wollte nur nach Hause. Als sie den Kopf gegen das Fenster auf der Beifahrerseite lehnte, sah sie, dass der Himmel in endlosem Blau erstrahlte. Es nervte sie. Natürlich war der Himmel blau, an einem Tag, an dem sie sich Regen wünschte. Sie wollte, dass der Himmel weinte, weil sie selbst keine Tränen mehr übrig hatte. Wären wenigstens ein paar Wolken zu sehen, hätte sie sich etwas von wegen Silberstreif am Horizont einreden können.

Nach der ersten fehlgeschlagenen künstlichen Befruchtung war Tara ein emotionales Wrack. Auch wenn sie noch nie schwanger gewesen war, trauerte Tara um die vielen Millionen Möglichkeiten, um die man sie gebracht hatte. Bei der zweiten Enttäuschung erging es ihr ähnlich, aber dieses Mal waren es Tränen der Wut, nicht der Verzweiflung, die sie vergoss. Und nun, beim dritten Mal, war es ganz anders. Da war weder Wut noch Trauer. Genau genommen fühlte sie gar nichts. Es war, als klaffte in ihrer Brust ein Loch, eine überwältigende Leere. Sie musste sich eingestehen, dass sie auf einmal ihr gesamtes Weltbild in Frage stellte. Denn wenn es etwas gab, das sich wie ein roter Faden durch ihr Leben zog, dann war es der Glaube an das Schicksal.

Tara war überzeugt davon, dass jedes Leben vorherbestimmt war. Wenn man annehmen würde, alles wäre nur ein zufälliges Chaos, hätte nichts eine Bedeutung. Immerhin hatte das Universum als Chaos begonnen, das sich irgendwie zu einer spontanen Ordnung gefügt hatte. Das war ihr Beweis genug, dass es da draußen eine Macht gab, die größer war als sie selbst. Ihr Vater, Paddy Fitzsimmons, war bis zu seinem Ableben ein gläubiger Katholik gewesen, und ihre Mutter Shannon kannte man über die Stadtgrenzen hinaus als esoterische Heilerin. Tara war also eine ungewöhnliche Mischung aus Religiösem und Spirituellem. Sie glaubte an eine höhere Macht, aber diese war für sie mehr eine Energie im Fluss als ein bärtiger Mann im Himmel. Sie wusste, dass sie nicht alle Antworten kannte, aber dafür war sie sich sicher, dass es etwas gab. Ob man es nun Schicksal nannte, Gottes Plan, Kismet, Vorbestimmung oder Fügung, es lief alles auf das hinaus, was ihre Mutter ihr immer gesagt hatte.

Alles passiert aus einem bestimmten Grund.

Aber was war der Grund hierfür? Warum verhinderte das Universum, dass ihr Traum Wirklichkeit wurde? Für Tara gab es nur eine mögliche Erklärung. Das Universum sagte ihr ziemlich deutlich, dass es nicht ihr Schicksal war, Mutter zu sein, und sie hatte keine andere Wahl, als darauf zu hören. Es war eine bittere Pille, die sie zu schlucken hatte, aber Tara wusste, dass es ihr nichts bringen würde, es zu leugnen. Es ein viertes Mal mit der künstlichen Befruchtung zu versuchen, wäre so, als würde sie gegen die Strömung des Schicksals anschwimmen. Sie konnte sich dieser Tortur nicht noch einmal unterziehen. Aber auch wenn sie Colin von Anfang an gesagt hatte, dass sie es maximal dreimal versuchen würde, wusste sie, dass er ihre Entscheidung nicht akzeptieren würde.

Ihre Gedanken wanderten zurück zu dem Abend, als sie Colin das erste Mal getroffen hatte. Sie war damals Studentin am Trinity College in Dublin, kehrte jedoch am Wochenende immer in ihre Heimatstadt Galway zurück, um dort bei O'Malleys Pub zu arbeiten. An einem schicksalhaften Abend betrat ein junger Mann den Pub, als sie gerade hinter der Theke arbeitete, und bestellte ein Pint Guinness. Sie hatte mit einem wesentlich älteren Mann gerechnet, doch als sie aufsah, war da er.

Der Mann ihrer Träume.

Viel zu gutaussehend, kurze braune Haare und ozeanfarbene Augen, in denen man sich verlieren konnte. Es war das erste Mal, dass Tara etwas erlebte, das sie als Synchronizität bezeichnen würde, ein seltsames Bauchgefühl, wie eine Mischung aus Déjà-vu und Intuition. Sie hatte Schmetterlinge im Bauch, Gänsehaut auf den Unterarmen und spürte ein Kribbeln im Nacken. Es fühlte sich an, als hätte sie sich in eine verborgene Frequenz des Universums eingeklinkt und wäre plötzlich mit den tieferen Schwingungen des Lebens verbunden. Es war ihr spiritueller Kompass, der ihr zeigte, dass sie auf dem richtigen Pfad des Schicksals war. Als wäre sie mit der richtigen Person am richtigen Ort.

Sie verliebte sich auf den ersten Blick in Colin. Als sein Guinness geleert war, gehörte sie schon ihm. »Von all den Pubs in allen Städten Irlands musstest du ausgerechnet in meinen reinspazieren«, hatte sie zu ihm gesagt und dann alle Bedenken über Bord geworfen und war zu ihm aufs Motorrad gestiegen. Als er sie im schimmernden Mondlicht küsste, schmolz sie in seinen Armen dahin und verlor sich in süßer, einvernehmlicher Hingabe. Später hatte sie ihn in ihr Zimmer geschmuggelt. Obwohl sie sich gerade erst kennengelernt hatten, war sie bereit, sich ihm ganz und gar hinzugeben, so wie sie es für den Rest ihres Lebens tun wollte. Ihre Gefühle waren damals nicht logisch, sie hatte sich voll und ganz auf ihr Bauchgefühl verlassen und wusste, dass sie auf dem richtigen Weg war.

Doch während der ganzen Prozedur der künstlichen Befruchtung hatte sie nicht ein einziges Mal dieses Bauchgefühl gehabt. Insgeheim wusste sie, dass es nicht sein sollte. Und auch wenn Taras Traum vom Muttersein ausgeträumt war, wusste sie doch, dass sie sich wieder aufrappeln und einen neuen Traum finden würde. Das gesamte Erlebnis des ständigen Versagens hatte ihr die Lebensgeister geraubt. Sie brauchte etwas, das ihr wieder neuen Lebensmut schenkte. Es war an der Zeit, das Blatt zu wenden und ein neues Kapitel aufzuschlagen.

* * *

Colin schaltete das Radio an. Die Stille im Auto war ihm unangenehm geworden. Er entschied sich für Radio Nova, den Sender, den er am liebsten hörte. Als würde das Radio ihn verhöhnen, dröhnte »Enjoy the Silence« von Depeche Mode aus den Lautsprechern.

»Wie wäre es mit ABBA, um wenigstens ein bisschen die Stimmung aufzulockern?«, meinte Tara.

»Das Thema ist noch nicht beendet«, sagte Colin und schaltete das Radio wieder aus.

»Und schon geht's los.« Tara richtete sich seufzend in ihrem Sitz auf.

»Es ist erst unser dritter Versuch. Erfolg baut auf Misserfolg auf.«

»Colin, ich habe wirklich keine Nerven für so einen Psycho-Quatsch.«

»Aber nur so erreicht man etwas, Tara. Niemand war erfolgreich, nachdem er einfach aufgegeben hat.«

»Ich weiß, du hast das Herz am rechten Fleck, Colin, aber es gibt eine Grenze, wie viel Misserfolg eine Person ertragen kann. Wenn man als Student eine Prüfung einmal verhaut, lernt man noch mal und wiederholt sie. Aber wenn man die gleiche Prüfung dreimal nicht schafft, glaubst du nicht, dass es dann vielleicht ein Zeichen des Universums ist, dass man besser etwas anderes studieren sollte?«, erklärte Tara.

»Ach, bitte, fang nicht wieder mit diesem Schwachsinn über Zeichen des Universums an, Tara.«

»Das ist kein Schwachsinn, Colin. Wenn man so kämpfen und leiden muss, soll es offensichtlich einfach nicht sein. Wenn etwas für dich bestimmt ist, wird es nicht an dir vorbeiziehen. Alles kommt so, wie es vorherbestimmt ist.«

»Nein, Tara. Im Leben geht es darum, für das zu kämpfen, was man möchte«, widersprach Colin, in der Hoffnung, sie zu inspirieren. »Es lohnt sich, es einfach immer wieder zu probieren.«

»Aber es ist eben *nicht* einfach, Colin. Es bedeutet, wieder Dutzende von Spritzen, Nadeln, Hormoneinnahmen. Das Einzige, was mir gerade einfach erscheint, ist ein Glas Tequila.«

»Aber das ganze Prozedere wird es wert gewesen sein, sobald es funktioniert.«

»Dann sind da noch diese Medikamente, die mich in eine Wahnsinnige verwandeln. Und jeden Morgen muss ich zwanzig verschiedene Vitamine schlucken. Für dich ist es einfach zu sagen, lass es uns noch mal probieren. Du musst ja nur einen Becher füllen.«

»Wow, das ist für dich also mein einziger Beitrag?« Colin zog beleidigt die Augenbrauen hoch. »Wer gibt dir denn immer die Spritzen? Wer muss deine Stimmungsschwankungen ertragen, wenn deine Hormone verrücktspielen?«

»Überleg besser genau, was du jetzt sagst ...«, warnte sie ihn.

»Ich meine damit doch nur, dass wir da gemeinsam drinstecken. Ich war von Anfang an für dich da«, beschwichtigte er.

»Colin, das weiß ich doch. Aber für mich ist es anders. Es ist mein Körper. Ich kann das alles nicht noch einmal durchmachen. Seit dieser Sache haben wir uns immer weiter voneinander entfernt. Ich will unser altes Leben zurück. Ich will, dass wir wieder *wir* sind«, erklärte Tara.

»Warum kannst du nicht sehen, dass sich am Ende alles auszahlen wird? Es gibt immer noch eine fünfzehnprozentige Erfolgschance.«

»Ja, was bedeutet, dass es eine fünfundsiebzigprozentige Chance gibt, dass es nicht klappt, Colin«, seufzte Tara.

Mathe war noch nie Taras Stärke gewesen, aber Colin wusste, dass es ihre Argumentation nur unterstützen würde, wenn er sie jetzt korrigierte. »Egal, wie die Chancen stehen, wir können trotzdem gewinnen«, sagte er.

»Meine Gebärmutter ist kein Spielautomat, Colin«, entgegnete Tara.

»Es gibt immer noch so viele Optionen, die unsere Chancen verbessern könnten. Zum Beispiel, wenn du offen dafür wärst, eine Eizellenspende in Betracht zu ...«

»Ich habe dir von Anfang an gesagt, dass ich die biologische Mutter meines Kindes sein möchte«, unterbrach ihn Tara.

»Du würdest das Kind zur Welt bringen. Das macht es doch quasi zu deinem eigenen. Wen interessiert es am Ende noch, ob es deine Eizellen waren?«

»Also, nur fürs Protokoll, deine Schwimmer gewinnen auch nicht gerade olympisches Gold. Ich stimme einer Eizellenspende zu, wenn du einer Samenspende zustimmst«, erwiderte Tara.

»Du machst wohl Witze. Dann wäre ich doch nicht der Vater!«, empörte sich Colin.

»Okay, dann mischen wir dein Sperma mit dem zweier anderer Spender. Zwanzig Jahre später laden wir euch drei zur Hochzeit des Kindes nach Griechenland ein und finden heraus, wer der Vater ist«, schlug Tara vor.

»Verkauf mich doch nicht für dumm, Tara. Ich weiß, dass das die Handlung von *Mamma Mia* ist. Du hast mich oft genug gezwungen, den Film mit dir zu schauen«, entgegnete Colin genervt. »Ich habe keine Ahnung, wie du so darüber scherzen kannst.«

»Weil meine Tränen alle aufgebraucht sind, Colin. Ich will wieder lachen. Wir können nicht immer wieder das Gleiche tun und ein anderes Ergebnis erwarten. Das ist die wörtliche Definition von Wahnsinn. Bald bin ich siebenunddreißig«, seufzte sie.

»Ach, komm mir nicht mit dieser Ausrede. Deine Mutter hat dich mit achtunddreißig bekommen.«

»Das liegt daran, dass es ihr Schicksal war. Aber es ist ganz offensichtlich nicht meines. Wir versuchen es jetzt seit sechs Jahren. Das Universum hat andere Pläne für mich, so viel ist klar. Vielleicht sollte ich meinen Master-Abschluss machen oder mein eigenes Unternehmen gründen oder die Welt bereisen oder …«

»Du solltest eine Mutter sein«, unterbrach sie Colin.

* * *

Tara sah rot. Es war nicht so sehr das, was er sagte, sondern mehr die Art, wie er es gesagt hatte. Sie versuchte gerade, sich selbst zu versichern, dass sie eine Million andere Optionen hatte, was sie mit ihrem Leben anfangen konnte, und jetzt tat Colin so, als hätte sie eine Art weibliche Pflicht, ihm ein Kind zu schenken. Immer wenn Colin einen solchen Kommentar abgab, auch wenn es nicht absichtlich war, legte sich bei ihr ein Schalter um.

»Oh, weil es das ist, was alle Frauen tun sollten, richtig? Mein einziges mögliches Schicksal ist es, meinem Mann ein Kind zu schenken, richtig?«, fuhr sie ihn wutschnaubend an.

»So habe ich das doch nicht gemeint. Jetzt klingst du wieder, als wärst du eine Person, die ich kaum kenne.«

»Ich bin Zwilling, Colin. Das wusstest du, als du mich geheiratet hast«, meinte Tara.

»Du kannst nicht immer die Sternzeichen vorschieben, um dich zu rechtfertigen, Tara«, seufzte Colin.

»Das ist typisch Stier, so etwas zu sagen«, erwiderte sie augenrollend.

»Können wir bitte einfach darüber reden, wie wir ...«

»Colin, ich weiß, du willst weiterdiskutieren«, unterbrach ihn Tara. »Aber meine Entscheidung steht fest«, entgegnete sie emotionslos.

Tara spürte in diesem Moment so intensiv wie noch nie, dass sie sich voneinander entfernt hatten. Schon seit einiger Zeit lebten sie sich immer weiter auseinander, aber jetzt, ohne das gemeinsame Ziel, eine Familie zu gründen, fürchtete sie, dass sich etwas an den grundlegenden Mechanismen ihrer Ehe verschoben hatte.

Wieder herrschte Schweigen im Auto

* * *

Während er nach Hause fuhr, musste Colin feststellen, dass ihn Taras Sichtweise zutiefst beunruhigte. Er konnte einfach nicht verstehen, warum sie so schnell aufgab und ihn überhaupt nicht in ihre Entscheidung miteinbezog. Als wäre ihm das Recht, eine Meinung zu dem Thema zu haben, abgesprochen worden, dabei betraf es ihn doch genauso. Der Großteil seiner Ersparnisse war für die künstliche Befruchtung draufgegangen. Doch so teuer es auch war, für ihren gemeinsamen Traum zahlte er den Preis gern. Er konnte nur nicht mitansehen, wie sie das nun aufgab, wegen irgendeinem albernen Glauben an das Schicksal.

Colin sah das alles ganz anders als Tara. Er machte oft Witze darüber, dass er ein ›wiedergeborener Atheist‹ sei und die Menschen nur winzige Staubkörnchen, die auf einem Felsen lebten, der durchs All schwebte. Viele empfanden seine Einstellung als zynisch, aber Colin selbst hätte sie eher als inspirierend bezeichnet. Wenn das Leben bedeutungslos war, dann lag es schließlich an einem selbst, ihm Bedeutung zu geben. Wenn es irgendein Gesetz gab, dem das Universum unterworfen war, dann Murphys Gesetz. Alles, was schiefgehen kann, wird schiefgehen. Es gab immer Hindernisse zu überwinden, aber das machte das Gewinnen nur umso lohnenswerter. Seine Träume zu verwirklichen, war bedeutungslos, wenn man nicht dafür gekämpft hatte.

Darum ging es im Leben.

Aber eine Familie zu gründen, war eine Teamleistung, und seine Mitspielerin hatte gerade das Feld verlassen, nur weil sie drei Niederlagen hatten einstecken müssen. Dabei war ihr Spiel noch nicht zu Ende. Wo war nur Taras Kampfgeist geblieben, in den er sich damals verliebt hatte?

Colin und Tara hatten schon immer viel gestritten. Tatsächlich war es ein Insiderwitz ihrer Ehe, dass Tara an die Liebe auf den ersten Blick glaubte und Colin an die Liebe auf den ersten Streit. Nachdem sie ihm vor achtzehn Jahren dieses Bier im Pub gezapft hatte, hatte er sofort angefangen, zu argumentieren, dass das Guinness in Dublin viel besser sei als das in Galway. Während sie sich darüber ausließ, was für ein Opportunist er sei, konnte er kaum mehr die Augen von dem rothaarigen Mädchen mit den smaragdgrünen Augen abwenden. Es war der erste in einer langen Serie von Streits über Belanglosigkeiten. Aber immer gab es da diesen ironischem Unterton, immer war es spielerisch. Jahrelang war das Streiten für sie praktisch ein Teil des Vorspiels gewesen. Colin ertappte sich manchmal dabei, wie er einen Krach über etwas Dummes initiierte, nur wegen des umwerfenden Sex, der darauf folgen würde.

Aber diese Verspieltheit war ihnen über die Jahre abhandengekommen. Sex war zu einer Pflichtübung geworden, einem reinen Mittel zum Zweck, ohne Emotion oder Spontanität. Tara hatte ihren Eisprung im Kalender notiert, und ihr Liebesspiel bekam dadurch etwas Gezwungenes. Das ganze sexuelle Erlebnis war irgendwie entsexualisiert. Es fühlte sich mehr danach an, als würden zwei Säugetiere sich paaren und nicht zwei Menschen sich lieben. Es war, als würden sie, während sie Sex hatten, vergessen, Sex zu haben. Colin hatte sogar schon manchmal auf seinen geheimen Vorrat an Viagra zurückgreifen müssen. Der Druck, seine Frau zu schwängern, hatte ihn fast impotent gemacht.

Aber nun, da Tara davon redete, die Familiengründung aufzugeben, gab es wohl gar keinen Grund mehr für Sex. Vor einiger Zeit hatte sie sich die Haare in einem langweiligen Dunkelblond gefärbt, und ihre grünen Augen hatten das verführerische Glänzen verloren. Ihre voreilige Entscheidung bedeutete für Colin, dass das Licht am Ende des Tunnels mit einem Mal erloschen war. Er wusste, durch die Geburt eines gemeinsamen Kindes, würden sie wieder zueinander finden. Aber wenn Tara nun aufgab, wie sollten sie diesen illusorischen Funken jemals wieder entzünden?

Wie würde der Rest seines Lebens wohl aussehen? Es war ihm unbegreiflich. Das Leben, dass er sich mit ihr vorgestellt hatte, war von einer Sekunde auf die andere wie ausradiert. Sie wollte dem Schicksal das Ruder überlassen, aber er befürchtete, dass es sie auf eine Klippe zusteuerte. Colin fröstelte unwillkürlich, als er an das Leben dachte, das er sich aufgebaut hatte, und an dessen unsichere Zukunft.

* * *

Als sie zu Hause ankamen, dämmerte es bereits. Tara richtete sich im Beifahrersitz auf, als Colin in die Hillcrest Grove einbog, die bilderbuchhafte Sackgasse in Dublins Southside, dem wohlhabenden Süden, wo sie wohnten. Hillcrest war ein perfektes Wohnviertel. Zu perfekt. Der Rasen überall frisch gemäht, die Range Rover immer gewaschen und die Zähne hell gebleicht. Da Tara in Galway in ländlicher Umgebung aufgewachsen war, fühlte sie sich in Hillcrest wie eine Außenseiterin. Sie war an Mauern aus Stein gewohnt, nicht an weiß gestrichene Gartenzäune. Es war eine unheimliche Fassade von Perfektion, hinter der nichts lag. Dennoch musste es irgendwie weitergehen.

Als sie auf ihre Einfahrt zuhielten, erblickte Tara ihre Nachbarin Celine Loftus, die gerade ein Selfie von sich bei der Gartenarbeit im Vorgarten schoss. Celine hatte zehntausend Follower auf Instagram und hielt sich deshalb für eine »Influencerin«. Tara erkannte einen Narzissten auf Anhieb, und Celine war eingebildeter als ein Pfau. Sie fühlte sich allen überlegen, die nicht gutsituierte Southsider waren, und Tara hatte sie die böse Hexe des Südens getauft, so versnobt war sie.

Dummerweise sah Celine gar nicht aus wie eine Hexe. Ganz im Gegenteil, sie war geradezu ekelhaft perfekt. Wippendes blondes Haar, hohe Wangenknochen und ein paar Doppel-D-Brüste, die praktisch eine eigene Postleitzahl verdient hatten. Die Frauen in Hillcrest vergötterten Celine, weil sie so viele Followers hatte, und arbeiteten alle als Markenbotschafterinnen für deren Vitaminprodukte, die sich Yummy Mummy nannten. Obwohl Tara es nicht beweisen konnte, sagte das Bauchgefühl ihr, dass Celines Geschäftsstrategie nur ein verstecktes Schneeballsystem war. Unglücklicherweise steckten die Yummy Mummies zu tief drin, um ihre charismatische Anführerin in Frage zu stellen, und so wurden die Schneebälle immer weiter verteilt. Celine hatte schon vor Jahren versucht, Tara zu rekrutieren, aber sie hatte die sektenartigen Taktiken sofort durchschaut. Seitdem gifteten Celine und Tara sich an, beschossen sich mit gutgetarnten Bösartigkeiten, sobald sich ihre Wege kreuzten.

Celine bemerkte Tara und Colin, als sie an ihrem Haus vorbeifuhren, und winkte ihnen hektisch zu, als hätte sie wichtige Neuigkeiten zu verkünden.

»O Gott«, sagte Tara zu Colin. »Celine will was von uns. Ich kann es immer noch nicht fassen, dass du ihr erzählt hast, dass wir es mit künstlicher Befruchtung probieren.« Tara ließ die Scheibe runter und setzte ein gekünsteltes Lächeln auf.

»Hallo, ihr zwei, ich habe gerade ein paar Blumen ausgesät. Tara, du siehst furchtbar aus, ist alles in Ordnung?« Celine lehnte sich nach vorne, um ihr Gesicht genauer betrachten zu können.

»Ja, ja. Mir geht es gut. Wir waren nur kurz einkaufen, und ich habe mir nicht die Mühe gemacht, mich zu schminken«, log Tara. Sie hatte keine Lust, Celine neuen Stoff für ihren Tratsch zu liefern.

»Na, dann. Schön für dich, dass es dir egal ist, was die Leute denken. Ich habe dich schon immer für dein Selbstbewusstsein bewundert«, erwiderte Celine.

Das Einzige, was noch schlimmer war als Celines Beleidigungen, waren ihre Komplimente. Immer wenn sie etwas Schmeichelndes sagte, kam es mit einem boshaften Unterton.

»Ist etwas passiert, Celine?«, kam Tara zur Sache.

Celine beugte sich zum Auto. »Ich wollte nur, dass ihr es erfahrt, bevor ich es heute Abend auf Instagram verkünde ... Ich bin schwanger!«

Tara verspürte einen Stich ins Herz. Musste das Schicksal ihr auch noch Salz in die Wunde reiben?

»Glückwunsch, Celine«, sagte Colin, der sich über Tara lehnte.

»Danke, euch beiden. Schon im vierten Monat, auch wenn es schwer zu glauben ist. Ich wollte unbedingt ein drittes Kind, ehe ich fünfunddreißig werde. Ich konnte meine biologische Uhr regelrecht ticken hören«, lachte sie.

Tara wusste genau, dass das ein Seitenhieb auf sie war. Celines Taktlosigkeit war immer beabsichtigt. Sie ahnte auch bereits, was als Nächstes kommen würde.

»Was ist mit euch beiden? Ein kleines Vögelchen hat mir gezwitschert, dass ihr mit der künstlichen Befruchtung noch kein Glück hattet«, sagte Celine mit gespielter Sorge. »Wisst ihr, einer der besten Fruchtbarkeitsspezialisten des Landes ist einer meiner geschätzten Follower.«

»Ich denke, es heißt, geschätzte Freunde«, murmelte Tara.

»Wie auch immer. Er würde jedenfalls alles für mich tun. Und bisher waren immerhin neunzig Prozent seiner In-vitro-Fertilisationen erfolgreich. Ihr müsst nur ein Wort sagen, und ich sorge dafür, dass ihr auf seiner Kundenliste steht.«

Tara hatte so etwas schon kommen sehen. Wie alle Sektenführer verwendete Celine die Regel der Gegenleistung. Wenn sie etwas für dich tat, würde sie eines Tages vor der Tür stehen, um zu kassieren. Bei Celine hatte alles einen Preis, und Tara war nicht interessiert daran, einen Pakt mit dem Teufel einzugehen, egal, wie engelsgleich er auch daherkam.

»Das wäre super, Celine«, schaltete sich Colin ein.

Tara verpasste ihm einen diskreten Stoß mit dem Ellenbogen in die Rippen.

»Nein, danke, Celine«, lehnte Tara ab. »Wir kommen schon zurecht.«

»Natürlich, Tara. Aber bitte, sagt Bescheid, wenn ihr eure Meinung ändert. Es gibt doch nichts, was ich für eine liebe Nachbarin nicht tun würde. Und hör nicht auf das, was die Leute sagen. Du hast deine besten Jahre noch vor dir«, sagte Celine mit strahlend weißen Zähnen und einem hinterhältigen Lächeln.

Tara ließ das Fenster wieder hoch und drehte sich zu Colin um, der Celine hinterherstarrte.

»Ach, mach doch den Mund zu, dir fliegt noch eine Mücke rein«, sagte Tara, irritiert von Colins Gaffen.

»Dieser Fruchtbarkeitsexperte klingt doch vielversprechend. Vielleicht kann sie uns wirklich helfen, Tara«, meinte Colin, während er in die Auffahrt einbog.

»Sie will uns nicht helfen. Sie will uns besitzen. Das ist bloß ein Trick, um mich in eine Yummy Mummy zu verwandeln, die dann in ihrem Schneeballsystem gefangen ist wie alle anderen. Vertrau mir, wenn du Celine um Hilfe bittest, wirst du es bitter bereuen.«

»Sie wollte doch nur nett sein, Tara«, seufzte er.

Es erstaunte Tara immer wieder, wie wenig Männer über Frauen wussten. Andererseits wirkte Celines Täuschungsmanöver bei allen außer Tara.

Als sie aus dem Auto stieg, betrachtete Tara Hillcrest Grove Nummer drei. Die untergehende Sonne warf ein warmes blutorangefarbenes Licht auf die Fassade ihres Hauses, als wäre es Teil eines impressionistischen Gemäldes. Es erinnerte Tara an den Moment, als sie es zum ersten Mal gesehen hatte. Genau wie in dem Moment, als sie Colin kennengelernte, hatte Tara diese Synchronizität gespürt, die ihr sagte, dass das Haus eines Tages ihr gehören würde.

Die äußeren Mauern aus Stein sahen aus wie gezackte kleine Puzzleteile, die sich zum Haus ihrer Träume zusammenfügten. Der Bauernhausstil im Innern erinnerte sie an das Häuschen, in dem sie aufgewachsen war, auch wenn dieses Haus viel größer war. Es wirkte wie ein Koloss, aber sie wusste, dass sie es mit Leben füllen würde, mit Lachen und Liebe, obwohl Colin ihr verboten hatte, irgendwelche Dekorationen mit der Aufschrift »Leben lieben, lachen« zu kaufen. Immerhin hatte er ihr erlaubt, eine Plakette mit dem irischen Spruch »Is glas iad na cnoic i bhfad uainn« über der Haustür anzubringen, was so viel bedeutete wie »Die Hügel in der Ferne sind immer grüner«. Es sollte sie daran erinnern, das zu schätzen, was sie hatten.

Aber jetzt, als sie die Haustür öffnete, wich das warme Licht, das die Außenseite des Hauses erleuchtete, der kalten, nackten Realität. Die Größe des Hauses bedeutet auch, dass es immer kühl war, als könnte nichts das unersättliche Monster befriedigen. Sie hatte gedacht, dass irgendwann Kinderlachen durch die viel zu langen Flure tönen würde. Doch da hatte sie sich ja offenkundig getäuscht.

Als sie an diesem Abend zu Bett ging, verspürte Tara eine unbändige Leere in der Brust. Mit sechsunddreißig Jahren und ihren zerplatzten Träumen, Mutter zu werden, fragte sie sich, ob sie nicht irgendwo auf dem Weg einen Fehler gemacht oder eine falsche Abzweigung genommen hatte, die sie von ihrem Schicksal wegführte.

Colin zu begegnen, ihr Traumhaus zu finden, alle diese Dinge waren ohne große Anstrengung passiert. Es war schon fast so, als würde sie das Kind viel zu sehr wollen. Sie fühlte sich, als stünde sie an einer Kreuzung ohne Beschilderung, bei der sie nicht wusste, welche Straße sie wohin führen würde, und ohne inneren Kompass, der ihr half, ihren Weg intuitiv zu wählen.

Sie war immer überzeugt gewesen, dass die Vorherbestimmung sie auf den richtigen Pfad zum Leben ihrer Träume führen würde. Sie glaubte immer noch an das Schicksal, aber sie hatte nicht mehr das Gefühl, dass es auf ihrer Seite war. Als hätte es sie im Stich gelassen. Vielleicht musste sie es einfach akzeptieren. Am Ende gelangte sie zu einer bitteren Erkenntnis. Sie hatte den Glauben an das Schicksal verloren.

KAPITEL
Zwei

Sechs Monate später

An einem Morgen Mitte September erwachte Tara mit einem Gefühl der Leere, das ihr nur allzu vertraut geworden war. Sie sah zu Colin, der immer noch tief und fest schlief und laut vor sich hin schnarchte. Ihr Sieben-Uhr-Wecker klingelte dicht neben ihrem Ohr, und sie dachte darüber nach, einfach die Schlummertaste zu drücken. In letzter Zeit gab es immer wieder Momente, in denen sie bereit war, ihre Karriere für ein paar zusätzliche Minuten im Bett zu vernachlässigen.

»Mach den Wecker aus«, stöhnte Colin.

Er fing erst um 9.30 Uhr mit der Arbeit an, was es ihm ermöglichte, jeden Morgen eine halbe Stunde länger liegen zu bleiben. Dafür hätte Tara alles gegeben. Aber Jammern half nichts. Der Tag hatte begonnen, ob sie es wollte oder nicht. Sie stand auf und gönnte sich eine schnelle, heiße Dusche. Ihr war bewusst, dass sie eigentlich mal wieder die Haare waschen sollte, aber der Gedanke, sie danach föhnen zu müssen, schreckte sie ab, also entschied sie sich stattdessen für das bewährte Trockenshampoo. Obwohl sie sich dabei ertappte, jedes Mal mehr davon zu benutzen, je öfter sie das Haarewaschen aufschob. Danach putzte sie sich die Zähne und legte einen unsichtbaren Hauch Make-up auf, ehe sie sich eine weiße Bluse und einen grauen Hosenanzug anzog.

Als sie in die Küche ging, um sich einen Kaffee zu machen, musste sie feststellen, dass keine Tassen im Schrank standen.

Es standen nie Tassen im Schrank.

Zu Taras Aufgaben im Haushalt gehörte es, jeden Abend das schmutzige Geschirr in die Spülmaschine zu räumen, während es

Colins Job war, am Morgen das saubere Geschirr auszuräumen. Das Problem war, dass Colin seit drei Tagen die Maschine nicht ausgeräumt hatte. Und wenn die Spülmaschine voll war, konnte Tara sie auch nicht neu beladen, was dazu führte, dass sich das benutzte Geschirr in der Spüle stapelte. Sie wusste, dass sie auch einfach selbst die Maschine ausräumen konnte, aber sie weigerte sich aus Prinzip. Das war jetzt ihr Leben.

Sie seufzte und nahm eine saubere Tasse aus der Spülmaschine. Sie brauchte wirklich unbedingt einen Kaffee.

Die vergangenen sechs Monate waren wirklich anstrengend gewesen. Inzwischen hatte sie sich damit abgefunden, keine Kinder zu bekommen, aber Colin weigerte sich, das zu akzeptieren. Immer wieder versuchte er, das Thema neu aufzurollen. Aber für Tara gab es nichts mehr zu besprechen. Sie hatte sich entschieden, und es war ihr extrem wichtig, dass er diese Tatsache akzeptierte, damit sie wieder zu ihrem normalen Leben zurückkehren konnten. Sie wollte, dass alles wieder so wurde, wie es vor den missglückten Versuchen der künstlichen Befruchtung gewesen war. Ihre Beziehung musste heilen, aber Colin kratzte immer wieder am Schorf.

Während die Tage zu Wochen wurden und die Wochen zu Monaten, wuchs die Kluft zwischen ihnen immer weiter, bis sie schließlich ein ganzes Meer zu trennen schien, wenn sie abends nebeneinander im Bett lagen. Sie verstand seinen Schmerz, aber sie verabscheute die Art und Weise, wie er ihr die Schuld für etwas zuschob, dass nicht in ihrer Macht stand. Es brach Tara das Herz, dass sie nie Mutter werden würde, aber was half es ihnen, immer wieder zu scheitern? Sie wollte sich lieber auf die schönen Dinge im Leben konzentrieren, nicht auf die, die schiefgingen. Aber in Colins Augen war ihre Entscheidung egoistisch. Als könnte eine Frau kein anderes Schicksal haben, als ein Kind auf die Welt zu bringen.

Colin kam im Morgenmantel die Treppe herunter, ein Kleidungsstück, das sie zu hassen gelernt hatte. Ohne etwas zu ihr zu sagen, begann er, im Gefrierfach zu kramen.

»Wonach suchst du?«, fragte sie.

»Ich dachte, wir hätten noch zwei Steaks hier drinnen«, antwortete er. »Ich wollte sie fürs Abendessen auftauen.«

»Oben rechts im Fach.«

»Ah«, machte Colin und nahm die Steaks heraus. Er legte sie auf den Küchentresen. »Wir hatten in letzter Zeit zu oft Mikrowellen-Gerichte. Wäre schön, mal wieder eine richtige Mahlzeit zu essen.«

Tara wusste, dass das ein Seitenhieb war. Es stimmte, sie hatte sich zunehmend auf die Mikrowelle verlegt, wenn es ums Kochen ging, aber wenn Colin nicht bereit war, einen Finger krumm zu machen, warum sollte sie sich dann verausgaben?

»Hast du vor, die Spülmaschine heute auszuräumen?«, wollte Tara wissen.

»Klar, ich räume sie aus, wenn du zur Arbeit gehst«, antwortete Colin.

»Kannst du sie nicht gleich ausräumen? Sie ist seit Freitag schon voll.«

»Brauchst du eine Tasse?«

»Nein, ich habe mir schon eine genommen.«

»Oh, super. Dann räume ich sie aus, bevor ich zur Arbeit gehe.«

Tara zuckte innerlich zusammen. Sie wusste, dass er es nicht tun würde. Aber sie hatte auch keine Lust zu streiten. Dafür fehlte ihr mittlerweile die Energie.

»Cool«, sagte sie stattdessen und nahm ihre Handtasche. »Dann bis heute Abend.«

»Bis dann.«

Auf dem Weg zur Arbeit steckte Tara im allmorgendlichen Stau fest. Der Sommer hatte sich von seiner unberechenbaren Seite gezeigt, voller falscher Aussichten auf Sonnenschein, der dann doch vom Platzregen vertrieben worden war. Aber der September war ungewöhnlich warm dieses Jahr. Als hätte sich die Hitze des Sommers verspätet.

Wie jeden Morgen nutze Tara die Zeit im Berufsverkehr, um über die Zukunft nachzugrübeln. Sie war schon immer eine Tagträumerin gewesen, und auch wenn sie das Schneckentempo hasste, mit dem sie in ihrem Nissan Micra vorankam, gelang es ihr, die Umgebung auszublenden und sich im Nebel ihrer eigenen Gedanken zu verlieren.

Im Juni war sie siebenunddreißig geworden, hatte allerdings nicht gefeiert. Seit die große Vierzig immer näher rückte, hatte sie das Gefühl, Geburtstage waren etwas, das man verstecken und nicht groß feiern sollte. Aber trotz der Tatsache, dass die missglückte künstliche Befruchtung sich anfühlte, als wäre ihrem Lebensziel ein tragisches Ende gesetzt worden, war Tara wild entschlossen, sich selbst zu beweisen, dass noch Spannendes auf sie wartete. Vor ihr breiteten sich so viele unterschiedliche Wege aus, die sie einschlagen konnte, und doch steckte sie hier fest, mitten in einer Autokolonne. Wenn sie bloß wüsste, welche Spur sie schneller zu ihrer Bestimmung führen würde. Sie hatte nun schon so viele Jahre auf ein weiteres Erlebnis der Synchronizität gewartet, auf ein Zeichen des Universums, dass sie auf dem richtigen Weg war.

Aber ein solches Zeichen war ausgeblieben.

Was hätte sie nicht alles darum gegeben, die Zeit zurückzudrehen, bis zu dem Moment, wo ihre Ehe noch nicht aus den Fugen geraten war. Tara machte es nichts aus, dass Colin sich an ihrem siebenunddreißigsten Geburtstag nichts Besonderes für sie überlegt hatte. Was ihr allerdings zu schaffen machte, war die Tatsache, dass ihm auch ihr Hochzeitstag offenbar völlig egal geworden war. Normalerweise besorgte er jedes Jahr eine Karte, eine Flasche Wein, Pralinen und einen Strauß Blumen. Dieses Jahr hatte er nur eine Karte mitgebracht, und nicht einmal eine besonders originelle, mit einer kurzen seelenlosen Botschaft, die ihr alles sagte, was sie wissen musste.

Es war ihm offensichtlich einfach egal.

Taras Mutter hatte einmal gesagt, dass es in jeder Beziehung eine Blume gab und einen Gärtner. Colin war immer derjenige gewesen, der sich um sie gekümmert, ihre Bedürfnisse befriedigt hatte, ohne dass sie ihn darum hatte bitten müssen, aber seit ihrer Entscheidung, es nicht weiter mit künstlicher Befruchtung zu versuchen, hatte sich die Dynamik in ihrer Beziehung verändert. Colin hatte immer so eine positive Einstellung zum Leben gehabt, und sie hatte sich zu seinem Licht hingezogen gefühlt. Jetzt schien es so, als hätte das Leben ihm diese Kraft genommen. Sie vermisste ihren Ehemann oder zumindest den Mann, der er früher gewesen war. Es gab Momente, da wünschte sie sich, er würde sie hassen. Es war seine Gleichgültigkeit, die sie nicht ertrug. Ihre alte feurige Schlagfertigkeit war von einer kalten passiv-aggressiven Grundstimmung abgelöst worden. Colin ließ sie einfach jeden Streit gewinnen. »Gut, du hast recht, ich habe unrecht«, sagte er dann unterwürfig. Aber Tara wollte nicht recht haben, sie wollte nicht gewinnen. Sie wollte, dass er sie in seine Arme zog und sie mit einem Kuss zum Verstummen brachte. Sie wollte, dass er sie wie im Sturm nahm, so wie in ihrer ersten gemeinsamen Nacht.

Wie sehr sie das vermisste.

Sie waren schon immer gegensätzlich gewesen, aber das hatte einst die Anziehung zwischen ihnen ausgemacht. Jetzt schien es ihr, als hätte irgendeine Macht den Magnetismus umgekehrt, der sie immer zueinander hingezogen hatte. Sie entfernten sich immer weiter voneinander, bis sie vergessen hatten, was sie früher zum perfekten Paar gemacht hatte. Es war natürlich nicht über Nacht passiert, aber auf eine Art machte es das noch schlimmer. Es war, als würde sie zusehen, wie ihre Ehe in Zeitlupe auseinanderbrach. Sie hatte Angst davor, was die nächsten sechs Monate mit ihnen anstellen würden.

Vielleicht fand Colin sie einfach nicht mehr attraktiv. Sie strotzte nicht gerade vor Sex-Appeal, das war ihr bewusst. Sie hatte das Gefühl, ihre Libido-Batterie verharrte seit Jahren bei einem Prozent Ladung, und Colin schien null Interesse daran zu haben, sie wieder aufzuladen. Er gab sich keinerlei Mühe mehr, dass sie sich von ihm begehrt fühlte, und dadurch hatte sie auch immer weniger Interesse an ihm.

Ihre sexuelle Durststrecke war nicht nur metaphorisch, sondern sogar physischer Natur. Manchmal fühlte sie sich da unten trockener als die Sahara. Niemand hatte ihr je gesagt, das so etwas passieren konnte. Sie hatte im Internet nachgesehen und war danach überzeugt, dass sie irgendeine tödliche Krankheit haben musste. Tara war schon immer ein Hypochonder gewesen und befürchtete bei einfachen Kopfschmerzen gleich eine Hirnblutung, wenn sie erst mal anfing, im Internet zu recherchieren. Ihr Arzt hatte ihr jedoch versichert, dass das, was sie erlebte, nur eine natürliche Erscheinung des Alterns war, besonders bei Frauen, die nicht sexuell aktiv waren. Aber Tara wollte gern sexuell aktiv sein. Sie war erst siebenunddreißig, um Himmels willen.

Sie brauchte Leidenschaft.

Sie sehnte sich danach, wieder mitgerissen zu werden. Klar, dachte sie, die meisten Frauen mochten die Vorstellung von Monogamie, aber keine Frau mochte die Vorstellung von Monotonie. Abwechslung war die Würze des Lebens. Nichts würde Tara mehr erregen, als dass Colin etwas Initiative zeigen würde. Früher war er immer so hungrig nach neuen Erfahrungen. Wie damals, als er sie zu ihrer Studentenzeit mit den Interrail-Tickets überrascht hatte und sie durch ganz Europa gereist waren. Sie hatten jeden Abend in einer anderen Stadt Sex gehabt. Oder wenn er etwas Gutes über ein neues Restaurant gehört und einfach einen Tisch reserviert hatte, ohne dass sie ihn darum bitten musste.

Doch wenn sich Tara jetzt etwas von ihm wünschte, musste sie ihm die Idee wochenlang in den Kopf träufeln. Wo war nur seine

Spontanität geblieben? Sie war keine Frau mit hohen Ansprüchen. Selbst ein kleiner Ausflug mit dem Auto würde ausreichen. Auf dem Beifahrersitz zu sitzen, ein bisschen ABBA zu hören, während Colin eine Hand am Steuer und die andere zärtlich auf ihrem Oberschenkel liegen hatte.

ABBA war schon immer ihre Lieblingsband gewesen, obwohl die meiste Musik von ABBA lange vor ihrer Zeit entstanden war. Die Vergangenheit erschien ihr einfacher. Für die Grunge-Musik der Neunziger hatte sie noch nie viel übriggehabt. Der Rhythmus der Siebziger dagegen sprach ihr aus der Seele.

Aber ihr derzeitiges Leben hatte keinen ABBA-Gold-Soundtrack verdient. Ihr innerer Soundtrack bestand aus einem traurigen Missklang aus melancholischen Moll-Akkorden. Sie wollte wieder Musik in ihrem Leben haben. Die Leere in ihrer Brust wuchs zusehends, wie ein schwarzes Loch, das seine eigene Schwerkraft entwickelte. Sie brauchte ein Gegenmittel zu der Tristesse in ihrem Leben.

Sie musste sich wieder lebendig fühlen.

Tara hörte ein lautes Hupen hinter sich, das sie aus ihren Tagträumen riss. Die Ampel vor ihr war grün, und sie beschleunigte bis zur nächsten Stoßstange, die vor ihr wartete.

Ihr fiel auf, dass sie zu spät dran war, und dachte kurz darüber nach, die Busspur zu benutzen, um den Stau zu umfahren. Doch so etwas würde sie nie tun. Tara spielte oft mit dem Gedanken, etwas Verbotenes zu tun, zog es dann aber nie durch. Am Ende des Tages blieb sie doch immer in ihrer Spur. Sie entspannte sich und erinnerte sich daran, dass sie jeden Tag zu spät kam, also war sie irgendwie doch pünktlich.

Da sie immer noch eine Dreiviertelstunde zu fahren hatte, schaltete Tara das Radio ein, um sich davon abzuhalten, wieder in ihre Gedankenwelt abzudriften. Sie klickte die Sender durch, bis sie eine aufgebrachte Frauenstimme bei *The Line* hörte, einer morgendliche Talkshow, bei der Leute anriefen, um aktuelle Themen zu diskutieren. Die Frau war mitten im Satz, als Tara anfing, zuzuhören.

»... da wird mir wirklich schlecht, Joe«, jammerte sie.

Tara spitzte die Ohren. Was auch immer dieser Frau passiert war, es musste schlimm gewesen sein.

»Das ist furchtbar, Mary«, sagte Joe, der Radiomoderator. »Und für alle, die uns gerade erst auf dem Weg zur Arbeit eingeschaltet haben, wir sprechen heute über die neue Dating-App namens Fling, mit der verheiratete Menschen auf diskrete Weise eine Affäre beginnen können.«

Taras Neugier war geweckt, und sie drehte die Lautstärke auf, um die ganze Geschichte zu hören.

»Joe, die Tatsache, dass diese App überhaupt existiert, ist eine absolute Schande für dieses Land. Als ich das erste Mal davon hörte, wäre ich fast vom Stuhl gefallen. Ich hatte quasi ein Schleudertrauma nur vom Schock, Joe. Und dann auch noch herauszufinden, dass mein Mann Jim hinter meinem Rücken bereits dabei war?«, zeterte Mary.

Tara musste einfach lachen über Marys entsetzten Tonfall. Sie versuchte gar nicht lustig zu sein, aber sie war so aufgebracht, dass es unabsichtlich komisch wirkte.

»Mary, ich lese hier, dass Tausende von Menschen schon Fling heruntergeladen haben. Warum, denken Sie, besteht eine so große Nachfrage nach einer solchen Plattform?«, bot Joe eine unvoreingenommene Perspektive an.

»Also, Joe, das zeigt doch nur, wie sehr Irland vor die Hunde gegangen ist. Zu meiner Zeit hatten wir noch etwas, das man Anstand nennt, aber es scheint, heutzutage sind die Leute absolut schamlos! Ich bin kurz davor, auf die Knie zu gehen und für die Seele dieses Landes zu beten. Nicht zu fassen, dass mein Jim nach dreißig Jahren Ehe mich derart zum Narren hält«, fuhr Mary fort, wobei sie zwischen den Sätzen kaum Luft zu holen schien.

»Wir haben noch einen Anrufer in der Leitung, der gern seine

Seite der Geschichte darlegen würde«, unterbrach sie Joe. »Jim, du bist jetzt live bei *The Line*.«

Tara drehte das Radio noch lauter, gespannt zu hören, wie die Situation eskalieren würde. Sie meinte sogar, die Sendung aus anderen Autos im Stau um sie herum hören zu können. Sie war offenbar nicht die Einzige, die unbedingt wissen wollte, was als Nächstes passierte.

»Mary Muldoon, hier ist dein Ehemann, Jim. Leg sofort das Telefon weg!«, verlangte Jim.

»Jim!«, rief Mary, als sie die Stimme ihres Mannes erkannte. »Du bist derjenige, der auflegen sollte. Hast du mir nicht schon genug Schande bereitet?«

»Du bist es doch, die uns zu einer Lachnummer macht, indem du unsere schmutzige Wäsche in der Öffentlichkeit wäschst! Das halbe Land hört diese Sendung!«, polterte Jim.

Tara war geschockt. Sie fand die Sendung meistens interessant, aber das hier war Unterhaltung der Spitzenklasse.

»Darüber hättest du nachdenken sollen, bevor du dir Fling runtergeladen hast!«, keifte Mary.

»Nun, du hast mir nie gesagt, dass wir mit unserem Ehegelübde gleichzeitig auch ein Keuschheitsgelübde abgelegt haben! Ich könnte genauso gut ein Priester sein! Hätten wir tatsächlich mal Sex, hätte ich die App gar nicht runterladen müssen!«, schrie Jim zurück.

»Ich würde mich lieber begraben lassen, als eine Schlange wie dich jemals wieder anzurühren, Jim Muldoon! Und du erntest, was du säst, denn ich werde dich aus dem Haus werfen, und zwar genau jetzt!«, rief Mary und legte auf.

In Jims Leitung konnte Tara einen Schmerzensschrei hören, gefolgt von einer Tür, die zugeschlagen wurde. Es schien, als wäre Jim tatsächlich rausgeflogen, kurz bevor seine Leitung verstummte.

»Mary? Jim? Offenbar haben wir die Leitung zu Mary und Jim

Muldoon verloren. Auf wessen Seite stehen Sie, liebe Hörerinnen und Hörer? Ist ein Seitensprung je gerechtfertigt? Werden die Leute durch diese App dazu gebracht, fremdzugehen? Die Meinungen sind offensichtlich geteilt. Wir sprechen dazu jetzt mit dem Erfinder der App, Richard Mulligan. Herr Mulligan, willkommen in der Sendung«, sagte Joe.

»Vielen Dank, dass ich dabei sein darf, Joe«, erwiderte Richard. Seine Stimme war erstaunlich dunkel, und Tara fragte sich unwillkürlich, wie er im echten Leben aussah.

»Also, Richard, alle Welt redet über Ihre App, Fling, und wie ich höre, hatten Sie damit einen sehr erfolgreichen Start, richtig?«

»Das stimmt genau, Joe. Wir haben soeben die Marke von einer Viertelmillion Downloads geknackt«, erklärte Richard selbstbewusst.

»Zweihundertfünfzigtausend Menschen? Das ist ein beachtlicher Anteil an verheirateten Leuten dieses Landes. Aber ich bin mir sicher, dass sie wissen, wie die öffentliche Meinung darüber auseinandergeht«, spielte Joe den Advokat des Teufels.

»Ja, ich habe Mary und Jim gehört, die vor mir in der Sendung waren. Ich weiß, viele werden sich auf Marys Seite schlagen, genauso wie viele andere Jims Meinung sind, aber wenn zwei Menschen unglücklich sind, kommt es zwangsläufig zur Untreue«, sagte er und klang sehr von sich überzeugt.

»Aber was entgegnen Sie den Leuten, die argumentieren, dass sie den heiligen Bund der Ehe zerstören, indem sie dem Ehebruch begünstigen und sogar noch davon profitieren, dass Beziehungen in die Brüche gehen?«, fragte Joe.

»Nun, Joe, wir haben im vergangenen Jahr eine anonyme Umfrage durchgeführt und Verheiratete gefragt, ob sie sich auf eine Affäre einlassen würden, wenn kein Risiko bestünde, dass sie erwischt werden. Zweiundneunzig Prozent der Befragten gaben an, dass sie durchaus Phantasien über einen Seitensprung hätten, und sechsundachtzig Prozent sagten, sie würden einen haben, wenn sie wüssten, dass er geheim bliebe. Es ist immer eine Sache von Angebot und Nachfrage, Joe. Und mit einer Viertelmillion Downloads ist die Nachfrage auf jeden Fall da«, erklärte Richard, wobei seine Stimme eine ruhige, männliche Sicherheit ausstrahlte.

Tara war geschockt über die hohen Prozentsätze, aber wenn sie ehrlich war, hatte sie sich selbst auch schon ab und zu gefragt, wie es wäre, mit jemand anderem als Colin zu schlafen. Die Statistik milderte ihre Schuldgefühle ein wenig. Es fühlte sich an, als wäre es normal.

»Wenn die Menschen Bedürfnisse und Sehnsüchte haben, die nicht erfüllt werden, kann man ihnen doch nicht vorwerfen, dass sie mehr wollen«, fuhr Richard fort. »So viele fühlen sich gefangen in ihrem Leben und würden diesem gern entfliehen, auch wenn es nur für eine Weile ist. Jeder Mensch trägt den Impuls in sich, etwas Verbotenes zu tun. Nur um zu sehen, ob wir damit durchkommen.«

Spätestens jetzt hatte Richard Taras Aufmerksamkeit. Genau so fühlte sie sich. Es war, als spräche er ihr aus der Seele.

»Fling wird manchmal als Tinder für Verheiratete bezeichnet. Halten Sie das für einen zutreffenden Vergleich?«, wollte Joe wissen.

»Nicht unbedingt, denn das Erlebnis der Benutzer ist ein ganz anderes. Fling ist völlig anonym und damit absolut diskret. Keine Fotos vom Gesicht, keine echten Namen, keine persönlichen E-Mail-Adressen, nichts, was auf die Person zurückgeführt werden kann. Unser Algorithmus findet ein passendes Match, nicht basierend auf Aussehen, sondern darauf, wonach die Personen suchen«, führte Richard aus.

»Aber wie sicher ist es, jemanden online zu treffen, wenn man nicht weiß, wer derjenige wirklich ist?«, fragte Joe besorgt.

»Eine berechtigte Frage, Joe. Eine Regel von Fling lautet, dass ein erstes Treffen niemals an einem privaten Ort stattfinden darf. Wenn sich eine Sache weiterentwickelt und es zu einem persönlichen Treffen kommt, ist es essenziell, sich an einem öffentlichen Ort wie einem Restaurant zu verabreden.«

»Und Sie bringen dann zwei völlig fremde Menschen für die perfekte Affäre zusammen?«

»Ganz genau.«

»Also sind Sie so eine Art böser Amor«, meinte Joe scherzend.

»Das ist eine Art, es zu sehen. Aber wir haben alle nur ein Leben, Joe. Die meisten Menschen geben sich zu schnell mit ihrem Leben zufrieden. Fling ist für die Menschen, die sich lebendig fühlen wollen.«

Tara spürte, wie sich ihr Herzschlag beschleunigte. Richard Mulligan wusste jedenfalls, wie er Leute ansprach.

»Ich werde mal ein paar Texte vorlesen, die wir hier gerade reinbekommen, Richard. Paul aus Donegal schreibt: ›Ich bin für #TeamJim. Wenn jemand unglücklich ist, wird er so oder so fremdgehen, macht nicht die App dafür verantwortlich.‹ Maureen aus Meath schreibt: ›Die Regierung sollte eingreifen und diese App verbieten, sie macht Fremdgehen viel zu leicht! #TeamMary.‹ Und Cathy aus Cork meint: ›Jemand sollte diesem Richard-Mulligan-Typ den Schlag ins Gesicht verpassen, den er verdient hat.‹ Irgendwelche Reaktionen darauf, Richard?«

»Ich verstehe, warum die Leute gern der App die Schuld an ihrer unglücklichen Ehe geben würden. Aber die App für den Seitensprung verantwortlich zu machen, ist ein wenig so, als würde man der Sturmhaube die Schuld für den Banküberfall geben«, erwiderte Richard unbeeindruckt.

»Und bereiten Ihnen diese heftigen Reaktionen auf die App irgendwelche Sorgen?«, fragte Joe.

»Absolut nicht. Es ist gut, dass die App so im Gespräch ist. Bisher musste ich nicht einen Cent für Werbung ausgeben. Aber ich garantiere Ihnen, die Leute, die sie am vehementesten verdammen, sind die, die sie am meisten benutzen. Heuchelei ist das Rückgrat der Gesellschaft«, meinte Richard.

»Und hätten Sie denn irgendwelche Schuldgefühle, sollte Ihre App zu einem Anstieg der Scheidungsrate führen?«, fragte Joe.

»Es gibt nur einen einzigen Grund für Scheidung, Joe.«

»Und der wäre?«

»Die Ehe.«

»Richard, wir bedanken uns sehr, dass Sie sich die Zeit genommen haben«, beendete Joe höflich das Gespräch.

»War mir ein Vergnügen«, erwiderte Richard, ehe er auflegte.

»Also, werte Hörerinnen und Hörer, was denken Sie über die neue Fling-App? Würden Sie eine diskrete, anonyme Affäre haben, wenn Sie damit durchkommen würden? Ist es unmoralisch, oder gehört Monogamie womöglich sogar der Vergangenheit an? Teilen Sie Ihre Meinung mit uns, indem Sie entweder zu #TeamMary oder #TeamJim auf unseren Social-Media-Kanälen posten«, forderte Joe zum Ende der Sendung auf.

Tara war fasziniert von dem, was sie da gerade gehört hatte. Die arme Mary hatte sich ganz schön zum Affen gemacht, aber sie klang tatsächlich wie eine prüde alte Schachtel. Jim tat ihr leid, dass er im Radio öffentlich bloßgestellt worden war, aber immerhin hatte er auch vorgehabt, seine Frau zu betrügen. Auf der anderen Seite hatte Richard Mulligan eine Menge Dinge über die Ehe gesagt, mit denen sie sich sehr gut identifizieren konnte. Und mit einer Viertelmillion Downloads hatte er offenbar etwas gefunden, das die Leute durchaus ansprach. Nicht unbedingt das Bedürfnis, Verbotenes zu tun, sondern eher den Wunsch, ungeschoren davonzukommen, obwohl man die Regeln bricht.

Tara streckte den Kopf aus dem Fenster und betrachtete den stockenden Verkehr vor ihr, der sich noch Kilometer hinzuziehen schien. In diesem Moment war es, als würde in Tara ein Hebel umgelegt werden. Sie warf einen Blick in den Seitenspiegel, um sicherzugehen, dass kein Bus auf der Spur fuhr, blinkte und bog in die Busspur ab. Sie trat das Gaspedal durch und schoss auf die Innenstadt zu.

KAPITEL
Drei

Tara kam das erste Mal seit Jahren pünktlich im Büro an. Ihre Handflächen waren schweißnass und ihr Puls raste, als sie das Auto schließlich in der Tiefgarage des Gebäudes parkte. Sie verspürte ein überwältigendes Triumphgefühl. Tatsächlich war sie ungeschoren davongekommen. Sie schloss das Auto ab und trat mit verstohlenem Grinsen auf dem Gesicht in den Aufzug, bereit, die vor ihr liegende Woche in Angriff zu nehmen.

Sie arbeitete als Senior PR-Beraterin bei einer Firma namens Insight an Dublins Grand Canal Dock. Es war eine dieser ultramodernen PR-Agenturen, die besessen waren von Phrasen wie »Unterbrechungsmarketing« und »Wachstums-Hacking« und führte Jobbezeichnungen wie »Daten-Ninja« und »Marken-Rockstar«. Tara fand diesen Ton nervig, aber die Firma hatte den Ruf, innovativ zu sein und Kampagnen zu entwickeln, die es schafften, viral zu gehen.

Trotz aller Innovation hielt Tara Insight immer noch für einen Männerclub. Sie hatte um ihren Platz hart kämpfen müssen, und auch wenn ihre männlichen Kollegen sie nicht offen geringschätzig behandelten, wusste sie doch, dass sie nicht wirklich dazugehörte, egal, wie sehr sie sich auch ins Zeug legte. Es gab diesen subtilen Sexismus, der von oben herab sickerte, von der nur aus Männern bestehenden Chefetage. Die Art Sexismus, die für das bloße Auge unsichtbar war, versteckt und doch offensichtlich.

Tara bekam stets die Klienten, die ein Frauenprodukt vermarkten wollten. Wenn das Produkt in irgendeiner Weise feminin war, wurde es als »Taras Bereich« eingestuft. Es ging immer wieder um die alten Vorurteile: Blau für Jungs, Rosa für Mädchen. Sie wünschte, sie könnte mehr männliche Produkte vermarkten, um zu beweisen, dass sie es wirklich draufhatte. Sie bezog das gleiche Grundgehalt wie ihre männlichen Kollegen, aber sie rissen immer die großen Projekte an sich, die die größten Prämien abwarfen.

Um diese Hürde zu überwinden, hatte sie sogar bewusst versucht, ihre weibliche Seite aus dem Büro zu verbannen. Die Kleider, Bleistiftröcke und Blusen, die sie früher so gern getragen hatte, wurden nach und nach durch Hosen und Blazer ersetzt. Auch ihr aktuelles Outfit, der graue Hosenanzug, ließ sie altbacken wirken. Es schmeichelte ihr überhaupt nicht, aber sie erhoffte sich durch das androgyne Aussehen, Klienten und Produkte nicht nur aufgrund ihres Geschlechts zugewiesen zu bekommen. Bis jetzt ging ihre Strategie allerdings nicht wirklich auf.

Nach einer überaus erfolgreichen Kampagne für True U Cosmetics waren große Erwartungen in Tara gesetzt worden. Diese basierte auf der Idee, die natürliche Schönheit von Frauen zu unterstreichen, statt sie gekünstelt aussehen zu lassen. Die Werbung zeigte Frauen ganz unterschiedlicher Figur und Hautfarbe, die zum ersten Mal das Make-up ausprobierten und ihre Eindrücke selbst mit der Kamera festhielten. Das führte dazu, dass auch alle möglichen anderen Frauen ihre Erfahrungen mit dem Produkt über Social Media verbreiteten. Die gesamte Kampagne hatte sie mit einem einfachen und doch effektiven Slogan und Hashtag verknüpft: #BecomeYourself.

Obwohl die feministische Idee hinter der Kampagne gelobt wurde, fühlte sich Tara wie eine Verräterin. Sie propagierte, dass Frauen ihre weibliche Seite zum Ausdruck bringen sollten, während sie ihre eigene unterdrückte. Sie hatte wortwörtlich Tausenden Frauen geholfen, sie selbst zu werden, doch ihr fehlte dafür das Selbstbewusstsein. Doch es war nun mal eine Männerwelt, in der sie sich behaupten musste, und sie folgte nur den Regeln des Spiels. Und trotzdem hatte sie nach all den Jahren immer noch das Gefühl, ständig zu verlieren.

Tara stieg aus dem Aufzug und wanderte durch die Betriebsamkeit eines Montagmorgens bei Insight. Zugegeben, das Büro war ziemlich stylisch eingerichtet, aber Tara kaufte ihnen die Vorliebe für Sitzkissen, Videospiele und Tischtennisplatten am Arbeitsplatz nicht ab. Tara war die Älteste der Senior PR-Berater. Marketing war das Spiel junger Leute geworden, und um bei Insight erfolgreich zu bleiben, musste man den Finger jederzeit am Puls des Zeitgeists haben. Obwohl sie erst siebenunddreißig war, kam sich Tara oft viel älter vor. Auf dem Papier war sie ein Millennial, aber wenn es um Technologien und Popkultur ging, war sie wirklich hinterher. Mittlerweile hatte sie ein schlimmes Hochstapler-Syndrom entwickelt und fürchtete jederzeit, dass jemand sie als Dinosaurier entlarven würde.

Sie hatte keinen »Chef« im traditionellen Sinn des Wortes, aber wenn sie einmal im Vierteljahr bei der Chefetage vorstellig wurde, machten es die Herren ihr mehr als deutlich, dass es lange an der Zeit war, dass sie wieder einen großen Fisch an Land zog. Ihr juckte es in den Fingern nach einer Gelegenheit, ihnen zu zeigen, dass sie ihren Biss nicht verloren hatte.

Als sie in ihrem Büro ankam, bemerkte Tara, dass ihre Praktikantin Emily noch nicht da war. Weil Tara immer zu spät kam, war es das erste Mal, dass Emily nicht vor ihr am Platz saß, um sie mit dem Morgenkaffee zu begrüßen. Tara setzte sich an ihren Schreibtisch und schaltete den Computer ein. Ihr Büro war ultramodern, schon fast auf theatralische Weise. Sie würde wohl nie ganz verstehen, wie es minimalistisch und überladen zugleich wirken konnte. Es war, als würde das Design aus Glas und Chrom herausschreien: »Sieh nur, wie unauffällig ich bin!« Ein bizarres Oxymoron.

Trotzdem liebte sie den wahnsinnig tollen Ausblick, den sie vom Büro aus auf den Fluss Liffey, der sich ins Meer ergoss, hatte. Sie beneidete den Fluss. Er hielt nie an, um sich zu fragen, wohin er floss oder warum. Er verließ sich allein auf natürliche Instinkte, sein Pfad war festgelegt von Anfang bis Ende. Tara hatte früher einmal das Gefühl gehabt, ihr Leben folgte den gleichen Naturgesetzen. Jetzt fühlte sich ihr Leben eher an wie ein Ozean. Sie konnte in jede beliebige Richtung schwimmen, wusste aber nicht, welche Route sie an Land bringen würde.

Exakt um 9.05 Uhr kam Emily mit Taras Morgenkaffee im Büro an.

»Du bist aber früh dran«, stellte Emily überrascht fest, als sie Tara erblickte.

»Und du bist spät dran«, erwiderte Tara, nur halb im Scherz.

»Mir doch Latte«, sagte Emily und verzog nur ganz kurz die Mundwinkel zu einem Grinsen, als sie ihr einen Becher mit ihrem üblichen Latte Macchiato reichte. »Woher soll ich denn wissen, dass du ausnahmsweise mal pünktlich bist?«

»Punkt für dich.« Tara lachte und nahm den Becher entgegen.

Emily war dreiundzwanzig und hatte vor kurzem ihren Abschluss in Psychologie am Trinity College gemacht. Sie trug ihre Haare in einem schwarzen Bob, dazu ein Stecker-Piercing in der Nase, und ihre Vintage-Klamotten stammten ausnahmslos aus hippen, alternativen Second-Hand-Läden. Ihre Alltags-Outfits waren ziemlich provokativ für die Arbeit im Büro, aber Tara wagte es nicht, sie in ihrem Recht auf Selbstverwirklichung zu beschneiden.

Da sie selbst eine Absolventin des Trinity-Colleges war, hatte Tara die Vorstellung gefallen, Emily unter ihre Fittiche zu nehmen. Obwohl Tara es vermutlich mehr mochte, Mentorin zu sein, als Emily es brauchte, eine Mentorin zu haben. Tara hatte bald feststellen müssen, dass Emily für die Arbeitswelt nichts als Gleichgültigkeit übrighatte und die Praktika nur runterriss, um etwas in ihrem Lebenslauf stehen zu haben. Doch Emily war Sternzeichen Waage, was mit Zwilling am kompatibelsten war, weshalb Tara ihre notorische Teilnahmslosigkeit entschuldigte und ihr so gut wie alles durchgehen ließ.

Tara nahm den ersten glorreichen Schluck von ihrem Triple-Vanilla-Latte. Himmlisch.

»Erzähl es nicht weiter, aber ich bin nur deshalb pünktlich, weil ich auf die Busspur gewechselt bin«, meinte Tara, die immer noch ein bisschen high war von der Aufregung ihres rebellischen Tuns.

»Ich weiß, kam in den Nachrichten«, entgegnete Emily ausdruckslos.

»Was?« Tara bekam Panik. »Hat mich jemand aufgenommen? O Gott, hat jemand Anzeige erstattet?«

»Klar, die Bullen haben mich verkabelt, damit ich dein Geständnis aufzeichnen kann. Sie haben das Gebäude umstellt«, sagte Emily mit sarkastischem Unterton. Dieser trockene Humor war typisch für Emily.

Tara verspürte eine Welle der Erleichterung. Sie hätte sich gleich denken können, dass Emily sie nur ärgerte, zumal sie das täglich tat. Es fiel ihr bloß immer noch schwer, Emilys Resting-Bitch-Face zu entziffern, ein Gesichtsausdruck, den sie über Jahre hinweg perfektioniert hatte, als Erwiderung darauf, dass Männer sie immer wieder aufforderten, mehr zu lächeln.

»Okay, du hast mich erwischt«, gab Tara zu. Ihr fiel plötzlich auf, dass Emily größer wirkte als sonst. Als sie an ihr hinabsah, erblickte sie ein Paar Locklederstiefel.

»Emily, sind das Stripperinnen-Stiefel?«, fragte Tara mit hochgezogener Augenbraue.

»Du sagst doch immer, man sollte sich für den Job anziehen, den man gern hätte, nicht für den, den man hat«, erklärte Emily und hob ein Bein, um die Stiefel herzuzeigen.

»So war das nicht gemeint«, erwiderte Tara irritiert. »Aber egal. Wie war denn dein Date mit diesem Typ?« Jeden Montagmorgen brachte Emily sie auf den neusten Stand, was ihre Männergeschichten anging, und Tara gierte geradezu nach den schmutzigen Details. Da ihr eigenes Sexleben nicht mehr existent war, hatte sie oft das Gefühl, es stellvertretend durch Emily zu leben, auch wenn die Geschichten sie manchmal schockierten.

»Ach, nee, der war zu nett. Es war furchtbar. Warum kann ich nicht einfach einen Mann finden, der mein Leben ruiniert?«, sagte Emily.

»Komm schon, nette Kerle sind nicht unbedingt die schlechtesten«, meinte Tara.

»Hey, er war derjenige, der gekommen ist. Ich schwöre, wenn ein Typ schon von sich behauptet, ein Zungenvirtuose zu sein, stellt sich am Ende raus, dass er nicht mal weiß, wo er den Geigenbogen ansetzen muss«, beklagte sich Emily.

Tara hätte sich fast an ihrem Kaffee verschluckt. Emily beschrieb die Dinge mal wieder recht blumig. »Ihr Millennials erstaunt mich immer wieder«, meinte Tara schmunzelnd.

»Ich bin kein Millennial, ich bin Generation Z.«

»Sorry, das verwechsele ich immer.«

»Millennials sind die, die sich ihre Hypothek nicht leisten können, weil sie ihr ganzes Geld für Avocado-Sandwiches ausgegeben haben. Generation Z sind die, die den Planeten retten wollen und unter ständigen Versagensängsten leiden«, erklärte Emily.

»Oh«, machte Tara unbeholfen.

»Ehrlich gesagt denke ich darüber nach, diesen Job hinzuschmeißen, um mich Vollzeit auf das Versagen zu konzentrieren«, sagte Emily mit ihrem üblichen Pokerface.

»Emily, es ist Montagmorgen, und du redest schon vom Hinschmeißen. Willst du nicht erst ein bisschen Berufserfahrung sammeln? Hast du keinen Traumjob, auf den du hin arbeitest?«, fragte Tara mit leichter Besorgnis.

»Warum sollte ich vom Arbeiten träumen? Jeder Einzelne meiner Generation träumt nur davon, ein viraler Internetstar zu werden. Wo wir schon davon sprechen, hast du diese verrückte Mary im Radio gehört? Das geht online gerade total ab«, sagte Emily und schaute auf ihr Handy.

»O mein Gott, ja, das war zum Totlachen!«

»Da wünsche ich mir fast, verheiratet zu sein, nur um fremdgehen zu können.«

»Emily! Sag doch so was nicht.« Tara war schockiert.

»Mann, du bist auch so eine Mary.« Emily verdrehte lachend die Augen.

Tara war völlig baff. Genau genommen fühlte sie sich regelrecht beleidigt! Sie war nicht eine dieser unterdrückten, prüden Hausfrauen, die in Radiosendungen anriefen, um sich darüber zu beklagen, dass Irland zu modern wurde!

»Emily! Ich bin nicht wie diese Mary. Ich bin schockiert, dass du das denkst – und auch noch aussprichst!«, rief Tara entsetzt.

»Du musst doch zugeben, dass durchaus eine gewisse Ähnlichkeit besteht«, meinte Emily.

»Welche denn zum Beispiel?«, wollte Tara aufgebracht wissen.

»Ich weiß nicht, wie ich es erklären soll. Du bist einfach so unschuldig ... aber gleichzeitig auch so schuldbewusst. Ich denke, es ist was Katholisches. Ich hab das Gefühl, du würdest dich am liebsten jedes Mal bekreuzigen, wenn ich über Sex rede. Und ich bin überzeugt, dass du in Gedanken jedes Mal einen Rosenkranz betest, wenn du meine Outfits siehst«, lachte Emily und machte eine Handbewegung in Richtung ihrer schwarzen Lackstiefel.

Tara war geschockt, dass sie so auf Emily wirkte. Ihre größte Sorge war Realität geworden. Ihre Arbeitskollegen hielten sie für einen Dinosaurier! »Emily, du siehst mich völlig falsch! Ich bin ein sehr spaßliebender, offener Mensch«, beharrte Tara.

»Wann hattest du zuletzt Sex?«, fragte Emily, die sich noch nie um Büro-Etikette geschert hatte.

»Emily!«, zischte Tara, die dunkelrot angelaufen war.

»Wow ... so lange her, was?«, erwiderte Emily.

»So was kannst du doch nicht einfach fragen«, verteidigte sich Tara.

»Sieh dich doch an, du verfällst in Schockstarre, wenn ich Sex auch nur erwähne. Das ist genau die Mary-Energie, die ich meine«, grinste Emily.

»Okay, vielleicht habe ich die Verbindung zu meiner sexuellen Seite ein wenig verloren. Aber die vergangenen Monate waren einfach sehr anstrengend. Mein Mann und ich schlafen zwar jeden Abend im selben Bett, aber es fühlt sich an, als wären wir meilenweit voneinander entfernt«, seufzte Tara.

»Und was hat euch zwei auseinandergetrieben?«, fragte Emily.

»Na ja ... Ich habe dir das nie erzählt, aber ... ich kann keine Kinder ... bekommen.« Tara hatte den letzten Teil des Satzes geflüstert.

»Na, ich kann die Bälger auch nicht ertragen«, sagte Emily, die sie falsch verstanden hatte. »Die machen doch nichts anderes, als die ganze Zeit rumzuschreien.«

»Nein, ich meine, mein Körper ist dazu nicht in der Lage«, erklärte Tara gepresst.

»Oh, ach so«, machte Emily und wirkte ausnahmsweise mal, als wüsste sie nicht, was sie sagen sollte. Doch das hielt nicht lange vor. »Warte, das bedeutet doch, dass du mehr Sex haben solltest, nicht weniger, oder?«

»Na ja, du kannst mir glauben, dass es die Sex-Batterien ziemlich auslaugt, wenn man sechs Jahre lang versucht, ein Baby zu zeugen. Ich habe das Gefühl, ich bräuchte eine Art Starthilfe, um wieder in die Gänge zu kommen.« Tara seufzte und ließ sich in ihren Schreibtischstuhl zurückfallen.

»Also ist die Leidenschaft einfach ... weg? Wie lange seid ihr zwei schon zusammen?«

»Seit achtzehn Jahren sind wir zusammen und sieben davon verheiratet.«

»Wow, das ist echt lange«, bemerkte Emily. »Das ist ja fast so lange, wie ich lebe.«

»Na toll, jetzt fühle ich mich wirklich alt«, seufzte Tara. »Ich weiß auch nicht, vielleicht musste es irgendwann so kommen, dass unsere Leidenschaft verfliegt. Oder es ist nur das verflixte siebte Jahr.«

»Wer sagt denn heute noch verflixt?«

»Das nennt man so, Emily, wenn ein Paar nach sieben Jahren Ehe den romantischen Funken verliert.«

»Dann solltest du es mal mit Fling probieren«, schlug Emily vor.

»Grundgütiger, ich und ein Seitensprung? Du machst wohl Witze.« Taras Gesichtsfarbe legte noch einen Rotton zu.

»Ach, komm schon. Männer sind doch wie Schuhe. Mit nur einem sieht man albern aus«, meinte Emily augenzwinkernd, als wollte sie Tara anstacheln.

»Das ist alles gut und schön, Emily, aber was genau soll ich deiner Meinung nach tun, wenn mein Ehemann das herausfindet?«

»Das läuft total anonym, er würde nichts merken. Tagsüber kannst du eine Heilige bleiben und trotzdem nachts eine Hure sein«, neckte sie Emily.

»Auf keinen Fall. Ich würde vor Scham tot umfallen«, entgegnete Tara entschieden.

»Alles klar, Mary«, sagte Emily grinsend und ging auf die Bürotür zu.

»Ich bin *keine* Mary!«, brüllte Tara ihr hinterher.

KAPITEL
Vier

Colin kam um 9.27 Uhr im Büro an, genau wie an jedem anderen Tag. Sein Arbeitstag begann um halb zehn, und da er ein Spezialist darin war, Abkürzungen durch die kleinen Seitenstraßen Dublins zu finden, schaffte er es immer pünktlich. Genau wie Tara verbrachte Colin seinen Weg zur Arbeit damit, über die Welt und seine Rolle darin nachzugrübeln. Mit seinen inzwischen achtunddreißig Jahren war er an einem Punkt angelangt, dass er den eigentlichen Sinn innerhalb des bedeutungslosen Chaos seiner Existenz zu finden versuchte.

Es gab keinen Zweifel daran. Colin steckte tief in einer Midlife-Krise.

Das letzte halbe Jahr hatte sich angefühlt wie ein einziger Höllenritt. Seine Ehe zerbrach, und Tara schien kein gesteigertes Interesse daran zu haben, sie zu retten. Sie wirkte apathisch und abgestumpft. Sie stritten sich nicht, aber wirklich harmonisch war es auch nicht zwischen ihnen. Er hatte es satt, sein Leben im Schwebezustand zu verbringen. Colin hätte es bevorzugt, wenn sie nicht länger um den heißen Brei herumreden würden. Früher mochte er ihre Streitereien, die immer zum besten Sex überhaupt führten. Aber diese unterschwellige Feindseligkeit war die reinste Qual. Es war wie ein Tod durch tausend kleine Schnitte. Ein Streit würde wenigstens die Anspannung lösen. Aber Tara weigerte sich, dieses äußerst wichtige Gespräch zu führen, das über ihrer Ehe hing wie ein Damoklesschwert.

Sie hatte den Wunsch aufgegeben, eine Familie zu gründen, und immer wenn er versuchte, eine vernünftige Unterhaltung darüber zu führen, wechselte sie entweder sofort das Thema, verließ das Zimmer oder blockte mit einem Vortrag darüber, dass es ihr Körper sei und nicht seiner. Sie war auf der Suche nach einem neuen Traum, würde sie dann sagen. Aber was Colin an seinem Traum, Kinder zu haben, so liebte, war, das es ein Abenteuer wäre, das er mit Tara teilen würde. Es war ihr nächstes Kapitel. So wie sie über ihr Schicksal sprach, schien es, als wäre er kein Teil davon. Warum war sie so gegen die Idee, Celine nach dem Namen ihres Fruchtbarkeitsexperten zu fragen? Es konnte doch nichts schaden.

Er wollte doch nur ein Dad sein. Nicht bloß ein Vater, sondern ein wirklich liebevoller, fürsorglicher, leidenschaftlicher, peinlicher Dad. Er wollte Socken in den Sandalen tragen. Er wollte gegen einen Hund sein und dann dessen bester Freund werden. Er wollte seine Familie zum Flughafen schleifen, Stunden bevor der Flug überhaupt zum Boarding freigegeben wurde. Aber vor allem wollte er einem Kind das Gefühl von Geborgenheit geben, das er in seiner eigenen Familie nie gehabt hatte.

In Colins Kindheit hatte es einen Vater gegeben, aber nie einen Dad. William O'Hara war ein erfolgreicher, reservierter Mann, der daran glaubte, eine strenge Erziehung forme den Charakter. Seine Mutter Patricia, auch wenn sie ein wenig liebevoller war, teilte seine Meinung. Sie gehörten zu der Sorte Eltern, die Sachen sagten wie »Als ich so alt war wie du, musste ich jeden Morgen zehn Kilometer barfuß durch den Regen laufen.« Irgendwie war es Colin schwergefallen, diese Geschichten zu glauben. Es war, als wollten sie ihn immer kämpfen sehen. Er hatte sich schon als Kind geschworen, dass er eines Tages eine eigene Familie haben und seine Kinder ganz anders erziehen würde. Er hatte über viele Jahre lang Geld gespart, damit es seinen Kindern an nichts mangelte. Tolle Weihnachtsgeschenke, Ausflüge ins Disneyland und – natürlich – die bedingungslose Liebe, die er so nie erlebt hatte. Er war bereit, alles zu tun, um seinen Traum vom Vatersein wahr werden zu lassen.

Als er versucht hatte, es Tara zu erklären, hatte sie ihn völlig auflaufen lassen. Es war, als würden seine Gefühle überhaupt keine Rolle mehr in ihrer Ehe spielen. Ständig fühlte er sich ungehört. Es war schwer genug, als Mann über die eigenen Gefühle zu sprechen, doch als er endlich den Mut aufgebracht hatte, es zu tun, wurde er sofort abgewürgt. Sie hatte seinen Traum, Vater zu sein, sogar als »altmodisches konservatives Ideal« abgetan. Altmodisch? War es wirklich so furchtbar von ihm, davon zu träumen, die Familie zu gründen, die er sich seit seiner Kindheit wünschte? Und konservativ? Eigentlich fühlte sich Colin als Rebell. So war er immer gewesen, aufgewachsen mit Punk Rock. Er war der einsame Wolf, der den Mond anheulte. Damals fuhr er sogar eine Triumph Bonneville, als jugendlicher Akt der Auflehnung gegen seine Eltern.

An dem Abend, als er Tara kennenlernte, hatte er genau auf diesem Motorrad auf sie gewartet, vor der Tür des O'Malley Pubs, eine Zigarette rauchend. Sie sagte, sie würde auf keinen Fall aufsteigen. Doch genau das hatte sie getan. Sie konnte dem Abenteuer nicht widerstehen. Und doch, am Tag ihrer Hochzeit war das Motorrad in den Schuppen verbannt worden. »Ich weigere mich, Witwe zu werden«, hatte sie gesagt. Dasselbe galt für die Zigaretten, auch wenn er nur gelegentlich rauchte. »Ich werde nicht zulassen, dass du die Tabakindustrie dafür bezahlst, dich umzubringen«, waren ihre Worte gewesen. Also hatte sich der einsame Wolf zähmen lassen, der Rebell wurde unterdrückt.

Irgendwann hatte er sich das Mantra zu eigen gemacht: Du kannst recht haben oder du kannst glücklich sein. Es gab sicher eine Million kleiner Dinge, bei denen er mit Tara nicht einer Meinung war, aber er wusste, dass es hoffnungslos war, sie dazu zu bringen, ihm recht zu geben. Und selbst, wenn er mal einen Streit gewann, war der Sieg immer nur von kurzer Dauer. Erst sagte sie »Na, schön«, doch irgendwann später nahm sie die Diskussion wieder auf, mit ihrem Lieblingseinstieg: »Ich finde es einfach so komisch, dass ...« Also hatte Colin gelernt, sich auf die Zunge zu beißen, und um des lieben Friedens willen ließ er sie recht haben.

Er redete sich selbst ein, dass die beste Art, einen Streit zu gewinnen, die war, erst gar keinen vom Zaun zu brechen.

Aber nun kam er mit seinem Mantra nicht mehr weiter. Tara in diesem Fall nicht zu widersprechen, machte es ihm unmöglich, glücklich zu sein. Nachdem er jahrelang alles runtergeschluckt hatte, war er nun mit seiner Weisheit am Ende.

Das wäre noch erträglich gewesen, würde Tara ihm wenigstens hin und wieder ein wenig Zuneigung entgegenbringen. Colin war ein gutaussehender Mann, und ihm fiel durchaus auf, wie andere Frauen ihn ansahen. Er bekam häufig Komplimente für seine tiefblauen Augen und sein verschmitztes Lächeln. Irgendwie hatte er immer noch kein einziges graues Haar, und dank seiner Gene mütterlicherseits würde sein Haaransatz sich auch nicht so schnell nach hinten zurückziehen. Er war nicht der am besten bestückte Mann aller Zeiten, aber er hatte immerhin ganze zwei Zentimeter mehr vorzuweisen als der weltweite Durchschnitt, eine Tatsache, auf die er insgeheim sehr stolz war. Als er noch ein Student gewesen war, hatten es viele Frauen mehr als deutlich gemacht, dass sie mit ihm ins Bett wollten. Doch er war Tara immer treu geblieben. Damals war das nicht schwer, da sie die Finger kaum voneinander lassen konnten.

Aber wie sollte er einer Frau sein Leben lang treu bleiben, wenn diese Frau kein Interesse mehr an ihm hatte? Jahrelang war ihr Liebesspiel auf die reproduktive Funktion reduziert worden, doch seit Taras Entscheidung gegen eine erneute In-vitro-Behandlung war ihr Sexualleben nicht mehr existent. War das einfach der normale Lauf der Dinge in jeder Ehe? Von leidenschaftlichen Liebhabern zu sexuell gesättigten Gefährten zu werden? Er fand es ironisch, dass noch vor weniger als einem Jahrhundert die Menschen heirateten, um Sex haben zu können, wo sie heutzutage offenbar die Ehe eingingen, um damit aufzuhören. Colin wollte aber nicht nur eine Gefährtin haben. Er wollte seine Frau zurück.

Colin erkannte sie kaum noch wieder. Sie färbte sich die Haare blond und versteckte ihr natürliches Rot, das Colin so an ihr liebte. Dann waren da diese weiten Hosenanzüge, die sie jetzt immer trug und die ihre tolle Figur verbargen. Es war, als versuchte sie ständig die Dinge zu verstecken, die er an ihr am schönsten fand. Die Doppelgängerin, die jeden Abend neben ihm im Bett lag, war nicht seine Frau. Sie war eine Fremde.

Er hatte Tara geheiratet, weil sie leidenschaftlich, abenteuerlustig und optimistisch war und vor Selbstbewusstsein strotzte. Wo waren diese anziehenden Eigenschaften nur hin verschwunden? Wo war die Lebenslust, mit der sie jeden Raum erleuchtete, den sie betrat? Er vermisste die feurige Rothaarige, in die er sich verliebt hatte. Er vermisste die Tara, die zu ihm auf sein Motorrad gestiegen war. Er vermisste die Tara, die in seinen Armen dahinschmolz.

Würde er sie jemals wiedersehen?

Colin warf einen Blick auf die Armbanduhr, als er den Aufzug in den zweiten Stock nahm.

9.30 Uhr, auf die Minute.

Er arbeitete als Analytiker bei McKenna & Co. Wirtschaftsprüfung, die Firmen dabei halfen, mögliche Risiken abzuschätzen und potenzielle Umsätze zu berechnen. Die Arbeit war nicht übermäßig anstrengend, aber sie ließ ihn auch nicht jeden Morgen voller Elan in den Tag starten. Manchmal fühlte er sich wie eine ausgeschnittene Kartonfigur von einem Mann, einem Mittelklasse-Stereotyp eines Wirtschaftsprüfers mittleren Alters. Selbst das Bürogebäude war deprimierend unscheinbar. Es sah aus wie das Ergebnis einer Online-Suche nach Fotos zu »langweiligem, uninspirierendem Büro«. Sein zwanzigjähriges Selbst würde vor Scham im Boden versinken, könnte es ihn jetzt sehen. Er hatte sich in die Antithese von Punk verwandelt. Jeden Tag wachte er auf und tat das Gleiche, ein immerwährender Murmeltiertag, ohne einen Funken Aufregung. Früher hatte er mal gehofft, hundert Jahre zu leben. Jetzt schien es, als sei er dazu bestimmt, ein Jahr hundertmal zu erleben. Wie ein Hamster in einem Rad musste er einfach immer weiter laufen.

Immerhin gab es ein paar Lichtblicke, die sein Leben einfacher machten. Sein Kindheitsfreund Rory McKenna war sein Chef und dessen Einstellung zu Management konnte man guten Gewissens als Laissez-faire bezeichnen. Als Colin die Tür zu seinem Büro öffnete, sah er Rory auf seinem Sofa liegen – auf den Augen eine übergroße schwarze Sonnenbrille. Ihm war auf den ersten Blick klar, dass Rory einen fürchterlichen Kater haben musste.

»Colin, ich sterbe«, stöhnte Rory, als läge er auf dem Sterbebett.

»Wow, wieder mal verkatert am Montagmorgen, was?«, meinte Colin schmunzelnd.

»Du weißt doch: Ist der Ruf erst ruiniert …« Rory grinste.

Rory war acht Jahre jünger als Colin, hatte aber die höherrangige Position inne, aufgrund der Tatsache, dass sein Vater, Michael McKenna der Inhaber der Firma war. Er hatte seinem Sohn den Titel »leitender Wirtschaftsprüfer« verpasst, was eigentlich keine wirkliche Berufsbezeichnung war, ihn aber zu Colins Chef machte – zumindest auf dem Papier.

Die beiden waren in der gleichen Nachbarschaft aufgewachsen und hatten sich trotz des Altersunterschieds immer verstanden. Rory war teuflisch gutaussehend und strahlte einen verruchten Charme aus. Er trug die schwarzen Haare ordentlich gestylt, dazu hatte er sonnengebräunte Haut und definierte Muskeln, die dafür sorgten, dass seine Hemden aussahen, als wären sie ihm auf den Körper gesprüht. Er war ein hedonistischer Frauenheld, der vor nichts zurückschreckte – ein Provokateur, der dafür lebte, andere zu schockieren. Aber genau deswegen mochte Colin ihn so.

Für Außenstehende wirkte Rory wie eine narzisstische, überhebliche Bedrohung für die moderne Zeit, aber Colin wusste, dass alles nur Show war. Rory übertrieb seinen eigenen Charakter immer absichtlich, nur zu seinem eigenen Vergnügen. Er war eine Parodie seiner selbst, wie das Pendant eines Internet-Trolls im wahren Leben. Die Hälfte von dem, was er erzählte, glaubte er selbst nicht, er liebte es einfach, die Leute aufzuziehen und zuzusehen, wie sie in die Luft gingen.

»Und warum genau musst du dich in meinem Büro erholen?«, höhnte Colin und setzte sich an seinen Schreibtisch.

»Ich will nicht, dass Karen von der Personalabteilung mich so sieht. Am Ende muss ich mir wieder so eine ihrer Präsentationen über ›Büro-Etikette‹ anschauen. Ich werde ihr den ganzen Tag aus dem Weg gehen müssen«, erwiderte Rory. Er setzte sich auf und nahm die Sonnenbrille ab. »Colin, Mann, du hättest dabei sein müssen. Ich habe gestern Abend diese verrückten Mädchen aus Amsterdam in der Stadt getroffen. Zwei Turnerinnen. Du glaubst nicht, wie die sich verbiegen können. Ich habe sie mit nach Hause genommen und ihnen meinen schwarzen Gürtel in Kamasutra gezeigt.«

Colin lächelte. Er wusste, dass man Rorys wilde Geschichten mit Vorbehalt nehmen musste.

»Wünschte echt, du wärst da gewesen, Mann. Ich hätte dir eine abgegeben«, fuhr Rory fort. »Du hättest es echt mal wieder nötig.«

»Das kannst du laut sagen«, meinte Colin, plötzlich mit ernster Miene.

»So schlimm, was? Wie lange ist es her, dass ihr zwei Sex hattet?«, fragte Rory neugierig.

»Zweihundertzehn Tage«, antwortete Colin ein wenig zu schnell. »Aber wer zählt das schon, oder?«

»Mein Gott, ich glaube, ich könnte nicht einmal zweihundertzehn Stunden ohne Sex aushalten. Mann, das ist ja mehr als ein halbes Jahr. Wir hätten dein halbjähriges Zölibat feiern sollen«, neckte ihn Rory, wurde dann jedoch ernst. »Das ist der Grund, warum ich immer sage, die Ehe ist ein unnatürlicher Zustand. Ich habe mir über die Jahre so einiges eingefangen, Col, aber zum Glück nie Mono.«

»Mononukleose?«

»Monogamie.«

Colin lachte. »Sag niemals nie.«

»Ich weiß nur, wenn Frauen davon reden, den Bund fürs Leben zu schließen, dass sie dann vergessen, zu erwähnen, dass es eine Schlinge ist. Es ist, wie dieser Richard Mulligan es im Radio über seine Seitensprung-App gesagt hat. Sechsundachtzig Prozent der Leute würden fremdgehen, wenn sie sich sicher sein könnten, nicht erwischt zu werden«, sagte Rory.

»Hast du gesagt, Seitensprung-App?«

»Ja, das ist diese neue App namens Fling, über die Verheiratete den perfekten Fremden finden können, um eine Affäre zu haben ...«

Colin fand die Vorstellung auf seltsame Weise spannend. Er wollte Rory weiter dazu befragen, doch der redete ohnehin einfach weiter.

»... Ich denke darüber nach, sie mir auch runterzuladen.«

»Du hast doch gerade gesagt, die App ist für Verheiratete«, erwiderte Colin verwirrt.

»Ja, aber denk doch mal nach. Es muss da draußen jede Menge frustrierte Hausfrauen geben, die von ihren Ehemännern nicht die Befriedigung bekommen, die sie sich wünschen. Angeblich wurde die App schon eine Viertelmillion Mal runtergeladen. Ich könnte einfach so tun, als sei ich verheiratet, und plötzlich verdoppeln sich meine Optionen. Denk mal an all die heißen frustrierten Mütter, Colin.« Rory war offensichtlich begeistert von seiner Idee.

»Das erinnert mich an damals, als du mich mit dreizehn gefragt hast, ob diese Porno-Werbung mit den Hausfrauen aus der Umgebung echt wäre«, lachte Colin.

»Na ja, vielleicht wird meine Phantasie ja jetzt Wirklichkeit! Oder warte, nein ...« Rory schüttelte den Kopf, als wäre sie mit einem Mal zerplatzt. »In der App ist alles anonym. Also weiß man gar nicht, ob die Frau heiß ist oder nicht. Das könnte fatal ausgehen.«

»Ich weiß, stell dir vor, du müsstest eine der Frauen tatsächlich kennenlernen«, meinte Colin mit ironischem Unterton.

»Ja, Mann, kannst du dir das vorstellen?« Rory war die Ironie offenbar entgangen. »Egal, ich werde jedenfalls den ganzen Tag mit diesem Kater zu tun haben, also werde ich weniger arbeiten können als sonst.«

»Was ist weniger als nichts?«, entgegnete Colin scherzhaft.

»Sag du es mir, du bist das Wirtschaftsprüfer-Genie.«

»Genau genommen bist du der Wirtschaftsprüfer. Ich bin Analytiker.«

Rory lugte aus der Bürotür, um nachzusehen, ob Karen irgendwo lauerte. »Okay, ich glaube, die Luft ist rein«, sagte er und setzte seine Sonnenbrille wieder auf. »Vielleicht habe ich Glück, und Karen erkennt mich so nicht.«

Colin grinste. »Das hättest du wohl gern. Halt dich einfach zurück«, riet ihm Colin.

»Wird gemacht.« Rory sauste über den Flur davon.

Colin lachte in sich hinein. Mit Rory wurde es nie langweilig. Sie beide ergänzten sich gerade deswegen so gut, weil sie unterschiedlich waren.

Colin war in gewisser Weise das Engelchen auf Rorys Schulter, und Rory das Teufelchen auf seiner.

KAPITEL
Fünf

Um elf Uhr grübelte Tara immer noch darüber nach, was Emily gesagt hatte. Sie mit dieser Mary zu vergleichen, war schlicht lächerlich. Okay, vielleicht hatte Tara seit über sechs Monaten keinen Sex gehabt, und vielleicht war ihr letzter Orgasmus noch länger her, aber sie mit Mary zu vergleichen? Mary?

Tara war nicht irgendein selbstgefälliger Puritaner. Sie war eine moderne Frau. Oder etwa nicht? Es war nicht ihre Schuld, dass ihre Bedürfnisse nicht befriedigt wurden. Zugegeben, sie war im katholischen Irland aufgewachsen und in einem Kloster zur Schule gegangen. Der einzige Aufklärungsunterricht, in dessen Genuss sie gekommen war, kam von einer Nonne. Und es war ihr tatsächlich gelungen, während des gesamten Vortrags nicht einmal das Wort Sex in den Mund zu nehmen. Vielleicht war Tara ein wenig zurückhaltend, aber sie war ganz sicher nicht prüde.

Sie würde gern glauben, dass sie nicht unter übermäßigen Schuldgefühlen aufgrund ihres Glaubens litt, aber ihr verstorbener Vater war ein sehr religiöser Mann gewesen, und sie hatte einen wiederkehrenden Traum von ihm, in dem er als Vogel auftauchte und ihr zuflüsterte: »Wie lange ist es her, dass du im Gottesdienst warst?«

Sie versuchte, sich den Mary-Vergleich aus dem Kopf zu schlagen. Emily wollte sie bestimmt nur aufziehen. Es wäre nicht das erste Mal.

Tara ging zum Pausenraum des Büros, um sich ihren dritten Kaffee des Tages zu gönnen. Sie war die Einzige, die es Pausenraum nannte. Offiziell hieß es »Spieleraum«, und die Billardtische, Spielkonsolen und Bildschirme sollten den Angestellten dabei helfen, »kreative Blockaden« zu lösen. Als Tara den Raum betrat, erblickte sie »die Jungs« – Tommy, Mark und Rob –, die gerade eine Runde Tischfußball spielten, oder Kicker, wie sie es nannten. Tara hatte nichts gegen die drei, aber sie strahlten so etwas aus wie Männer bei einem Junggesellenabschied. Jeder für sich war sicher ein kluger Kerl, aber wenn sie zusammentrafen, schien ihr Intelligenzquotient ins Bodenlose zu fallen.

Tommy war zweifellos der beste Verkäufer unter ihnen. Er wusste, was die Leute wollten, konnte ihnen unglaublich gut Honig ums Maul schmieren und benutzte dabei Schlagworte, die eigentlich keinerlei Bedeutung hatten. Seine Lieblingsphrase war: »Es ist Zeit, nicht länger Punkte zu sammeln, sondern anzufangen, sie miteinander zu verbinden.« Tara hatte ums Verrecken keine Ahnung, was das bedeuten sollte.

Mark war nicht schlecht in seinem Job, aber er sprach nur in Sportmetaphern. Tara hatte einmal in seinem Beisein einen Café au Lait bestellt, woraufhin er den Fußballruf »Olé, olé, olé, olé« angestimmt hatte.

Rob war der jüngste der drei, doch er hatte ein Gebiss wie ein Pferd und trug so ein seltsames Schlüsselband. Für Tara war er die menschliche Verkörperung der Comic-Sans-Schriftart.

Als sie sich dem Tischfußball näherte, waren die drei offensichtlich in eine Art dreckigen Witz vertieft.

»Hallo, Jungs«, grüßte sie höflich.

Die drei hielten im Spiel inne und schienen sich sammeln zu müssen. Sie verhielten sich, als wäre sie ihre Lehrerin, die sie bei etwas Verbotenem ertappt hatte. Tara hasste es, wenn sie das taten.

»Hi, Tara«, grüßte Tommy mit entschuldigender Miene, als wollte er vermeiden, Nachsitzen aufgebrummt zu bekommen.

»Was war denn gerade so lustig?«, fragte Tara, die ehrlich interessiert war, den Scherz zu hören.

»Ach, das würde dir nicht gefallen. Definitiv nicht geeignet für den Arbeitsplatz«, erwiderte Mark, der immer noch ein Lachen unterdrücken musste.

Tara fühlte sich verletzt. Sie hatten den Scherz am Arbeitsplatz erzählt, also war es ihnen offenbar egal, ob er geeignet war. Was Mark gemeint hatte, war, dass der Witz nicht für Frauen geeignet war. Sie beschloss, das Thema zu wechseln.

»Hat jemand von euch zufällig auch *The Line* gehört heute Morgen?«, fragte sie.

»Mann, das war zum Wegschmeißen. Diese Mary! Was für eine Schnepfe«, lachte Rob.

»Richard Mulligan ist eine lebende Legende«, schaltete sich Tommy ein. »Weißt du, dass wir morgen ein Pitch-Meeting mit ihm haben?«

»Was?« Tara war geschockt. »Ich habe gar nichts vorbereitet!«

»Oh, keine Sorge. Das ist ein Slam Dunk für uns. Nicht wirklich dein Gebiet«, meinte Mark.

»Wie meinst du das?«, wollte Tara wissen und verengte die Augen zu Schlitzen. »Frauen können auch fremdgehen, weißt du? Soweit ich weiß, gehören immer noch zwei dazu.«

»Na klar, aber ... du bist jetzt nicht unbedingt die geeignetste Person, um eine Werbekampagne für ihn zu entwerfen«, erwiderte Tommy vorsichtig.

»Könnt ihr euch das vorstellen?« Rob lachte und grunzte unabsichtlich wie ein Schwein.

»Und warum nicht? Ist das Produkt nicht ›pink‹ genug?« Sie machte die Geste für Anführungszeichen in der Luft.

»Nein ... es ist nur ... weil du ...« Tommy versagte kläglich, die richtigen Worte zu finden.

»Los, raus mit der Sprache!«, verlangte Tara ungeduldig.

»Du bist ein bisschen wie diese Mary«, rückte er widerwillig heraus.

Tara war fassungslos. Alle hatten eine völlig falsche Vorstellung von ihr. Die Andeutung, dass sie eine prüde, alte Schachtel war, die nicht mit einem schmutzigen Witz am Arbeitsplatz umgehen konnte, war hochgradig beleidigend. Wie konnte ihre Selbsteinschätzung so dramatisch von der Art und Weise, wie andere sie sahen, abweichen? Schrieben einen die Leute in einem gewissen Alter einfach ab?

Sie hatte sich mal für eine Rebellin gehalten. Die Art Mädchen, die zu einem Fremden aufs Motorrad stieg. Wann hatte sie ihren Esprit verloren? Wann war sie zu einer mit dem Zeigefinger wedelnden, Perlen umklammernden, puritanischen Mary geworden? Sie hätte am liebsten laut losgeschrien, aber das wäre etwas, das eine Mary tun würde. Und sie weigerte sich, die Jungs in ihrer Annahme auch noch zu bestätigen.

Nein, sie würde ihnen allen das Gegenteil beweisen.

»Wann kommt Richard Mulligan morgen zu uns?«, fragte Tara ruhig.

»Um elf. Aber, ganz ehrlich, Tara, wir machen das schon. Du gehörst einfach nicht zur Zielgruppe. Du würdest dir Fling doch nicht in einer Million Jahren runterladen«, meinte Tommy.

»Ja, und wenn du nicht weißt, wie man das Spiel spielt, solltest du vielleicht nicht auf dem Feld sein«, stimmte Mark zu.

»Das werden wir ja noch sehen«, murmelte Tara und wandte sich mit versteinerter Miene zum Gehen.

Tara stürmte zurück zu ihrem Büro und zeigte im Vorbeigehen auf Emily.

»Mein Büro. Sofort!«, befahl sie.

Emily folgte ihr schnell durch die Tür, da sie offenbar spürte, dass es ernst war.

»Tara, ist alles okay? Du weißt, dass ich das vorhin nicht so gemeint habe mit dieser Mary-Sache«, sagte sie hastig, als wäre sie besorgt, sie könnte mit dem Scherz zu weit gegangen sein.

»Nein, Emily, du hattest recht. Ich bin eine verdammte Mary. Die Jungs haben gerade genau das Gleiche gesagt. Aber ich werde allen das Gegenteil beweisen«, entgegnete Tara und reichte Emily ihr Handy. »Lade mir Fling runter.«

»Wow. Bist du dir sicher?« Emily nahm das Handy.

»O ja, so sicher war ich mir noch nie. Richard Mulligan kommt morgen zu uns, um von den Jungs Vorschläge für seine Werbekampagne zu hören. Sie scheinen mich für zu prüde zu halten, als dass ich irgendetwas zum Gespräch beitragen könnte, aber denen werde ich's schon zeigen«, sagte Tara. Sie wollte ihnen unbedingt dieses überhebliche Grinsen aus dem Gesicht wischen.

Emily war sofort an Bord und suchte im Appstore nach Fling.

»Gefunden«, verkündete sie. »Ist Nummer eins in den App-Charts. Sieht aus, als wärst du nicht die Einzige, die es nötig hat«, scherzte Emily.

»Emily, bitte. Das dient bloß zu Recherchezwecken für das Kundengespräch«, beharrte Tara.

»Entspann dich, war doch nur ein Witz. Außerdem darf ich sowieso nichts sagen, ich bin quasi Nymphomanin.«

»Ach, sag das nicht. Wusstest du, dass es kein männliches Pendant für den Ausdruck Nymphomanin gibt? Ein Mann wird zur Legende, wenn er viel Sex hat. Aber eine heterosexuelle Frau wird da ganz anders betitelt.«

»Ich bevorzuge den Ausdruck semi-bisexuell. Heterosexuell klingt so langweilig.«

»Wie auch immer. Die Jungs denken, nur Männer wissen, wie man Sex in einer Präsentation verkauft, und wir werden ihnen das Gegenteil beweisen«, sagte Tara hitzig.

»Okay, die App ist runtergeladen. Du sollst noch entscheiden, ob du die Benachrichtigungen für die App einschalten willst?«

»Auf keinen Fall«, lehnte Tara ab. Sonst würde Colin noch eine Nachricht auf dem Sperrbildschirm entdecken und denken, sie hätte eine Affäre.

»Alles klar, dann kann es losgehen. Bist du bereit?«

»Bereit.« Tara begann, nervös im Büro auf und ab zu tigern. Emily öffnete die App.

Willkommen bei Fling.

Klicke hier, um dich anzumelden.

Die App besaß ein schönes himmelblaues Design, das erstaunlich ästhetisch daherkam. Emily klickte auf einen Button, der sie auf eine neue Seite brachte, mit der Überschrift: *Regeln*.

»Okay, los geht's. Willkommen bei Fling, der diskreten Seitensprung-App, mit der du anonyme Online-Affären finden kannst. Diskretion ist der Schlüssel zu deiner Fling-Erfahrung, weshalb es einige Regeln gibt, die sicherstellen, dass deine Privatsphäre garantiert ist«, las Emily vor.

Tara war überrascht, wie aufgeregt sie plötzlich war. Es war, als wäre sie einer Art Geheimclub beigetreten. Sie wollte unbedingt mehr erfahren.

»Lies weiter«, forderte sie Emily auf, ohne stehenzubleiben.

»Regel Nummer eins. Benutze nie deinen echten Namen«, las Emily.

Tara fühlte sich wie eine Art Doppelagent, und die Vorstellung, jemand anderes zu sein, faszinierte sie.

»Regel Nummer zwei. Verschicke keine Fotos, auf denen dein Gesicht zu erkennen ist. Diese könnten verwendet werden, um dich zu erpressen. Anonymität ist essenziell«, fuhr Emily fort.

Dieser Aspekt bereitete Tara ein wenig Bauchschmerzen. Auf diese Weise wusste man überhaupt nicht, mit wem man es zu tun hatte. Und ein Treffen auszumachen mit jemandem, von dem man noch nie das Gesicht gesehen hatte, konnte sogar gefährlich werden. Aber das machte es nur noch aufregender. Der Gedanke war irgendwie sexy.

»Regel Nummer drei«, fuhr Emily fort. »Triff dich immer an einem öffentlichen Ort, um festzustellen, ob du eine Affäre beginnen möchtest. Geh nie gleich zu einem ausgewählten Partner nach Hause, ins Hotelzimmer, etc.«

»Okay, also ist es so eine Art Blind Date«, meinte Tara. »Lies weiter.«

»Regel Nummer vier. Wenn du dein Profil erstellst, sei ehrlich, was deine Wünsche angeht. Unser Vermittlungsalgorithmus benötigt zuverlässige Daten darüber, was du suchst, um den passenden Partner für dich zu finden.« Emily sah von Taras Handy auf. »Also, du bist dir sicher, dass du das machen willst?«, fragte sie.

Obwohl Tara versuchte, sich selbst zu überzeugen, dass es rein zu Recherchezwecken war, verspürte sei einen unerwarteten Adrenalinschub. Nicht mal ihr Abstecher auf die Busspur kam an diese Art Hochgefühl heran. Sie war nun schon zu weit gegangen, um noch einen Rückzieher zu machen. »Wer A sagt, muss auch B sagen«, erwiderte Tara.

Emily klickte auf dem Bildschirm auf *Erstelle ein Profil*, und ein neues Fenster öffnete sich, auf dem *Benutzername* und *Passwort* stand.

»Okay, wie soll dein Fake-Name lauten?«

»Hm, keine Ahnung. Ich liebe den Namen Blanche«, schlug Tara vor.

»Nee, das klingt, als wärst du im Altersheim«, meinte Emily entschieden.

»Na gut, wie wäre es dann mit Margaret?«

»Das ist der Geist, der im Altersheim herumspukt.«

»Okay, okay! Wie wäre es mit Claire? Den Namen liebe ich auch.«

»Claire ... ja, klingt jung ... und feminin. Gefällt mir«, erwiderte Emily und tippte. »Und was soll dein Passwort sein?«

»Nimm einfach ABBAGold, alles in einem Wort. Großes ABBA und großes G«, sagte Tara. Dieses Passwort benutzte sie eigentlich immer. Es war eigentlich ein Wunder, dass noch nie jemand ihre Identität gestohlen hatte.

Emily gab die Details ein und kam zu einer neuen Seite, auf der noch weitere Informationen benötigt wurden. »Alles klar, wie alt sollen wir dich machen?«, fragte Emily etwas vorsichtiger.

»Sagen wir ... dreiunddreißig?«, meinte Tara mit hoher Stimme.

Es folgte ein unangenehmes Schweigen.

»Na schön, dann vierunddreißig«, gab Tara wenig überzeugt nach.

Emily warf Tara einen missbilligenden Blick zu.

»Na gut, ich bin siebenunddreißig! Bist du jetzt zufrieden?«

»Lass uns fünfunddreißig nehmen, dann ist es nicht völlig fake«, meinte Emily und tippte.

Obwohl Emilys Worte hart waren, lag sie damit nicht falsch. Tara würde nicht für dreiunddreißig durchgehen. Manchmal hatte sie sogar das Gefühl, älter auszusehen, als sie war. Die vergangenen Jahre hatten sie sichtlich altern lassen, als hätte ihr Körper seine Jugend abgelegt. Und auch Colin hatte aufgehört, sie als sexuelles Wesen zu betrachten. Aber sie konnte auch nicht Colin allein die Schuld in die Schuhe schieben. Tara hatte angefangen, sogar die Grundlagen der Hautpflege zu vernachlässigen. Sie empfand es sogar als enormen Aufwand, sich mehr als einmal in der Woche die Haare zu waschen.

Emily erstellte weiter ihr Profil. »Okay, also dein Standort ist Dublin. Als Figurtyp nehmen wir schlank. Ein Meter dreiundsiebzig. Blond. Keine Sorge, ich werde die grauen Ansätze nicht erwähnen.«

»WAS?« Tara war schockiert. Es konnte nicht sein, dass sie graue Ansätze hatte, es war gerade einmal zwei Wochen her, dass sie die Haare hatte färben lassen. Tara war von Natur aus rothaarig, aber färbte die Haare alle sechs Wochen in hellem Aschblond. Sie hätte gern Champagner-Blond gehabt, aber ihr Friseur meinte, sie bräuchte den Aschblond-Ton, um das natürliche Rot zu übertünchen und zu verhindern, dass es eine Messingfarbe bekam. Ihre Entscheidung, die roten Haare blond zu färben, lag ein paar Jahre zurück, als Celine einmal zu ihr gesagt hatte: »Du bist so hübsch ... für eine Rothaarige.« Das zweifelhafte Kompliment war ihr unter die Haut gegangen und hatte Selbstzweifel gesät. Sie hasste es, dass Celines Kommentare ihr so zusetzten, aber dennoch trug sie ihre Haare seitdem aschblond.

Doch jetzt behauptete Emily, sie sei grau? Unmöglich. Sie eilte zum Spiegel in ihrem Büro und sah gleich, was Emily gemeint hatte. Es war ein Klumpen Trockenshampoo, das Tara am Morgen nicht richtig im Haar verteilt hatte. »Oh, Gott sei Dank«, stöhnte Tara und verrieb es mit den Fingerspitzen. »Das sind keine grauen Haare, das ist Puder. Nichts gegen Marilyn Monroes Diamanten, aber Trockenshampoo ist der wahre beste Freund von Frauen.«

»Nicht, wenn es dich aussehen lässt wie ein Gespenst«, murmelte Emily.

»Ich habe vergessen, wie brutal ehrlich du sein kannst«, erwiderte Tara und rieb das letzte Bisschen Puder aus den Haaren.

Emily grinste. »Okay, den Teil haben wir geschafft. Als Nächstes sollst du dich in fünf Schlagworten beschreiben.«

»Hm ... Gibt es eine Liste an Auswahlmöglichkeiten?«

»Ja, aber ich lese sie dir nicht vor. Du beschreibst dich selbst, und ich klicke die Worte an, wenn du sie nennst.«

»Na gut, mal sehen.« Tara überlegte. »Also ... ich bin fürsorglich. Meine Karriere ist mir wichtig, also könnte man sagen, ich bin ehrgeizig. Äh ... ich finde, bei mir bekommt man, was man sieht ... Also, vielleicht bin ich authentisch? Oh, und leidenschaftlich! Definitiv leidenschaftlich! Und, lass mal überlegen ... Mir fällt einfach nichts mehr ein.«

»Ich habe fürsorglich, ehrgeizig, authentisch, leidenschaftlich und ... lass uns noch kreativ nehmen.«

»Ah, super. Danke«, sagte Tara begeistert.

»Jetzt brauche ich fünf Schlagworte, was du an einem Mann attraktiv findest.«

»Okay, das ist nicht schwer«, meinte Tara. »Selbstbewusstsein ist definitiv die Nummer eins. Humor ist auch sehr wichtig. Intelligenz ist ein Muss. Und ich mag Männer, die sich durchsetzen können, weißt du, was ich meine? Und lass mich mal nachdenken, was noch ... Oh, und treu sollte er sein!«

»Treu ist hier nicht als Option aufgeführt«, entgegnete Emily.

»Warum denn nicht?«

»Keine Ahnung, vielleicht weil es eine Seitensprung-App ist?«

»Guter Punkt.« Tara lachte. »Okay, dann sagen wir ...«

»Gut bestückt?«

»Nein! Das ist das Letzte, was mir einfallen würde. Nimm noch kommunikativ. Ich mag es, wenn ein Mann gut mit Menschen umgehen kann.«

»Selbstbewusst, humorvoll, intelligent, durchsetzungsfähig und kommunikativ. Das hätten wir«, sagte Emily, als sie die Schlagworte eingegeben hatte. »Alles, was uns jetzt noch fehlt, ist der Text über dich selbst. Und hier steht, darin solltest du auch schreiben, wonach du suchst.«

Tara hatte keine Ahnung, wonach sie suchte. Sie hatte sich diese Frage die vergangenen Monate immer wieder gestellt, jedoch nie eine Antwort gefunden. Sie wollte ihre verlorenen Jahre zurückhaben. Sie wollte, dass ihre Ehe wieder so wurde, wie sie einmal war. Sie wollte ihren Ehemann zurück.

»Hey, Grüblerin, hör auf, zu sehr darüber nachzudenken!«, unterbrach Emily ihre Gedanken. »Nicht zu viel denken, leg einfach los!«

»Ich will mich wieder selbst spüren. Zu der Frau werden, die ich einmal war. Ich will einen Mann, der mich küsst, ohne dass ich ihn darum bitten muss. Ich will einen Mann, der weiß, was er tut und wann er die Initiative ergreifen sollte. Ich will, dass er mich festhält und ich mich in seine Arme sinken lassen kann. Und ich habe es satt, wegen all dieser Wünsche ein schlechtes Gewissen zu haben«, ratterte sie in einem Atemzug herunter.

Tara hatte noch nie so konkret darüber nachgedacht, geschweige denn, es laut ausgesprochen. Aber offenbar brodelte da etwas in ihr. Unter ihrer harten Schale steckte eine unsichere Frau, die sich nach jemandem sehnte, der ihr Halt gab. Sie hatte keine Ahnung, wohin ihr Leben steuerte oder was ihre wahre Bestimmung war. Umso mehr brauchte sie jemanden, der sie in den Arm nahm und ihr versicherte, dass alles gut werden würde.

Nachdem sie laut ausgesprochen hatte, was sie begehrte, schämte sie sich. Würde Emily sie dafür verurteilen?

»Was ist los?«, fragte Emily, als sie ihren besorgten Gesichtsausdruck bemerkte.

»Meine Phantasie klingt einfach so problematisch, wenn man sie laut ausspricht. Du hältst mich vermutlich nicht für besonders feministisch«, gab Tara zerknirscht zu.

Emily musste lachen. »Tara, das hast doch nicht mit Feminismus zu tun. Den ganzen Tag über bist du ein Kontrollfreak, da ist es doch verständlich, dass du es sexy findest, im Bett die Kontrolle abzugeben. Weißt du, was dagegen gar nicht sexy ist? Schuldgefühle«, erklärte sie. »Jetzt müssen wir dich nur noch aus diesen Hosenanzügen herausbekommen.«

»Was ist denn verkehrt mit meinem Hosenanzug?« Tara fühlte sich plötzlich verunsichert.

»Nichts, er ist toll. Aber gibt's den auch für Frauen?« Emily lachte.

»Na, schön. Aber du musst wissen, dass ich die Hosenanzüge nicht wirklich freiwillig trage. Wenn eine Frau eine führende Position innehat, muss sie sich eben anpassen«, versuchte Tara sich zu verteidigen.

»Aber sie zu tragen, obwohl du sie nicht einmal magst, dient doch nur dem Patriarchat. Damit implizierst du, dass maskulines Aussehen überlegen ist und dass der Ausdruck weiblicher Identität unterdrückt werden muss, um erfolgreich zu sein«, erklärte Emily in einem Atemzug. »Dein Feminismus ist mittlerweile überholt. Du steckst in der zweiten Welle fest.«

»Und wo sind wir inzwischen?«

»Nun ja, ich bin meiner Zeit voraus«, antwortete Emily.

»Was meinst du damit?« Tara hatte den Ausdruck noch nie gehört.

»Ich versuche, die Männer dazu zu bringen, den ganzen Tag zu arbeiten, um für mich zu sorgen, während ich von ihrer Arbeit lebe«, erklärte Emily. Es war unmöglich zu sagen, ob Emily es ernst meinte oder nicht.

»Ich schätze, Frauen sind wirklich einmal durch mit allem«, meinte Tara sarkastisch.

»Der Punkt ist, dass es beim Feminismus nicht länger darum geht, den Männern ebenbürtig zu sein. Es geht darum, dass Frauen klar wird, dass sie auch Macht haben können, wenn sie einfach sie selbst sind«, meinte Emily.

Damit traf Emily tatsächlich ins Schwarze. Tara mochte die Kleider nicht, die sie trug. Sie fühlte sich immer wie in einer Uniform, als wäre sie Teil ihrer äußeren Schale. Sie hatte dieses Bild von Feminismus im Kopf, dass sie aussehen musste wie Rosie the Riveter, die »Wir können das auch!« rief, während sie ihren Bizeps anspannte. Gleichzeitig gab sie sich gegenüber den Jungs alle Mühe, so zu wirken, als wäre sie keine typische Frau. Wenn sie jetzt so darüber nachdachte, ergab es total Sinn, was Emily sagte. Plötzlich schämte sie sich dafür, dass sie so lange versucht hatte, bei einer Gruppe Männer reinzupassen, die sie nicht einmal leiden konnte.

Vielleicht war sie doch so etwas wie eine Feministin und hatte nur einen veralteten Begriff des Wortes im Kopf. Vielleicht konnte sie eine starke Frau sein und trotzdem von einem starken Mann träumen. Vielleicht konnte sie im Konferenzraum dominant sein und es trotzdem genießen, im Schlafzimmer dominiert zu werden. Vielleicht konnte sie tagsüber die Hosen anhaben und sich abends einen Mann wünschen, der sie ihr auszog.

»Du hast recht, Emily, ich bin eine Feministin«, legte Tara ihr die Worte in den Mund.

»Weißt du, was dich sogar zu einer noch besseren machen würde? Wenn du mir eine Gehaltserhöhung geben würdest. Ich kann schon förmlich die Erschütterung des Patriarchats spüren!«

»Netter Versuch.« Tara lachte.

»Okay, aber du kennst mein Motto: Mindestlohn, Mindestaufwand.« Emily zuckte mit den Schultern. »Jetzt zurück zu deiner Affäre.«

»Das Lustige ist, der Sex, den ich mir vorstelle, ist so wie der, den ich mit Colin beim ersten Mal hatte. Ich hatte es vorher noch nie getan und war so aufgeregt und total nervös. Ich hatte keine Ahnung, was ich tun sollte, also hatte er die völlige Kontrolle. Es hat sich so gut angefühlt, ihm meinen Körper anzuvertrauen, weißt du?«

»Moment mal, soll das heißen, du hast bisher nur mit deinem Mann geschlafen?«, fragte Emily.

»Jep, nur mit Colin.«

Emily war schockiert. »Na, kein Wunder, dass du so verkorkst bist. Das Leben ist quasi ein All-you-can-eat-Buffet, und du hast bisher nur eine Sorte Würstchen probiert.«

»Deine Wortwahl ist wieder sehr speziell«, lachte Tara.

»Okay, dein Profil ist fertig«, verkündete Emily. »Auf Wiedersehen, Tara, hallo, Claire! Jetzt lass uns nach passenden Partnern für dich suchen.« Sie aktivierte Taras Profil auf der App, und eine Animation eines Fortschrittsbalkens erschien.

Match finden ... 1 % ... 50 % ... 100 % ... abgeschlossen.

»Okay, jetzt kommt der Moment der Wahrheit«, verkündete Emily feierlich und öffnete die Liste der Treffer. Tara begann wieder, im Büro auf und ab zu gehen. Ihr Herz raste wie wild. Sie hatte nicht vor, eine Affäre zu beginnen, also warum war sie so aufgeregt, die Treffer anzuschauen? Wo kam das ganze Adrenalin her?

»Okay, der Erste ist Cormac mit einer einundsiebzigprozentigen Trefferquote. Laut seinem Profil mag er lange Spaziergänge am Strand und Hardcore Bondage.«

»O mein Gott!« Tara verzog das Gesicht. »Der Nächste, bitte.«

»Okay, dann haben wir da Eamon, mit einer Übereinstimmung von fünfundsechzig Prozent. Eamon mag gemütliche Nachmittage ... und wollte schon immer mal ein Sexvideo aufnehmen.«

»Nächster!«

»Dann wäre da Ray mit dreiundfünfzig Prozent Übereinstimmung. O mein Gott, er hat dir gerade eine Nachricht geschickt!«

Emily hielt Tara das Handy hin, so dass sie den Text lesen konnte.

Ray: Hast du Bilder von deinen Füßen?

Tara zuckte zusammen. »Das ist ja ekelhaft!«

»Lass dich nicht zu schnell abschrecken. Ein Fußfetischist könnte der nächste Tara-Fetischist sein«, grinste Emily.

»Ist das alles, was diese App hergibt?«

»Du hast noch mehr Treffer in der Liste, aber sie haben alle weniger als fünfzig Prozent Übereinstimmung.«

Tara war offiziell fertig mit Fling. Wenn das immer so lief, wollte sie nicht Teil der Marketingkampagne werden. Das war doch nur eine weitere schlüpfrige Dating-App, von Männern entworfen, für Männer.

Also, warum war sie plötzlich so enttäuscht?

Gab es etwas, das sie über die App gehofft hatte zu finden? Und warum hatte sie einen solchen Adrenalinschub verspürt, während sie auf die Trefferliste gewartet hatte? Der Gedanke daran bereitete ihr mit einem Mal Schuldgefühle. Sie war eine verheiratete Frau. Klar, ihre Ehe steckte in der Krise, aber sie liebte Colin immer noch. Sie erinnerte sich daran, dass sie die App rein zu Recherchezwecken runtergeladen hatte und das Experiment nun offiziell beendet war.

»Okay, das reicht jetzt«, sagte Tara und nahm Emily ihr Handy wieder ab. Sie schloss die App.

»Ach, komm schon. So schlimm sind sie jetzt auch nicht«, meinte Emily, die offenbar noch keine Lust hatte, wieder an die Arbeit zu gehen.

»Sorry, aber nicht ein einziger dieser Männer ist mein Typ.«

»Du suchst doch nach einer Affäre, nicht nach einem Blutspender.«

»Ehrlich gesagt, suche ich nach gar nichts. Ich verderbe dir nur ungern den Spaß, aber gesichtslose Perverse aus dem Internet bieten mir nichts. Die Jungs können den Auftrag haben«, sagte Tara.

»Hm ... wenn ich es nicht besser wüsste, würde ich sagen, du bist enttäuscht, dass keine guten Treffer für dich dabei sind«, meinte Emily mit wissendem Lächeln.

»Ach, bitte, das war doch nur für die Recherche. Sonst nichts«, winkte Tara ab.

»Mich hättest du überzeugt.« Emily grinste. »Ich mag diese Claire. Scheint so, als hätte sie jede Menge unterdrückter Sehnsüchte, die unter der Oberfläche brodeln.«

»Du kannst deinen Abschluss in Psychologie gern woanders anwenden, ich bin nicht an einer Affäre interessiert«, beharrte Tara.

»Ich weiß ja nicht.« Emily schlenderte aus Taras Büro. »Selbst ein schlafender Vulkan kann mal ausbrechen.«

KAPITEL
Sechs

Colin verbrachte den restlichen Morgen damit, ein paar Berichte zu schreiben, fühlte sich dabei allerdings wie auf Autopilot. Er machte den Job jetzt schon so lange, dass er sich gar nicht mehr so richtig darauf konzentrieren musste. Ähnlich wie beim Autofahren.

Er musste an diese neue App denken, Fling. Gern hätte er Rory nach mehr Informationen gefragt, wollte jedoch auch nicht übermäßig interessiert wirken. Was war an der Sache wohl dran? Übertrieb Rory, wenn er sagte, dass bereits eine Viertelmillion Nutzer die App heruntergeladen hatten? War es nicht seltsam, mit jemandem zu kommunizieren, ohne zu wissen, wie der- oder diejenige aussah? Und wieso interessierte er sich überhaupt so sehr dafür? Immerhin war er mit der Liebe seines Lebens verheiratet. Was sollte er mit einer solchen App anfangen?

Andererseits, wenn jetzt jeder davon redete, wollte er auch nicht außen vor sein. Es war doch nichts Unmoralisches dabei, es sich einmal anzuschauen. Schließlich gewann seine Neugier die Oberhand, und er beschloss, im Internet zu recherchieren, worum es bei dem ganzen Hype eigentlich ging. Er öffnete seinen Browser und tippte »Fling« in das Suchfeld, und sah sofort, wovon Rory gesprochen hatte. Er wurde mit Ergebnissen nur so bombardiert.

»Fling. Eine Seitensprung-App erobert das Land im Sturm«, lautete eine Schlagzeile.

»These: Männer können allem widerstehen ... nur nicht der Versuchung«, las er eine andere Überschrift, die sich eines Oscar-Wilde-Zitats bediente, um Klicks zu erzeugen.

»Umfrage: Bist du Team Mary oder Team Jim?«

Colin fühlte sich bereits abgehängt. Die Ergebnisliste schien endlos weiterzugehen. Alle redeten über eine Frau namens Mary, die offenbar im Netz viral gegangen war, nachdem sie bei *The Line* ausgerastet war. Er scrollte weiter runter, bis er eine Schlagzeile fand, die ihn ansprach:

»Alles, was du über Fling wissen willst, aber dich nicht traust zu fragen«.

Bingo.

Colin klickte auf den Link und erhielt endlich die Informationen, nach denen er gesucht hatte. Er erfuhr, dass die App ausschließlich für unzufriedene Verheiratete gedacht war, die auf der Suche nach einer diskreten, außerehelichen Affäre waren. In der App blieb alles vollkommen anonym, und Colin war insgeheim fasziniert von dem geringen Risiko, ertappt zu werden.

Dennoch, eine Affäre würde seine unglückliche Ehe kaum retten. So etwas war höchstens ein Schmerzstiller, keine Heilung. Andererseits hatte Tara es aufgegeben, nach einer Lösung für ihre Probleme zu suchen. Sie wollten beide Kinder haben und hatten immer geplant, zusammen eine Familie zu gründen. Das war der Plan. Der Plan, den Tara einfach so für irgendeine abergläubische Ausrede aufgegeben hatte. Was sollte er denn jetzt mit dem Rest seines Lebens anfangen?

Doch was bedeutete es eigentlich, eine Affäre zu haben? War es nicht auch einfach eine kurze Zeit des Vergnügens? Und hatte das nicht jeder ab und zu verdient? Sollte er weitere zweihundertzehn Tage ohne Sex aushalten? Er fühlte sich jetzt schon wie ein Löwe, der kastriert und gezähmt worden war. Sollte er es einfach so hinnehmen, dass er nie wieder brüllen würde?

Er zog sein Handy hervor und suchte im Appstore nach Fling. Da war sie. Nummer eins der Download-Charts.

Nur einen Klick entfernt.

Colin nahm seinen Ehering ab und las die Gravur auf der Innenseite. »Für immer und ewig«, stand dort, während in Taras Ring »Für ewig und immer« zu lesen war.

Seine Gedanken wanderten zu der Nacht, in der er ihr den Antrag gemacht hatte. Lange vor ihrer Zeit hatte es einen Trend gegeben, dass sich die Pärchen unter der großen Uhr am Clerys-Kaufhaus in Dublins Stadtmitte verabredeten. Tara hatte das immer für eine furchtbar romantische Vorstellung gehalten und fand es schade, dass die Tradition mit der Zeit verlorengegangen war. Also hatten sie beschlossen, den Brauch am Leben zu erhalten, aber mit ihrer eigenen persönlichen Note.

Anstatt unter der Clerys-Uhr trafen sie sich immer unter der Uhr über dem Eason-Buchladen in der O'Connell Street. Tara begann ihre Dates gern damit, dass sie einmal kurz im Buchladen stöberte, obwohl sie dann oft mehr Bücher kaufte, als sie lesen konnte. Schließlich, nach zahllosen Dates und endlosen Erinnerungen, fand Colin es passend, dass er ihr an der Stelle den Heiratsantrag machte, wo so viele ihrer Geschichten begonnen hatten. Er hatte sie zur Uhr über dem Buchladen geführt, war vor ihr auf die Knie gegangen und hatte sie gebeten, mit ihm ein neues Kapitel aufzuschlagen. »Das wird auch langsam Zeit«, hatte sie lachend gesagt, mit Freudentränen in den Augen.

Damals hatten sie nichts außer Zeit. Es lag noch alles vor ihnen. Jetzt fürchtete er, waren ihre besten Zeiten vorüber. Was würde er nicht alles dafür geben, die Zeiger der Eason-Uhr zurückzudrehen, die Zeit dazu zu bringen, ihm seine Jugend zurückzugeben und dem Gefängnis der Gegenwart zu entkommen, sei es auch nur für einen kurzen Moment. Es war erschreckend, sich zu fühlen, als würde man im eigenen Nachwort feststecken.

Während Colin noch in seine existenziellen Gedanken vertieft war, platzte Rory, ohne anzuklopfen, in sein Büro. »Col, lass uns was zu Mittag essen. Ich brauche dringend was gegen meinen Kater.«

Colin fühlte sich ertappt und schloss hastig die Tabs auf seinem Bildschirm, die noch von seiner Recherche zu Fling geöffnet waren.

»Col...« Rory zog misstrauisch die Augenbrauen hoch. »Warum

siehst du aus wie ein Teenager, der gerade beim Pornosschauen erwischt wurde?«

Rory eilte zu Colins Schreibtisch, noch bevor dieser alle Fenster auf dem Bildschirm schließen konnte. Als Rory die Überschriften sah, wusste er sofort, was los war.

»›Alles, was du über Fling wissen willst, aber dich nicht traust zu fragen.‹ O mein Gott, sieh nur, wer sich endlich ein paar Eier zugelegt hat«, meinte Rory beeindruckt.

»Es ist nicht so, wie es aussieht«, erwiderte Colin beschämt.

»Du kannst mich nicht belügen, Colin«, grinste er. »Komm schon, zeig mir deine Trefferliste.«

»Ich hab doch nicht mal die App.«

»Na los, dann lade sie runter! Mach schon, ich will auch sehen, worum alle Welt so einen Wirbel macht. Und du ja offensichtlich auch«, forderte Rory ihn mit Feuereifer auf. Die Aufregung schien seinen Kater verjagt zu haben.

»Ich kann Tara das nicht antun.«

»Nur weil du dir die Karte ansiehst, heißt das noch nicht, dass du etwas bestellen musst.« Rory grinste selbstgefällig.

Einen kurzen Moment lang schien Rorys Logik Sinn zu ergeben, was selten vorkam. Selbst eine stehende Uhr zeigt zweimal am Tag die richtige Uhrzeit an. Dennoch – die App herunterzuladen würde einem Betrug gleichkommen.

»Nein, ich werde meine Frau nicht betrügen«, sagte Colin entschieden.

Rory seufzte theatralisch. »Weißt du ... es ist vermutlich eh besser so. Du bist nicht wirklich der Typ Mann, mit dem eine Frau eine Affäre haben will«, meinte er.

»Ich weiß, was du vorhast. Du willst mich dazu bringen, dich zu fragen, was genau du damit meinst«, stellte Colin fest.

»Wie du weißt, bin ich ein Meister im Ködern ... «

»Na, schön. Warum genau würde eine Frau keine Affäre mit mir haben wollen?«

»Nun ja, du bist ... Mann, ich kann es nicht einmal aussprechen. Du weißt, wie sehr ich diese politische Korrektheit hasse, aber dieses Wort ist einfach zu krass«, sagte Rory.

»Ich bin erwachsen, Rory.« Colin verdrehte die Augen.

»Du bist ... du bist ... «

»Raus mit der Sprache!«

»Harmlos!«, platzte Rory schließlich viel zu laut heraus.

»Aber das ist doch nicht das Schlimmste, was du über einen Mann sagen kannst«, meinte Colin.

»O doch, das ist es. Geh mal in einen Buchladen, zum Regal mit den Frauenbüchern und such da nach einem Buch mit dem Titel *Verführt vom harmlosen Mann*. Achtung, Spoiler! So ein Buch existiert nicht. Denn es ist einfach total unsexy, wenn ein Mann harmlos ist«, erklärte Rory.

»Also, was sollte ich dann sein ... gewalttätig? Komm schon«, winkte Colin ab.

»Das Gegenteil von harmlos ist nicht gewalttätig, sondern gefährlich«, meinte Rory. »Ich bin Skorpion, weshalb Frauen sich automatisch zu meiner inneren Schattenseite hingezogen fühlen.«

»Ach, erzähl mir doch nicht, dass du jetzt auch an Horoskope glaubst«, meinte Colin.

»Natürlich nicht. Aber Frauen tun es. Und wir reden doch gerade darüber, was Frauen wollen. Ich werde jetzt etwas tun, das ich noch nie getan habe.«

»Deine Arbeit?«, neckte ihn Colin.

»Sei nicht albern. Ich werde dir knallhart die Wahrheit sagen. Als ich elf Jahre alt war, warst du neunzehn, und ich habe ich dich für den coolsten Menschen überhaupt gehalten. Du bist eine Triumph Bonneville gefahren. Du hast ausgesehen wie ein Sex-Gott! Jetzt fährst du einen Nissan Qashqai. Und innerhalb weniger Jahre hast du dich vom Mann zur Memme entwickelt. Ich wollte so schnell wie möglich erwachsen werden, damit ich so sein konnte wie du. Jetzt habe ich Angst davor, erwachsen zu werden, weil ich so werden könnte wie du. Es bricht mir das Herz, dir das zu sagen, aber du musst es hören.«

Rory war bekannt dafür, beim Reden kein Blatt vor den Mund zu nehmen, doch es war das erste Mal, dass seine Worte eine Wirkung auf Colin hatten. Weil er recht hatte. Colin war früher ein Rebell gewesen, der sich niemandem gegenüber verpflichtet fühlte. Jetzt arbeitete er in einem langweiligen Bürojob bei einer Wirtschaftsprüfungsfirma, und zu Hause wartete eine unglückliche leidenschaftslose Ehe auf ihn. Colin wusste genau, warum Rorys Worte ins Schwarze trafen – die Wahrheit tat nun mal weh.

»Lade mir die App runter.« Colin hielt ihm sein Handy hin.

»Guter Junge!«, strahlte Rory. Er hatte die App in gerade mal fünf Sekunden heruntergeladen und geöffnet, ganz der Dating-App-Profi. Colin sah ihm dabei über die Schulter.

Willkommen bei Fling, stand auf der ersten Seite.

Klicken Sie hier, um sich anzumelden.

Rory klickte auf das Feld und begann den Anmeldeprozess zu durchlaufen. »Benachrichtigungen einschalten. Na klar. Regeln für die Nutzung – langweilig. Lass mal schnell schauen, Nummer eins, benutze nie deinen echten Namen. Nummer zwei, keine Gesichtsfotos. Nummer drei, Verabredungen an öffentlichen Orten, um zu sehen, ob man eine Affäre beginnen möchte. Verstanden. Nummer vier, sei ehrlich, was deine Wünsche angeht. Okay, langweiliger Teil vorbei.«

Für Colins Geschmack war Rory zu hastig über die Regeln gehuscht, aber das Wesentliche hatte er verstanden.

»Okay, das Wichtigste zuerst, such dir einen falschen Namen aus«, sagte Rory.

»Hm, keine Ahnung. Irgendwas Männliches«, überlegte Colin.

»Max!«, schlug Rory vor.

»Nee, das klingt nach einem Labrador. Wie wäre es mit Kyle?«

»Nee, du bist schließlich kein Skater. Ich meine, ich würde dich ja Rory benutzen lassen, aber du besitzt einfach nicht diese Raubtier-Energie, die mit dem Namen verbunden ist«, meinte Rory.

»Danke für das Vertrauen in mich. Oh, ich weiß! Jack! Das ist männlich, aber auch nicht zu fake«, sagte Colin, zufrieden mit seiner Wahl.

»Alles klar, Jack nehmen wir.« Rory tippte den Namen ein. »Und als Passwort, würde ich sagen, RORY-IST-GUTBESTÜCKT, alles großgeschrieben und mit Bindestrichen.«

Colin verdrehte genervt die Augen, widersprach aber nicht.

»Okay ... als Nächstes brauchen wir ein paar persönliche Informationen. Sagen wir, du bist sechsunddreißig ... eins fünfundachtzig ... muskulös ... «

»Ich bin nichts davon!«, wandte Colin nervös ein.

»Entspann dich, wir lügen doch nicht, wir hübschen die Wahrheit nur etwas auf«, erwiderte Rory überzeugt.

»Hmpf. Na, schön.«

»Okay ... sagen wir, du wohnst in Dublin ... Oh, jetzt sollst du fünf Adjektive auswählen, die dich beschreiben.«

»Hm, mal sehen ... Ich würde sagen, ich bin humorvoll ... ich bin durchaus intelligent, wenn ich das so sagen darf ... ich bin aufgeschlossen ... ich bin selbstbewusst ... und durchsetzungsfähig!«

»Durchsetzungsfähig? Ernsthaft?« Rory zog zweifelnd eine Augenbraue hoch.

»Na, ja, das war ich zumindest mal. Und ich glaube, es ist an der Zeit, dass ich wieder anfange, durchsetzungsfähig zu werden!«

»Hey, das ist die richtige Einstellung! Also, wir haben humorvoll, intelligent, selbstbewusst ... aufgeschlossen gibt es hier jetzt nicht, also nehme ich kommunikativ, und durchsetzungsfähig!« Rory tippte auf Eingabe. »Als Nächstes wollen sie fünf Eigenschaften wissen, die du an Frauen attraktiv findest. Vielleicht sollte ich diesen Teil für dich ausfüllen.«

»Auf keinen Fall!«, lachte Colin. »Dir geht es doch nie um die Eigenschaften einer Frau!«

»Mir geht es mehr um Quantitäten, wenn du weißt, was ich meine«, entgegnete Rory. »Aber gut, dann machen wir es eben auf deine Weise. Schieß los.«

»Okay, lass mal überlegen ... Also, ich mag an einer Frau wenn sie authentisch ist, weißt du? Wenn sie keine Spielchen spielt. Und sie muss fürsorglich sein. Und auch ein bisschen ehrgeizig. Vielleicht auch kreativ. Eine Frau, die in die Zukunft blickt. Und am wichtigsten wäre mir, dass sie leidenschaftlich ist.«

»Alles klar, dann hätten wir leidenschaftlich, kreativ, ehrgeizig, fürsorglich, authentisch«, zählte Rory auf. »Langweilig.«

»Langweilig kommt aber nicht auf die Liste!«

»Nein, das war nur meine Meinung zu deinem Frauengeschmack.«

»Und was ist dein Frauengeschmack?«, fragte Colin. »Gehirnamputiert?«

»Natürlich nicht. Intelligenz ist durchaus sexy!«

»Das ist gut zu wissen«, meinte Colin. Doch er hatte das Gefühl, dass das noch nicht alles war.

»Obwohl der Kopf auch leer sein kann, um gut zu blasen«, schob Rory hinterher.

»War ja klar.« Colin verdrehte die Augen.

»Okay, jetzt etwas über dich«, sagte Rory. »Hier geht es darum, was du dir von deiner Affäre wünschst.«

Mit dieser Frage hatte Colin nicht gerechnet. »Was ich mir von meiner Affäre wünsche? Na ja, ich wünsche mir eine Frau, die weiß, dass ich das Sagen habe, und sie kommt entweder damit klar, oder sie lässt es sein. Wenn sie mit mir zusammen ist, übernehme ich die Kontrolle. Wenn sie nach jemand Harmlosem sucht, bin ich nicht der richtige Mann. Ich bin gefährlich. Der Löwe war zu lange eingesperrt. Ich bin bereit, loszubrüllen«, sagte Colin

Er fühlte sich, als wäre so etwas wie ein Urbedürfnis in ihm erwacht.

»Ich hätte da ein paar Anmerkungen«, wandte Rory ein.

Doch Colin ließ sich nicht beirren. »Mir egal, es ist mein Profil, und es bleibt genau so.«

»Wow, ich mag diesen neuen, durchsetzungsfähigen Colin. Oder sollte ich besser sagen: *Jack*«, grinste Rory. Er drückte auf den Button, um das Profil fertigzustellen. Ein wachsender Balken auf dem Bildschirm zeigte an, dass die App nach potenziellen Treffern suchte. Beide starrten gespannt auf Colins Handy.

Die Warterei war die reinste Folter.

»Bestimmt gibt es sowieso keine Treffer«, meinte Colin und bereitete sich auf das Schlimmste vor.

Match finden ... 1 % ... 50 % ... 100 % ... abgeschlossen.

Eine kurze Melodie ertönte aus dem Handy, gefolgt von einer Pop-up-Nachricht:

100 % Perfektes Match!

»Eine hundertprozentige Übereinstimmung?«, staunte Colin. »Ist das überhaupt möglich?«

»Muss dein Glückstag sein. Dann lass mal sehen, wer sie ist.« Rory klickte auf das Profil.

Claire – 35, Dublin.

»Also, ihr Name ist Claire«, las Rory vor. »Sie ist fünfunddreißig und wohnt ebenfalls in Dublin. So weit, so gut.«

»Claire, der Name ist sexy. Was schreibt sie über sich?«, fragte Colin aufgeregt.

Rory räusperte sich.

»Ich will mich wieder selbst spüren. Zu der Frau werden, die ich einmal war. Ich will einen Mann, der mich küsst, ohne dass ich ihn darum bitten muss. Ich will einen Mann, der weiß, was er tut und wann er die Initiative ergreifen sollte. Ich will, dass er mich festhält und ich mich in seine Arme sinken lassen kann. Und ich habe es satt, wegen all dieser Wünsche ein schlechtes Gewissen zu haben.«

Colin war geschockt. Genau das wünschte er sich auch. »Sie klingt tatsächlich perfekt! Und eine hundertprozentige Übereinstimmung. Weißt du, was das heißt? Die Frau meiner Träume läuft wirklich irgendwo in Dublin herum!« Colin gestikulierte in Richtung des Fensters.

»Halt, halt, halt«, unterbrach ihn Rory. »Du hast dir doch diese App nicht heruntergeladen, um die Frau deiner Träume zu finden. Du hast dich da angemeldet, um es irgendeiner Hausfrau mal ordentlich zu besorgen. Das alte Rein-Raus-Spiel. Aus-dem-Staub-machen-vor-dem-Frühstück ... «

»Bist du fertig?«, fragte Colin unbeeindruckt.

»Der gute alte One-Night-Stand. Die schnelle Nummer ... Mir fällt bestimmt noch was ein ... Nee, doch nicht.«

»Aber Rory, es ist eine hundertprozentige Übereinstimmung. Besser zusammenpassen kann man gar nicht!«, sagte er atemlos vor Ungläubigkeit.

»Warum fangen wir nicht erst mal mit einer Nachricht an, ehe wir uns Hals über Kopf verlieben? Denk immer dran, wir wissen noch nicht einmal, wie sie aussieht. Was weiß ich, schlimmstenfalls könnte es die alte, verschrumpelte Karen aus der Personalabteilung sein!«

Rory hatte recht, Colin zog voreilige Schlüsse. Trotzdem fühlte er sich wie im Rausch. So war es ihm seit Jahren nicht mehr gegangen, also erlaubte er sich, den Zustand zu genießen.

»Okay, schon gut. Lass uns mit einer Nachricht anfangen. Aber was soll ich schreiben?«

»Du darfst meinen klassischen Anmachspruch verwenden. Hey, Praline, Lust auf eine Füllung?«

»Ich glaube nicht, dass der Spruch funktioniert«, lachte Colin. »Ich denke, ich halte es eher schlicht.« Colin begann zu tippen.

Jack: Hallo, Fremde;)

Colin war mit seiner Nachricht zufrieden. Sie war nicht zu direkt, und der flirtende kleine Zwinker-Smiley am Ende machte sein Interesse deutlich.

»Ich schätze, nun heißt es abwarten«, sagte Colin und spürte, wie seine Euphorie langsam abklang.

»Und das ist unser Stichwort, uns ein extra fettiges Kater-Essen zu besorgen«, erklärte Rory.

So verlockend die Vorstellung von fettigem Essen auch war, wollte Colin sich seinen Appetit lieber für die beiden saftigen Steaks aufsparen, die er morgens aus dem Gefrierfach geholt hatte. »Mach du nur. Ich habe für heute Abend ein paar Steaks aufgetaut, deshalb hole ich mir zum Mittagessen nur ein belegtes Brötchen«, erwiderte Colin.

»Okay, aber du solltest Claire lieber nicht noch mal schreiben, während ich weg bin. Frauen hassen es, wenn Männer verzweifelt wirken«, warnte ihn Rory.

»Das mache ich nicht, versprochen«, erwiderte Colin und steckte sein Handy wieder ein.

»Ich bin stolz auf dich, Mann. Du bist wieder im Spiel, so, wie es sein sollte«, sagte Rory und verließ das Büro. Nachdem er gegangen war, streckte er sofort wieder den Kopf durch die Tür, als hätte er etwas vergessen. »Quickie ohne Wiederkehr. Ich wusste, da war noch einer!«

KAPITEL
Sieben

Als Tara abends nach Hause kam, wurde sie von stillen, leeren Zimmern empfangen, wie immer. Obwohl sie nun schon seit Jahren in diesem Haus lebte, hatte es sich nie wirklich nach einem Zuhause für sie angefühlt. Colin und sie hatten das Haus gekauft, um eine Familie zu gründen, aber zehn Jahre später waren sie immer noch zu zweit. Die langen Flure schienen sie regelrecht zu verhöhnen. Sie besaß ihr Traumhaus, und doch fühlte sie sich, als lebte sie in den Trümmern ihres Lebens.

Sie vermisste ihre Studentenzeit in dem kleinen Ein-Zimmer-Apartment, in dem sie gemeinsam gewohnt hatten. Im Rückblick erschien ihr das Leben damals so einfach. Sie hatten sich über kindische Dinge gestritten, wie darüber, ob Trinity oder UCD die bessere Uni war. Obwohl Tara sich immer hart verteidigte, trug sie am Ende doch Colins UCD-Kapuzenpulli, auch wenn das eine Art Sieg für ihn bedeutete. Doch sie ließ ihn gern in dem Glauben, gewonnen zu haben, wenn sie sich dafür so geborgen in diesem Kapuzenpulli fühlen konnte. Damals war ihr jeder Tag wie ein Sonntagmorgen vorgekommen, und sie hatten immer über all die Dinge geredet, die sie eines Tages gemeinsam tun wollten.

Aber jetzt fühlte es sich so an, als würde ihre Ehe niemals aus diesem Tief herauskommen, in dem sie sich verloren hatten. Eigentlich war es mehr als ein Tief. Es war ein Abgrund. Früher hatte sie gern mit Colin gemeinsam schweigend dagesessen, doch in letzter Zeit war es, als hätte jemand die Lautstärke der Hintergrundgeräusche aufgedreht. Kleine Dinge, wie sein unaufhörliches Schnarchen, seine astronomischen Nieser und seine falsche Aussprache des Wortes »Quinoa«, trieben sie in den Wahnsinn. Und dann war da noch der unerträgliche Small Talk. Ihre Versuche, die Stille zu unterbrechen, machten sie ihr nur umso deutlicher bewusst. Das Heilmittel war schlimmer als die Krankheit selbst. Je länger sie die Dinge unausgesprochen ließ, umso klarer wurde es, dass die brodelnde Stille früher oder später überkochen würde.

Tara war am Verhungern, also ging sie direkt in die Küche. Sie öffnete den Kühlschrank, um sich einen Überblick zu verschaffen, doch dann fiel ihr ein, dass Colin am Morgen zwei Steaks zum Auftauen aus dem Gefrierfach geholt hatte. Sie wusste, dass er sie aufgetaut hatte, damit sie die Steaks zubereitete. Immerhin war sie es, die für das Abendessen verantwortlich war. Aber heute würde sie das von einer äußerst wichtigen Sache abhängig machen.

Sie öffnete die Spülmaschine.

Immer noch nicht ausgeräumt.

Kein einziger Teller und keine einzige Tasse war in den Schrank gewandert. Obwohl er ihr ausdrücklich gesagt hatte, er würde es machen, sobald sie zur Arbeit gefahren war. Und das war kein Einzelfall. So etwas passierte mittlerweile ständig.

Es war nicht immer so gewesen. Vor ihrer Krise, hatten sie alles fair zwischen sich aufgeteilt. Sie kochte, er deckte den Tisch und putzte die Küche. Sie staubsaugte das Haus, er mähte den Rasen. Sie belud abends die Spülmaschine, er räumte sie am nächsten Morgen aus. Aber jetzt schien es ihm egal zu sein.

Gab es etwas Nervigeres als einen Mann, dem alles egal war?

Sie konnte das Steak nicht braten. Schon aus Prinzip weigerte sie sich, Arbeit hineinzustecken, während er seine Aufgaben nie erfüllte. Eine Ehe funktionierte nur als Team, oder?

Tara kramte im Kühlschrank und fand einen Hühnchen-Nudelauflauf für die Mikrowelle. Das Fertiggericht war für zwei Portionen gedacht, und das Haltbarkeitsdatum lief ohnehin bald ab. Perfekt. Sie würde eine Hälfte davon essen, und Colin konnte sich die andere Hälfte nehmen, wenn er wollte. Und wenn nicht, konnte er sich sein verdammtes Steak selbst braten.

Sie schob das Fertiggericht in die Mikrowelle.

Eigentlich mochte sie Mikrowellengerichte gar nicht so sehr, aber in letzter Zeit brachte sie einfach nicht mehr die Energie auf, richtig zu kochen. Tatsächlich kochte sie immer seltener, seit Colin und sie sich nicht mehr verstanden. Wenn er ihr doch einfach mit irgendeiner netten Geste zeigen würde, dass ihm nicht alles egal war. Sie bat ihn jeden Monat, ihr beim Aufräumen des Schuppens im Garten zu helfen, doch sie könnte genauso gut mit einer Wand reden. Und solange Colin ihr nicht irgendwie zeigte, dass er sie noch schätzte, würde es eben Mikrowellengerichte geben.

Es gäbe tatsächlich einen Mittelweg, mit dem sie leben könnte. Die Heißluftfritteuse hatte die kulinarische Welt im Sturm erobert. Jeder, den Tara kannte, hatte inzwischen eine, und alle brüsteten sich mit den vielen verschiedenen Gerichten, die sie darin im Handumdrehen zubereiten konnten. Aber natürlich hatte Colin beschlossen, dass eine Heißluftfritteuse nur ein ausgefallener Name für einen Ofen war, und dass sie keine bräuchten. Es machte sie wahnsinnig, wie geizig er sein konnte.

Tara glaubte daran, dass der Trick, wie man gut durchs Leben kam, der war, immer einen Urlaub gebucht und immer ein Päckchen bestellt zu haben. Aber Colin hatte keine Lust mehr auf Fernreisen, und Tara fühlte sich gezwungen, ein geheimes Abkommen mit ihrem Postboten zu treffen, dass er ihr Päckchen nur noch aushändigte, wenn Colins Auto nicht in der Einfahrt parkte. Er konnte sie zwar nicht vom Shopping abhalten, aber er nahm ihr den Spaß daran. Und seine Weigerung, in den Urlaub zu fahren, lag angeblich darin begründet, dass die künstliche Befruchtung das Einzige war, wofür es sich lohnte, Geld auszugeben. Aber was war das Leben, ohne etwas, auf das man sich freuen konnte?

Also musste sich Tara zumindest fürs Erste auf ihre bewährte Mikrowelle verlassen, während die Heißluftfritteuse eine Phantasie von ihr blieb. Das Leben war schon komisch, dachte sie. Im einen Moment tanzte man auf der Theke einer Bar, nachdem man ein paar Tequilas zu viel getrunken hatte, im nächsten Moment träumte man von Heißluftfritteusen.

Während das Essen erwärmt wurde, öffnete sie eine neue Flasche Grauburgunder und setzte sich an den Esstisch. Sie füllte ihr Weinglas und bemerkte zu spät, dass sie schon die halbe Flasche eingegossen hatte. Früher hatte sie aus einer Weinflasche vier Gläser herausbekommen, doch nach und nach war Taras Definition von einem Glas Wein größer und größer geworden. Während der Phasen der künstlichen Befruchtung hatte sie keinen Alkohol trinken dürfen, und Colin hatte gerade erst auf passiv-aggressive Art angemerkt, dass sie den »verpassten Alkohol wohl nachholte«.

Sie fragte sich, wie ihr Weinglas in ein paar Jahren wohl aussehen würde. Würde sie zu einer dieser Frauen werden, die sich ein verrückt großes Weinglas kauften, um dann Sachen zu sagen wie: »Keine Sorge, ich trinke nur ein Glas«, ehe sie sich die ganze Flasche eingießen? Es war auch nicht gerade hilfreich, dass die leeren Weinflaschen der letzten zwei Monate sich in der Vorratskammer stapelten, wo sie darauf warteten, dass Colin sie zum Altglascontainer brachte. »Ich kümmere mich nächste Woche darum«, sagte er immer wieder. Wenn jemand ihr Altglas zu sehen bekäme, würde er zweifellos annehmen, dass Tara ein Problem hatte. Vielleicht sollte sie sich tatsächlich etwas zurücknehmen.

Die Mikrowelle piepte und riss sie aus ihren Gedanken. Sie beschloss, den Alkoholverzicht noch etwas aufzuschieben, nahm einen großen Schluck und holte ihren Nudelauflauf aus der Mikrowelle.

* * *

Colin kam kurz nach Tara zu Hause an. Er hatte den restlichen Arbeitstag damit verbracht, an Claire zu denken. Trotz ihrer perfekten Übereinstimmungsquote auf Fling hatte sie noch nicht auf seine Nachricht reagiert. Er hatte die App stündlich geöffnet, um nach einer Antwort zu schauen, doch er hatte nicht einmal das kleine grüne Licht an ihrem Profil entdeckt, das angezeigt hätte, dass sie online war.

Auch wenn Claire noch nicht zurückgeschrieben hatte, stellte Colin fest, dass ihm die hundert Prozent Übereinstimmung mit ihr neues Selbstvertrauen verliehen. Sogar sein Gang hatte sich verändert, er stolzierte fast schon dahin. Aus seinem Ego war so lange die Luft raus gewesen, dass er vergessen hatte, wie es sich überhaupt anfühlte, eins zu haben. Colin war wild entschlossen, dieses Hoch so lange wie möglich auszukosten. Er wusste, es war albern und vielleicht etwas schwach, aber das war ihm egal. Er fühlte sich wie ein König, und nun würde er sich sein wohlverdientes Steak gönnen.

Er hängte seine Jacke im Flur auf und betrat die Küche, gerade, als Tara sich mit ihrem gefüllten Teller an den Tisch setzte.

»O, gutes Timing«, meinte sie und sah von ihrem Nudelauflauf auf.

»Was isst du da?«, fragte er mit Blick auf ihren Teller.

»Hühnchen-Nudelauflauf. Ist echt gut, deine Portion steht auf dem Tresen«, erwiderte Tara und nahm einen großen Schluck aus ihrem Weinglas.

»Ich hatte für heute Abend doch die Steaks aufgetaut«, sagte er und konnte seine Enttäuschung kaum verbergen.

»Ich weiß, aber ich hatte nicht wirklich Lust zu kochen. Verrückter Tag auf der Arbeit«, meinte sie.

Colin war frustriert. Er hatte absichtlich nicht so viel zu Mittag gegessen, um sich seinen Appetit fürs Abendessen aufzusparen. Was ihn ärgerte, war nicht unbedingt, dass er nicht bekommen hatte, was er wollte, es war mehr die Tatsache, dass sie mal wieder bestimmt hatte. Er hatte an sich nichts gegen Fertiggerichte, aber sie hatten die vergangenen paar Monate fast nichts anderes gegessen. Dieses Essen hatte nichts mit Genießen zu tun, sondern war nur etwas Zweckmäßiges. Und es war nie so heiß, wie er es gern gehabt hätte, sondern immer nur lauwarm.

Colin seufzte theatralisch, als er sein Mikrowellenessen auf den Teller lud.

»Colin, wenn du gern Steak essen willst, dann brate es dir doch selbst. Wo liegt das Problem?«, fragte Tara.

»Pff. Klar. Es gibt kein Problem«, murmelte er.

Colin warf die leere Plastikschale des Fertiggerichts in den Eimer für den Restmüll, obwohl er genau wusste, dass es Tara ärgern würde.

»Colin, du weißt doch genau, dass du das erst ausspülen und dann in die Recyclingtonne tun sollst«, sagte sie auch prompt.

»Tja, wenn wir nicht so viele Fertiggerichte essen würden, würden wir vielleicht auch weniger Müll produzieren«, meinte Colin und stellte seinen Teller in die Mikrowelle, um das Essen noch einmal aufzuwärmen. Er schlug die Tür ein wenig zu laut zu.

»Ich habe es gerade gekocht, warum kochst du es noch mal?«, fragte Tara verwirrt.

»Du hast es nicht gekocht, du hast es in die Mikrowelle geschoben. Das ist ein Unterschied. Es ist nicht gesund, alles in der Mikrowelle zuzubereiten«, meckerte er.

»Also, wenn du die Mikrowelle so sehr hasst, kaufe ich eben eine Heißluftfritteuse!«

»Eine Heißluftfritteuse ist nichts anderes als ein Ofen! Man kann Luft nicht frittieren, das ist nur eine Verkaufsmasche!«

»Okay, nur um das klarzustellen, du bist sauer, weil ich nicht genügend Zeit damit verbringe, dir dein Abendessen zu kochen? Ist das dein Ernst?«, fragte Tara.

»Ich finde nur, dass eine selbst gekochte Mahlzeit hin und wieder nicht zu viel verlangt ist«, erwiderte Colin.

Tara nahm den nächsten großen Schluck aus ihrem Weinglas. Ihr stand die Wut nun ins Gesicht geschrieben. Sie hatte die Krallen offiziell ausgefahren, und Colin ahnte, dass er den Kampf bereits verloren hatte. Aber er hatte nicht vor, sofort klein beizugeben. Und wenn es nur war, um ihr zu zeigen, dass er noch kämpfen konnte.

»Nun, ich finde, es ist auch nicht zu viel verlangt, ab und zu die Spülmaschine auszuräumen!«, zeterte Tara los. »Du machst hier doch keinen Finger mehr krumm. Ich habe dich schon vor Monaten gebeten, den Schuppen auszuräumen, und es ist immer noch nicht passiert. Und die leeren Flaschen bringst du auch nicht zum Altglas!«

»Oh, also spielen wir jetzt das Wie-du-mir-so-ich-dir-Spielchen?«, fragte Colin. »Es gibt jede Menge anderer Dinge, die ich im Haus erledige.«

»Ach, tust du das? Du machst weder den Abwasch noch die Wäsche, wischst nicht den Boden oder mal Staub ...«, zählte sie auf.

»Du bittest mich auch nie darum, diese Dinge zu tun!«, verteidigte sich Colin.

»Das sollte ich auch nicht müssen.«

»Oh, stimmt, ich habe vergessen, dass ich ja Gedanken lesen kann. Ich soll einfach wie durch Magie wissen, was du von mir willst, ohne dass du es sagst.« Colin warf die Arme in die Luft.

»Ich will, dass du im Haushalt helfen willst.«

»WARUM SOLLTE ICH DAS WOLLEN?«, schrie Colin.

»Niemand hilft gern im Haushalt, Colin, aber du könntest es trotzdem anbieten!«, sagte Tara.

»Nein, weil du es vorziehst, dich beschweren zu können, dass dir niemand hilft, anstatt mich darum zu bitten. Typischer Märtyrerkomplex. Genau wie Celines Angebot, uns einen Kontakt zu dem Fruchtbarkeitsexperten zu verschaffen, das du abgelehnt hast. Du schadest dir damit nur selbst.«

»Ha!«, machte Tara hämisch. »Was kann Celine schon tun? Uns einen Gutschein geben, mit dem wir zwanzig Prozent auf die Eientnahme sparen? Komm schon«, schnaubte sie.

»Sie ist eine Influencerin, Tara. Wir sollten ihren Einfluss nutzen!«, versuchte Colin, sie zur Vernunft zu bringen.

»Zehntausend Follower zu haben, macht einen noch nicht zum Influencer!«

»Also, Jesus hatte nur zwölf Jünger, und er hatte einen ziemlich großen Einfluss!«, entgegnete Colin.

»O, sieh nur, wer plötzlich ein gläubiger Katholik geworden ist.« Tara verdrehte die Augen.

»Es ist keine Schande, andere um Hilfe zu bitten. Niemand muss alles alleine schaffen.«

»Doch, Frauen schon. Ich will keine Hilfe von Celine, und damit basta!«

»Weißt du was, Tara? Gelb steht dir nicht«, erwiderte Colin.

»Willst du damit etwa sagen, dass ich neidisch bin? Auf Celine? Ist es das, worum es dir in diesem Streit geht? Du bist sauer, weil ich keine Yummy Mummy bin, die dir einen Haufen Kinder ausspuckt und dein Lieblingsessen pünktlich auf den Tisch zaubert, wenn du abends nach Hause kommst?«, fragte Tara geschockt.

»Das machst du immer. Hör auf, alles in einen Vortrag über Feminismus zu verwandeln«, seufzte Colin.

»Das ist nicht so leicht, wenn mein kindischer Ehemann einen Ausraster bekommt, weil ich ihm nicht sein Lieblingsessen gekocht habe!«

»Das ändert nichts an der Tatsache, dass du ein Fass voller Widersprüche bist.«

»Hast du mich gerade als Fass bezeichnet?«, fragte Tara entsetzt. »Also, angesichts der Tatsache, dass ich mehr Geld verdiene als du, solltest du vielleicht derjenige sein, der für mich gekocht hat, wenn ich nach Hause komme. Wenn ich jetzt so darüber nachdenke, vielleicht brauche ich einen Hausmann.«

»Das Gehalt ist doch nicht alles, Tara. Ich habe Rücklagen, du nicht. Ich arbeite schlau, nicht hart«, verteidigte sich Colin mit verschränkten Armen.

»Du arbeitest schlau? Nennst du das so, wenn du mit Rory rumhängst? Weißt du, ich glaube langsam, er färbt auf dich ab. Du riechst schon nach toxischer Männlichkeit«, sagte Tara.

»Oder vielleicht hat dein Schoßhündchen gerade noch genug Biss übrig. Vielleicht habe ich endlich den Mut, das heiße Eisen anzupacken«, erwiderte er.

»Okay, also zuerst bin ich ein Fass und jetzt ein heißes Eisen?« Tara verstand ihn absichtlich falsch.

»Du bist kein heißes Eisen! Das heiße Eisen ist die Tatsache, dass wir unglücklich sind! Ich habe die zwei Steaks aufgetaut, damit wir zusammen ein schönes Abendessen genießen können! Es ist, als hättest du einfach alles aufgegeben! Gemeinsames Essen, Sex, die Zukunft, alles. Als hättest du dich aus dieser Beziehung ausgecheckt.«

»Ich habe dir doch gesagt, ich befinde mich an einer spirituellen Kreuzung. Ich versuche, mich wieder mit meinem Schicksal in Einklang zu bringen!«

»Ich lasse dich mit solchen Ausflüchten nicht mehr davonkommen, Tara. Das ist nicht so wie damals, als du mit meinem Auto rückwärts in die Auffahrt gekracht bist und es damit entschuldigt hast, dass du Zwilling bist!«

»Zum letzten Mal, Colin, Merkur war rückläufig! Das ist wohl kaum meine Schuld!«

»Ich habe diesen Unsinn satt. Du steckst vielleicht mit dem Kopf in den Sternen, Tara, aber es ist echt an der Zeit, dass dich mal jemand auf den Boden der Tatsachen holt!«

Die Mikrowelle piepte, um zu signalisieren, dass Colins Essen bereit war.

»Oh, sieh an, mein Essen ist fertig. Ein wunderbares, lauwarmes Essen für unsere wunderbare, lauwarme Ehe«, sagte er, während er den Teller aus der Mikrowelle holte.

»Weißt du, Männer sollten wirklich aufpassen, wenn sie Frauen sagen, dass sie in die Küchen gehören. Dort bewahren wir auch die Messer auf«, zischte Tara und nahm noch einen Sieger-Schluck Wein, als wäre der Streit damit beendet.

»Ich esse lieber im Wohnzimmer, damit meine toxische Männlichkeit dich nicht aus Versehen erstickt«, meinte Colin gehässig.

»Super. Und wenn du schon mal da bist, warum schläfst du nicht gleich heute Nacht auf der Couch«, entgegnete sie schnippisch.

Colin warf ihr ein aggressives Lächeln zu und stürmte aus der Küche.

KAPITEL
Acht

Tara und Colin verbrachten den restlichen Abend damit, einander auf theatralische Weise aus dem Weg zu gehen. Wenn einer von ihnen ein Zimmer betrat, verließ es der andere sofort genervt. Es schien, als hätte sich der aufgestaute Ärger endlich Luft gemacht. Colin hatte nicht vorgehabt, dass die Lage derart eskalierte, aber er war schon fast erleichtert, dass ihre Probleme, die so lange unter der Oberfläche gebrodelt hatten, endlich zutage traten. Er hätte nicht gedacht, dass ausgerechnet ein Steak das Fass zum Überlaufen bringen würde, aber andererseits ging es auch nicht wirklich um das Steak.

Colin machte es nichts aus, auf der Couch zu schlafen, auch wenn es ein bisschen staubig war. Natürlich wäre auch das Gästezimmer eine Option, aber davor schreckte er noch zurück. Das erschien ihm zu endgültig. Er befürchtete, wenn er einmal ins Gästezimmer gezogen war, dass er dann gar nicht mehr in sein Bett zu Tara zurückkehren würde. Und das wollte er nicht. Immerhin liebte er sie über alles. Sie steckten nur in einer Krise, und diese Tatsache anzuerkennen, war der erste Schritt heraus. Er schnappte sich eine Wolldecke aus dem Schrank und machte es sich auf dem Sofa gemütlich.

Während er so dalag, spielte er den Streit gedanklich noch einmal durch. Es war Colin schon immer so gegangen, dass ihm erst zu spät die schlagfertigen Erwiderungen einfielen. Tara hatte einfach die spitzere Zunge. Als sie jünger waren, und Colin wusste, dass er einen Streit verlieren würde, hatte er sie sich einfach geschnappt und geküsst, um sie zum Schweigen zu bringen. Es war der einzige Weg, wie er bei ihr gewinnen konnte. Es war seine Trumpfkarte, das versteckte Ass in seinem Ärmel.

Jegliche Spannung zwischen ihnen war schon immer sexueller Natur gewesen. Immer wenn sie sich stritten, war da eine gewisse Chemie, ein erotischer Unterton, der mitschwang. Sie waren immer in der Lage gewesen, diese Kraft in leidenschaftlichen Sex zu verwandeln und dadurch die Entspannung zu erreichen, die sie sich beide wünschten. Aber Colin hatte das Gefühl, dass Tara nicht mehr geschnappt und geküsst werden wollte. Er würde gern etwas in der Richtung tun, aber ihre Körpersprache hielt ihn davon ab. Jetzt steckten sie beide in einem selbstgerechten Gefängnis fest und sehnten sich vergeblich nach einer Erlösung, die niemals kommen würde.

Seine Gedanken wanderten erneut zu Claire. Er fragte sich, ob sie unglücklich war in ihrer Ehe. Die Tatsache, dass sie sich bei Fling angemeldet hatte, bedeutete womöglich, dass sie seine Situation nachvollziehen konnte. Colin öffnete die App und sah, dass er eine zweiundachtzigprozentige Übereinstimmung mit Sandra, fünfunddreißig, aus Dublin hatte, und sie ihm eine Nachricht geschrieben hatte.

Sandra: Wow, 82 Prozent Übereinstimmung. Wir müssen perfekt füreinander sein! hahahahah
Hallo????? Bist du da?????
Also ... was ist mit uns?

Colin trennte sich schnell von der anhänglichen Sandra. Die nächste Nachricht kam von Maggie, dreiundvierzig, ebenfalls aus Dublin, mit der er zweiundsechzig Prozent Übereinstimmung hatte.

Maggie: Hi, Jack. Ich wollte immer schon mal Sex auf dem Friedhof haben. Wärst du dafür offen?

Colin war schockiert. Er war niemand, der schnell über andere urteilte, aber Sex auf dem Friedhof war ihm dann doch suspekt. Er dachte darüber nach, mit einem schlechten Witz zu kontern, konnte sich aber nicht entscheiden zwischen »Ich habe gehört, das ist ein todsicherer Ort für ein Date« oder »Können wir nicht mit einer Friedhofsschicht anfangen?«. Schließlich entschied er sich, erst gar nicht zu antworten und drückte erneut auf den Unmatch-Button. Nach der hundertprozentigen Übereinstimmung mit Claire fiel es ihm schwer, über irgendjemand anderen auch nur nachzudenken. Immerhin war er Analytiker. Aber warum hatte sie ihm noch nicht geantwortet? Es war, als hätte er den Glücksjackpot geknackt, wäre dann aber aus dem Casino geworfen worden, ohne seinen Gewinn einstreichen zu können. War Claire denn kein bisschen neugierig, was sie zum perfekten Match machte? Ihr Schweigen machte ihn wahnsinnig. Colin seufzte und sah auf die Uhr.

23.06 Uhr. Zeit, ins Bett zu gehen. Claire fand seinen Anmachspruch offenbar doof, oder sie nahm Fling einfach nicht so ernst. So oder so musste sich Colin eingestehen, dass ihr mangelndes Interesse seinem Ego ganz schön zusetzte. Er stand auf und hängte sein Handy ans Ladegerät. Besser, er vergaß Fling und bekam ein bisschen Schlaf.

* * *

Im Schlafzimmer machte sich Tara bereit, den Tag hinter sich zu lassen. Sie fragte sich, ob der Streit heute Abend ein einmaliger Ausrutscher oder der erste Nagel im Sarg ihrer Ehe war. Jetzt, da Colin nicht neben ihr im Bett lag, spürte sie die Leere mehr denn je. Alleine zu sein war eine Sache, aber sich in einer Ehe einsam zu fühlen war eine viel tiefere Art der Isolation. Sie und Colin waren seit achtzehn Jahren ein Paar. War der Höhepunkt ihrer Beziehung einfach vorbei? War es normal, dass das, was als sexuelles Erwachen begonnen hatte, sich in eine Art sexuellen Betäubungszustand verwandelte? Diese Fragen trieben sie um.

Nachdem sie etwas Pickelcreme auf eine Stelle am Kinn getupft hatte, kletterte sie ins Bett. Als sie so dalag, dachte sie über das nach, was Richard Mulligan im Radio erzählt hatte. Über zweihundertfünfzigtausend Menschen hatten Fling heruntergeladen, also fühlten sich offenbar noch mehr Leute so wie sie. Sie war nicht allein.

Tara stellte fest, dass sie die App noch gar nicht gelöscht hatte. Einen Moment lang überlegte sie, doch für Recherchezwecke dabeizubleiben, aber sie ging davon aus, dass das nichts bringen würde. Die Jungs hatten sich das Projekt eh schon unter den Nagel gerissen, und da sie nun wusste, welche Art Männer sich dort tummelten, wollte sie nichts mehr damit zu tun haben. Sie streckte den Arm zum Nachttisch aus und schnappte sich ihr Handy, bereit, Fling endgültig zu löschen.

Gerade als ihr Finger über dem kleinen Minus-Zeichen zum Löschen der App schwebte, hielt sie einen Moment inne und musste daran denken, was Colin im Streit alles zu ihr gesagt hatte. Wie unverschämt er gewesen war. Diese Dreistigkeit. Er hatte wirklich Nerven, sie so zu behandeln! Sie warf einen Blick auf die Zeit auf ihrem Handy.

23.11 Uhr.

Obwohl es spät war und sie ganz schön müde, beschloss sie, nur aus Trotz noch ein letztes Mal die App zu öffnen.

Sie tippte darauf und traute ihren Augen kaum. Ungläubig starrte sie die Animation auf dem Bildschirm an, die ihr sagte: *100 % Perfektes Match.*

Jack – 36, Dublin.

Da passierte es.

Etwas, das Tara erst zweimal erlebt hatte. Etwas, mit dem sie in dieser Situation nie gerechnet hätte.

Tara erlebte Synchronizität.

Sie hatte Schmetterlinge im Bauch, überall am Körper Gänsehaut, und in ihrem Nacken kribbelte es. Sie hatte dieses vertraute Gefühl eines Déjà-vu. Es war dieses Bauchgefühl, das ihr schon immer die unerklärliche Gewissheit verschafft hatte, dass sie zur richtigen Zeit am richtigen Ort mit der richtigen Person war. Ihr spiritueller Kompass, von dem sie geglaubt hatte, dass er ihr verloren gegangen war.

Bis jetzt.

Ihr Herz begann wie wild zu pochen, als sie auf sein Profil klickte. Als sie las, was Jack über sich geschrieben hatte, war sie noch aufgeregter. Er klang wie der Mann ihrer Träume, ein Mann, den sie sich in ihren Phantasien ausmalte. Dann bemerkte sie, dass Jack ihr schon vor einer Weile eine Nachricht geschickt hatte.

Jack: Hey, Fremde;)

Taras Herz raste inzwischen, und sie war total überfordert. Was sollte sie nur antworten? Es war nicht nur so, dass Tara außer Übung war, sie hatte das Spiel nie wirklich beherrschen müssen. Colin war ihr Erster in allem gewesen, und sie hatte plötzlich furchtbare Angst, etwas Falsches zu sagen. Sie zermarterte sich das Gehirn und entschloss sich dann dazu, es simpel zu halten. Jack würde vermutlich sowieso schon im Bett sein.

Claire: Ein Fremder ist nur jemand, den du noch nicht kennengelernt hast.

* * *

Im Wohnzimmer piepste Colins Handy. Er stand von der Couch auf und ging zu der Zimmerecke, in der sein Handy am Ladegerät hing. Zu seinem Entsetzen stammte die Benachrichtigung auf seinem Handy von Fling. Er öffnete die App sofort. Er hoffte mehr als alles andere, dass Claire ihm geschrieben hatte. Sie musste es einfach sein. Colins Miene hellte sich auf, als er die Nachricht las.

Claire hatte ihm nicht nur geschrieben, sondern sie hatte sogar auf flirtende Art geantwortet. Er sah sich noch einmal ihr Profil an, das jetzt das grüne Licht hatte, auf das er den ganzen Tag so sehnsüchtig gewartet hatte. Sie hatte die Nachricht vor weniger als einer Minute geschickt, er wusste also, dass er sofort zurückschreiben musste, ehe sie wieder offline ging. Colin kehrte zur Couch zurück und begann seine Antwort zu tippen – oder besser gesagt, die Antwort seines neuen Alter Ego, Jack.

Jack: Stimmt;) Das ist noch alles neu für mich, aber ich schätze eine hundertprozentige Übereinstimmung ist ein guter Anfang?

Claire: Ich weiß, hundert Prozent bei einer Seitensprung-App. Das ist doch irgendwie ironisch.

Jack: Ich schätze, wir sind gut darin, böse zu sein ...

Claire: Na, dann sind wir wohl am richtigen Ort.

Jack: Scheint so. Ich bin Jack:)

Claire: Ich bin Claire.
Also, was bringt dich zu Fling?

Jack: Um ehrlich zu sein, bin ich erst seit heute dabei und muss noch herausfinden, wie alles funktioniert.

Claire: Geht mir genauso. Ich wollte eigentlich nur mal sehen, worum alle Welt so ein Theater macht.
Hast du das im Radio gehört heute Morgen?

Jack: Das habe ich leider verpasst. Aber diese Mary muss sich ja ziemlich aufgeführt haben haha

Claire: Allerdings. Ich bin so froh, dass ich keine Mary bin haha #TeamJim
Aber um ehrlich zu sein, wollte ich Fling gerade wieder löschen, als du mir geschrieben hast.

Jack: Oh ... Ich hoffe, das hast du jetzt nicht mehr vor ...

Claire: Keine Sorge, habe ich nicht. Du hast mich gerade noch rechtzeitig erwischt.

Jack: Puh! Da hätte ich echt was verpasst

Claire: Meinst du?

Jack: Ich weiß jetzt schon, dass es sich lohnt, dich besser kennenzulernen.

Claire: Mir geht es genauso mit dir:)

Jack: Ich mag deine Art zu denken;)

Claire: Haha, wenn nur mein Mann das genauso sehen würde.

Jack: Trouble in Paradise?

Claire: Wohl eher: Paradise lost:(

Jack: Das kenne ich. Ich habe das Gefühl, der Einzige in der Ehe zu sein.

Claire: Ich auch! Und je mehr man macht, desto mehr wird für selbstverständlich genommen.

Jack: Genau!

Claire: Und von uns wird erwartet, dass wir uns für sie verbiegen, obwohl sie nicht dasselbe für uns tun!

Jack: Ja, oder? Als könnte man sich nicht mal in der Mitte treffen, um Himmels willen!
Und dann tun sie so, als sei man selbst das Problem.

Claire: Ja! Oder als sei man verrückt geworden!

Jack: Ja, das ist am schlimmsten!

Claire: Endlich mal jemand, der mich versteht. Manchmal habe ich das Gefühl, dass es nur mir so geht.
Sorry, ich hoffe, du denkst jetzt nicht, dass ich nur rumjammere.

Jack: Nein, ich verstehe das vollkommen. Es tut gut, mit jemandem zu reden, der auch unglücklich ist.
Nicht, dass ich froh bin, dass du unglücklich bist, natürlich!

Claire: Haha, ja. Es macht mich ein bisschen weniger traurig, zu wissen, dass ich nicht die Einzige bin, die unglücklich ist. Ergibt das Sinn?

Jack: Ja, total! Es ist schön, sich ein bisschen weniger allein zu fühlen.

Claire: Und wenn sie uns mehr wertschätzen würden, müssten wir auch gar nicht erst auf so eine App zurückgreifen!

Jack: Ja! Wir können eben auch nicht immer nur einstecken ...

Claire: Es ist, als würden sie es geradezu herausfordern, dass wir fremdgehen ...

Jack: Wir haben keine andere Wahl!

Claire: Haha. Das ist alles so verrückt. Wir könnten morgen auf der Straße aneinander vorbeigehen und es nicht einmal bemerken.

Jack: Verrückt, oder? Vermutlich aber besser so.

Claire: Wieso das?

Jack: Weil ich dich wahrscheinlich sonst direkt packen und mitten auf der Straße küssen würde;)

Claire: Du weißt doch nicht einmal, wie ich aussehe …

Jack: Ich weiß einfach, dass du schön bist. Ich kann es nicht erklären, ich habe einfach ein gutes Gefühl bei dir;)

Claire: Du würdest bestimmt lieber eine Jüngere wollen … Mit dieser Beschreibung musst du doch Unmengen an Matches haben.

Jack: Haha, ein paar haben mir geschrieben, aber die waren ganz schön schräg drauf.

Claire: Was haben sie denn geschrieben?

Jack: Eine wollte Sex auf dem Friedhof!

Claire: Was? Gibt's doch nicht!

Jack: Doch. Nenn mich ruhig spießig, aber da wäre bei mir tote Hose.

Claire: Hör auf! Du bist also nicht nur charmant, sondern auch noch lustig, oder?

Jack: Du denkst schon drüber nach, was ich zu bieten habe?

Claire: Vielleicht tue ich das wirklich … ;)
O Gott, ich fasse es nicht, dass ich das geschrieben habe!

Jack: Ich finde es gut. Der Algorithmus scheint genau zu wissen, was ich will;)

Claire: Und was willst du?

Jack: Dich;)

Claire: Vorsicht, mit Schmeichelei kommst du bei mir sehr wohl weiter x

Jack: Ach, ja? Nun, dann stell dir nur mal vor, wie sehr ich dir hinter verschlossenen Türen schmeicheln könnte …

Claire: Das wirst du mir schon verraten müssen ...

Jack: Also, zuerst würde ich hinter dich treten und dir den Nacken küssen ...

Claire: Ja ...

Jack: Dann würde ich die Arme um dich legen und dich küssen, wie du noch nie zuvor geküsst worden bist.

Claire: In deinen starken Armen würde ich mich sicher unendlich geborgen fühlen ...

Jack: O ja, das würdest du. Dann würde ich dich hochheben und aufs Bett werfen. Dir den Hals küssen und langsam mit dem Mund deinen Körper hinabwandern.

Claire: Mach weiter ...

Jack: Dann würde ich dich fragen, ob du bereit bist, herauszufinden, wie sich ein richtiger Mann anfühlt.

Claire: Und ich würde sagen: Zeig es mir!

Jack: Und ich würde sagen ...

Claire: Ja, verrate mir, was du sagen würdest, Jack ...

Jack: Braves Mädchen ;)

* * *

Tara war atemlos. Solch eine sexuelle Erregung hatte sie durch das Schreiben von Textnachrichten noch nie erreicht. Sie hatte vielleicht mal erotische Romane gelesen, klar, aber das war nichts im Vergleich zu der Tatsache, dass Jack gerade am anderen Ende gewesen war und das Erlebnis mit ihr geteilt hatte. Sie fühlte sich, als wäre sie völlig in seine Phantasie mit ihm eingetaucht. Als würde sie alles wirklich erleben, was er beschrieben hatte. Ihre Beine waren butterweich.

Jack: Ich hoffe, das war nicht zu viel? Ich habe mich ein bisschen hinreißen lassen.

Claire: Nein, das war überhaupt nicht zu viel, ich musste nur erst mal wieder zu Atem kommen.

Jack: Ich würde zu gern sehen, wie du gerade aussiehst ...

Claire: Das ist doch gegen die Regeln ...

Jack: Stimmt ... aber laut der Regeln sind nur Fotos vom Gesicht verboten.

Tara bekam sofort Panik. Sie war nicht völlig blauäugig, sie wusste, was Jack meinte. Er bat sie um ein Foto von ihrem Körper. Aber sie fühlte sich gerade alles andere als sexy in ihren weißen Oma-Unterhosen.

Claire: Nun, vielleicht muss ich morgen ein paar Fotos machen, um dir einen Grund zu geben, wiederzukommen;)

Jack: Ich finde, das klingt nach einem guten Plan.

Claire: Aber dann will ich auch ein paar Fotos von deinem Körper sehen. Das ist nur fair.

Jack: Abgemacht. Ich hoffe nur, ich enttäusche dich nicht:(

Claire: Nach dem, was du gerade beschrieben hast, glaube ich nicht, dass du mich enttäuschen könntest.

Jack: Na ja, wenn das so ist – sprechen wir uns morgen wieder um dieselbe Zeit?

Claire: Auf jeden Fall. Elf Uhr elf x

Jack: Ich werde die Minuten runterzählen.
Süße Träume, Claire;)

Claire: Wünsche ich dir auch, Jack x

Tara hatte das Gefühl, etwas in ihr war wieder zum Leben erwacht. Sie war immer noch außer Atem, von der Vorstellung, wie Jack die Kontrolle übernommen hatte. Wann hatte sie sich das letzte Mal so erregt gefühlt? Sie war richtig erhitzt.

Er hatte etwas an sich, das sie nicht richtig benennen konnte. Und wie immer hatte ihr Bauchgefühl ihr recht gegeben. Es war Jahre her, seit sie das letzte Mal diese Art von Synchronizität erlebt hatte, und sie hatte schon fast vergessen, wie mächtig dieses Gefühl sein konnte. Mächtig genug, ihre Lebensgeister wieder zu erwecken und ihre Seele zu beflügeln. Ihr spiritueller Kompass hatte den magnetischen Norden gefunden und zog sie jetzt unweigerlich zu Jack hin. Tara hatte die vergangenen Monate damit verbracht, verzweifelt nach ihrem Schicksal zu suchen. Aber jetzt schien es so, als hätte das Schicksal sie gefunden.

KAPITEL
Neun

Als Tara am nächsten Morgen aufwachte, war sie sich nicht ganz sicher, ob ihr Online-Techtelmechtel mit Jack wirklich stattgefunden hatte oder bloß ein erotischer Traum gewesen war. Als ihr klarwurde, dass es tatsächlich passiert war, konnte sie gar nicht mehr aufhören zu lächeln. Sie hatte schon immer zu den Menschen gehört, die es hassten, morgens aufzustehen. Doch heute wachte sie von alleine eine Stunde früher auf und sprang voller Elan aus dem Bett. Ihr innerer Soundtrack trauriger, depressiver Melodien war von ABBAs »Dancing Queen« abgelöst worden. Was für ein Geschenk ihr Jack gemacht hatte. Musik. Sie war aus ihrem Zustand dauernder Taubheit gerissen worden und durchlebte ein Kaleidoskop aus Gefühlen. Es war, als hätte sie Monate der Betäubung endlich abgestreift.

Sie fühlte sich erwacht.

Was hatte Jack bloß an sich, das es ihr unmöglich machte, mit dem Lächeln aufzuhören? Sie spürte, wie sie ein euphorischer Lachanfall überkam. Seit dem ersten Treffen mit Colin damals hatte sie diese Art sexueller Chemie nicht mehr erlebt. Aber was sie mit Jack hatte, fühlte sich anders an.

Jack hatte ihre erotische Energie neu aufgeladen, genau wie ihre Libido. Ihre Batterie war nun auf hundert Prozent, ihre Lebensgeister wiederhergestellt. Es war, als hätte Jack ihr einen geheimen Wunsch erfüllt, von dem sie nicht einmal mehr geahnt hatte, dass sie ihn hegte, zumindest nicht bewusst.

Sie fühlte sich lebendig.

Da sie an diesem Morgen viel mehr Zeit vor der Arbeit hatte, beschloss sie, das Trockenshampoo für heute sein zu lassen und sich stattdessen eine lange heiße Dusche zu gönnen. Sie wusch sich die Haare, benutzte eine Spülung und danach den Föhn, so dass ihr Haar mehr Volumen bekam. Danach wühlte Tara in den Untiefen ihres Kleiderschrankes und zog ein pinkes Bleistiftkleid mit kurzen Flügelärmeln hervor, das sie seit Jahren nicht mehr getragen hatte. Sie öffnete eine unbenutzte Make-up-Palette, die sie von einem Werbepartner geschenkt bekommen hatte, und trug sorgfältig gerade genug auf, um ihre Gesichtszüge zu unterstreichen. Sie schlüpfte in ein Paar roségoldene Pumps und wählte passende Ohrringe in Tropfenform aus.

Als sich Tara schließlich im Spiegel betrachtete, fühlte sie sich auf den ersten Blick wie eine ganz neue Frau. Doch als sie dann darüber nachdachte, stellte sie fest, dass es noch weiter ging: Sie fühlte sich wieder wie sie selbst. In den vergangenen Jahren war sie nur ein Schatten ihrer Selbst gewesen, wie ein Schwindler, den sie gar nicht mehr erkannte. Doch hier im Spiegel blickte ihr die Frau von früher entgegen.

Als Tara in der Agentur ankam, bemerkte sie, wie Kollegen, die sie kaum kannte, die Köpfe über die Trennwände zwischen den Arbeitsplätzen reckten, wie neugierige kleine Erdmännchen. Einige sahen sie an, als wäre sie eine völlig neue Mitarbeiterin, die sie noch nie zuvor gesehen hätten. War sie wirklich so schwer wiederzuerkennen? Sie konnte es nicht fassen, dass sie so lange in ausgebeulten Hosenanzügen herumgelaufen war. Endlich fühlte sie sich selbstbewusst und wohl in den Kleidern, die sie tatsächlich gern trug.

Sobald sie ihr Büro betrat, sah Tara, dass Emily bereits auf sie wartete. Ihre Praktikantin riss theatralisch die Augen auf und spuckte ihren Kaffee zurück in den Becher.

»Wer bist du, und was hast du mit Tara gemacht?«, fragte sie entgeistert.

»Ich habe ihr den Tag freigegeben. Heute ist Claire dran«, grinste Tara und nahm den Latte Macchiato, den Emily ihr mitgebracht hatte.

»Moment mal ... ist gestern Abend noch was auf Fling passiert?«, fragte Emily, die offenbar eins und eins zusammenzählte.

»Wie kommst du denn darauf?«, fragte Tara peinlich berührt.

»Ach, bitte, du schwebst doch geradezu dahin. Komm schon, raus mit der Sprache!«

»Okay, du hast recht! Ich habe gestern Abend ein Match gehabt. Aber nicht bloß irgendein Match. Eine hundertprozentige Übereinstimmung!«

»O mein Gott, wer ist er? Wie heißt er?«, fragte Emily, gierig nach Tratsch.

»Er heißt Jack, ist sechsunddreißig und lebt auch in Dublin!«, antwortete Tara, die ihre Aufregung kaum verbergen konnte.

»Und ist er heiß?«, wollte Emily wissen.

»Er ist mehr als heiß. Er ist sinnlich, verständnisvoll, und man kann sich so gut mit ihm unterhalten. Er ist definitiv ein Widder, das spüre ich«, sagte Tara.

»Gut, das bedeutet, es wird bald gerammelt«, meinte Emily.

»Emily!«

»Mach schon, zeig mir endlich sein Foto!«

»Nun, ja ... ich habe ehrlich gesagt noch keins. Ich weiß eigentlich gar nicht, wie er aussieht«, gestand Tara, schon fast beschämt.

»Du hast doch gerade gesagt, er sei heiß!«, entgegnete Emily ungläubig.

»Na, ja, ich konnte die Hitze, die von ihm ausgeht, durchs Handy spüren«, erklärte Tara, die wieder an ihre erotische Unterhaltung denken musste.

»Ich schätze, dann haben wir es mit einer Glas-halb-voll-Situation zu tun. Er könnte ein Supermodel sein oder ein Kobold. Hängt davon ab, ob du eine Optimistin oder eine Pessimistin bist«, sagte Emily.

»Er ist auf keinen Fall hässlich, so wie er mir getextet hat. Oder sollte ich sagen ... *gesextet*!« Tara fühlte sich herrlich verrucht.

»Hör auf! Ihr zwei habt gesextet? Ich bin so stolz auf dich. Ich liebe es, wenn ich einen schlechten Einfluss auf dich habe. Zeig mal die Nachrichten«, forderte Emily sie auf.

»Manche Dinge sollte man lieber der Phantasie überlassen, findest du nicht? Lass es mich mal so sagen, ich habe mich danach ziemlich ... geschmeichelt gefühlt. Aber etwas Seltsames ist passiert, als wir uns gefunden haben. Sag mal, in deinem Psychologie-Studium, hast du da jemals was von Synchronizität gehört?«, fragte Tara.

»Wir haben es mal gestreift. Wieso?«

»Also, genau in dem Moment, als ich das Match mit Jack auf Fling gesehen habe, hatte ich mein Bauchgefühl«, sagte Tara, und ihre Augen leuchteten.

»Igitt, ich habe auch Reizdarm. In meiner Tasche hab ich ein Probiotikum, wenn du was brauchst?«, bot Emily an.

»Nein, nein, ich meine doch so ein Gefühl von Intuition. Das gleiche Gefühl hatte ich, als ich Colin kennengelernt habe. Ich habe mit Jack eine Synchronizität verspürt, stärker denn je.«

»Hm, soweit ich mich erinnere, hat Carl Gustav Jung gesagt, Synchronizität sei das verbindende Prinzip und dass alle Zufälle eine Bedeutung hätten. Aber es wird als Pseudo-Wissenschaft abgetan, weil sich nichts davon wirklich beweisen lässt. Wie würdest du das Gefühl denn beschreiben?«

Tara atmete tief durch und dachte nach. Die Sache war so schwierig zu beschreiben, und meistens wurde sie von den Leuten nur schief angeguckt, so als hätte sie zehn Köpfe, wenn sie mit dem Thema anfing. Sie hoffte, Emily würde sie verstehen.

»Es ist wie ein plötzlicher Moment der Klarheit. Wie nennt man das noch gleich? Erleuchtung? Epiphanie? Wie ein kleiner Hinweis des Universums, das mir sagen will, dass ich zur richtigen Zeit am richtigen Ort bin. Es fühlt sich an wie die Intuition einer Frau, gemischt mit einem Déjà-vu. Ich bekomme überall am Körper Gänsehaut, und es kribbelt mir so im Nacken. Ich spüre eine

Art Vibration, die mich durchfährt, gefolgt von Entspannung«, erklärte Tara, um die richtigen Worte bemüht.

Stille. Emily musterte sie von oben bis unten.

»Tara ... bist du sicher, dass du nicht einfach einen Orgasmus hattest?«, fragte Emily grinsend.

»Ach, mein Gott, nicht alles dreht sich um Sex«, schimpfte Tara und verdrehte die Augen.

»Vielleicht habe ich zu viel Freud gelesen und zu wenig Jung«, gab Emily lachend zu. »Jedenfalls bedeutet das, dass dein Hundert-Prozent-Match mit Jack kein Zufall ist. Es muss eine tiefere Bedeutung haben.«

Tara fühlte sich unglaublich erleichtert. Colin machte sich immer lustig über sie, weil sie an solche Dinge glaubte. Es war schön, es mal jemandem zu erklären, der keine Vorurteile hatte.

»Aber es gibt ein Problem. Jack möchte, dass ich ihm heute Abend ein Foto von meinem Körper schicke. Und ich habe keine Ahnung, wie ich das anstellen soll!« Tara tigerte nervös durchs Zimmer.

»Keine Sorge, ich bin Expertin, wenn es um Nacktfotos geht«, gab Emily an.

»Nacktfotos?« Tara riss entsetzt die Augen auf. »Ich mache bestimmt keine Nacktfotos!«

»Ach, komm runter, du wirst nicht völlig nackt sein. Was für Dessous hast du so zu Hause?«, fragte Emily, als wollte sie abschätzen, womit sie arbeiten konnte.

»Rein gar nichts, nur einfache weiße Unterwäsche.«

»O mein Gott ... doch nicht diese Oma-Schlüpfer?«

»Die sind sehr bequem!«

»Himmel. Okay, ich habe einen Plan. Los, komm mit«, forderte Emily sie auf, während sie schon auf dem Weg zur Tür war.

»Wo willst du hin?«

»Zu Ann Summers.«

»Emily, das ist ein Sex-Shop! Das ist viel zu peinlich. Was, wenn uns jemand sieht?« Bei dem Gedanken daran bekam Tara Panik.

»Ist ja lustig, ich dachte, du wärst keine Mary«, entgegnete Emily unbeeindruckt.

»Bin ich auch nicht! Aber um elf ist dieses Meeting mit Richard Mulligan, und ich habe noch nichts vorbereitet«, verteidigte sich Tara panisch.

»Ich dachte, das wolltest du den Jungs überlassen«, wunderte sich Emily.

»Wollte ich auch ... Aber seit gestern habe ich eine viel tiefere Einsicht in Fling«, erklärte Tara.

»Das stimmt. Also, dann dient der Besuch bei Ann Summers doch nur weiteren Recherchezwecken«, erwiderte Emily mit verschlagenem Grinsen.

Tara hielt einen Moment inne, um Emilys Logik nachzuvollziehen. »Ich hole nur schnell meinen Mantel«, sagte sie dann.

KAPITEL
Zehn

Colin kam mit einem Grinsen auf dem Gesicht im Büro an, wie es seine Kollegen noch nie bei ihm gesehen hatten. Er strotzte nur so vor Selbstbewusstsein nach seinem aufregenden Chat mit Claire am Vorabend. Er konnte immer noch nicht fassen, was passiert war. Als Rory Colin im Flur traf, wusste er sofort, was Sache war.

»Diesen Gesichtsausdruck kenne ich!«, sagte Rory ein bisschen zu laut.

»Psst, ich erzähle dir alles in meinem Büro«, zischte Colin, der bemüht war, wenigstens einen Hauch von Professionalität zu wahren. Sie betraten sein Büro, und Colin schloss die Tür hinter ihnen.

»Sie hat geantwortet!«, platzte Colin heraus, sobald sie allein waren.

»Wow!« Rory war genauso begeistert wie Colin. »Was hat sie gesagt? Erzähl mir alle schmutzigen Details.«

»Na, ja ... sie hat angefangen zu flirten ... also habe ich zurückgeflirtet. Und lass es mich mal so sagen, irgendwann wurde es ziemlich heiß«, erzählte Colin. Sein Grinsen hatte sich in ein verschämtes Lächeln verwandelt.

»Nicht schlecht, Mann. Ihr hattet also Sex?«

»Was? Nein.«

»Aber wie wurde es dann heiß?«

»Also, wir haben gechattet, und dann habe ich angefangen, ihr zu beschreiben, was ich im Bett gern mit ihr anstellen würde. Ich sagte, ich wollte ihren Hals küssen, ihr ins Ohr flüstern, sie aufs Bett werfen«, sagte Colin nicht ohne Stolz.

»Klingt eher nach einem Soft-Porno, aber andererseits lebst du seit Monaten abstinent«, meinte Rory. »Wie geht das alte irische Sprichwort? Hunger ist die beste Sauce.«

»Ich sage dir, es war scharf«, brüstete sich Colin.

»Wie auch immer, ich bin jedenfalls froh, dass du Colin Junior endlich wieder auf ein Abenteuer schickst! Er ist noch am Leben da unten!« Rory ging in die Hocke und versuchte, Colin einen spielerischen Schlag in die Weichteile zu verpassen. Doch Colin blockte Rorys Angriff ab und versuchte ebenfalls einen Treffer zu landen.

Plötzlich wurde die Tür aufgerissen, und Karen aus der Personalabteilung stürmte hinein.

»Ich hab euch durchs Fenster gesehen. Was soll dieser Zirkus?«, rief sie.

Karen war eine kleine, kräftig gebaute Frau, die ihre Haare in einem asymmetrischen blonden Bobschnitt trug.

»Kein Zirkus, Karen. Obwohl ich bestückt bin wie ein Zirkuspferd, falls es das ist, was du wissen wolltest«, erwiderte Rory grinsend. Er genoss es regelrecht, sie aufzuziehen.

»Kein Wort mehr, Mr. McKenna!«, keifte Karen.

»Karen, ich muss mich für Rory entschuldigen«, sagte Colin schnell, ehe Rory sich noch weiter reinreiten konnte. »Das ist alles ein Missverständnis. Ich werde ihn zukünftig in Schach halten.«

»Arschkriecher«, hustete Rory.

»Ein bisschen Benehmen, bitte!« Karen schlug die Tür hinter sich zu, als sie davonstürmte.

»Siehst du, das ist genau das, was ich meine. Sie ist wie eine Aufseherin, die uns jeden Spaß nehmen will!«

»Du kannst froh sein, dass dein Nachname außen auf dem Gebäude steht – du kannst wenigstens nicht gefeuert werden«, erwiderte Colin.

»Wie auch immer, zurück zu deiner Mitternachtsaffäre«, sagte Rory. »Wie sieht sie aus? Zeig mal ein paar Fotos.«

»Wir ... haben uns noch keine geschickt.«

»Oje, du solltest besser aufpassen, dass du nicht abgezockt wirst, Alter. Sie könnte irgendeine hässliche alte Schachtel sein«, warnte ihn Rory.

»Hey, sag so etwas nicht über sie«, entgegnete Colin, der das Gefühl hatte, sie verteidigen zu müssen.

»Na gut, sie könnte ... ästhetisch herausfordernd sein. Was, wenn sie dich austrickst, damit du sie magst? Selbst mir ist das mal passiert. Diese eine Frau war online eine zehn, aber als ich sie dann persönlich getroffen habe, war sie höchstens eine sechs.«

»Stell dir vor, wie es ihr ergangen wäre, wenn sie rausgefunden hätte, dass deine fünfundzwanzig Zentimeter, die du online angegeben hast, in Wahrheit nur fünfzehn sind?«

»Mach dich ruhig lustig. Ich versuche nur, meinen Freund davor zu bewahren, verletzt zu werden«, erwiderte Rory, der für einen kurzen Moment echte Anteilnahme zeigte.

»Ich weiß es zu schätzen, aber es gibt wirklich keinen Grund zur Sorge. Wir wollen heute Abend Fotos tauschen. Aber nur vom Körper, die Regeln verbieten Fotos vom Gesicht. Deshalb brauche ich deine Hilfe. Ich habe noch nie ein Körperfoto von mir gemacht. Wie soll ich das anstellen?« Colin hatte die Kamera an seinem Handy sowieso fast noch nie benutzt, geschweige denn für Selfies.

»Da fragst du genau den Richtigen. Ich bin gewissermaßen ein Experte in solchen Dingen. Also, so stellst du es an, dass dein Körper auf Fotos gut aussieht. Als Erstes streckst du das rechte Bein aus ...« Rory machte es ihm vor.

Colin ahmte die Bewegung nach.

»... dann drehst du den Körper in Richtung Tür ...« fuhr Rory fort.

Colin tat es ihm gleich, in der Erwartung, die Stellung würde seinen Körper auf irgendeine Weise in Szene setzen. »Okay, und was jetzt?«, fragte Colin, bereit für den nächsten Schritt.

»... und dann gehst du ins Fitnessstudio, du unsportlicher Sack«, beendete Rory den Satz und brach in Gelächter aus.

»Ach, verdammt, ich meine es ernst, Rory. Ich brauche deine Hilfe!«, entgegnete Colin frustriert.

»Du hättest dein Gesicht sehen sollen!« Rory lachte immer noch. »Aber ich meine es auch ernst. Schnapp dir deine Jacke, wir gehen zum Fitnessstudio auf der anderen Straßenseite.«

»Ich kann doch nicht einfach los, schließlich habe ich hier viel zu tun«, meinte Colin ausweichend.

»Ja, das hast du tatsächlich«, erwiderte Rory und deutete auf Colins Bauchbereich.

»Du bist wirklich wahnsinnig komisch«, sagte Colin zähneknirschend. »Ich habe nicht mal Sportsachen dabei.«

»Du kannst meine Ersatzsachen nehmen. Außerdem bin ich dein Chef, und das ist ein Befehl.«

»Aber ich muss wirklich ...«

»Wie hast du noch mal deinen Körperbau auf Fling beschrieben?«, unterbrach ihn Rory.

»Muskulös«, murmelte Colin widerstrebend.

»Genau. Also, nimm deine Jacke, und los geht's!«

KAPITEL
Elf

Als Tara vor der Tür von Ann Summers ankam, stellte sie ihren Mantelkragen hoch und setzte eine dunkle Sonnenbrille auf.

»Gütiger Himmel, vor wem versteckst du dich denn? Vor den anderen Marys?«, fragte Emily augenrollend.

»Emily, ich kann nicht einfach am helllichten Tag in einen Sexshop marschieren! Das bin einfach nicht ich!«, flüsterte Tara.

»Warum flüsterst du?«, fragte Emily viel zu laut, so dass sich ein paar Leute auf der Straße zu ihnen umdrehten.

»Okay, okay, schon gut! Lass uns reingehen«, sagte Tara, nahm die Sonnenbrille ab und klappte den Kragen wieder runter.

»Super, dann sollten wir gleich die Lingerie-Abteilung ansteuern«, sagte Emily und betrat vor ihr den Laden.

Als sie den Mittelgang entlangliefen, fiel Taras Blick auf die Sexspielzeuge, die im Sonderangebot waren. Bei der Hälfte der Dinge konnte sie nicht einmal sagen, wofür sie gedacht waren. Sie wusste gar nicht, wo sie hinschauen sollte, und versuchte, den Blick stur geradeaus zu richten. Emily dagegen stolzierte den Gang hinunter, als wäre es ein Catwalk.

»Ich fühle mich wie auf einem Spießrutenlauf.« Tara errötete.

»Ich nenne es Triumphzug«, erwiderte Emily grinsend.

Als sie an einem Schild mit der Aufschrift »Neuheiten« vorbeikamen, blieb Emily kurz stehen, um sich die Sextoys anzusehen. »Gefällt dir irgendwas?«, fragte sie neckend.

Tara wäre am liebsten im Erdboden versunken. »Absolut nicht. Ich wüsste nicht einmal, wie man einen Vibrator anmacht.«

»Sie sollen doch auch *dich* anmachen, Dummerchen«, lachte Emily.

»Wir sollten besser gehen, ich bin knallrot«, raunte Tara ihr zu.

»Ich dachte, du wolltest, dass deine feministische Seite mehr zum Vorschein kommt? Wenn man dich bei den Hexenprozessen von Salem nicht verbrannt hätte, hast du dein Leben vermutlich nicht richtig gelebt«, beharrte Emily. »Wo kommt das eigentlich her?«

»Ich bin im katholischen Irland aufgewachsen. Und glaub mir, das war ganz anders als das, in dem du groß geworden bist«, versuchte Tara, sich zu erklären.

»Aber trotzdem. Du bist siebenunddreißig, nicht siebzig. Irgendwas stimmt da nicht.«

»Ich weiß nicht, wo es genau herkommt. Vielleicht liegt es daran, dass ich von Nonnen aufgeklärt wurde. Und mein Dad war wirklich sehr katholisch. Ich schätze, ich bin einfach darauf programmiert, keine Regeln zu brechen.«

»Nun, sieh es mal so«, meinte Emily. »Wenn du nicht sündigst, ist Jesus umsonst gestorben.«

Sie kamen in der Lingerie-Abteilung an, und Emily begann sofort, an den Ständern nach etwas Passendem zu suchen. Während sie schaute, trat eine Verkäuferin hinter sie.

»Kann ich Ihnen helfen ...?«, fragte sie und erschreckte dabei Tara so sehr, dass sie aufschrie und andere Kundinnen die Köpfe zu ihnen umdrehten.

»O mein Gott, Sie haben mir vielleicht einen Schrecken eingejagt«, sagte Tara atemlos.

»Entschuldigen Sie. Mein Name ist Ava, sagen Sie mir einfach Bescheid, wenn Sie meine Hilfe brauchen«, erwiderte sie lächelnd.

»Nein, schon okay. Wir brauchen eigentlich gar nichts«, winkte Tara beschämt ab.

»Doch tun wir wohl«, schaltete sich Emily ein. »Meine Freundin hier sucht ein paar Teile, die sagen: ›Pack mich und nimm mich‹.«

»Emily!«, sagte Tara schockiert.

»Da haben wir genau das Richtige.« Ava ließ sich davon offenbar kaum beeindrucken. »Kommen Sie bitte mit.«

Sie folgten Ava in den hinteren Teil des Geschäfts, wo eine Schaufensterpuppe ein wahnsinnig schönes Set trug, bestehend aus einem kirschroten Spitzen-BH, Spitzen-Höschen und einem Samt-Strumpfhalter, der mit roten Seidenstrümpfen verbunden war.

»Wir nennen es das Venus-Set, für die Frau, die weiß, was sie will«, erklärte Ava.

Tara kam aus dem Staunen nicht mehr raus. Es war wie ein Kunstwerk. Auf eine Weise wirkte es dominant, doch zugleich auch unterwürfig, wie ein Geschenk, das verlangte, ausgepackt zu werden.

»Wir nehmen es«, sagte Emily, an Taras Stelle.

»Emily!« Tara war entsetzt. »Das kann ich nicht anziehen. Das ist für deutlich jüngere Frauen gemacht. Ich würde darin aussehen wie ein gestopfter Truthahn.«

»Hörst du endlich auf damit, dich selbst runterzumachen? Du hast gesagt, Jack erwartet heute Abend ein Foto. Meinst du wirklich, er schreibt dir je wieder, wenn er deine Oma-Schlüpfer gesehen hat?«, fragte Emily.

»Also, wenn Sie einen Mann mit erotischen Fotos beeindrucken wollen, wird das mit dem Venus-Set bestimmt gelingen«, bestätigte Ava.

Tara wusste, dass sie es nie kaufen würde, wenn sie heute nicht die Nerven dazu hatte.

»Okay«, sagte sie, was sie einige Überwindung kostete. »Ich nehme es!«

Als Ava die Ware an der Kasse scannte, bekam Tara fast einen Herzinfarkt, als sie den Preis sah. »Einhundertsechsundzwanzig Euro?«, sagte sie mit aufgerissenen Augen. Sie hatte in ihrem Leben selten mehr als zehn Euro für Unterwäsche ausgegeben.

»Das ist ein besonderer Anlass«, sagte Emily beschwichtigend.

Obwohl sie so geschockt war, war Tara sich doch auch im Klaren darüber, dass sie sich Jack nicht in ihrer üblichen Unterwäsche präsentieren konnte. Außerdem hatte sie sich seit Jahren nicht mehr sexy gefühlt, und sie fand, sie hatte es verdient, mal einen Tag Auszeit zu nehmen von ihrer katholischen Erziehung. Sie steckte die Kreditkarte in den Schlitz und tippte ihre Pin ein.

»Perfekt. Hier ist Ihre Quittung«, sagte Ava und reichte ihr den Zettel zusammen mit ihrer Tüte.

»Wir werden noch eben Ihre Umkleidekabine benutzen, bevor wir gehen. Diese Frau hier muss noch ein heißes Foto von sich machen.«

»Natürlich, gleich den Gang runter. Und ich hoffe, Ihr Freund ist mit den Fotos zufrieden«, sagte Ava zu Tara. Emily ging auf die Umkleiden zu, und Tara sauste mit der Einkaufstüte voller Spitze hinter ihr her.

»Warte mal, wir machen die Fotos hier? Eigentlich sollten wir längst wieder bei der Arbeit sein! Ich bin immerhin verantwortlich für dich!« Tara eilte ihr hinterher.

»Tja, heute sind die Rollen mal vertauscht, also los, rein da und ab in die Dessous!«, befahl Emily und deutete auf eine leere Umkleide.

Tara gab nach, hauptsächlich weil sie insgeheim darauf brannte, die Unterwäsche endlich anzuprobieren. Sie betrat die Umkleidekabine und begann sich umzuziehen. Sie brauchte ein paar Minuten, um rauszufinden, wo alles hinkam, doch schließlich zog Tara den Vorhang zurück, um ihren Körper zu präsentieren.

»O mein Gott! Das nenne ich mal eine Venus!«, rief Emily so laut, dass es durchs ganze Geschäft hallte.

»Psst«, machte Tara, der die Aufmerksamkeit peinlich war. Sie trat aus der Umkleide und betrachtete sich im Spiegel. Sie war genauso geschockt wie Emily. Es war, als würde sie durch ein Fenster in ihre Vergangenheit schauen. Sie sah gut aus. Und sie fühlte sich gut.

»Jack, mach dich auf was gefasst«, sagte Tara mit Blick auf ihr Spiegelbild.

»Ich fange an, Claire lieber zu mögen als Tara«, meinte Emily. »Dieser Jack hat dich in eine ganz neue Frau verwandelt.«

»Er hat so etwas an sich, Emily. Es ist, als würde er mich sehen. Mein wahres Ich.«

»Also, mit diesen Fotos wird er definitiv dein wahres Ich sehen«, erwiderte Emily.

»Okay ... also, was soll ich jetzt tun?«

»Bei Nacktfotos geht es vor allem um den Winkel. Jeder sieht von einem höheren Blickwinkel aus besser aus. Also, halte dein Handy so hoch wie möglich und mache ein Selfie nach unten. Aber vergiss nicht, dein Gesicht auszusparen. Verschicke niemals Ganzkörperfotos, denn glaub mir, die werden auf jeden Fall geleakt. Du kannst niemandem trauen«, erklärte Emily wissend.

»O Gott, hat schon mal jemand deine geleakt?«, fragte Tara besorgt.

»Ach, ich habe selbst welche geleakt. Ich kann mir nicht mal selbst vertrauen«, grinste Emily.

Tara folgte Emilys Anweisungen und hielt das Handy in die Luft, um ein Selfie zu schießen. Sie verbarg ihr Gesicht und richtete die Kamera auf ihre Brüste. Sie sahen hervorragend aus in dem roten Spitzen-Push-up, wenn sie das mal so sagen durfte.

Sie strotzte vor Selbstvertrauen in diesem Moment, und sie machte etwa ein Dutzend weiterer Fotos von verschiedenen Blickwinkeln aus, die ihre Lingerie in all ihrer Pracht zeigten. Nach ein paar Minuten und einer Menge weitere Instruktionen von Emily, war sie zuversichtlich, das perfekte Foto für Jack geschossen zu haben.

»Das ist perfekt!«, sagte Emily, als sie das letzte Bild sah. »Ich nenne es *Die Wiedergeburt der Venus* und lasse es im Louvre aufhängen.«

»Na ja, das ist vielleicht ein bisschen übertrieben, aber vielen Dank für das Kompliment. Obwohl ich es immer noch nicht glauben kann, dass ich so selbstbewusst und mutig war, einen Sexshop zu betreten.«

»Darf ich dir mal ein Geheimnis verraten?«

»Ich bitte darum.«

»Selbstbewusstsein bedeutet nicht nur aufzuhören, dir Gedanken zu machen, was andere Leute von dir halten, sondern gar nicht mehr daran zu denken, dass andere dich verurteilen. Wenn du denkst, die Leute reden über dich, spielt sich das normalerweise nur in deinem Kopf ab. Du hast gerade erotische Fotos in einem Sexshop gemacht, und es hat kein Schwein interessiert.«

»Du hast recht«, stellte Tara fest und sah sich um. »Ich muss mich für nichts schämen.«

»Dann ist meine Arbeit hier getan. Die Praktikantin ist zur Meisterin geworden. Oder sollte ich sagen ... zur Mätresse«, meinte Emily, nicht ohne Stolz.

»Vielen Dank für deine Hilfe. Ich hoffe, du kannst das trotzdem als wertvolle Erfahrung für deinen Lebenslauf verbuchen«, sagte Tara ein wenig schuldbewusst.

»Das Kreieren von Content gehört mittlerweile zu den Grundlagen«, gab Emily lächelnd zurück.

»Okay. Ich zieh mich nur schnell wieder um, bevor wir zurückgehen.« Tara zog den Vorhang der Umkleide zu.

»Abgelehnt«, entgegnete Emily und zog den Vorhang wieder auf. Sie schnappte sich Taras alte Unterhose vom Boden. »Die wandert in den Müll.«

KAPITEL
Zwölf

Als Colin in der Umkleide Rorys Sportklamotten anzog, stellte er fest, dass sie am Bauch etwas spannten. »Sollten Sportsachen nicht bequem sein?«, fragte er ein wenig frustriert.

»Nee, das ist ein Anfängerfehler«, erklärte Rory. »Im Fitnessstudio lerne ich die meisten Frauen kennen. Hier herrscht der pure sexuelle Instinkt, wie in der Wildnis. Selektion nach Darwin.«

»Ich glaube nicht, dass Frauen wirklich so sehr auf Muskeln stehen,«

»Sie sagen, es sei nicht so, was bedeutet, dass es sehr wohl so ist. Ich habe die Regeln des Dschungels nicht erfunden, ich befolge sie nur. Und wenn meine Sportsachen zu eng sind, solltest du dich davon nicht entmutigen lassen. Doppelkinn hoch«, grinste Rory.

»Ich bin nicht dick!«, verteidigte sich Colin.

»Ach, hör damit auf, alles, was ich sage, so ernst zu nehmen. Ich zieh dich doch bloß auf. Du bist eigentlich ganz gut in Form. Aber für die Fotos müssen wir dich ein bisschen aufpumpen.«

Rory führte Colin in den Trainingsraum. Es war nicht sonderlich viel los, aber Colin war doch ein wenig eingeschüchtert von den breiten Rücken und sehnigen Muskeln, die einige der Männer zur Schau trugen. Er hatte im College ein bisschen mit Gewichten trainiert und in dem einen Jahr, in dem er das Fitnessstudio besuchte, erstaunlich an Muskeln zugelegt. Aber damals war sein Testosteronspiegel vermutlich um einiges höher gewesen als jetzt, also musste er vermutlich wieder bei null anfangen.

»Okay, also zunächst mal müssen wir uns um deine Problemzonen kümmern«, meinte Rory, als sie den Freihantelbereich betraten.

Colin betrachtete sich im Spiegel, während Rory ihn umkreiste und seinen Körper auf Makel inspizierte.

»Also, das Hauptproblem ist, dass du einen Dad-Körper hast«, stellte Rory fest.

»Wie kann ich denn einen Dad-Körper haben? Ich bin nicht einmal ein Dad!«, erwiderte Colin, verärgert über den Ausdruck.

»Hör zu, du bist nicht fett, aber du bist auch nicht wirklich definiert«, sagte Rory, ihn immer noch musternd. »Aber keine Sorge, mit dem, was du hast, lässt sich arbeiten. Ich sehe hier einiges an Potenzial.«

»Das erinnert mich an diese Show *Queer Eye*, die Tara immer schaut, nur dass du dafür viel zu hetero bist.«

»Die gute Nachricht ist, dass du eine gute Ausgangslage hast, um Muskeln aufzubauen«, fuhr Rory ungerührt fort. »Wir müssen uns nur darauf konzentrieren, etwas Fett zu verbrennen. Stell dir dein Fett als Marmorstatue vor – wir müssen nur etwas mit dem Meißel abtragen, um die Muskeln darunter zum Vorschein zu bringen.«

»Ich denke, das ergibt Sinn.«

»Also, ich persönlich mache kein Cardiotraining, abgesehen von Sex«, sagte Rory mit erhobener Stimme, so dass eine attraktive Frau in Leggings ihn hören konnte. »Aber das ist für dich nicht wirklich eine Option. Stattdessen solltest du dich auf das gute alte Hanteltraining konzentrieren.«

Colin war ein wenig eingeschüchtert von Rorys Plan, in Anbetracht dessen, wie lange es her war, dass er mal einigermaßen fit gewesen war. Dennoch, Rory war zugegebenermaßen in Topform, und Colin war bereit, sich auf seinen Rat zu verlassen. Personal Trainer waren immerhin teuer. Rory hatte es mit fünfundzwanzig sogar mal als selbständiger Personal Trainer versucht. Er hatte einen Van gekauft, ihn mit Trainingsausrüstung gefüllt und angefangen, von Tür zu Tür zu fahren und das Fitnessstudio zu den Kunden zu bringen. Es war an sich eine gute Idee, aber rückblickend war der Name »Jehovas Fitness« vielleicht nicht die beste Entscheidung gewesen.

»Okay, dann lass uns loslegen«, sagte Colin.

»Wir fangen mit den Grundlagen an. Bankdrücken«, verkündete Rory und legte ein Handtuch über eine Bank, um sein Territorium zu markieren. »Also, manche Leute werden dir erzählen, dass Kniebeugen und Kreuzheben wichtiger sind, aber glaube mir, Frauen stehen mehr auf eine breite Brust als auf große Oberschenkel. Das ist das Gesetz des Dschungels. Und ich bin Experte, was dieses Gesetz angeht. Ich bin das Alphatier.«

»Dich selbst als Alphatier zu bezeichnen, klingt nicht nach etwas, das ein Alphatier tun würde«, meinte Colin, im Versuch, ihn zurück auf den Boden der Tatsachen zu holen. Ein hoffnungsloses Unterfangen.

Rory begann, Gewichtsscheiben auf eine Hantelstange über der Bank zu schieben.

»Beobachte genau, wie ich es mache«, sagte er, setzte sich und umfasste die Hantelstange. »Den Rücken ins Hohlkreuz, Arme schulterbreit auseinander. Fester Griff um die Stange. Senke sie langsam bis zur Brust ab. Dann langsam wieder hoch drücken.«

Rory steckte die Stange wieder auf die Halterung und stand von der Bank auf. »Du bist dran«, wies er ihn an.

Colin legte sich auf der Bank zurück und umfasste die Stange. Er kannte die Grundlagen noch aus dem College, aber er wollte trotzdem sichergehen, dass seine Haltung korrekt war.

»Okay, Rücken durchdrücken«, coachte Rory ihn. »Fester Griff, die Stange langsam absenken. Und wieder hochdrücken. Jetzt achtmal wiederholen.«

Colin absolvierte acht Wiederholungen und fühlte sich nicht gerade überfordert.

»Okay, nicht schlecht. Also, das waren dreißig Kilo, jetzt probieren wir es mal mit vierzig«, verkündete Rory und legte zwei kleinere Scheiben nach.

»Das kam mir eben aber noch ziemlich leicht vor, können wir nicht verdoppeln?«, fragte Colin.

»Wow, okay, dann lass uns sechzig versuchen«, sagte Rory und legte die zusätzlichen Scheiben auf. Colin legte acht Wiederholungen mit sechzig Kilo hin, wobei es ihm überraschend leichtfiel. Bei der letzten Wiederholung verspürte er einen leichten Widerstand, aber es war nicht dramatisch. Allerdings wusste er jetzt, was Rory mit »aufpumpen« gemeint hatte. Er spürte, wie das Blut durch seine Brust strömte, und im Spiegel sah sie tatsächlich schon muskulöser aus.

»Okay, jetzt, wo du schön aufgepumpt bist, ist es Zeit, ein paar Fotos zu machen. Nimm dein Handy und stell dich dichter an den Spiegel. Nah genug für die Kamera«, wies Rory ihn an.

Colin näherte sich dem Spiegel, bis er nur noch seinen Körper auf dem Bildschirm sehen konnte. Er zog den Bauch ein und machte ein Foto. Rory beugte sich über seine Schulter, um es zu sehen.

»Stell dich mal gerade hin, du hast die Haltung von einem Fragezeichen«, kommentierte Rory.

Colin streckte den Rücken durch und zog die Schultern zurück.

»Viel besser«, meinte Rory. »Aber du solltest deine Silhouette weiter machen. Du willst, dass dein Oberkörper breiter ist, als deine Hüfte. Also, spann den Latissimus an.«

»Welcher ist noch mal der Latissimus?«, fragte Colin ratlos.

»Der Muskel seitlich am Rücken. Wenn du ihn anspannst, erscheint dein Rücken breiter«, erklärte Rory.

Colin spannte besagten Muskel an und sah sofort einen Unterschied im Spiegel. Seine Erscheinung war wesentlich maskuliner, nur durch die eine kleine Änderung in seiner Haltung. Das und seine frisch aufgepumpten Brustmuskeln ließen Colin auf seinem Handybildschirm erstaunlich attraktiv erscheinen. Er schoss ein paar Fotos in der Position und war sehr zufrieden mit dem Ergebnis. Er hoffte bloß, dass Claire es auch sein würde.

Rory schnappte sich das Handy und betrachtete die Fotos. »Nicht schlecht. Lass uns noch einen Filter drauf legen.«

»Warum brauchen wir denn einen Filter?«

»Weil du mit deiner bleichen irischen Haut aussiehst wie eine Milchflasche. Wir müssen dafür sorgen, dass es so wirkt, als hättest du die Sonne zumindest einmal im Leben gesehen.« Rory vollführte irgendeine Magie auf Colins Handy, und plötzlich hatte er auf dem Foto einen schönen goldenen Teint.

»Siehst du, jetzt denkt Claire bestimmt, du hättest gerade zwei Wochen Urlaub auf Bali hinter dir«, meinte Rory, der ganz offensichtlich stolz auf seine Arbeit war.

Colin hatte keine Ahnung, wie Rory das angestellt hatte, aber er hatte nicht vor, es zu hinterfragen. Ein Foto zu filtern, wäre ihm von allein nie in den Sinn gekommen. Er besaß absolut keine Erfahrung mit Social Media, weshalb er so gut wie nie darüber nachdachte, wie er auf andere wirkte. Außerdem war es das erste Mal, dass er eine Form von Online-Dating versuchte, und die Vorstellung, in einer App attraktiv zu erscheinen, war völliges Neuland für ihn. Aber jetzt, da er die idealisierte Version seiner selbst auf dem Bildschirm sah, gefiel er sich selbst durchaus. Es war wie ein Spiegel, der die Dinge nicht so wiedergab, wie sie wirklich waren, sondern eher so, wie sie sein konnten.

»Die sind super geworden«, sagte Colin. »Ich hoffe nur, dass sie Claire auch gefallen.«

»Oh, ganz bestimmt. Und sie werden dir die perfekte Gelegenheit verschaffen, sie dieses Wochenende um ein Date zu bitten«, sagte Rory.

»Dieses Wochenende? Ist das nicht ein bisschen zu früh?«

»Bei Frauen muss man das Eisen schmieden, solange es heiß ist.«

»Okay, aber wohin soll ich sie ausführen? Was, wenn sie nein sagt?«, fragte Colin panisch.

»Du musst richtig in die Vollen gehen, um sie zu beeindrucken.

Du führst sie am besten ins The Vine in der Dawson Street aus. Da kann keine Frau widerstehen. Sie wird wie die Motte zum Licht fliegen.«

»Für dieses Wochenende bekomme ich da garantiert keinen Tisch mehr. Die sind doch schon immer Wochen im Voraus ausgebucht«, meinte Colin entmutigt.

»Stimmt, aber dein bester Freund ist da zufällig ein Stammkunde. Keine Sorge, ich kann für Jack einen Tisch für zwei besorgen«, sagte Rory, vor Selbstbewusstsein strotzend. »Jetzt lass uns mit ein paar Bizeps-Übungen weitermachen.«

»Kann ich nicht erst ein größeres Gewicht auf der Bank drücken? Sechzig Kilo haben sich noch nicht so schwer angefühlt«, meinte Colin, voller Eifer, sich zu beweisen.

»Alles klar, Mister Universum, dann legen wir dir mal achtzig Kilo auf, um dich von deinem hohen Ross runterzuholen«, neckte ihn Rory und legte die Gewichte auf.

»Nur zu«, sagte Colin und umfasste die Hantelstange.

Er senkte das Gewicht in Richtung seiner Brust ab und drückte es wieder hoch. Zugegebenermaßen fühlte er einen deutlich größeren Widerstand bei diesem Gewicht, aber es war machbar. Er beendete seine acht Wiederholungen und war immer noch nicht besonders außer Puste.

»Jetzt bist du bestimmt platt, oder?«, meinte Rory hoffnungsvoll.

»Nicht wirklich. Das war noch nicht zu anstrengend«, erwiderte Colin.

»Ernsthaft? Achtzig Kilo sind schon ziemlich heftig.«

»Gib mir einfach hundert Kilo.«

»Bist du wahnsinnig geworden?«, entgegnete Rory entsetzt. »Mein Maximum mit einer Wiederholung liegt bei neunzig.«

»Hast du etwa Angst, dass ich dich in den Schatten stelle?«

»Ich habe höchstens Angst, dass du dich verletzt. Selbst eine Wiederholung mit hundert Kilo ist zu schwer.«

»Willst du wetten?«

»Das will ich in der Tat. Um was wetten wir?« Rory klang siegessicher.

Colin überlegte, was er von Rory verlangen konnte. Er war so schon der gelassenste Chef, den man sich vorstellen konnte, und Colin konnte sich auf der Arbeit alles erlauben. Plötzlich fiel Colin wieder ein, dass Rory neulich mit seiner neuen Mitgliedschaft im Imperial Dublin Golfclub angegeben hatte. Colin wäre auch gern Mitglied, aber er hatte all sein Geld in die künstliche Befruchtung gesteckt.

»Okay, wenn ich eine Wiederholung mit hundert Kilo schaffe, musst du mich in deinem schicken neuen Golfclub spielen lassen«, verlangte Colin.

»Meine Mitgliedschaft erlaubt nur einen Spieler und einen Caddy«, wandte Rory ein.

»Ich weiß, deshalb werde ich spielen und du bist der Caddy. Und ich darf mir aussuchen, wann ich spielen will, unabhängig von deinem Terminkalender«, fügte Colin hinzu, weil er wusste, dass sich Rory darüber ärgern würde.

»Na schön! Aber wenn ich gewinne, musst du Karen aus der Personalabteilung fragen, ob sie mit dir was trinken geht«, sagte Rory grinsend.

Colin überlegte. Die Vorstellung, Karen so an der Nase herumzuführen, gefiel ihm gar nicht, und an jedem anderen Tag hätte er die Wette nicht angenommen. Aber sein neugewonnenes Selbstvertrauen überzeugte ihn, dass er das Gewicht stemmen konnte.

»Die Wette gilt«, sagte er und legte sich auf der Bank zurück. Er umfasste die Stange, während Rory über ihm stand, bereit, sie abzufangen, wenn es nötig war.

Colin nahm das Gewicht auf und stellte sofort fest, dass der Widerstand zu groß für ihn war. Aber die Stange war nun in der Luft, und er musste nur eine Wiederholung machen, um die Wette zu gewinnen. Colin senkte das Gewicht in Richtung seiner Brust ab, wo er es eine Sekunde lang hielt. Er war sich nicht sicher, ob er die Wiederholung schaffen würde, aber dann stellte er sich vor, Claire würde ihm zusehen. Er stellte sich vor, wie es sie erregen würde, wenn er sie hochheben und aufs Bett werfen würde, als wäre sie leicht wie eine Feder. Der Druck auf seine Arme wurde immer größer. Wenn er das Gewicht jetzt nicht sofort hochdrückte, würden seine Muskeln nachgeben. Er beschloss, alles, was er hatte, in die Bewegung zu legen. Für Claire.

Zu Rorys Entsetzen begann die Hantelstange sich zu heben, während Colin ein lautes Stöhnen von sich gab, das die anderen Besucher des Fitnessstudios neugierig zu ihnen rüberschauen ließ. Er drückte, bis seine Arme vollständig ausgestreckt waren und er die Hantelstange wieder sicher auf die Ablage stecken konnte. Rory stand ungläubig da, während sich Colin von der Bank erhob. Das Gefühl, aufgepumpt zu sein, das er vorher verspürt hatte, war nichts im Vergleich zu jetzt. Er fühlte sich, als hätte sein ganzer Körper eine Erektion.

»Wie ist das nur möglich?«, fragte Rory, offenbar vor Wut schäumend. »Du hast kaum Brustmuskeln! Du trainierst nicht mal. Das muss Anfängerglück sein. Dein Körper hat anscheinend extra viel Adrenalin ausgeschüttet und konnte so auf Hochtouren laufen. Das ist die einzige Erklärung dafür, dass du mehr schaffst als ich.«

Rory war vor lauter Aufregung außer Puste.

»Nun, ich bin ja kein Experte, was die Gesetze des Dschungels angeht«, meinte Colin, »aber ich denke, das macht mich zum Alphatier.«

KAPITEL
Dreizehn

Tara stolzierte ins Büro zurück mit einem dermaßen aufgeblähten Selbstbewusstsein, von dem sie bisher angenommen hatte, dass es für Frauen in den Zwanzigern reserviert war. Sie liebte das Gefühl der Spitzenunterwäsche unter ihrem figurbetonten Kleid. Es war ein himmelweiter Unterschied zu ihren Großmutter-Unterhosen und den schlabberigen Hosenanzügen. Wieder bei Insight angekommen, wünschte Emily Tara viel Glück, bevor sie wie auf Wolken ins Besprechungszimmer schwebte.

»Ihr habt doch nichts dagegen, wenn ich dabei bin, oder?«, fragte sie selbstsicher.

Tommy, Mark und Rob sahen sie völlig geschockt an. Allein ihre Gesichter bewiesen ihr, dass sie eine Sache deutlich gemacht hatte: Tara war keine Mary.

»Tara ... wir haben schon angefangen. Ich fürchte, du kommst ein bisschen zu spät«, versuchte Tommy sie abzuwiegeln.

»Tue ich das?«, fragte sie. »Oder seid ihr Jungs einfach zu früh?«

Aus dem hinteren Teil des Besprechungszimmers hörte Tara ein leises Lachen. Richard Mulligan sah anders aus, als Tara ihn sich vorgestellt hatte. Er war etwas älter, vielleicht fünfundvierzig. Seine Erscheinung war außergewöhnlich gepflegt, allerdings zog sich sein Haaransatz schon drastisch zurück, was ihn nicht unbedingt attraktiver erscheinen ließ. Es war definitiv ein Gesicht fürs Radio.

Tara setzte sich den Jungs gegenüber an den Konferenztisch. Sie hatte jedes Recht, dabei zu sein, und Tommy hatte gerade erst mit seiner Präsentation begonnen. »Sollen wir?«, fragte sie, um ihm zu signalisieren, dass er fortfahren konnte.

Tommy begann mit einer Slideshow-Präsentation ihrer Marketingkampagne. Wie üblich war Tara nicht hinzugezogen worden, um irgendwelche Aspekte ihres Ansatzes zu besprechen, also hatte sie keine Ahnung, was auf sie zukam. Es war typisch für die Jungs, sie außen vor zu lassen, wenn es sich um vermeintlich maskuline Produkte handelte.

»Nun, Tara, wir haben Mr. Mulligan gerade zu seinem beeindruckenden Einstieg gratuliert«, fuhr Tommy fort. »Ich glaube nicht, dass es irgendjemanden im Land gibt, der nicht zumindest von Fling gehört hat.«

»Dankeschön«, sagte Richard, ohne dass sein Gesicht irgendeine Emotion verriet.

»Obwohl – wenn ich dürfte, hätte ich kurz ein persönliches Feedback, Mr. Mulligan?«, fügte Rob hinzu. »Ich bin Fling beigetreten, um ... die Kundenerfahrung zu analysieren ... aber ich habe noch einen Bug in der App entdeckt.«

»Mein Technik-Team hat in der Beta-Version alle Bugs behoben«, erwiderte Richard selbstbewusst.

»Also, einer muss ihnen durchgerutscht sein, denn nachdem ich mich angemeldet hatte, wurden mir keine Matches angezeigt. Kein einziger Treffer«, sagte Rob mit einem unsicheren Lachen.

»Das klingt nach einem Anwenderproblem, nicht nach einem Technikproblem«, entgegnete Richard, was Rob zum Verstummen brachte.

Tara musste schmunzeln, und sie bemerkte, wie Richard lächelte, als er ihre Reaktion sah.

»Wie gesagt«, fuhr Tommy fort, wobei er Rob einen finsteren Blick zuwarf, »Sie haben einen echten Blitzstart hingelegt ... aber wir denken, das ist erst der Anfang für Fling. Deshalb haben wir eine Marketingstrategie und eine Werbekampagne entwickelt, die Ihre App auf das nächste Level heben wird.«

Tommy klickte auf die nächste Seite der Präsentation, die ein Bild einer spärlich bekleideten Frau vor einem dunklen Hintergrund zeigte. Sie hielt sich den Zeigefinger vor die rot geschminkten Lippen, als wollte sie dem Zuschauer sagen, er solle ein Geheimnis bewahren. Tara verdrehte die Augen, angesichts der mangelnden Originalität des Fotos.

»Diese bahnbrechende Marketingkampagne wird exklusiv auf Verheiratete ausgerichtet sein, um sicherzustellen, dass sie möglichst viel für ihr Geld bekommen. Die sexuell anregenden Bilder, die wir verwenden, werden eine sehr körperliche Reaktion bei der Zielgruppe auslösen und die Versuchung steigern. Wir alle wissen, Sex Sells, und so bekommen wir sie dazu, auf die Werbung zu klicken und die App herunterzuladen. Es reicht nicht, um die Ecke zu denken, wir müssen um drei Ecken denken.«

Tara zuckte innerlich zusammen. Das war noch so eine von Tommys Phrasen, die nicht wirklich etwas bedeuteten. Und so die männlichen Kunden anzulocken, war nun alles andere als um die Ecke gedacht. Tommy setzte seine Präsentation fort, was sich wie eine Ewigkeit anfühlte. Die Kampagne war ein geschmackloser, schäbiger Versuch, Männer genug zu erregen, um sie zum Fremdgehen zu bewegen. Tommy schloss mit seinem Vorschlag für den Werbeslogan. »Sie haben eine Frau ... jetzt brauchen Sie nur noch eine Geliebte«, sagte er, sichtlich zufrieden mit seiner Arbeit.

Rob und Mark begannen zu applaudieren, als Tommy geendet hatte. Das überraschte Tara nicht. Sie waren die Art von Menschen, die applaudierten, wenn ein Flugzeug landete: Sobald es eine Gelegenheit gab, Lärm zu machen, nutzten sie diese. Aber sobald sie wieder aufhörten, senkte sich eine plötzliche Stille über den Raum. Alle Blicke richteten sich auf Richard Mulligan, der sich in seinem Stuhl zurückgelehnt hatte.

»Nein«, sagte er unumwunden.

»Wie bitte?« Tommy dachte offenbar, er hätte sich verhört.

»Mir gefällt es nicht«, erläuterte Richard ungerührt.

»Mr. Mulligan, wir können jeden Aspekt der Kampagne noch abändern, den sie nicht mögen«, erwiderte Tommy, während ihm Schweißperlen auf die Stirn traten.

»Nein, ich denke, ich werde jetzt gehen. Außer ... Sie haben noch etwas Besseres in petto?«, fragte Richard und wandte sich Tara zu.

Plötzlich waren alle Blicke auf sie gerichtet. Sie wollte ihren Kollegen nicht in den Rücken fallen, aber der Kunde hatte ihr eine direkte Frage gestellt. Ihr erster Impuls war, so knapp wie möglich zu antworten, um das Meeting zu beenden, aber irgendetwas drängte sie dazu, ihre Meinung zu sagen. Sie war zu lange still gewesen. Tara hatte Fling heruntergeladen und ein hundertprozentiges Match erhalten. Wenn irgendjemand wusste, wie man die App verkaufte, dann war sie es. So oder so, die Jungs hatten die Sache bereits vergeigt, es gab also nichts mehr zu verlieren, dafür aber alles zu gewinnen. Unter normalen Umständen wäre Tara nicht selbstbewusst genug gewesen, einen solchen Vorschlag einfach aus dem Stegreif vorzubringen. Aber sie erinnerte sich selbst daran, dass sie Tara den Tag frei gegeben hatte.

Es war nun an Claire zu brillieren.

»Das habe ich tatsächlich«, sagte Tara und erhob sich.

Tommy hätte sich fast an einem Schluck Wasser verschluckt. Richard Milligan lehnte sich wieder in seinem Stuhl zurück. Die Scheinwerfer waren nun auf sie gerichtet.

Es war Zeit, einen großen Fisch an Land zu ziehen und zu beweisen, dass sie es immer noch draufhatte.

»Nun, auch wenn ich verstehe, worauf meine Kollegen hinauswollten«, setzte Tara an, während sie im Raum auf und ab schritt, »so sind sie doch wortwörtlich am Ziel vorbeigeschossen. Mr. Mulligan, ich wette, wenn Sie Ihre Nutzerdaten betrachten, werden Sie feststellen, dass wesentlich mehr Männer als Frauen die App benutzen. Die gerade vorgestellte Werbekampagne würde dieses Problem noch verstärken. Die Herausforderung ist aber nicht, mehr Männer dazu zu bringen, sich anzumelden, sondern dafür zu sorgen, dass für jeden von ihnen das perfekte Match dabei ist. Und dafür brauchen Sie Frauen. Die Kampagne, die sie gesehen haben, spricht Männer an und, ehrlich gesagt, wirkt sie mehr wie die Werbung für einen Escortservice. Die Frauen, die Fling herunterladen, sind nicht die Models auf diesen Fotos. Es sind normale Frauen, die sich in ihrem Leben gefangen fühlen. Frauen, die das Gefühl haben, je mehr sie sich anstrengen, desto weniger wird das, was sie tun, geschätzt. Frauen, die sich in ihrer Ehe alleingelassen fühlen. Diese Frauen wollen nicht ihren Mann verlassen, aber vielleicht erweckt ihr Match auf Fling etwas in ihnen. Vielleicht gibt ihr Match ihnen das Gefühl, wieder die Frau zu sein, die sie einmal waren. Vielleicht bringt ihr Match sie dazu, sich wieder lebendig zu fühlen. Sie haben Mr. Right schon gefunden, aber vielleicht sind sie nun auf der Suche nach Mr. Wrong, auch wenn es nur für eine Nacht ist. Mr. Mulligan, Sie brauchen keine große, kontroverse Werbekampagne. Alle Welt spricht ohnehin schon über Fling. Ihre Strategie sollte nicht sein, die Marys dieser Welt gegen sich aufzubringen. Sie sollte sein, ihnen zu zeigen, dass es okay ist, für einen Tag in eine andere Rolle zu schlüpfen. Eine Pause vom eigenen Leben zu machen. Mal einen Tag frei zu haben vom Unglücklichsein. Ich habe keine schicke Präsentation für Sie vorbereitet, aber wenn Sie mir die Chance gäben, eine für Sie zusammenzustellen, fange ich sofort damit an. Frauen sind wie Blumen. Und ihre Zielgruppe sind diejenigen, die am Verwelken sind.«

Ein paar quälende Sekunden lang legte sich Stille über den Besprechungsraum, als müssten alle Taras improvisierten Vorschlag erst einmal sacken lassen. Sie hatte keine Ahnung, wie die Reaktion ausfallen würde, und sie hielt gespannt den Atem an. Richard musterte sie eingehend, so wie ein Löwe eine Gazelle anschaute.

»Ja«, sagte er schließlich. »Endlich jemand, der es verstanden hat.«

Tara war geschockt. Sie ließ den Atem ausströmen, den sie eingehalten hatte. Sie hatte es geschafft.

»Ich freue mich, Insight den Auftrag zu erteilen«, sagte er und erhob sich.

»Wir freuen uns auf die Zusammenarbeit, Mr. Mulligan!«, sagte Tommy und streckte ihm die Hand hin, als wollte er damit implizieren, dass er den Auftrag an Land gezogen hatte.

Richard blickte ungerührt erst auf Tommys ausgestreckte Hand und dann in sein Gesicht.

»Unter einer Bedingung«, fügte er hinzu und wandte sich an Tara. »Ich will, dass Sie die Kampagne leiten.«

Die Jungs waren offensichtlich erschrocken. Richard lächelte und schüttelte Tara die Hand. Sie konnte selbst noch nicht richtig fassen, was sie da gerade getan hatte. Lag es an ihrem Kleid? Ihrem Make-up? An der Unterwäsche? Nein, da war etwas Tieferes, wie ein verborgenes Selbstbewusstsein, das endlich freigelassen wurde. Die Kleidung und das Make-up waren vielleicht der Schlüssel, aber die Kraft hatte von Anfang an in ihr geschlummert.

Sie hatte so lange versucht, einer der Jungs zu sein, dass sie am Ende jeden Aspekt ihrer Weiblichkeit verleugnet hatte. Sie hatte immer gedacht, um Karriere zu machen, müsste sie ein Mann sein, doch diese Theorie hatte sie soeben selbst widerlegt. Sie hatte einen Auftrag an Land gezogen, in einem engen Kleid mit schicker Spitzenunterwäsche darunter. Es war wie ihre geheime Ritterrüstung, die ihr das Selbstvertrauen gab, in den Kampf zu ziehen. Nach vier langen Jahren hatte sie endlich bewiesen, dass sie es in sich hatte.

»Tara, lassen Sie uns in zwei Wochen einen Termin ausmachen, um die gesamte Kampagne zu besprechen. Ich will eine spezifische Zielgruppenansprache sehen, kreative Texte, Werbestrategie – das volle Programm. Ihre Praktikantin soll uns irgendwo einen schönen Tisch zum Mittagessen reservieren, dann können Sie mir alles in Ruhe zeigen. Sie haben die Messlatte ziemlich hoch gesetzt, weshalb ich erwarte, dass Ihre Präsentation mich umhauen wird. Aber das sollte kein Problem für Sie sein«, fügte er mit einem flirtenden Augenzwinkern hinzu.

»Ich verspreche Ihnen, Mr. Mulligan, ich werde Sie nicht enttäuschen«, entgegnete Tara.

»Bitte«, sagte er mit einem Raubtierlächeln. »Nennen Sie mich doch Dick.«

KAPITEL
Vierzehn

Um ihren Erfolg mit dem Fling-Auftrag zu feiern, beschloss Tara auf dem Heimweg von der Arbeit ein bisschen shoppen zu gehen. Sie kaufte ein Schild, auf dem stand: »Leben, lieben, lachen«, nur um Colin eins auszuwischen. Außerdem kaufte sie eines mit der Aufschrift »Don't Worry Be Happy«, als nicht allzu subtiler Hinweis auf sein Gejammer wegen des Steaks am Vorabend.

Aber am wichtigsten, sozusagen der Gipfel an Boshaftigkeit, war die Anschaffung einer topmodernen Heißluftfritteuse. Sie wählte die mit Abstand klobigste Version, um sicherzugehen, dass sie auf keinen Fall übersehen werden konnte. Das Gerät war nicht billig, aber es war ein geringer Preis, um ihren Standpunkt klarzumachen. Colin hatte die Spülmaschine immer noch nicht ausgeräumt, also würde sie in absehbarer Zeit weiterhin nur für eine Person kochen. Sie hatte sich Lebensmittel für eine Woche eingekauft, die alle für die Heißluftfritteuse geeignet waren, vor allem ihr absolutes Lieblingsessen: Käse-Knoblauchbrot. Normalerweise verzichtete Tara auf derlei Genüsse, aber nach einem so erfolgreichen Tag hatte sie es verdient, sich etwas zu gönnen.

Als Tara und Colin schließlich am Esstisch Platz nahmen, waren beide wild entschlossen, den anderen wissen zu lassen, was für einen großartigen Tag sie gehabt hatten. Keiner erwähnte den Streit vom Vorabend auch nur mit einer Silbe.

Colins Essen bestand aus den beiden Steaks, Süßkartoffelpommes und Zwiebelringen, und er haute ordentlich rein. Er öffnete eine kalte Dose Bier mit einer so übertriebenen Geste, dass das Zischen durchs gesamte Haus hallte. »Aah«, seufzte er, nachdem er einen großen Schluck direkt aus der Dose genommen hatte. »Wie Gott in Frankreich.«

Tara begann innerlich zu brodeln, als sie ihn schlürfen hörte, aber sie würde eher sterben, als Colin wissen zu lassen, dass er sie nervte. Tara goss sich selbst ihr übliches großzügiges Glas Wein ein, wobei sie es dieses Mal ohne einen Hauch von Schuldgefühlen tat. Stattdessen summte sie fröhlich vor sich hin. Mit Hilfe der neuen Heißluftfritteuse hatte sie innerhalb von zehn Minuten ein Cajun-Hähnchen, Gemüse und drei Scheiben Käse-Knoblauchbrot zubereitet. Jetzt war der Moment der Wahrheit gekommen. Sie nahm den ersten Bissen vom Knoblauchbrot und stöhnte genießerisch auf.

»O mein Gott«, sagte sie vollkommen verzückt.

»Ich wusste gar nicht, dass Knoblauchbrot ein Aphrodisiakum ist«, meinte Colin mit hochgezogener Braue.

»Das ist nicht irgendein Knoblauchbrot. Das ist heißluftfrittiertes Knoblauchbrot.«

»Klingt, als könnte man die heiße Luft wirklich schmecken.«

»Hm ... Besser als Sex«, sagte Tara mit verschlagenem Grinsen. »Und es ist so eine gesunde Art zu kochen.«

»Ich kann mir nicht vorstellen, dass es die Kalorien aus dem Essen herausfrittiert. Aber du weißt es sicher besser, Liebling. Du bist immerhin der Knoblauchbrotverdiener«, sagte Colin mit sarkastischem Unterton.

»Tja, ich kann ja essen, was ich will, ich bin doch sowieso schon ein Fass.«

»Ich glaube nicht, dass das meine Worte waren.«

»Doch, ich erinnere mich genau. Und vergiss nicht den Elefanten«, sagte Tara mit boshaftem Lächeln.

* * *

Colin wusste, was Tara tat. Er hatte sie weder als Fass noch als Elefant bezeichnet. Sie beschloss einfach, ihn absichtlich falsch zu verstehen, um das Opfer spielen zu können. Er hatte nicht vor, darauf einzugehen. Sein Blick fiel auf Taras neues Schild, das sie in der Küche aufgehängt hatte. Die vier Worte waren in verwirrend künstlerischer Weise stilisiert und in einer schrecklichen Schnörkelschrift geschrieben.

»Don't Be Happy ... Worry?«, las er mit zusammengekniffenen Augen.

»Es heißt: Don't Worry Be Happy!«, korrigierte Tara, ein bisschen zu gereizt. Sie holte tief Luft und sammelte sich. »Ich wollte die Küche nur ein wenig wohnlicher machen. Du weißt schon, da es der Ort ist, wo ich hingehöre.«

»Ich sollte mal meine Retro-Bier-Blechschilder in meiner Männerhöhle aufhängen«, erwiderte Colin, ohne auf ihren letzten Satz einzugehen.

Tara hätte sich fast verschluckt. »Wie bitte, in deiner ... was?«

»Männerhöhle. Da die Couch offenbar der Ort ist, wo ich hingehöre, ist das jetzt der neue Name des Zimmers.«

»Ist das eine Art Arbeitstitel? Soweit ich weiß, ist das unser Wohnzimmer.« Tara verdrehte die Augen.

»Ich glaube, meine Blechschilder sind im Schuppen ... Ich glaube, ich geh mal raus und hole sie«, sagte Colin, im vollen Bewusstsein, dass Tara seine Sammlung verabscheute. Als sie damals in das Haus eingezogen waren, hatte Tara ihm verboten, die Schilder irgendwo aufzuhängen, genau wie er ihr verboten hatte, kitschige Küchensprüche aufzuhängen. Sie hatten sich darauf geeinigt, nur Kunst ohne Text an die Wand zu hängen. Aber jetzt, da Tara den Waffenstillstand gebrochen hatte, war Colin bereit für den Gegenschlag.

»Super, warum räumst du dann nicht gleich auf, wenn du schon in den Schuppen gehst?«, schlug Tara vor.

»Ich glaube, ich konzentriere mich besser erst einmal darauf, das Wohnzimmer neu zu dekorieren«, erwiderte Colin selbstgefällig. »Ich muss sagen, die Couch ist unglaublich bequem. Ich habe seit Jahren nicht mehr so gut geschlafen.«

»Das ist lustig, das Gleiche wollte ich auch gerade sagen. Ich habe mich heute Morgen wie neugeboren gefühlt. Ich hatte ganz vergessen, wie es ist, in einem Zimmer zu schlafen, in dem nicht dauerhaft geschnarcht wird«, sagte Tara und schob noch ein gekünsteltes Lachen hinterher.

»Es ist schön, zur Abwechslung mal auf der richtigen Seite des Bettes aufzuwachen, oder?«

»Endlich mal etwas, wo wir einer Meinung sind. Andererseits – du kennst ja den Spruch. Wenn ein Mann dir zustimmt, hast du wahrscheinlich etwas Dummes gesagt.«

»Ich stimme dir völlig zu ... Babe.«

* * *

Es gab eine Menge Dinge, die Tara auf die Palme brachten, aber ganz oben auf der Liste stand es, »Babe« genannt zu werden. Colin wusste das, und sie wusste, dass er es wusste. Sie musste sich zusammenreißen, um nicht loszuschreien. Sie weigerte sich, ihm diese Genugtuung zu verschaffen. Glücklicherweise gab es auch bei Colin einen Kosenamen, den er hasste.

»Schön zu hören ... Honigbärchen«, erwiderte Tara und hielt seinem Blick stand.

Colin erwiderte Taras starrenden Blick. Es war, als würden sie in einem alten Westernfilm stecken, wo sie sich im Morgengrauen ein Duell lieferten.

Tara wusste, dass ihr Retourkutschen-Spiel sie immer nur im Kreis herumführen würde, also zog sie ihr Handy hervor und mimte Desinteresse. Sie öffnete Fling, um zu sehen, ob Jack online war. Obwohl das grüne Licht nicht leuchtete, beschloss sie, ihm eine Nachricht zu schicken, um etwas Spannung aufzubauen, ein bisschen wie Vorspiel zu dem, was später noch kommen würde.

Claire: Freue mich schon darauf, dir heute Abend die Fotos zu schicken x

Tara legte das Handy beiseite und nahm einen großen Schluck Wein, zufrieden mit sich selbst. Sie genoss es, dass Colin keine Ahnung hatte, dass sie für einen anderen Mann erotische Fotos gemacht hatte und ihm direkt vor seiner Nase schrieb.

* * *

Colin spürte die Vibration seines Handys in der Hosentasche. Er nahm es heraus und las die Nachricht von Claire. Sein Herz schlug schneller. Er mochte den Kitzel, Claire zu schreiben, während seine Frau im Zimmer war. Er führte ein Doppelleben direkt vor ihrer Nase, und dieses Gefühl war berauschend. Er begann eine Antwort zu tippen, wobei er das Handy leicht unter dem Tisch versteckt hielt, so dass Tara es nicht sehen konnte.

Jack: Ich habe den ganzen Tag an nichts anderes denken können. Ich habe auch welche für dich gemacht:)

* * *

Tara sah wieder auf ihr Handy und las Jacks Nachricht. Sie begann hörbar zu lachen, auf eine mädchenhafte Art, um Colin zu ärgern. Sie wollte ihm deutlich machen, dass sie sich aus dem Gespräch mit ihm ausgeklinkt hatte. Sie begann, Jack zurückzuschreiben.

Claire: Kann es kaum erwarten, sie dir zu zeigen. Mein Ehemann macht mich mal wieder wahnsinnig!

Jack: Kann ich gut nachvollziehen! Aber das Doppelleben mit dir lässt mich durchhalten;)

Claire: Selbe Zeit heute Abend?

Jack: Elf Uhr elf werde ich da sein.

Claire: Dann bis später x

Tara schloss die App und lachte noch einmal, um Colin zu reizen. Irgendwie konnte sie nicht fassen, was sie da tat. Ihrem virtuellen Liebhaber sexuell aufgeladene Nachrichten zu schicken, während sie mit ihrem nichtsahnenden Ehemann zu Abend aß, fühlte sich so verboten an, so verwegen. Aber sie wusste genau, was Jack meinte. Es erregte sie auch. Allein die Rücksichtslosigkeit des Ganzen war unwiderstehlich. Elf Uhr elf konnte nicht schnell genug kommen.

Nachdem sie ihre Mahlzeit beendet hatte, stand Tara auf und stellte den Teller in die Spüle. Es war ein stiller Akt der Rebellion, ihn nicht abzuspülen, wie sie es sonst immer getan hatte. Sie schnappte sich ihr Weinglas und ging zur Tür.

»Schönen Abend, Honigbärchen«, sagte Tara und stellte damit klar, dass sie nicht vorhatte, ihn mit Colin zu verbringen.

»Dir auch, Babe«, entgegnete Colin.

KAPITEL
Fünfzehn

Während er darauf wartete, dass es endlich 23.11 Uhr war, beschloss Colin seine Ankündigung wahr zu machen und die Retro-Blechschilder in seiner Männerhöhle aufzuhängen. Er ging in den Garten, öffnete den Schuppen und musste von dem vielen Staub erst einmal niesen. Später würde er ein Antihistaminikum nehmen. Er wühlte sich durch die vielen Kisten im Schuppen, ohne eine Idee zu haben, wo die Schilder sein könnten. Das war der Hauptgrund, warum Tara ihn schon so lange dazu drängte, den Schuppen aufzuräumen. Ihre Kisten waren alle beschriftet, doch Colin teilte ihren Enthusiasmus für Organisation nicht.

Während er suchte, bemerkte er ein staubiges Tuch, das etwas Großes bedeckte. Colin zog es herunter, und zum Vorschein kam seine 1988er Triumph Bonneville. Er hatte schon fast vergessen, wie schön das Motorrad war. Und auf dem Sitz entdeckte er auch die Kiste mit seinen alten Pub-Schildern. Volltreffer.

Colin kickte ein paar Kisten aus dem Weg und rollte das Motorrad aus dem Schuppen ins Licht. Es war eine Schönheit, aber traurigerweise eine alternde. Er hatte die alte Bonneville Bonnie genannt. Natürlich war er ihr Clyde. Ihr Körper war stellenweise mit Rost überzogen, obwohl sie im Schuppen gestanden hatte, und es war eindeutig, dass dringend mal wieder etwas an ihr gemacht werden musste. Genau wie er selbst auch hatte sie sich nicht dem unbarmherzigen Zahn der Zeit entziehen können. Colin dachte darüber nach, wie sehr er sich in den letzten Jahren verändert hatte. Das Motorrad, das ihm früher einmal das Gefühl gegeben hatte, ungezähmt und wild zu sein, hatte gerade zehn Jahre unberührt in einem Vorstadtschuppen gestanden. Das fühlte sich nicht richtig an.

Vielleicht steckten in den Reifen noch ein paar Meilen. Das Motorrad war nicht völlig hinüber, und Colin meinte auf den ersten Blick einschätzen zu können, dass sie mit ein paar Ersatzteilen wieder fit gemacht werden konnte. Aufgrund des fortgeschrittenen Alters der Maschine war das Beschaffen der Teile sicher eine Herausforderung, aber davor scheute er sich nicht.

Er verbrachte eine Stunde damit, Bonnie zu polieren, und schrieb sich auf, welche Teile ersetzt werden mussten. Nachdem er fertig war, beschloss er, Bonnie im Garten stehen zu lassen, um sie etwas auszulüften. Er hatte sie viel zu lange weggesperrt, und insgeheim hoffte er, Tara würde am nächsten Morgen das Motorrad im Garten entdecken.

Er schnappte sich die Kiste mit den Blechschildern und brachte sie in seine Männerhöhle. Als er sie alle mit Klebeband an der Wand befestigt hatte, stellte er sich in die Mitte des Zimmers und bewunderte den rustikalen, Saloon-artigen Style, den der Raum dadurch bekommen hatte. Jetzt fühlte es sich wirklich an wie eine Männerhöhle. »Guiness is good for you«, stand auf einem der Schilder. »This Bud's for you«, auf einem anderen. Es waren insgesamt etwa zwanzig Stück, jedes für sich genommen ein einzigartiges Sammlerstück. Als er sich im neu dekorierten Wohnzimmer umsah, verspürte er ein Gefühl von Stolz. Nicht weil es besonders schwierig gewesen war, die Schilder aufzuhängen, sondern weil er etwas getan hatte, das er nicht hätte tun sollen. Es war zwar nur ein kleiner Akt der Rebellion, aber dennoch.

Colin legte sich auf die Couch, bereit, mit Claire zu chatten. Tara war inzwischen bestimmt schon ins Bett gegangen, die Luft war also rein.

Genau um 23.11 Uhr schaltete der Online-Button an Claires Profil auf grün, und Colins Vorfreude wuchs ins Unermessliche. Er konnte die sich bewegenden Pünktchen sehen, die anzeigten, dass sie tippte. Nachdem er den ganzen Tag dem Moment entgegengefiebert hatte, konnte ihr nächtliches Rendezvous endlich beginnen.

Claire: Hallo, Fremder

Jack: Hey, sexy Lady, wie war dein Tag?

Claire: Ich hatte einen wunderbaren Tag, dank dir x

Jack: Ach, wirklich?

Claire: Ja, ich bin heute Morgen aufgewacht und habe gedacht, unser Gespräch gestern Nacht wäre ein schöner Traum gewesen …
Aber dann ist mir klargeworden, dass es echt war!

Jack: Gut zu wissen, denn ich konnte den ganzen Tag nicht aufhören, an dich zu denken …

Claire: Ach, wirklich? Was hast du dir denn so gedacht?

Jack: Alles Mögliche … nicht ganz jugendfrei;)
Ich habe besonders an dich gedacht, als ich im Fitnessstudio Gewichte gestemmt habe.

Claire: Oh, du machst Bodybuilding?

Jack: Ja, das ist eine Leidenschaft von mir.

Claire: Du übertriffst dich immer noch selbst. Ich wette, deine Muskeln sind riesig.

Jack: Ich bin normalerweise nicht der Typ, der angibt, aber heute habe ich beim Bankdrücken 100 Kilo geschafft. Nur wegen dir.

Claire: Wegen mir?

Jack: So viel habe ich noch nie gestemmt. Aber als ich kurz davor war, die Stange anzuheben, habe ich mir einfach vorgestellt, dass du mir zusiehst, und dann habe ich es geschafft;)

Claire: Du weißt doch noch nicht einmal, wie ich aussehe …

Jack: Ach, ja. Dagegen sollten wir etwas unternehmen …

Claire: Nun, ich hoffe, die Fotos, die ich gemacht habe, werden dem Bild gerecht, das du von mir im Kopf hast.

Jack: Oh, mach dir keine Sorgen, das werden sie bestimmt …

Claire: Kann ich dich um einen Gefallen bitten?

Jack: Natürlich.

Claire: Kannst du deine Fotos zuerst schicken? Ich bin ziemlich nervös …
Ich habe so etwas noch nie gemacht, das ist alles noch so neu für mich.

Jack: Das kann ich verstehen. Und nur, damit du es weißt, für mich ist das auch alles neu, also kein Grund, nervös zu sein.
Ich habe die Fotos heute im Fitnessstudio gemacht. Ich hoffe, sie gefallen dir …

Claire: Das werden sie bestimmt x

Jack: Bild gesendet
Bild gesendet
Bild gesendet

Es war der Moment der Wahrheit, und jede Sekunde, die verstrich, ohne dass sie ihm antwortete, fühlte sich wie eine Ewigkeit an. Er dachte, er sähe gut aus, aber Claire hatte sicher auch hohe Ansprüche an Männer. Wieso hatte er nur behauptet, Bodybuilding wäre seine Leidenschaft? Er war nur einziges Mal im Fitnessstudio gewesen, mein Gott. Und Rory hatte seinen Körper als Dad-Körper bezeichnet! Sie hatte seit sechzig Sekunden nicht geantwortet, und Colin war sich sicher, dass sie das Interesse verloren hatte.

Jack: Wenn ich nicht dein Typ bin, kann ich das verstehen ...

Claire: Ist das dein Ernst? Ich bin noch dabei, mich wieder zu sammeln. Du hast es echt drauf, mir den Atem zu rauben x

Jack: Puh, ich dachte, du wärst dabei, mich zu blockieren oder so.

Claire: Einen Mann blockieren, der einen solchen Body hat? Niemals!
Du bist so männlich. Dein Rücken ist so breit.
Ah, und dieser Teint. Du bist wohl gern draußen in der Sonne x

Jack: Erwischt, ich liebe es, zu verreisen;)

Claire: Ich auch.

Jack: Stell dir vor, nur wir beide auf einer tropischen Insel im Nirgendwo ...
Weiße Strände, Cocktails;)

Claire: Du weißt einfach immer, was ich hören will.

Jack: Haha, sieht so aus, als wollten wir einfach immer das Gleiche.
Also, ich schätze mal, jetzt bist du dran, mir dein Foto zu schicken ...

* * *

Tara war geschockt. Jack sah genauso aus, wie sie ihn sich erträumt hatte. Sie wünschte, sie könnte auch sein Gesicht sehen, wusste jedoch, dass die Regeln das nicht erlaubten.

Jetzt war sie an der Reihe. Sie war nervös und hoffte so sehr, dass ihm die Fotos gefallen würden. Es waren authentische Fotos von ihr, auch wenn es eine eher künstlerische Darstellung ihres Körpers war. Aber Jack gab ihr das Gefühl, die beste Version ihrer selbst zu sein, und diese Version wollte sie ihm zeigen. Und war es nicht das, was Nacktbilder seit Jahrhunderten waren? Eine Art, die Schönheit des menschlichen Körpers darzustellen? Was damals mit einem Pinsel vollbracht wurde, erledigte jetzt das Smartphone, aber das Prinzip blieb unverändert. Tara drückte auf Senden und verschickte ihre schlüpfrigen Fotos.

Claire: Bild gesendet
Bild gesendet
Bild gesendet

Jack: Bist das wirklich du?

Claire: Natürlich. Die Fotos habe ich heute gemacht.

Jack: Ich bin sprachlos ...

Claire: Positiv sprachlos?

Jack: Ja, aber so was von positiv! Du bist perfekt!!

Claire: Ich habe dich gewarnt, mit Schmeichelei kommst du bei mir durchaus weiter;)

Jack: Du bist sogar noch schöner, als ich mir dich vorgestellt habe. Diese Dessous sind so sexy;)

Claire: Die habe ich heute gekauft, nur für dich x

Jack: Wirklich?:)

Claire: Ja. Ich bin normalerweise nicht so der »sexy« Typ, aber ich wollte es sein ... für dich x

Jack: So gern ich die Wäsche auch anschaue, ich würde sie dir noch lieber direkt wieder ausziehen;)

Claire: Nun, da es ein Geschenk für dich ist, kannst du damit anstellen, was auch immer du möchtest x

Jack: Das wahre Geschenk ist das, was unter der Verpackung ist. Dein Mann hat diesen Körper nicht verdient!

Claire: Er bemerkt ihn nicht einmal.

Jack: Ich verstehe nicht, wie er das, was er direkt vor sich hat, einfach übersehen kann.
Aber umso besser für mich;)

Claire: Er gehört ganz dir. Mein Mann könnte nie 100 Kilo stemmen

Jack: Ich wünschte, ich könnte gleich jetzt bei dir einbrechen und dich entführen, direkt vor seiner Nase.

Claire: Ich würde alles geben, um jetzt bei dir zu sein.
Ich sehe mir immer wieder deine Fotos aus dem Fitnessstudio an.
Deine Frau kann sich sehr glücklich schätzen.

Jack: Sie hat überhaupt kein Interesse mehr an mir. Ich könnte nackt vor ihr stehen, und sie würde es nicht bemerken.

Claire: Ich weiß, wie es sich anfühlt, nicht gesehen zu werden:(
Selbst wenn mein Mann und ich uns streiten, will ich eigentlich nur, dass er mich packt und küsst.
Und er hat nicht mal einen blassen Schimmer davon.

Jack: Ich würde dich packen und küssen, Claire;)

Claire: Ich weiß, das würdest du tun, Jack. Und ich müsste dich nicht einmal darum bitten.
Du wüsstest einfach, wie sehr ich mir wünsche, von dir erobert zu werden.
Ich habe diese starke Sehnsucht nach dir ...

Jack: Mir geht es genauso.
Es ist, als würde ich dich schon mein ganzes Leben lang kennen;)

Claire: Ehrlich gesagt, habe ich mich nur bei Fling angemeldet, um mir selbst etwas zu beweisen. Ich hätte nie damit gerechnet, hier jemanden wie dich zu finden. Geschweige denn, dich tatsächlich treffen zu wollen.

Jack: Na, ja, genau dafür ist Fling doch da, oder? Sobald wir uns mögen, ist der nächste Schritt, sich persönlich zu treffen, um zu sehen, ob wir im echten Leben die gleiche Verbindung zueinander spüren;)

Claire: Das stimmt.
O Gott, sind wir verrückt?

Jack: Ich bin verrückt nach dir, so viel weiß ich;)

Claire: Es fühlt sich so riskant an, sich in der Öffentlichkeit zu sehen .
Aber das ist genau das, was ich mir wünsche ...

Jack: Wie wäre es mit diesem Samstag? Im The Vine, um acht Uhr?

Claire: Wow, The Vine?
Aber bekommst du denn da so kurzfristig noch einen Tisch?

Jack: Lass mich nur machen, ich kümmere mich um alles;)

Claire: Ach, du weißt einfach immer, was ich hören will x
Mein Mann würde mich niemals ins The Vine ausführen, nicht einmal, wenn sein Leben davon abhinge.

Jack: Na, dann lass mich das doch einfach tun;)
Was meinst du?

Claire: Eigentlich ist es völlig verrückt.
Aber ich muss dich unbedingt treffen.
Schon allein, um zu sehen, ob unsere Verbindung echt ist.

Jack: Genau. Wir müssen das wissen.

Claire: Okay. Ja.

Jack: Ich kümmere mich um alles.

Claire: Du weißt jedenfalls, wie man eine Frau beeindruckt.

Jack: Überlass alles mir. Du musst nur da sein;)

Claire: Heute ist erst Dienstag. Die Vorfreude wird uns die ganze Woche umbringen:)

Jack: Nun, wir werden einfach jeden Abend unsere nächtlichen Rendezvous fortsetzen müssen.

Claire: Weiterhin um elf Uhr elf?

Jack: Ich würde es um nichts in der Welt verpassen;)

KAPITEL
Sechzehn

Sobald Tara am Samstagmorgen wach wurde, begann sie, sich für ihr Date mit Jack am Abend vorzubereiten. Sie dachte noch einmal an all die vielen nächtlichen Gespräche zurück, die sie die Woche über mit ihm geführt hatte. Sie genoss es sehr, Jack jede Nacht auf einem tieferen emotionalen und sexuellen Level kennenzulernen. Obwohl sie im Internet zwei gesichtslose Fremde waren, fühlte sich ihre Verbindung zueinander mit jeder Interaktion realer an. Ihre nächtlichen Unterhaltungen um elf Uhr elf waren wie aus einer anderen Welt, eine Flucht in eine gemeinsame Phantasie.

Mit Colin hatte sich die Woche über nichts verändert. Sie gingen sich aus dem Weg, soweit das möglich war. Und sie taten weiter so, als wäre alles wunderbar und dass sie viel glücklicher waren, wenn sie keine Zeit miteinander verbrachten. Mit Jack in ihrem Leben fühlte sich alles besser an. Sie wusste, dass sie der Sache nicht zu viel Bedeutung beimessen durfte, letztlich war es nichts anderes als eine Flucht aus der Realität, doch es kam ihr alles so echt vor. Jetzt war der Samstag endlich gekommen und ihre Phantasiewelt kurz davor, mit ihrer realen Welt zu kollidieren. Sie wusste, es konnte entweder unendliches Glück bedeuten oder der totale Reinfall werden.

Sie hatten beschlossen, sich an die Regeln zu halten, und sich bisher keine Fotos geschickt, auf denen ihre Gesichter zu erkennen waren. Sie würde Jack um acht Uhr abends im The Vine treffen, nur auf einen Drink. Natürlich hatte sie ein schlechtes Gewissen, weil sie sich mit einem anderen Mann traf, aber sie erinnerte sich immer wieder daran, dass sie nur etwas mit ihm trinken wollte. Es ging ihr nicht darum, Colin zu betrügen, sie wollte vielmehr verstehen, warum sie diese Synchronizität gespürt hatte. Auf irgendeine Weise fühlte sie sich zu Jack hingezogen, und sie musste herausfinden, was der Grund dafür war. Es war wie ein Hunger, den sie stillen musste.

Tara musste alle Register ziehen, um einen guten ersten Eindruck zu machen. Nachdem sie sich in der Dusche rasiert hatte, schlüpfte sie in ein königsblaues, figurbetontes Kleid und ein paar silberne High Heels von Dolce & Gabbana. Vor Colin hatte sie diese Schuhe bisher immer verstecken müssen. Er würde ausrasten, wenn er wüsste, was sie dafür bezahlt hatte. Aber ihr gefiel die Vorstellung, sie für Jack zu tragen, sich für ihr geheimes Date in ihren eigenen Cinderellaschuhen aus dem Haus zu schleichen. Sie trug noch etwas dunkles Gloss auf die Lippen auf, sprühte einen Spritzer Gucci Bloom auf ihren Hals, und plötzlich war der Look perfekt. Doch sobald sie in den Spiegel schaute, wurde sie gleich wieder unsicher.

Sie mochte ihren Hals nicht. Er ließ sie älter erscheinen, als sie tatsächlich war. Warum hatte sie ihn früher nie richtig geschätzt? Denn nun konnte sie nichts mehr gegen die Alterserscheinungen tun. Sie hatte sich selbst mit THF diagnostiziert, oder auch Truthahnhals im Frühstadium, eine Krankheit, die sie sich ausgedacht hatte, nachdem sie im Internet nichts dazu gefunden hatte. Sie hatte jede Creme auf der Welt ausprobiert, um ihren Truthahnhals zu bekämpfen, aber nichts hatte funktioniert. Sie hatte sogar Botox in Erwägung gezogen, doch dann erfahren, dass es eine sehr kurzfristige Lösung war, die alle paar Monate die nächste Behandlung erforderte. Sie befürchtete, wenn sie einmal damit anfing, den Rest ihres Lebens von Botox abhängig zu sein und ein Vermögen dafür auszugeben.

Und dann war da noch ihr Bäuchlein. Dieser unnachgiebige Streifen Speck, der sich weigerte, ihren unteren Bauch zu verlassen. In ihrer Verzweiflung hatte Tara sogar verschiedene Trainingsgeräte erworben, die sie auf Teleshoppingkanälen gesehen hatte. Aber zu ihrem Entsetzen verschaffte der PerfectCore ihr keine perfekte Mitte, und von Six-Second-Six-Pack bekam sie auch kein Sixpack, und schon gar nicht in sechs Sekunden. Manche Modetrends halfen dabei, mit dem richtigen Outfit das Bäuchlein zu verbergen, doch in dem engen Kleid, das sie jetzt trug, war das kaum möglich. Und dass sie einen Blähbauch hatte, half auch nicht gerade. Warum hatte sie diese Woche auch bloß so viel Käse-Knoblauchbrot essen müssen? Sie war völlig aufgeblasen. Vielleicht sollte sie besser ein schwarzes Kleid anziehen, das war wesentlich dankbarer.

»Nein«, sagte Tara laut, in einem Versuch, sich selbst aus der selbstkritischen Haltung zu reißen. Sie hatte ihre Zwanziger damit verbracht, zu denken, sie sei nicht hübsch genug, und dann den Großteil ihrer Dreißiger damit, sich zu wünschen, sie wäre noch so hübsch wie in ihren Zwanzigern. Wenn sie den Teufelskreis aus Selbstkritik jetzt nicht durchbrach, würde sie es niemals schaffen. Emily hatte ihr diese Woche erzählt, dass Frauen, die sich im Spiegel ansahen, sich immer wieder auf das konzentrierten, was sie am wenigsten mochten. Aber Männer, die Frauen ansahen, fiel vor allem das auf, was sie mochten. Wenn Jack wirklich der Mann war, für den Tara ihn hielt, dann würde ihm ihr alternder Hals nichts ausmachen, genauso wenig wie ihr Bäuchlein. Ihre Verbindung ging tiefer.

Tara sah auf ihre Uhr. Kurz nach sieben.

Das Date war erst in einer Stunde, aber sie wusste, sie würde verrückt werden, wenn sie nur herumsaß und wartete. Außerdem war Colin vor Stunden weggegangen, um sich die Haare schneiden zu lassen, und immer noch nicht zurück. Es war vielleicht das erste Mal überhaupt, dass Colin zum Friseur ging, ohne dass Tara ihn ewig darum hatte bitten müssen. Wenn sie jetzt das Haus verließ, musste sie sich auch keine Ausrede einfallen lassen, wo sie hinwollte.

Tara bestellte über eine App ein Taxi und sah, dass eines nur zwei Minuten entfernt war. Perfekt.

Sie eilte nach unten und warf einen letzten prüfenden Blick

in den Spiegel im Flur. Aber als sie sich eine Haarsträhne hinters Ohr strich, wurde ihr plötzlich nur allzu deutlich bewusst, dass sie noch ihren Ehering am Finger trug. Es fühlte sich seltsam an, das Symbol ihrer ewigen Verbindung zu Colin zu tragen, während sie hinter seinem Rücken einen anderen Mann traf. Sie nahm den Ring ab und las die Gravur auf der Innenseite.

Für ewig und immer.

Plötzlich spürte sie einen Kloß im Hals. Was tat sie da eigentlich? Sie riskierte ihre Ehe für ein Date mit einem anonymen Fremden, den sie online kennengelernt hatte. Aber selbst wenn sie sich das bewusst machte, war sie immer noch bereit, das Risiko einzugehen. Was hatte Jack nur an sich, dass er so eine Wirkung auf sie hatte? Die Hingabe zu ihm drängte alles andere in den Hintergrund.

Aber dieses Gefühl war ihr auch nicht völlig fremd. Genau das Gleiche hatte sie gespürt, als sie damals auf Colins Motorrad gestiegen war. Obwohl sie wusste, dass sie mit dem Feuer spielte, musste sie ihrer Intuition vertrauen. Ihr Bauchgefühl hatte sie noch nie fehlgeleitet, und sie wollte einfach wissen, was dahintersteckte. Dafür musste es doch irgendeine Erklärung geben. Sie ließ ihren Ehering in die Handtasche gleiten.

Tara öffnete die Haustür, doch zu ihrem Entsetzen stand Colin mit dem Schlüssel in der Hand davor. Fast wäre es ihr gelungen, ihm aus dem Weg zu gehen.

»Colin!«, sagte sie verdutzt.

»Wow, du hast dich aber schick gemacht«, sagte er. Ausnahmsweise fiel ihm so etwas mal auf. »Wo willst du denn hin?«

»Oh ... ich wollte gerade los, um ... mich mit Emily von der Arbeit zu treffen. Mädelsabend. Kann spät werden, Emily ist eine Partymaus«, improvisierte Tara.

»Ach, das trifft sich gut, ich fahre nämlich gleich zu Rory. Vielleicht übernachte ich sogar bei ihm«, erwiderte Colin. »In welche Bars wollt ihr denn gehen?«

»Och, also … wir dachten an …« Taras Taxi fuhr vor und hupte. »Das ist meins! Muss los«, sagte sie eilig und schoss aus der Tür, so schnell es ihre hohen Absätze erlaubten.

* * *

Colin rannte die Treppe hinauf, sobald Taras Taxi davongefahren war. Ausnahmsweise war er mal viel zu spät dran. Er wollte eigentlich nur seine Haare ein bisschen ordentlich schneiden lassen, um Claire zu beeindrucken, aber die Schlange vor dem Friseur war ewig lang gewesen und hatte bis auf den Bürgersteig gereicht, so dass der Neun-Minuten-Haarschnitt neunzig Minuten gedauert hatte. Und dabei war es das Warten nicht einmal wert. Die Haare waren viel zu kurz. Er sah jetzt eher jungenhaft als männlich aus. Aber natürlich war seine Antwort, als der Friseur ihn danach gefragt hatte, ob er zufrieden sei: »O ja, das ist perfekt, danke.«

Er sprang unter die Dusche, rasierte sich, putzte die Zähne und wählte ein Paar dunkelblaue Chinohosen zu einem hellblauen Hemd. Der gesamte Vorgang dauerte etwa fünfzehn Minuten. Der Verkehr auf dem Heimweg durch die Stadt war so dicht gewesen, dass er beschloss, die Straßenbahn wäre der schnellste Weg, es rechtzeitig zu seinem Date zu schaffen, vor allem, weil sie an der Dawson Street, genau gegenüber von The Vine, hielt. Er hechtete zur Haltestelle und wie durch ein Wunder erreichte er die Bahn, kurz bevor sie abfuhr. Ausnahmsweise hatte ihn Murphys Gesetz verschont.

Auf dem Weg in die Innenstadt fragte sich Colin, in welche Richtung sich das Treffen wohl entwickeln würde. Claire hatte ihm gesagt, dass sie sich nicht in eine sexuelle Affäre stürzen wollte und dass es an diesem Abend nur darum ging, sich persönlich kennenzulernen. Er respektierte ihre Entscheidung und hoffte, das Date würde gut genug laufen, um sich für ein zweites zu verabreden.

Doch die Frage blieb, ob er bereit sein würde, die Grenze zu überschreiten, wenn es wirklich ernst werden sollte. Anonym und in einem geschätzten Rahmen hatte er es genossen, doch die Sache hatte sich schnell weiterentwickelt. Einerseits verspürte er ein schlechtes Gewissen, andererseits fühlte er sich so stark zu Claire hingezogen, zu der mysteriösen Frau und ihrem sinnlichen Reiz. Sie trafen sich nur zu einem Drink, erinnerte er sich selbst, um sein Gewissen zu beruhigen. Das war genau genommen noch gar keine Affäre.

Aber unabhängig davon, wie es ausgehen würde, war Colin einfach furchtbar aufgeregt, endlich die Frau zu treffen, die er die ganze Woche schon über den Chat kennengelernt hatte. Er hoffte bloß, dass sie keine Perfektion erwartete. Er hatte sich als Bodybuilder ausgegeben, obwohl er tatsächlich nur ein einziges Mal im Fitnessstudio gewesen war. Er straffte die Schultern und verbreiterte die Silhouette seines Spiegelbilds im Straßenbahnfenster. Schon bald würde er die Karten auf den Tisch legen müssen.

KAPITEL
Siebzehn

Tara kam zehn Minuten vor acht im The Vine an. Als sie aus dem Taxi stieg, sah sie ein paar Männer an der Straße stehen. War einer von ihnen vielleicht Jack? Sie versuchte, mit einigen Blickkontakt aufzunehmen, sah jedoch nur in verwirrte Gesichter. Warum war ausgerechnet sie als Erste da? Eigentlich kam sie immer zu spät, doch gerade heute musste sie einen auf Überpünktlich machen. Ihre Gefühle schwankten zwischen atemloser Aufregung und lähmender Nervosität. Im einen Moment fühlte es sich wie ein Befreiungsschlag an, Colin zu hintergehen, im nächsten brachten sie ihre Gewissensbisse um. Sie fühlte sich wie ein Pendel, das zwischen Stolz und Scham hin und her schwang. Sie hoffte nur, es würde in der gewünschten Richtung ausschlagen, wenn die Uhr acht zeigte.

Sie ließ den Blick über die Dawson Street gleiten, bis zu dem Buchladen namens Hodges Figgis, einem Ort, wo sie so manchen ihrer Collegetage damit verbracht hatte, den flüchtigen Geruch neuer Bücher zu genießen. War es vielleicht nur das, was sie bei diesem Date mit Jack zu finden hoffte? Die Sehnsucht nach einer neuen Geschichte und die Flucht in eine andere Welt?

»Kann ich Ihnen behilflich sein?«, fragte eine Kellnerin, die Tara vor der Tür des Restaurants herumstehen sah.

»Oh, hallo. Ich bin hier mit jemandem verabredet, aber ich glaube, ich bin die Erste«, erklärte Tara.

»Kennen Sie den Namen, unter dem die Reservierung getätigt wurde?«

»Ich denke, unter Jack. Es ist eine Art Blind Date, wissen Sie, deshalb weiß ich den Nachnamen gar nicht«, gab Tara leicht beschämt zu.

»Das ist okay, es gibt nur einen Jack auf der Liste. Ein Tisch für zwei Personen. Sie sitzen gleich hier auf der Terrasse. Wenn Sie mir bitte folgen wollen?« Die Servicemitarbeiterin lächelte.

Tara fragte sich, ob sie lieber an der Tür auf Jack hätte warten sollen, aber es war ziemlich kühl draußen. Sie hatte keinen Mantel angezogen, in der Hoffnung, dass Jack sie gleich in ihrem Kleid sehen würde und sie damit Eindruck schinden konnte. Emily hatte gesagt, dass man in weniger als drei Sekunden entscheidet, ob man sich zu jemandem hingezogen fühlt oder nicht. Ein unförmiger Mantel hätte ihr romantisches erstes Zusammentreffen mit Jack aufs Spiel setzen können. Aber nun fror sie, und die Terrasse sah wunderbar gemütlich aus mit zahlreichen Heizstrahlern, die warmes Licht spendeten.

»Das ist Ihr Tisch«, sagte die Kellnerin. »Kann ich Ihnen schon etwas zu trinken bringen, während Sie warten?«

»Oh ... ja, danke. Ich nehme ein Glas Malbec, bitte«, sagte Tara.

»Sehr gern«, erwiderte die junge Frau, ehe sie davonging.

Tara setzte sich und versuchte sich in ihrem Stuhl zu entspannen. Die Terrasse war so romantisch beleuchtet, mit Kerzen überall, die eine warme, elektrisierende Atmosphäre schufen. Es war die Sorte Restaurant, in die Colin sie niemals ausführen würde. »Eine Terrasse in Irland? So ein Quatsch«, würde er vermutlich sagen. Um sie herum saßen noch etwa zehn andere Pärchen an Zweiertischen, und sie kam sich ein bisschen komisch vor, als Einzige allein dazusitzen. Aber Jack würde sicher jeden Moment auftauchen, und dann würde sich das ändern. Die Spannung steigerte sich ins Unerträgliche. Sie wusste nicht, ob sie kurz davor war, ein Supermodel zu treffen oder einen Höhlentroll. Sie fühlte sich nervös und war zugleich voller Vorfreude. Das wilde Klopfen ihres Herzens war unerträglich. Ihr Glas Wein konnte gar nicht früh genug bei ihr ankommen.

Da erblickte Tara etwas, das ihr den Atem stocken ließ.

In der vorbeifahrenden Straßenbahn sah sie Colin durch die

Scheibe, der sich der Dawsons Street Haltestelle näherte! Die Bahn hielt an einer roten Ampel, und Tara befand sich in Colins Sichtfeld.

Das konnte nicht wahr sein.

Colin begann seinen Kopf in ihre Richtung zu drehen, und sie hielt sich schnell die Speisekarte vors Gesicht, um sich vor ihm zu verstecken. Wenn Colin sie jetzt sah, hätte er sie beim Lügen ertappt. Sie traf sich nicht mit Emily. Sie war eindeutig bei einem romantisches Rendezvous auf einer von Kerzenlicht beleuchteten Terrasse! Tara lugte über den Rand der Speisekarte und sah, dass die Ampel inzwischen grün war und die Straßenbahn langsam am Restaurant vorbeifuhr. Es war doch möglich, dass Colin gar nicht bei der Dawson Street ausstieg, oder? Aber andererseits befanden sich hier die besten Bars der Stadt.

Nur ein Mensch wusste, was zu tun war. Tara zog blitzartig ihr Handy aus der Handtasche und fing sofort an zu wählen.

»Tara, ist alles okay?«, meldete sich Emily. »Du weißt, dass Anrufe nicht gerade gut für meine innere Balance sind.«

»Deine innere Balance? Was soll ich denn sagen! Ich sitze im The Vine und treffe mich gleich mit Jack, und ich habe gerade meinen Mann draußen in der Straßenbahn vorbeifahren sehen!«, flüsterte Tara aufgeregt in ihr Handy.

»O mein Gott, was machst du jetzt?«

»Deshalb habe ich dich doch angerufen! Du gerätst doch immer in die seltsamsten Situationen bei Dates. Was würdest du tun?«

»Okay, ist er definitiv bei der Dawson Street aus der Straßenbahn ausgestiegen? Vielleicht ist er auch nur auf der Durchfahrt in einen anderen Stadtteil«, meinte Emily.

»Lass mich mal nachsehen«, erwiderte Tara und linste wieder über den Rand der Speisekarte. Sie konnte sehen, dass die Bahn nun an der Dawson Street hielt, doch Colin saß nicht mehr auf seinem Platz.

Er ging die Straße entlang, direkt auf sie zu.

Das Herz schlug Tara bis zum Hals.

»Himmel, er läuft in meine Richtung!« Sie war völlig außer sich.

»Mission abbrechen. Ich wiederhole, Mission abbrechen!«, rief Emily ins Handy.

Tara stand ruckartig auf, hörte aber sofort ein erschrockenes Quietschen hinter sich. Die Kellnerin hatte ihr gerade das Glas Malbec bringen wollen, doch Tara hatte ihr mit ihrer plötzlichen Bewegung das Tablett aus der Hand gefegt. Der Rotwein verteilte sich auf Taras Kleid, während das Glas auf dem Boden zerschellte. Es passierte alles so schnell, dass Tara gar keine Zeit hatte, die Tatsache zu begreifen, dass ihr Kleid ruiniert war. Sie musste so schnell wie möglich das Restaurant verlassen. Auch wenn sie Jack noch nicht einmal Hallo gesagt hatte, war es Zeit, abzuhauen.

»Es tut mir so leid, Miss«, sagte die Kellnerin.

»Sie müssen mich hier rausschaffen. Gibt es eine Hintertür?«, fragte Tara im Krisenbewältigungsmodus.

»Äh ... ja ... aber bitte, lassen Sie mich ...«

»Keine Zeit, keine Zeit. Ich muss sofort weg«, beharrte Tara.

»Folgen Sie mir«, sagte die Kellnerin und führte Tara gerade noch rechtzeitig nach drinnen, bevor Colin sie sehen konnte.

Die junge Frau brachte Tara durch die Küche zu einem Notausgang.

»Miss, es tut mir so leid. Bitte, hinterlassen Sie keine schlechte Rezension. Ich werde sonst gefeuert«, flehte die Kellnerin sie an.

»Mache ich nicht, aber können Sie mir dafür noch einen Gefallen tun?«, fragte Tara.

»Was Sie wollen«, erwiderte die Kellnerin.

»Wenn mein Date nach mir fragt, tun Sie so, als sei ich nie hier gewesen. Die ganze Sache war ein Riesenfehler«, fügte Tara hinzu und verschwand durch die Hintertür.

Sie hatte das Gefühl, als wäre sie nur haarscharf an einem Autounfall vorbeigeschrammt. Ihr Herz raste. Allein der Gedanke daran, dass sie fast ihre Ehe aufs Spiel gesetzt hätte, verursachte ihr Übelkeit. Sie wusste, dass sie Jack jetzt nicht mehr treffen konnte. Nicht nur, weil sie ihr Kleid ruiniert hatte, sondern auch weil ihr bewusst geworden war, in was für ein gefährliches Spiel sie geraten war. Dublin war eine kleine Stadt, man konnte nicht einfach öffentlich eine Affäre auf einer Restaurantterrasse beginnen und erwarten, dass es keinerlei Konsequenzen haben würde. Was hatte sie sich nur dabei gedacht? Sie winkte ein Taxi herbei, setzte sich auf den Rücksitz und griff sofort in ihre Handtasche. Da war er, ihr Ehering. Sie zog ihn hervor und steckte ihn zurück an ihren Finger, wo er hingehörte.

»Wo soll es denn hingehen, Lady?«, fragte der Taxifahrer, als sie den Ring zurechtrückte.

»Nach Hause«, antwortete sie und sah aus dem Fenster, als wäre sie in einem Hollywoodfilm. »Ich möchte gern nach Hause.«

»Allerdings habe ich keinen blassen Schimmer, wo Sie wohnen«, sagte der Taxifahrer und holte sie damit in die Realität zurück.

»Oh, sorry. Nach Hillcrest Grove, bitte.«

Tara wusste, dass Jack ihr jeden Moment schreiben würde, um sie zu fragen, wo sie blieb. Sie konnte den Gedanken nicht ertragen, die Nachrichten zu lesen. Sie nahm ihr Handy und löschte Fling, ohne die App noch einmal zu öffnen.

Dann seufzte sie erleichtert auf. Hatte sie ernsthaft fast ihre Ehe aufs Spiel gesetzt, nur um sich mit einem völlig fremden Mann zu treffen? Die Vorstellung erschien ihr absurd. Sie war wie berauscht gewesen von der Phantasie, eine Affäre zu haben, aber nun war sie wieder nüchtern. Obwohl Jack ihrer Dürreperiode ein Ende gesetzt hatte, hätte sein Sturm um ein Haar schwere Verwüstungen angerichtet. Sie konnte von Glück reden, dass sie unversehrt davongekommen war.

* * *

Colin stand vor The Vine und sah sich nach Frauen um, die Claire sein konnten. Er stellte zu einigen, die auf ihn zukamen, Blickkontakt her, doch sie lächelten alle nur verlegen und gingen weiter. Er fragte die Kellnerin, ob jemand nach der Reservierung auf den Namen Jack gefragt hatte, worauf sie antwortete: »Nein, tut mir leid, ich fürchte nicht.«

Colin sah alle dreißig Sekunden auf sein Handy, in der Hoffnung, dass das grüne Licht neben Claires Profil aufleuchten würde.

Doch es passierte nicht.

Er stand da wie ein Idiot, verzweifelt auf der Suche nach jemandem, der einfach nicht kam.

Jack: Hallo, Fremde, ich stehe draußen.
Schreib mir, wenn du da bist;)
Ist alles okay? Es ist halb neun, bist du unterwegs?
Ich fange an, mir Sorgen zu machen, kommst du nicht?
Also, es ist jetzt fast 9. Verschwende ich meine Zeit mit Warten?

Nachdem die längste Stunde seines Lebens endlich vorbei war, fand sich Colin damit ab. Er überlegte, noch kurz ins Restaurant zu gehen, aber der Gedanke, allein auf einer Terrasse zu sitzen, erschien ihm viel zu frustrierend.

Das alles war zu schön gewesen, um wahr zu sein. Er hätte es wissen müssen. Claire war nicht mehr als ein Phantasiegebilde. Er brauchte dringend ein Guinness. Normalerweise war er der Meinung, man sollte nicht trinken, um sich besser zu fühlen, sondern, um sich *noch besser* zu fühlen. Doch heute Abend wollte Colin nichts weiter, als seine Sorgen in Alkohol zu ertränken.

»Ein Pint, bitte«, sagte er, noch während er sich auf einem Barhocker am Tresen des nächstbesten Pubs niederließ. »Und danach bitte gleich das nächste.«

Nachdem er die Ereignisse des Abends noch einmal Revue passieren ließ, kam Colin zu dem Schluss, dass Claire vermutlich ein

Fake war, wie Rory es vermutet hatte. Sie konnte genauso gut eine verrückte alte Schachtel sein, die gestohlene Fotos einer Frau in Lingerie dazu verwendet hatte, ihn zu manipulieren. Er kam sich vor, wie der letzte Vollidiot. Murphys Gesetz hatte mal wieder zugeschlagen. Er hätte es wissen müssen.

Nach ein paar Pints zu viel sprang Colin in ein Taxi und fuhr zurück nach Hillcrest. Zu Hause angekommen, sah er, dass die meisten Lichter im Haus noch brannten. Er öffnete die Haustür und machte sich auf eine Standpauke von Tara gefasst, weil er zu viel getrunken hatte. Tara saß am Küchentisch. Sie war schon im Schlafanzug und hatte ein Glas Wein vor sich stehen.

»Na, wie geht's dem Kopf?«, fragte sie überraschend freundlich. »Hattest du einen schönen Abend mit Rory?«

»Na ja ... ehrlich gesagt, bin ich irgendwie froh, wieder zu Hause zu sein. Hattest du Spaß mit Emily?«

»Ich bin auch irgendwie froh, wieder hier zu sein«, erwiderte sie lächelnd.

»Hast du auf mich gewartet?«, fragte er.

»Ja ... eigentlich schon. Ich habe dieses Gurkenglas nicht aufbekommen. Wärst du so nett?« Sie schob ihm besagtes Glas hin.

Colin war nicht dumm. Er wusste, dass sie nicht so lange auf ihn gewartet hatte, nur um eine Gurke essen zu können. Das war ihr Umweg, ihm zu sagen, dass sie ihn brauchte.

»Kein Problem«, sagte er und nahm das Glas. Er drehte den Deckel, der kein bisschen fest saß. »Aber ich verstehe immer noch nicht, wie du diese Dinger runterbekommst.«

»Nun, in jeder Ehe gibt es einen, der saure Gurken liebt, und einen, der sie hasst«, scherzte Tara, während sie eine Gurke herausnahm. »Ich nehme an, du bist dafür deiner Leidenschaft für Guinness nachgekommen?«

»Ja ... Hat mich an den Abend erinnert, als wir uns zum ersten Mal gesehen haben.«

»Tja, niemand zapft besser ein Pint als ich.«

»Ich vermisse diese Zeiten«, meinte Colin lächelnd.

»Ich auch.« Sie erwiderte sein Lächeln.

Schweigen legte sich über den Raum, doch es war nicht die unangenehme Sorte. Es war die Art vertrauter Stille, die sie früher immer miteinander geteilt hatten.

»Colin, ich weiß nicht, wie wir hierhergekommen sind, aber was auch immer es ist, das zwischen uns zerbrochen ist, ich würde es gern reparieren. Ich weiß, es ist schmerzhaft, dass wir keine Kinder haben können, aber wir dürfen uns darüber nicht selbst verlieren. Wir müssen um das kämpfen, was wir haben«, sagte Tara.

»Du hast recht«, meinte Colin. Er stellte fest, dass er es nicht nur sagte, um sie zu besänftigen. Er meinte es wirklich so.

»Ich habe uns einen Paartherapeuten gesucht und für Montag einen Termin vereinbart«, sagte Tara.

Colin verspürte einen inneren Widerstand, aber er wusste, dass das Taras Bedingung war. Nachdem er seine Ehe gerade aufs Spiel gesetzt hatte, um eine völlig fremde Frau zu treffen, konnte er froh sein, noch eine Ehe zu haben, die sie retten konnten.

»Okay, Tara«, sagte er. »Was auch immer du dir wünschst.«

»Danke, Colin. Bis dann.« Tara stand auf und ging nach oben ins Schlafzimmer.

Colin wusste, seine Ehe war noch weit entfernt davon, repariert zu sein, immerhin schlief er immer noch auf dem Sofa. Aber es gab wieder Hoffnung. Und er war bereit, alles zu tun, was nötig war.

KAPITEL
Achtzehn

Am Montagabend saß Colin neben seiner Frau in der Praxis von Dr. Mildred Burke, der Paartherapeutin, die Tara online gefunden hatte. Er tat sich schwer, auf der Avantgarde-Couch einen bequemen Sitz zu finden, die in dem warmen Mahagoni-Zimmer seltsam fehl am Platz wirkte. Ihm missfiel die Vorstellung von Therapie. In seiner Familie war es immer so gewesen, dass man nicht über seine Probleme sprach. Er wollte seine Ehe selbst retten, ohne die Hilfe irgendeiner Therapeutin, die die Zwischentöne in ihrer Beziehung gar nicht verstehen konnte.

Dennoch, er hatte sich geschworen, es wenigstens zu versuchen und der Sache eine Chance zu geben. Tara hatte angeblich die »beste Therapeutin der Stadt«, gefunden, obwohl das noch zu beweisen war. Wenn sie wirklich so gut war, wieso hatte sie dann so schnell einen Termin bekommen? Colin hatte Tara gesagt, dass der teuerste Therapeut nicht unbedingt der beste sein musste. Das hatte unweigerlich zu dem Argument geführt, dass es egal sein sollte, wie viel die Rettung einer Ehe kostete, und Colin hatte schließlich kleinbeigegeben. Aber dreihundert Euro die Stunde? Ernsthaft? Schon ein paar Stunden im Monat würden sie in eine finanzielle Klemme bringen. Er hatte das Gefühl, allein durch das Bezahlen einer Therapeutin, Angstzustände zu bekommen.

Colin hatte den Sonntag damit verbracht, sein Motorrad zu reparieren, und nach einem Tag harter Arbeit erstrahlte Bonnie endlich wieder in alter Pracht. Er hatte sie aufpoliert, den Motor angeschmissen und mit ihr die erste Tour seit Jahren gemacht. Aber selbst als Colin sich den Fahrtwind um die Nase wehen ließ, verschaffte ihm das nicht die erhoffte Befriedigung. Das Triumphgefühl blieb aus.

In Gedanken war er immer noch bei Claire.

Er hatte sich sogar ein Päckchen Zigaretten gekauft und sich eine angezündet, als wollte er sich damit selbst beweisen, dass er noch eine Art von Kontrolle über sein Leben hatte. Aber als er den ersten Zug seit Jahren nahm, wurde ihm sofort schlecht. Vielleicht war die Vorstellung von einer Zigarette immer besser, als sie tatsächlich zu rauchen. Er versuchte sich einzureden, dass die gleiche Logik auf Claire zutraf. Wenn sie ihm bloß die Möglichkeit geben würde, die Sache zu einem Abschluss zu bringen, vielleicht wäre er dann in der Lage, nach vorne zu schauen.

Auf der Arbeit hatte er sich dabei ertappt, alle paar Minuten die App anzutippen, wie ein Süchtiger, der verzweifelt auf den nächsten Schuss wartete. Selbst Rory sagte, er hätte eine Problem. Aber Colin konnte nicht anders. Er war wie besessen davon, das grüne Licht neben Claires Profil aufleuchten zu sehen.

Aber nichts war passiert.

Dr. Burke nahm auf dem Stuhl gegenüber von ihnen Platz, offensichtlich bereit, mit der Sitzung zu beginnen.

»Tara, Colin, willkommen in meiner Praxis. Mein Name ist Dr. Mildred Burke, und ...«, setzte sie an.

»Oh, Sie müssen sich nicht vorstellen, Dr. Burke«, unterbrach Tara sie. »Ich habe gestern den ganzen Tag Ihr Buch *Die Ehe manifestieren* gelesen, und lassen Sie mich nur so viel sagen ... wow!«

Colin war sofort genervt. »Was soll das werden, eine Autogrammstunde?«, fragte er skeptisch.

»Colin, hör auf, dich so peinlich zu verhalten. Ich wollte nur vorbereitet sein«, sagte Tara entsetzt.

»Nein, du hast deine Hausaufgaben gemacht, damit du die Lieblingsschülerin sein kannst«, erwiderte er und verschränkte trotzig die Arme vor der Brust.

»So, jetzt atmen wir alle mal tief durch«, schaltete sich Dr. Burke ein. »Wie ich schon sagte, mein Name ist Dr. Mildred Burke und mein Fachgebiet ist das Heilen zerbrochener Verbindungen, so dass Kompromisse und Entspannung für alle Beteiligten erreicht werden können.«

»Nun, für dreihundert Euro in der Stunde könnten sie wenigstens einen Massagesessel oder so anbieten«, schmollte Colin, der immer noch versuchte, sich bequem hinzusetzen.

»Nach meiner Erfahrung ist eine Couch immer das Beste für ein Paar. Auf die Weise gibt es die Möglichkeit, sich in der Mitte zu treffen.« Dr. Burke lächelte.

»O mein Gott, das gefällt mir«, sagte Tara begeistert. »Sie sind Waage, stimmt's?«

»Nein, bin ich nicht«, sagte Dr. Burke.

»Sorry, ich meinte Jungfrau. Ganz offensichtlich!«, korrigierte sich Tara.

»Leider nicht.«

»Wassermann?«

»Nein.«

»Steinbock?«

»Nun ... ja, genau genommen ...«

»Ich wusste es!«, rief Tara triumphierend.

»Jetzt sehen Sie, womit ich mich herumschlagen muss, Dr. Burke«, beschwerte sich Colin. »Astrologie ist bei ihr die Erklärung für alles.«

»Wenn Sternzeichen nichts zu bedeuten haben, warum glauben dann alle Stiermänner nicht an Sternzeichen? Erklär mir das mal!«, entgegnete Tara.

»Das nennt man eine selbsterfüllende Prophezeiung. Als Teenager hast du wahrscheinlich in der *Vogue* gelesen, dass alle Zwillinge ständig zu spät kommen, und siehe da, seitdem bist du immer zu spät.«

»Ich habe nicht meine gesamte Persönlichkeit auf eine Zeitschrift aufgebaut«, verteidigte sich Tara.

»Ach, ja? Warum kaufst du dir dann jeden Monat die neue Ausgabe?«

»Wenigstens bin ich kein Atheist, der an gar nichts glaubt«, erwiderte Tara mit verschränkten Armen.

»Ich glaube an etwas, nämlich an die Wissenschaft. Die Welt besteht aus Protonen, Elektronen und Neuronen«, erklärte Colin.

»Und aus Idioten, offensichtlich«, murmelte Tara. »Was machst du bei deiner Beerdigung, wenn du da stehst wie bestellt und nicht abgeholt?«

»Ich versuche, mich auf mein Leben zu konzentrieren, nicht auf den Tod.«

»Oh, wirklich? Warum habe ich dann gestern den Motor deines Motorrads aufheulen gehört?«

»Ich habe sie nur zu einer kleinen Spritztour rausgeholt.«

»Ich wusste es! Grundgütiger, warum können sich Männer nur dann lebendig fühlen, wenn sie am Rande des Todes stehen? Ich weiß übrigens auch, dass du geraucht hast«, fügte Tara hinzu und bedachte ihn mit einem abfälligen Blick.

»Habe ich nicht«, log Colin.

»Deine Nasenflügel weiten sich, wenn du lügst«, sagte Tara und musterte sein Gesicht mit Adleraugen. »Also, du rauchst wieder und fährst Motorrad. Genau aus diesem Grund leben Frauen länger als Männer.«

»Oder vielleicht liegt es daran, dass unsere Frauen uns zu Tode nerven. Und ich erinnere mich daran, dass du auf besagtes Motorrad aufgestiegen bist, an dem Abend, als wir uns kennengelernt haben«, erwiderte Colin.

»Damals waren wir noch andere Menschen«, seufzte Tara.

»Ja, das ist ja das Problem«, entgegnete Colin.

»Wenn ich mal kurz etwas dazu sagen könnte ...« setzte Dr. Burke an.

Colin hatte völlig vergessen, dass sie da war.

»Tut mir leid, Dr. Burke. Bitte, fahren Sie fort«, sagte Tara beschämt.

»Wie ich gerade sagen wollte ... Ich beginne meine Sitzungen gern mit einer kleinen Übung«, sagte Dr. Burke. »Ich gebe Ihnen beiden einen Stift und ein Blatt Papier, und dann hätte ich gern, dass Sie die Gründe aufschreiben, warum Sie den anderen damals geheiratet haben.«

Dr. Burke reichte jedem von ihnen einen Stift und einen Notizblock und setzte sich dann wieder auf ihren Stuhl.

»Bitte, denken Sie nicht zu lange darüber nach, wir brauchen die ersten Dinge, die ihnen in den Sinn kommen. Deshalb stoppe ich die Zeit, Sie haben sechzig Sekunden«, erklärte Dr. Burke.

Colin versuchte, auf seinen Block zu schreiben, stellte jedoch fest, dass sein Stift nicht funktionierte.

»Mein Stift ist kaputt«, sagte er genervt. »Ist das eine Art Psycho-Test? Lassen Sie mich raten, der Stift stellt ein Phallus-Symbol dar?«

»Nein, Colin, manchmal ist ein Stift nur ein Stift. Hier haben Sie einen anderen.« Sie reichte ihm einen Ersatz.

Colin begann die Gründe aufzuschreiben, warum er Tara geheiratet hatte, doch seine Gedanken wanderten immer wieder zu Claire. Obwohl er keine Ahnung hatte, wer sie war, konnte er sie nicht vergessen. Warum hatte sie ihn so rücksichtslos sitzenlassen und sich nicht einmal die Mühe gemacht, es ihm zu erklären? Bedeuteten ihr die nächtlichen Gespräche mit ihm so wenig?

Einen Moment lang fragte er sich, ob ihr etwas Schlimmes passiert war. War sie in Gefahr? Hatte jemand sie entführt, während sie auf dem Weg zu ihrem Rendezvous gewesen war? Brauchte sie seine Hilfe?

Nein, beschloss er. Es gab kein Szenario einer Jungfrau in Nöten, die es für ihn zu retten gab. Das war nur sein Kopf, der versuchte, so zu tun, als wäre er immer noch ein Held. Claire war keine Prinzessin, die im Turm gefangen gehalten wurde. Sie war einfach irgendeine Frau, die ihn nicht wollte. Es war die harte Realität, aber es war eine, die er akzeptieren musste. Er sollte jede Erinnerung an Claire aus seinen Gedanken verbannen und sich auf die bevorstehende Aufgabe konzentrieren.

»Okay, das waren etwa sechzig Sekunden«, sagte Dr. Burke. »Tara, wären Sie so freundlich vorzulesen, was Sie geschrieben haben?«

»Natürlich. Gründe, warum ich Colin geheiratet habe. Erstens, wir haben uns sofort ineinander verliebt, als wir uns das erste Mal begegnet sind. Zweitens, wir waren früher auf sexueller Ebene sehr kompatibel. Drittens, wir waren beide sehr karrierebewusst. Viertens, er hat mich die ganze Zeit zum Lachen gebracht. Und fünftens, er hat mir immer das Gefühl gegeben, gesehen und gehört zu werden«, las Tara vor.

»Machst du Witze? Das ist nur eine Liste versteckter Vorwürfe«, meinte Colin genervt.

»Colin, könnten Sie bitte vorlesen, was Sie geschrieben haben?«, fragte Dr. Burke.

»Ich habe keine lange Liste gemacht. Ich habe nur geschrieben, dass ich Tara geheiratet habe, weil wir eine Familie zusammen gründen wollten«, sagte Colin und hielt seinen Notizblock in die Höhe.

»Ach, also heiraten die Leute nur, um eine Familie zu gründen, ja?«, fragte Tara.

»Nun, genau genommen bedeutet Ehe, dass zwei Leute zusammen kommen, um eine Familie zu bilden, also ja«, erwiderte Colin.

»Das ist nicht, was Ehe für mich bedeutet«, entgegnete Tara und wandte sich von ihm ab.

»Ja, das hast du schon deutlich gemacht, als du dich geweigert hast, meinen Namen anzunehmen«, warf er ihr vor.

»Weil ich nicht Tara O'Hara heißen wollte! Das klingt wie die Figur aus einem irischen Kinderreim!«

»Tara, ich würde gern auf das eingehen, was Sie geschrieben haben«, schaltete sich Dr. Burke wieder ein. »Die meisten Punkte liegen offensichtlich in der Vergangenheit. Was denken Sie, woran das liegt?«

»Na, ja ... Manchmal fühlt es sich so an, als lägen unsere besten

Jahre hinter uns. Wir gehen nie irgendwo hin. Oder unternehmen etwas gemeinsam. Wir sind uns fremd geworden.«

»Warum wollen Frauen ständig irgendetwas unternehmen?«, fragte Colin gereizt.

»Weil ich neue Erinnerungen schaffen will. Ich will, dass wir unser Leben mit Freude füllen«, erklärte Tara.

»Tara, das ist ein guter Punkt. Die Ehe ist wie ein Klavier. Man muss regelmäßig darauf spielen, damit es sich nicht verstimmt. Und ihr müsst beide die Musik hören wollen«, sagte Dr. Burke.

»Wir sind schon lange verstimmt«, grummelte Colin. »Denken Sie, es ist wirklich möglich, dass wir uns wieder so lieben wie früher?«

»Das ist die uralte Frage. Können zwei Menschen sich wieder verlieben, wenn sie sich entliebt haben? Aus meiner Erfahrung lautet die Antwort: Ja, es ist durchaus möglich. Aber Sie müssen aufhören, sich als gegeneinander gerichtete Kräfte zu verstehen. Wenn zwei Leute unterschiedliche Dinge wollen, kann das zu Konflikten führen. Aber wenn zwei Leute das Gleiche wollen und es nicht bemerken, kann das zu Krieg führen. Die meisten meiner Klienten kommen zu mir im Kriegszustand. Ich helfe ihnen dabei, sich daran zu erinnern, dass das Ziel eines Krieges nicht der Sieg ist, sondern Frieden.«

»Das klingt wunderbar, Dr. Burke«, sagte Tara begeistert.

»Ach, bitte, als ob sie kein Wässerchen trüben könnte«, brummte Colin und verdrehte die Augen.

»Colin, ich würde es gern von Ihnen hören«, sagte Dr. Burke. »Erzählen Sie mir vom letzten Streit, den Sie in Ihrer Ehe hatten.«

Es gefiel Colin nicht, so im Fokus zu stehen, aber er war froh, seine Seite der Geschichte darlegen zu können, ehe Tara wieder alles verkomplizierte. »Nun, unser letzter Streit ist das perfekte Beispiel dafür, wie unsere Ehe läuft. Ich wollte Steak, sie wollte Pasta, also haben wir uns auf einen Kompromiss geeinigt und Pasta gegessen«, sagte Colin.

»Oh, das ist wirklich eine viel zu einfache Darstellung dessen, was passiert ist!«, beschwerte sich Tara.

»Okay, Tara, Sie sind dran. Was glauben Sie, ist das Problem?«, fragte Dr. Burke.

»Also ... Ich denke, Sie haben schon einen Teil des Problems mitbekommen, Dr. Burke. Es fühlt sich an, als würden wir miteinander reden, aber eigentlich kommunizieren wir gar nicht«, sagte Tara, was ein wenig einstudiert klang.

»Tara, das ist ein wörtliches Zitat aus meinem Buch. Ich will es von Ihnen hören, nicht von mir selbst«, verlangte Dr. Burke.

»Sehen Sie? Sie versucht, die Therapie zu gewinnen. Unglaublich!«, sagte Colin und warf die Hände in die Luft.

»Okay, na schön«, sagte Tara, der es peinlich war, ertappt worden zu sein. »Unsere Ehe hat sich verändert, seit wir eine schlimme Nachricht erhalten haben. Wir haben erfahren, dass wir keine Kinder bekommen können ...«

»Das ist doch gar nicht wahr«, widersprach Colin. »Wir hatten drei erfolglose Versuche mit künstlicher Befruchtung, aber das passiert vielen Leuten. Aus medizinischer Sicht gibt es keinen Grund, warum wir keine Kinder haben können. Du hast einfach aufgegeben.«

»Ich habe nicht aufgegeben, ich habe die Tatsachen akzeptiert. Es zu versuchen, ist eine Sache, grundlos durch die Hölle zu gehen, ist eine andere. Du weißt doch, wie am Boden zerstört ich jedes Mal war, wenn es wieder nicht geklappt hatte. Wie oft soll ich das deiner Meinung noch ertragen?«, fragte Tara.

»Aber du willst die anderen Optionen gar nicht erst in Betracht ziehen. Du hast die Vorstellung davon, Mutter zu sein, einfach aufgegeben, obwohl ich weiß, dass es eigentlich genau das ist, was du dir wünschst«, sagte Colin flehentlich.

»Herrgott, kann die Gesellschaft nicht endlich akzeptieren, dass es für Frauen normal ist, mehr als einen Mann und ein Baby zu wollen?« Tara seufzte theatralisch.

»O nein, du verwandelst das jetzt nicht wieder in einen deiner feministischen Vorträge«, sagte Colin, der ahnte, wohin die Unterhaltung führte.

»Falls Sie es noch nicht bemerkt haben, Dr. Burke, mein Mann hat keine besonders fortschrittlichen Ansichten, wenn es um Rollenbilder geht, und das ist ein großer Teil des Problems.«

»Zum tausendsten Mal, ich bin Vertreter der Gleichberechtigung. Ich bin überzeugt davon, dass Männer und Frauen gleich sind«, erklärte Colin.

»Das ist eine durchaus fortschrittliche Einstellung«, schaltete sich Dr. Burke ein.

»Nein, ist es nicht. Fortschrittlich bedeutet offenbar, Männer zu hassen.«

»Willst du mir jetzt wirklich als Mann den Feminismus erklären?«, fragte Tara erzürnt.

»Nein, ich versuche nur, dir die Dinge aus der Sicht eines Mannes zu erklären«, verteidigte sich Colin.

»Super, jetzt erklärst du mir als Mann, wie man als Mann den Feminismus erklärt«, sagte Tara. »Weißt du, Männer sollten eigentlich froh sein, dass Frauen nur Gleichberechtigung wollen und keine Rache!«

»Alles, was du tust, ist, dich über Männer zu beschweren, obwohl ich praktisch der perfekteste Ehemann bin, den man sich vorstellen kann!«, meinte Colin genervt.

»Und so bescheiden«, kommentierte Tara augenrollend.

»Warum verdrehst du da die Augen? Ich bin wirklich extrem bescheiden!«

»Ja ... ganz offensichtlich.«

»In jedem Streit spielst du das Opfer, weil du keinerlei persönliche Kritik ertragen kannst«, warf Colin ihr vor.

»Ich kann sehr wohl mit Kritik umgehen!«, rief Tara aufgebracht.

»Ja ... genau. Ich kann mich nicht daran erinnern, dass du auch nur ein einziges Mal zugegeben hättest, falschzuliegen.«

»Also, ich habe nicht immer recht, aber ich liege niemals falsch«, sagte Tara.

»Sehen Sie, Dr. Burke? Ich kann nicht gewinnen.« Colin zuckte mit den Schultern. »Sie entmannt mich, weil sie auf dem College in Feminismus durchgefallen ist und sich was beweisen muss.«

»Ich bin nicht durchgefallen, ich habe neunundvierzig Prozent erreicht, und die Bewertung war ungerecht!«

»Oooh. Eine Runde Mitleid!«

»Nenn mir eine Sache, mit der ich dich entmanne!«, verlangte Tara.

»Es sind die kleinen Dinge. Zum Beispiel, dass du willst, dass ich mich jedes Mal zum Pinkeln hinsetze!«

»Das bedeutet einfach eine saubere Toilette für alle«, erwiderte Tara achselzuckend.

»Und dann natürlich die Sache mit meiner Vorhaut, die ich für dich habe beschneiden lassen«, fuhr Colin fort.

»Colin, das war keine Vorhaut, das war eine Überhaut!«, ereiferte sich Tara. »Und beschnitten sieht es so viel besser aus.«

»Aber du hast gesagt, wenn ich mich beschneiden lasse, würden wir mehr Sex haben, was sich als glatte Lüge herausgestellt hat«, sagte Colin.

»Das bringt mich zu meiner nächsten Frage«, schaltete sich Dr. Burke ein. »Wie läuft es im Schlafzimmer?«

»Nicht gut«, antwortete Tara ein wenig zu schnell.

»Endlich etwas, worauf wir uns einigen können.« Colin warf die Arme in die Luft. »Ich bin praktisch mit einer Nonne verheiratet.«

»O! Das ist so unfair. Ich bin eine sehr sexuelle Person!«

»Warum hatten wir dann seit zweihundertsiebzehn Tagen keinen Sex mehr?«, fragte Colin, um sie in Verlegenheit zu bringen.

»Himmel, hast du etwa eine Tabelle, in die du alle Tage einträgst, an denen wir Sex haben, oder was?«, fragte Tara schockiert.

»Nein, habe ich nicht. Weil es nichts einzutragen gibt«, entgegnete Colin. »Und selbst wenn, du liegst einfach nur da. Dr. Burke, einmal hat sie gesagt ›Versuch, mich nicht aufzuwecken‹. Ist das zu glauben?«

»Das liegt daran, weil du Morgensex haben wolltest. Du weißt doch, dass ich am Wochenende gern ausschlafe«, versuchte Tara sich zu verteidigen.

»Das ist nicht nur morgens so. Immer, wenn ich Lust habe, hast du keine! Ich soll wohl Gedankenleser sein«, schnaubte Colin frustriert.

»Du musst nicht meine Gedanken lesen, Colin. Du sollst meinen Körper lesen. Ich bin ein offenes Buch.«

»Da stehen meine Chancen besser, *Ulysses* zu verstehen! Frauen sind so komplex, dass ich mir keinen Reim darauf machen kann«, seufzte Colin.

»Das ist kein großes Mysterium. Wir wollen uns begehrt und geschätzt fühlen. Und ein bisschen Spontanität kann viel bewirken.«

»Nun, dann musst du mir sagen, was du willst, damit ich im Voraus etwas Spontanes planen kann«, meinte Colin.

»Das verfehlt doch dann völlig den Zweck! Es muss von dir kommen. Es genügt ja schon eine Kleinigkeit, zum Beispiel, dass du mir Blumen kaufst.«

»Ich habe eine Pollenallergie!«

»Schön, und ich bin allergisch auf Ausreden. Du hast mir früher immer Blumen zu unserem Hochzeitstag gekauft. Ein Strauß einmal im Jahr bringt dich schon nicht um. Aber jetzt bist du so geizig, dass du mir gar nichts mehr mitbringst. Und dann jammerst du darüber, wie knauserig dein Vater immer war, wo du doch genauso bist wie er! Wie unlogisch ist das denn bitte?«

»Vergleich mich ja nicht mit meinem Vater«, entgegnete Colin finster. »Weißt du, Tara, du hast wirklich keine Ahnung, wie gut du es hast. So viele Männer gehen aus und lassen ihr Geld im Pub oder verspielen es im Casino oder stecken es sich gleich in die Nase. Ich lege mein Geld beiseite, damit unsere Kinder am Weihnachtsmorgen nie eine Enttäuschung erleben müssen. Ein bisschen Wertschätzung deinerseits wäre schön. Und lass uns nicht vergessen, dass ich es war, der die künstliche Befruchtung bezahlt hat.«

»Das weiß ich alles zu schätzen. Ich muss aber auch das Gefühl haben, dass du *mich* schätzt. Irgendeine Geste, die mir das Gefühl gibt, begehrenswert zu sein. Du musst zugeben, dass du aufgehört hast, mich auf sexuelle Art zu sehen, als wir angefangen haben, ein Kind bekommen zu wollen«, sagte Tara.

»Quatsch, das stimmt nicht.«

»Ach, nein? Ab dem Moment, als wir es versucht haben, war es, als würdest du so schnell wie möglich auf die Ziellinie zurasen. Du hast einfach völlig vergessen, dass ich auch noch so etwas wie Bedürfnisse habe! Ehrlich, ich hätte mehr Spaß gehabt, eine Bratenspritze zu benutzen, um schwanger zu werden.«

»Tut mir leid, dass mich dein Gerede über Eisprung und Hormone und Menstruationszyklen nicht angeturnt hat ...«, erwiderte Colin genervt.

»O Mann, ein bisschen Empathie würde dir auch nicht schaden. Weißt du, ich wünschte, Männer könnten nur einmal erleben, wie es ist, eine Menstruation zu haben! Gib es zu: Seit du angefangen hast, mich als Mutter deiner potenziellen Kinder zu sehen, spielt es keine Rolle mehr für dich, was ich dabei empfinde«, sagte Tara trocken.

»Das ist tatsächlich weit verbreitet«, unterbrach Dr. Burke. »Man nennt es den Madonna-Hure-Komplex. Es bedeutet, dass Männer Frauen entweder als jungfräuliche Mutter sehen, die ihnen Kinder schenkt, oder als gefallene Frauen, die sie begehren. Es ist eine altmodische Sicht der weiblichen Sexualität, aber viele Männer ordnen Frauen auch heute noch in diese beiden Kategorien ein. Viele Männer geben es sogar als Grund an, dass sie außereheliche Affären suchen. Sie wollen die Ehefrau und die ›andere Frau‹.«

Colin wusste, dass Dr. Burke nicht ganz unrecht hatte. Vielleicht hatte er den Komplex, den sie beschrieb, tatsächlich. Vielleicht war das der Grund, warum er sich bei Fling angemeldet hatte. Es schien ihm nur einfach so, als hätte Tara kein Bedürfnis, so genommen zu werden, wie er sie gern nehmen würde. Bei Claire hatte er immer gespürt, wie ihr Begehren durch das Handy bis zu ihm strahlte. Sie war genauso erregt von ihrem Rendezvous wie er. Sie empfanden die gleiche Lust, verbunden durch die geteilte Sünde. Vielleicht lag es daran, dass es so falsch war, dass es sich schon wieder richtig anfühlte. Vielleicht machte die Schuld den Sex noch attraktiver. Vielleicht war er doch ein guter Katholik.

»Okay, ich verstehe, was du sagen willst«, sagte Colin. »Aber Tara, du hast immer gesagt, dass ich der Typ Ehemann bin und nicht der Typ One-Night-Stand. Ich glaube, Frauen unterteilen Männer auch in diese Kategorien. Warum gibt es bei Frauen keinen entsprechenden Komplex?«

»Ich dachte, dir sind Frauen eh schon zu komplex?«, zog ihn Tara mit erhobener Braue auf.

»Ich verstehe Ihren Punkt, Colin«, sagte Dr. Burke. »Aber wenn Sie beide sich auf diese nicht sexuelle Art sehen, stellt sich die Frage, ob einer von Ihnen oder Sie beide schon einmal untreu gewesen ist ... «

Es herrschte betretenes Schweigen.

Colin spürte, wie sein Puls sich beschleunigte. Er hatte die Affäre nicht tatsächlich begonnen, also hatte er theoretisch nichts zu verbergen. Aber er musste seine Worte mit Bedacht wählen. Sollten sich seine Nasenflügel weiten, würde Tara sofort Verdacht schöpfen.

»Ich habe niemals mit einer anderen Frau als meiner Ehefrau geschlafen«, sagte Colin schließlich.

»Und ich hatte auch nur mit meinem Mann Sex«, schloss sich Tara an.

»Das ist doch super. Aber ich nehme an, es gab Momente der Versuchung für Sie beide?«, hakte Dr. Burke nach.

»Na ja, Phantasien über andere Leute zu haben, ist noch kein Fremdgehen«, sagte Colin.

»Nein, aber es könnte dazu führen, dass man sich wünscht, die Phantasie würde Realität werden. Liebe bedeutet, etwas zu haben, und Begierde bedeutet, etwas zu wollen. Das ist der Grund, warum eine gute Ehe Arbeit ist. Es ist schwierig, das zu begehren, was man bereits hat. Begierde wird durch Verbotenes erzeugt«, erklärte Dr. Burke.

»Aber wie bekommen wir dann die Chemie zurück, die wir mal zusammen erlebt haben?«, wollte Tara wissen.

»Nun, wenn wir über die Chemie zwischen zwei Menschen sprechen, reden wir tatsächlich über die chemischen Prozesse, die im Gehirn ablaufen«, setzte Dr. Burke an. »Wenn wir sexuelle Anziehung erleben, setzt unser Körper Hormone frei: Testosteron oder Östrogen. Diese befeuern unseren Sexualtrieb, so dass wir etwas verspüren, das allgemein als Lust bezeichnet wird. Wenn diese Anziehung sich in mehr verwandelt, dann setzt das Gehirn das Hormon Dopamin frei. Was wir als romantische Liebe verstehen, ist eigentlich nur ein chemischer Trip, verursacht durch Dopamin, den jemand in uns auslöst. Aber natürlich währt dieses Hochgefühl nicht unendlich, und sobald die sogenannte Flitterwochenphase vorbei ist, beginnt das Dopamin-Level zu sinken und wird schließlich von einem anderen Hormon abgelöst, das Oxytocin heißt. Dieses Hormon sorgt dafür, dass sich eine Bindung zwischen zwei Menschen bildet, indem es Gefühle der Nähe und der Zusammengehörigkeit erzeugt. Oxytocin ist wunderbar, aber nichts kommt an den Kick heran, den Dopamin verursacht. Die Frage ist, ob zwei Menschen zu ihrer Flitterwochenphase zurückkehren und dieses ursprüngliche Hochgefühl der ersten Liebe noch einmal miteinander erleben können. Ich habe eine Strategie entwickelt, die dabei helfen soll. In meinem

Buch *Die romantisierte Romanze* habe ich sie im Detail ausgeführt.«

Colin verdrehte die Augen. Er wusste genau, dass Tara sich auch dieses Buch kaufen würde. Sie brauchten einen Rat, keine Leseliste. »Sie dürfen uns gern das Ende verraten«, sagte er mit sarkastischem Unterton.

»Romantik ist die Wahrnehmung des Lebens, so, wie es sein sollte, nicht so, wie es wirklich ist. Das Leben unscharf zu sehen, wie durch eine rosarote Brille. Als Sie vorhin in meiner Praxis angekommen sind, waren Sie beide eifrig darauf bedacht, die Fehler des jeweils anderen herauszustellen, anstatt seine guten Seiten zu betonen. Doch Sie beide haben die Wahl, wie Sie Ihren Partner sehen wollen. Versteifen Sie sich auf die kleinen Unvollkommenheiten oder freuen Sie sich über die Dinge, die sie dazu gebracht haben, sich in den anderen zu verlieben? Manchmal müssen wir einen Ausflug in die Vergangenheit unternehmen, um unsere Gegenwart neu zu bewerten und wieder Hoffnung für die Zukunft zu schöpfen. Das bedeutet, die Romanze zu romantisieren«, erklärte Dr. Burke.

»Ich glaube, das bekommen wir hin«, sagte Tara und lächelte Colin zu.

»Ich werde Ihnen für diese Woche eine kleine Aufgabe mitgeben.«

»Eine Leseliste *und* Hausaufgaben?«, seufzte Colin.

»Sei nicht so kindisch, Colin«, meinte Tara und gab ihm einen Klaps auf den Arm.

»Keine Sorge, Ihre Aufgabe ist einfach. Sie sollen einen romantischen Abend miteinander verbringen. Colin, stellen Sie sich vor, Sie hätten in der Vergangenheit etwas verloren und bauen nun eine Zeitmaschine, um es sich wiederzuholen. Es geht nicht darum, in der Vergangenheit zu leben. Es geht darum, die Magie der Vergangenheit in die Gegenwart zu holen.«

Colin missfiel es, dass Dr. Burke es ihm erklärte, als sei er ein kleines Kind, aber zugegebenermaßen weckte ihre Metapher eine gewisse Neugier in ihm.

»In Ordnung«, stimmte er zu. »Aber wie holen wir die Vergangenheit in die Gegenwart?«

»Indem Sie einen sehr wichtigen Film anschauen«, antwortete Dr. Burke.

»Wenn Sie jetzt sagen, *Mamma Mia*, gebe ich mir die Kugel«, sagte Colin.

»Der Film, den ich meine, ist Ihr Hochzeitsvideo«, führte Dr. Burke aus. »Die meisten Leute nehmen Videos von ihrer Hochzeit auf und lassen sie dann den Rest ihrer Ehe verstauben. Den Menschen ist nicht bewusst, dass Nostalgie ein mächtiges Aphrodisiakum ist. Ich will, dass Sie die Menschen auf dem Bildschirm sehen, die Sie mal gewesen sind. Das Paar, das Sie gewesen sind.«

»Okay, das ist machbar«, gab Colin zu.

»Nachdem Sie das Hochzeitsvideo angesehen haben, will ich, dass Sie sich lieben. Nicht auf die Art, wie Sie es gewohnt sind, um schwanger zu werden, sondern eher als Ausdruck Ihrer Liebe füreinander. Selbst, wenn Sie sich in dem Moment nicht wirklich in der Stimmung dafür fühlen, seien Sie offen für die Verführung. Sex ist manchmal wie ein Fallschirmsprung. Auch wenn man vielleicht keine Lust hat zu springen, ist man doch froh, dass man es getan hat, wenn man unten landet.«

»Okay, das ergibt Sinn«, meinte Tara.

»Und schließlich«, fuhr Dr. Burke fort, »will ich, dass keiner von Ihnen einen Streit anfängt, zwischen dieser und unserer nächsten Sitzung. Wenn Sie zu irgendeinem Zeitpunkt das Gefühl haben, es könnte zum Streit kommen, zählen Sie bis zehn und lassen Sie es sein. Ich werde das beim nächsten Mal abfragen. Glauben Sie, Sie können das schaffen?«

Tara und Colin sahen sich mit hoffnungsvollem Lächeln an.

»Ja«, sagten sie wie aus einem Mund.

KAPITEL
Neunzehn

Etwas, das Dr. Burke gesagt hatte, beschäftigte Tara auch noch, als sie den romantischen Abend mit Colin vorbereitete. Sie hatte das Gefühl, ihre Phantasien nicht mit ihrem Ehemann teilen zu können, weil es darin nicht um ihn ging. Es ging um Jack und ihre unerlaubte Online-Affäre mit ihm. Sie hoffte, Dr. Burkes vorgeschlagene Strategie würde dabei helfen, den Funken wieder zu entzünden. Aber wäre das wirklich möglich? Damals war Colin der junge Rebell, der sie auf sein Motorrad gelockt hatte, aber nun war Jack die verbotene Frucht, der sie nicht widerstehen konnte. Vielleicht hatte Colin recht, dass Frauen Männer auch in Kategorien unterteilten. Wie sie es in ihrem Profiltext für Fling ausgedrückt hatte, sie hatte Mr. Right gefunden, aber jetzt sehnte sie sich nach Mr. Wrong.

Aber Tara hatte Jack sitzengelassen, ohne ihm eine Erklärung zu liefern. Sie wusste, sie hätte Schuldgefühle haben sollen, weil sie fast ihren Ehemann betrogen hätte, aber stattdessen plagte sie ein schlechtes Gewissen, weil sie Jack versetzt hatte. Sie konnte nicht aufhören, an ihn zu denken, wie er da in der Kälte stand und auf sie wartete. Das Bild verfolgte sie. Hatte er sie bereits vergessen oder dachte er auch immer noch an sie, so wie sie an ihn?

Die Synchronizität, die sie mit Jack gespürt hatte, musste doch irgendetwas bedeuten. Es musste mehr sein, als nur ein Zufall. Ihr Kopf und ihr Bauch sagten beide etwas anderes, und jeder versuchte, sie in die entgegengesetzte Richtung zu lenken.

Doch sie wusste, sie konnte ihre Ehe nicht retten und gleichzeitig eine Affäre haben. Und sie würde auf keinen Fall einen Mann, den sie noch nie getroffen hatte, ihrem Partner vorziehen, mit dem sie seit achtzehn Jahren zusammen war. Das wäre völlig wahnsinnig, selbst für einen Zwilling. Fürs Erste musste sie das brennende Verlangen nach Jack verdrängen und all ihre Energie in die Beziehung mit Colin stecken.

Alles war vorbereitet. Sie hatten eine Bestellung bei ihrem Lieblingschinesen aufgegeben, sich eine teure Flache Malbec gekauft und die DVD mit dem Video von ihrer Hochzeit auf dem Speicher ausgegraben. Colin packte das Essen aus, während Tara den Wein entkorkte. Sie waren beide wild entschlossen, alles perfekt zu machen. Immerhin hing ihre Ehe davon ab.

»Das darf doch nicht wahr sein!«, rief Colin plötzlich.

»Was ist?«, fragte Tara erschrocken.

»Sie haben die verdammten Krabbenchips vergessen«, antwortete er seufzend.

»Mann, Colin. Du hast mich zu Tode erschreckt!«

»Das passiert jedes Mal! Weißt du was, ich laufe dem Lieferboten hinterher«, sagte Colin und schnappte sich seine Jacke.

»Colin, er ist doch inzwischen längst über alle Berge mit seinem Motorroller.«

»Ja, stimmt ... dann rufe ich da an«, sagte er und zückte sein Handy.

»Colin, es ist nur eine Tüte Krabbenchips. Zu mir sagst du immer, ich sei pingelig, wenn ich im Restaurant extra Salatdressing bestelle. Lass es sein.«

»Sie sollten uns wenigstens das Geld zurückgeben«, sagte Colin stur wie immer.

»Die Krabbenchips kosten einen Euro, Colin. Ich gebe dir einen Euro, wenn dich das so auf die Palme bringt. Dr. Burke sagte, du sollst aufhören, so geizig zu sein, erinnerst du dich?«, sagte sie.

»Das hat sie gar nicht gesagt!«, entgegnete Colin patzig.

»Das musste sie auch nicht. Es war offensichtlich«, meinte Tara.

»Und doch ... du sagst es gerade«, murmelte Colin.

»Können wir nicht einfach mit unserem schönen Abend weitermachen, bitte? Wir sollen uns nicht streiten, weißt du noch?«, versuchte Tara die Stimmung wieder aufzulockern. Sie entkorkte den Wein und begann, ihn auszuschenken.

»Okay ... du hast recht«, sagte er und packte weiter das Essen aus.

»Das darf doch nicht wahr sein!«, rief Tara plötzlich.

»Was ist los?«, fragte Colin panisch.

»Ich habe ohne Zwiebeln bestellt!«, antwortete sie gestresst.

»Himmel, ich hätte fast einen Herzinfarkt bekommen, Tara.«

»Das ist eine Frechheit! Ruf sofort da an!«

»Du hast doch gerade gesagt, ich soll nicht anrufen!«

»Nun ja ... das ist was anderes«, sagte Tara, obwohl sie genau wusste, dass es nichts anderes war.

Colin zog ungläubig die Augenbrauen hoch. »O ja, weil es dich betrifft? Du kannst um die Zwiebeln herum essen und dein Essen trotzdem genießen. Dr. Burke hat gesagt, du sollst dich mehr anpassen, erinnerst du dich?«, sagte er als Retourkutsche.

»Das hat sie gar nicht gesagt!«, erwiderte Tara.

»Das musste sie auch nicht, es war offensichtlich«, entgegnete er grinsend.

»Und dennoch ... sagst du es gerade.« Tara grinste zurück.

Die beiden sahen sich an und lachten. Ein bisschen war es wieder wie früher, und in diesem Moment entschlossen sie sich dazu, eher das Lustige an der Situation zu sehen, bevor der Streit eskalierte.

»Mir tut Dr. Burke schon fast leid, dass sie sich mit uns rumschlagen muss«, lachte Tara.

»Na ja, für dreihundert Euro pro Stunde will ich auch, dass sie etwas zu tun hat«, scherzte er.

»Der Wein ist übrigens phantastisch, gute Wahl«, sagte Tara, als sie einen Schluck genommen hatte.

»Danke, aber an diesem Essen scheint mir noch eine Sache zu fehlen.« Colin kratzte sich am Kopf, als überlegte er, was es sein könnte.

»Wenn du jetzt sagst, Krabbenchips, schreie ich los«, warnte Tara.

»Nein ... aber ich würde zu gern etwas von deinem berühmten heißluftfrittierten Knoblauchbrot probieren.«

Tara wusste, dass es Colins Art war, sich zu entschuldigen.

»Kommt sofort«, sagte sie.

Nach dem Essen räumte Tara den Tisch ab, während Colin versuchte herauszufinden, wie man den DVD-Player an den Fernseher anschloss, damit sie ihr Hochzeitsvideo anschauen konnten. Als Tara ins Wohnzimmer ging, um sich zu ihm zu gesellen, fiel ihr auf, dass sie zum ersten Mal einen Fuß ins Wohnzimmer setzte, seit es zu Colins Männerhöhle geworden war.

»O Gott, hier riecht es aber nach Mann«, sagte sie und schnupperte demonstrativ in der Luft herum.

»Es gibt keinen Männergeruch«, erwiderte Colin, der immer noch mit dem DVD-Player beschäftigt war.

»O glaub mir, den gibt es«, sagte Tara.

Colin hatte offensichtlich Probleme, das Gerät anzuschließen. Sie witterte ihre Chance, dem Zimmer einen weiblichen Touch zu verleihen, während er abgelenkt war. Sie holte ein paar Duftkerzen aus der Küche und verteilte sie im Raum. Als die Kerzen alle brannten, hatte das Wohnzimmer endlich die perfekte romantische Atmosphäre für ihr Date. Aber der Geruch nach Mann hielt sich hartnäckig. Colin krabbelte immer noch hinter dem Fernseher rum, und sie nahm schnell ein neues Päckchen Räucherstäbchen aus der Schublade des Beistelltischchens. Sie hatte es sich für eine besondere Gelegenheit aufgespart, und jetzt schien ihr der perfekte Moment gekommen zu sein. Colin würde es vermutlich nicht einmal bemerken. Sie stellte das Schiffchen auf ein Sideboard und zündete ein Räucherstäbchen an. Sie liebte den Duft.

»Riechst du das auch? Da brennt doch was an«, sagte Colin besorgt.

Erwischt.

»Das ist kein Rauch ... nur ein Räucherstäbchen«, versuchte Tara es runterzuspielen.

»O Mann, Tara, du weißt doch, dass Räucherstäbchen mich zum Niesen bringen«, seufzte er.

»Ich habe irgendwo gelesen, dass Räucherstäbchen sogar gut sein können für die Nebenhöhlen«, sagte Tara, die sich das gerade ausgedacht hatte. »Ich verstehe nicht, warum das so ein Riesenproblem ist, wenn man dadurch einen besseren Geruch im Zimmer hat.«

»Es riecht wie in der Kirche.«

»Wir haben vor, unser Hochzeitsvideo anzuschauen, vielleicht hilft es, dass wir uns besser hineinversetzen können. Dann ist es, als wären wir wirklich dort.«

»Es riecht mehr nach einer Beerdigung als nach einer Hochzeit. Mach es aus«, verlangte Colin.

»Na schön«, gab Tara nach und blies das Räucherstäbchen aus. Natürlich war sie enttäuscht, aber sie wusste, dass sie es darauf angelegt hatte. Und jetzt, da Colin bei den Räucherstäbchen seinen Willen durchgesetzt hatte, konnte er wohl kaum auch noch etwas gegen die Kerzen sagen.

Sie sah sich im Zimmer um, und ihr Blick fiel auf die alten Bierschilder, die an den Wänden hingen.

»Guinness for strength«, stand auf dem einen, das ihr am nächsten war. Sie versuchte verzweifelt, es zu ignorieren. *Sag nichts, sag nichts, sag nichts*, wiederholte sie im Kopf.

»Wie ich sehe, hängen die Bierschilder alle noch«, platzte es dann doch aus ihr heraus.

»Aber klar«, sagte Colin. »Ist das ein Problem?«

»Nein, alles gut«, erwiderte Tara und biss sich auf die Zunge. *Sag es nicht, sag es nicht, sag es nicht.* »Ich finde nur, dass es komisch ist, wie ... «

»Nein, nein, nein! Fang gar nicht erst damit an. Wir sollen einen schönen Abend miteinander verbringen, weißt du noch? Und außerdem sagst du doch immer, du glaubst an Zeichen.«

»Ich meine Zeichen von oben, nicht von einem Pub«, sagte sie augenrollend.

»Man weiß ja nie, auch Zeichen vom Pub können durchaus eine tiefere Bedeutung haben«, erwiderte er.

»Erinnerst du dich an diese alte Guinness-Werbung, in der es heißt, eine Frau braucht einen Mann, wie ein Fisch ein Fahrrad? Das solltest du dir besorgen«, schlug sie grinsend vor.

»Frauen brauchen Männer, damit sie ihnen den DVD-Player an den Fernseher anschließen, um ihr Hochzeitsvideo anzuschauen, oder etwa nicht?«, entgegnete Colin und grinste zurück.

»Okay, zugegeben. Aber du könntest auch mal langsam fertig werden«, sagte sie ungeduldig.

»Es sollte eigentlich der HDMI-Eingang sein, ich weiß auch nicht, warum es nicht angezeigt wird«, sagte er ratlos.

»Es würde bestimmt funktionieren, wenn du den Beamten für die Rundfunkgebühren bezahlt hättest, anstatt dich jedes Mal, wenn er vorbeikommt, hinter der Couch zu verstecken. So teuer ist das nun auch wieder nicht.«

»Es geht mir nicht ums Geld, sondern ums Prinzip! Jedenfalls hat das nichts mit der Rundfunkgebühr zu tun, es geht um den richtigen Eingang.«

»Ich sage dir, Colin, er hat dich wahrscheinlich hinter der Couch entdeckt und unser HDMI abgestellt«, murmelte Tara.

»Das könnte gar nicht weniger Sinn ergeben.«

Tara schnappte sich die Fernbedienung und drückte auf den Knopf, der die Eingangskanäle umschaltete. Der Fernseher schaltete auf HDMI 2, und das Menü ihres Hochzeitsvideos tauchte plötzlich auf dem Bildschirm auf. Colin machte ein langes Gesicht.

»Das war Anfängerglück«, maulte er.

»Oder vielleicht hat es nur der Berührung einer Frau bedurft. Genau wie dieses Zimmer«, neckte ihn Tara.

»O ja, ich habe deine heimliche Kerzenbeleuchtung sehr wohl bemerkt«, erwiderte er augenzwinkernd.

»Aber macht es das nicht gleich viel romantischer?«

»Ich finde, sie passen perfekt zu meinen Pub-Schildern. Das ist wie unsere eigene kleine Spelunke«, meinte Colin und setzte sich neben sie.

»Es wäre schöner, wenn es nicht in meinem Wohnzimmer wäre.« Tara leerte ihren Wein. »Zeit, nachzufüllen. Du machst es dir gemütlich, ich hole uns die Flasche.«

Colin machte es sich auf der Couch gemütlich, während Tara die Flasche Malbec aus der Küche holte und ihre Gläser auffüllte. Für einen Sekundenbruchteil blitzte das Bild der Kellnerin in ihrem Kopf auf, die ihr den Malbec über das Kleid geschüttet hatte. Was wohl passiert wäre, wenn sie im The Vine geblieben wäre, anstatt sich durch den Hinterausgang davonzustehlen? Was, wenn es ihr bestimmt gewesen war, Jack zu treffen, und sie nun alles ruiniert hatte?

Nein, sie durfte diese Gedanken nicht zulassen. Viel eher sollte sie sich darauf konzentrieren, dass der romantische Abend mit Colin ein Erfolg wurde.

»Ich kann kaum glauben, wie gut der Wein ist«, meinte sie und hielt sich schnuppernd das Glas unter die Nase. »Ich rieche Noten von Kirsche und Eiche. Was denkst du?«

»Bombig«, grinste Colin, während er den Wein im Glas schwenkte.

»Ach, ist das nicht schön? Wir hatten seit Ewigkeiten keinen gemeinsamen Filmabend mehr«, stellte Tara fest.

»Ja, weil wir uns nie auf einen Film einigen können. Du sagst immer ›Such dir was aus‹ und jedes Mal, wenn ich dann was aussuche, sagst du ›nicht den‹.«

»Aber irgendwann suchst du dann immer den richtigen aus«, lächelte Tara.

»Und dann schläfst du fünf Minuten nach Filmbeginn ein, und

ich sitze da und muss alleine so eine schnulzige, romantische Komödie anschauen!«

»Hör doch auf, dich zu beschweren. Mit dir macht es auch nicht gerade einen Riesenspaß, Filme zu schauen, weißt du?«, konterte Tara.

»Was soll das denn heißen?«

»Jedes Mal, wenn du einen Schauspieler siehst, den du kennst, sagst du immer ›Wo hat der noch mal mitgespielt? Der Mann da mit dem Gesicht‹ «, machte Tara Colin nach. »Dann verbringst du die nächsten zehn Minuten auf Wikipedia und liest dir die gesamte Filmografie von irgendeinem Nebendarsteller durch, anstatt dich auf den verdammten Film zu konzentrieren!«

»Zum Glück schauen wir ja heute unser Hochzeitsvideo, also weiß ich, wer darin zu sehen ist«, erwiderte Colin und nahm die Fernbedienung zur Hand.

Colin legte ihr den Arm um die Schultern und drückte im DVD-Menü auf Play. Ein Zwischentitel erschien auf dem Bildschirm: »Mit diesem Video feiern wir den heiligen Bund der Ehe zwischen Colin O'Hara und Tara Fitzsimmons«. Der Titel verblasste, und die erste Aufnahme zeigte eine bezaubernde Kirche, vor der sich Menschen in schicken Kleidern versammelt hatten. Es folgten ein paar O-Ton-artige Interviews mit Botschaften für das Brautpaar.

Rory tauchte plötzlich auf dem Bildschirm auf, und er sprühte geradezu vor Energie. Er war Anfang zwanzig und hatte Spuren eines ominösen weißen Pulvers an der Nase.

»Grundgütiger, war Rory an unserer Hochzeit zugedröhnt?«, fragte Tara geschockt.

»Hättest du was anderes erwartet?« Colin lachte.

»Stimmt, er war schon immer ein typisches Kind reicher Eltern.«

Rory fing an, direkt in die Kamera zu sprechen: »Kameramann, wie nennt man die Beerdigung von zwei Leuten?« Der Kameramann antwortete nicht gleich. »Eine Hochzeit!«, sagte Rory und lachte hysterisch.

»Er ist wirklich einzigartig«, lachte Colin.

»Das hoffe ich«, entgegnete Tara.

»Ich glaube immer noch, dass es irgendwo eine Frau für ihn gibt«, meinte Colin und nippte an seinem Wein.

»Oje, die tut mir jetzt schon leid. Spul mal vor zu uns«, forderte Tara ihn ungeduldig auf.

Colin spulte vor, bis Tara in einem weißen Oldtimer vorfuhr und auf die Kirche zuging.

»O mein Gott, war ich *dünn*!«, sagte Tara ungläubig.

»Du bist immer noch dünn«, lachte Colin.

»Ach, bitte, im Vergleich zu damals bin ich ein gestrandeter Wal. Ich hatte nicht mal ein Bäuchlein! Das reicht jetzt, ich fange mit dieser Keto-Diät an«, beschloss sie.

»Ist das nicht die Diät, wo man auf Kohlenhydrate verzichten muss? Was wird dann aus deinem geliebten Knoblauchbrot?«, wollte Colin wissen.

»Dann muss ich wohl erst mal eine Weile Zucchini heißluftfrittierten, bis das Bäuchlein weg ist.«

Das Video sprang zu einer Aufnahme vom Inneren der Kirche. Zu sehen war Colins Gesicht, als Tara auf den Altar zuschritt.

»O mein Gott, du sahst so gut aus!«, rief Tara.

»Moment mal ... ich *sah* gut aus?« Colin zog die Augenbrauen hoch.

»Ach, du weißt doch, wie ich das meine.«

»Stell dir vor, ich würde sagen: ›Du *warst* so hübsch‹. Das würde den dritten Weltkrieg auslösen«, meinte Colin.

Tara wusste, was Colin meinte. Und sie musste zugeben, dass er immer noch gut aussah. Ihr entging nicht, wie andere Frauen ihn ansahen, selbst solche wie Celine. Der Stress der künstlichen Befruchtung hatte ihm nicht so zugesetzt wie ihr, bei der die letzten Jahren deutlich sichtbare Spuren hinterlassen hatten. Manchmal wünschte sie sich, er wäre weniger gutaussehend. Zu manchen Gelegenheiten war sie tatsächlich neidisch darauf, dass er die Blicke auf sich zog, auch wenn ihr Stolz ihr verbot, es laut auszusprechen.

»Schon gut, du hast recht. Du warst damals auf jungenhafte Art gutaussehend und heute bist du auf reifere Art gutaussehend. Ist das so in Ordnung für dich?«, bot sie an.

»Damit kann ich arbeiten. Aber fürs Protokoll, Männer brauchen auch hin und wieder ein Kompliment. Eines pro Jahr würde schon genügen«, scherzte er.

Taras ehemaliger Chef Tom O'Malley erschien auf dem Video.

»O mein Gott, sieh mal, Tom!« Tara wurde warm ums Herz.

»Also, hör zu, Tara«, sagte Tom gut gelaunt in die Kamera. »Ich weiß, du arbeitest jetzt in Dublin in deinem schicken Büro, aber wann kommst du mich eigentlich mal wieder im O'Malleys besuchen?«

»Ooo wie nett«, seufzte Tara. »Ich habe so ein schlechtes Gewissen – seit Jahren war ich nicht mehr dort!«

Das Video sprang zurück zu Tara in der Kirche, die von ihrem Vater zum Altar geführt wurde. Tara verspürte einen Stich, ihn so lebendig auf dem Bildschirm zu sehen.

»Alles okay?«, fragte Colin, der ihre Traurigkeit bemerkte.

»Ja, es ist nur seltsam, ihn zu sehen. Er ist viel zu früh gestorben«, sagte Tara.

»Wenigstens konnte er seine einzige Tochter noch zum Altar führen, ich bin mir sicher, dass ihm das viel bedeutet hat«, sagte Colin und zog sie fester an sich.

Im Video hatte sich die gesamte Hochzeitsgesellschaft zu Tara umgedreht, während sie das Kirchenschiff durchschritt. Alle, außer Colins Mutter Patricia. Taras traurige Stimmung verwandelte sich in Schock.

»Sieh dir das an! Deine Mutter hat sich nicht einmal umgedreht. Ich habe dir doch gesagt, sie hasst mich.«

»Sie hasst dich nicht, sie war nur auf mich konzentriert, um meine Reaktion zu sehen«, erwiderte Colin, wenig überzeugend.

»Typisch irische Mutter, die von ihrem Goldjungen besessen ist«, sagte Tara und nippte an ihrem Wein.

»Lass uns zum Ehegelübde vorspulen«, schlug Colin vor und spulte vor, bis zu der Stelle, an der Tara ihr Gelübde vorzulesen begann.

»Colin. Als du zum ersten Mal das O'Malleys betreten hast, habe ich in dir keinen Fremden gesehen. Ich habe jemanden gesehen, den ich mein ganzes Leben gekannt und einfach noch nicht getroffen hatte. Dieses Bauchgefühl, das ich damals hatte, war Liebe auf den ersten Blick. Von allen Pubs, in allen Städten in ganz Irland, musstest du ausgerechnet meinen betreten. Und ich wusste, dass es einen Grund dafür gab. Es fühlte sich an, als wären wir in einem vorherigen Leben bereits zusammen gewesen und hätten in diesem Moment wieder zueinander gefunden. Und ich weiß, dass selbst wenn wir uns in diesem Leben wieder verlieren sollten, wir uns irgendwann wiederfinden werden. Wir werden uns immer wiederfinden, Colin, egal, was passiert. Das Schicksal wird immer wieder einen Weg finden. Ich liebe dich, Colin. Für immer und ewig.«

Tara sah Colin neben sich auf der Couch an und bemerkte eine Träne in seinem Auge.

»O mein Gott, weinst du etwa?«, fragte sie schockiert.

»Nee, meine Augen sind gereizt. Wahrscheinlich von diesem blöden Räucherstäbchen«, verteidigte er sich.

»Ich dachte, du müsstest davon niesen, nicht weinen«, spöttelte Tara und nahm einen weiteren Schluck Wein.

Auf dem Bildschirm war Colin dran, sein Ehegelübde vorzutragen.

»Tara, an dem Abend, als wir uns kennenlernten, wusste ich, dass es niemals wieder eine Frau geben würde, die in mir solche Gefühle hervorrufen kann. Für dich war es Liebe auf den ersten Blick, aber für mich war es Liebe auf den ersten Streit. Sobald wir angefangen haben, uns gegenseitig verrückt zu machen, wusste ich, dass ich verrückt nach dir bin. Ich weiß nicht, was dich dazu veranlasst hat, in jener Nacht zu mir auf mein Motorrad zu steigen, aber ich bin unendlich froh, dass du es getan hast. Jetzt, in diesem Moment gibt es keinen Ort, an dem ich lieber wäre, als hier vor dir zu stehen, vor all unseren Freunden und unserer Familie, kurz davor, ein neues, gemeinsames Kapitel aufzuschlagen. Danke, dass du mich zum glücklichsten Mann auf der Welt machst. Ich liebe dich, Tara. Für ewig und immer.«

»Ich hatte vergessen, wie sehr mir dein Gelübde gefallen hat«, meinte Tara mit tränenerstickter Stimme. Sie kuschelte sich näher an ihn ran. »Okay, jetzt würde ich gern unseren ersten Tanz sehen.«

Colin spulte weiter. Die ersten Töne ihres Hochzeitslied, »Eternal Flame« von The Bangles, erklangen, als sie sich in der Mitte der Tanzfläche trafen. Es war das Lied, das zufällig gerade im Hintergrund lief, als Colin Tara offiziell gefragt hatte, ob sie seine Freundin sein wollte.

»O mein Gott«, meinte Tara, als sie die Musik hörte. »Unser Lied!«

Colin stand auf und forderte sie mit einer Handbewegung zum Tanz auf. Tara nahm sie und erhob sich. Er zog sie an sich und sie begannen, langsam miteinander zu tanzen, genau wie sie es auf dem Video taten. Er küsste sie innig. Dr. Burke hatte recht, Nostalgie war definitiv ein mächtiges Aphrodisiakum.

»Ich glaube, es ist Zeit, dass du wieder zu mir ins Schlafzimmer ziehst«, sagte Tara und legte ihren Kopf an seine Brust.

Dann, ohne dass sie ihn darum bitten musste, hob Colin sie hoch und trug sie nach oben.

* * *

Colin genoss es, den weichen Körper seiner Frau zu küssen. Dummerweise war er selbst das auch. Sobald ihm seine fehlende Erektion bewusst wurde, stieg seine Nervosität, was das Problem noch verstärkte.

»Bin gleich wieder da«, sagte Colin und sauste ins Bad. Er öffnete das Arzneischränkchen und holte seinen Geheimvorrat Viagra hervor, von dem Tara immer noch nichts wusste. Er hasste es, die Pille nehmen zu müssen, aber der Druck, der sich über die vergangenen Jahre aufgebaut hatte, wenn es um ihr Liebesspiel ging, hatte ihm zugesetzt.

Colin betrachtete die blaue Pille in seiner Hand und beschloss, ein kleines Experiment zu wagen. Er öffnet Fling auf seinem Handy und klickte auf Claires Profil. Wie erwartet war sie immer noch offline. Colin scrollte in ihren Textnachrichten zurück bis zu der Stelle, als sie sich die Fotos geschickt hatten. Schließlich fand er die Fotos von Claire in ihrer roten Reizwäsche. Er stellte sich vor, wie er ihr die Dessous vom weichen Körper riss und sie auf die Weise nahm, wie es ihm gefiel. Er sah an sich hinab, um festzustellen, dass seine Versagensangst vorbei war, also steckte er die kleine blaue Pille wieder in die Verpackung zurück.

* * *

Während sie im Schlafzimmer auf Colin wartete, versuchte Tara eine verführerische Pose auf dem Bett einzunehmen. Sie war sich nicht sicher, warum er ins Bad verschwunden war, aber sie hoffte, dass er vielleicht das Parfüm auftrug, das sie so gern mochte. Sie hatte ihm vor ein paar Jahren zu Weihnachten *Sauvage* von Dior geschenkt, aber es reizte seine Nase so sehr, dass er es nicht tragen konnte. Vielleicht würde er es nur dieses eine Mal tun. Irgendetwas an diesem Duft fand Tara wirklich erregend.

Colin dagegen war ein sehr visueller Liebhaber. Er wollte so viel wie möglich von ihr sehen. Tara hatte vor Jahren verschiedene erogene Zonen an seinem Körper erkundet, aber nach einiger Recherche feststellen müssen, dass er nur eine hatte. Colin eilte zurück ins Schlafzimmer, wie ein Schauspieler, der seinen Einsatz verpasst hatte.

»Also, wo waren wir stehengeblieben?«, sagte er und begann, ihr den Hals zu küssen, woraufhin sie aufstöhnte. »Ja, das gefällt dir, oder?«, raunte Colin.

Wenn es um Orgasmen ging, glaubte Tara an das Mantra »fake it till ya make it«. Sie musste es erst spielen, bis es wirklich passierte. Aber ihre letzte Vorstellung war schon eine Weile her. Sie würde alle Register ziehen müssen.

»Ja, genau so«, stöhnte sie, halb echte Leidenschaft, halb Show.

Colin riss ihr die Kleider auf überraschend aggressive Art vom Leib. Sie mochte es. Hätte er sie um Erlaubnis gefragt, wäre sie vermutlich entsetzt gewesen, aber es gefiel ihr, dass Colin die Führung übernahm. Er begann, ihre inneren Oberschenkel zu streicheln und zu küssen, eine ihrer erogenen Zonen. Sie mochte es, dass er die Initiative ergriff und neue, unbekannte Gebiete erforschte.

Einen Moment lang wünschte Tara, sie würde ihre neue rote Unterwäsche tragen, aber sie hatte sie für Jack gekauft. Das würde sich nicht richtig anfühlen. Es war, als wäre die Unterwäsche von ihrem verbotenen Verhalten verdorben und hätte in ihrem Ehebett nichts verloren.

Plötzlich umschlangen sie ihre nackten Körper, und Colin begann ihr den Hals zu küssen, während er in sie hineinstieß. Tara liebte das Gefühl, musste jedoch feststellen, dass sie sich vorstellte, es seien Jacks Lippen an ihrer Haut. Dass er derjenige wäre, der in ihr war und sie auf seine Art nahm. Sie wünschte, Colin wäre etwas impulsiver, aber wenn sie ihn darum bat, würde das ihre Phantasie zerstören. Jack würde sie nicht fragen müssen. Er würde einfach das tun, was ihm gefiel. Sie stellte sich Jacks Hand vor, wie sie leicht an ihrem Hals lag und gerade so viel Druck ausübte, dass ihr bewusst war, wer die Kontrolle hatte. Plötzlich spürte sie, dass sie auf den Höhepunkt zusteuerte.

* * *

»O ja, mach weiter«, stöhnte sie.

Während Colin in sie hineinstieß, wanderten seine Gedanken wieder zu den hocherotischen Fotos von Claire in roter Reizwäsche, und dabei fiel ihm auch wieder ein, dass sie ihn abserviert hatte. Er konzentrierte sich mit aller Macht auf die Erinnerung an ihr Foto, um die Erektion zu halten. Taras Stöhnen machte ihn ebenso verrückt, und er wusste, dass er bald kommen würde.

In der Missionarsstellung, in der sie sich gerade befanden, war er darauf beschränkt, ihren Hals und ihre Lippen zu stimulieren, doch plötzlich fielen ihm ihre Ohren ein. Er begann, schwer in ihr Ohr zu atmen, und sein Stöhnen wurde tiefer, als er ihr in Richtung Höhepunkt folgte und hoffte, sie nicht zu überholen.

* * *

»O ja, ich komme«, stöhnte sie, fasziniert von der oralen Stimulation. Sie grub ihre Fingernägel in seinen Rücken, als müsste sie sich festhalten, um nicht zu fallen. Er stieß noch ein letztes Mal fest zu, und sie stöhnten gemeinsam laut auf, was sich anfühlte wie ein Erdbeben, verglichen zu dem unterkühlten Geschlechtsverkehr der vergangenen sechs Jahre.

Es war lange her, dass Tara richtig befriedigt worden war, und noch länger, dass sie einen gemeinsamen Höhepunkt erlebt hatten.

Ihre Befriedigung hatte allerdings einen bitteren Beigeschmack. Es war der leise Hauch von Betrug, da sich ihre Körper zwar verbunden hatten, sie in Gedanken jedoch fremdgegangen war. Auch wenn Colin sie körperlich zum Höhepunkt gebracht hatte, wusste

Tara, dass es auf geistiger, emotionaler und spiritueller Ebene Jack gewesen war. Die Phantasie des charmanten Fremden, der sie im Sturm eroberte, hatte sie so weit gebracht. Warum musste ihr Kopf Liebe und Lust auf so grausame Weise in verschiedene Richtungen unterteilen? Würde sie den Rest ihres Lebens damit verbringen, Colin zu lieben, aber sich nach Jack zu verzehren? Einem Mann, den sie nie getroffen hatte? Es fühlte sich an wie ein schlechter Witz des Schicksals.

Wenn es doch nur eine Möglichkeit gäbe, beides zu haben.

KAPITEL
Zwanzig

Am Dienstagmorgen saß Tara in ihrem Büro und brütete über der Marketing-Kampagne für Fling. Aber egal, wie sehr sie sich anstrengte, ihre Kreativität wollte nicht so recht in Gang kommen. Natürlich war es kein großes Rätsel, woher ihre mentale Blockade stammte. Während sie die Kampagne vorgestellt hatte, war sie voller Überzeugung gewesen, weil sie wirklich von einem Seitensprung geträumt hatte. Fling war die perfekte Flucht aus ihrer eintönigen Existenz gewesen. Jack hatte sie aus ihrem Turm des Unglücks befreit, doch jetzt war Jack weg, und sie fühlte sich gefangener denn je. Die Leere in ihrer Brust war mit ganzer Macht zurückgekehrt.

Morgens hatte sie ein wenig herum geschnüffelt und Colins geheimen Vorrat an Viagra entdeckt, was erklärte, warum er kurz vor dem Sex im Badezimmer verschwunden war. Es machte sie auf seltsame Weise unsicher, als wäre ihr Körper nicht begehrenswert ohne die Hilfe von Medikamenten. Sie wusste, Jack würde kein Viagra brauchen. Ein Blick auf ihren Körper würde genügen, und er wäre einsatzbereit. Sie vermisste die aufregenden Gespräche mit ihm. Und auch wenn ihr Kopf ihr riet, vernünftig zu bleiben, flehte ihr Körper darum, von ihm berührt zu werden.

Emily hatte gestern den ganzen Tag versucht, etwas über ihr Date mit Jack aus Tara herauszubekommen. Aber Tara wollte nicht darüber reden. Sie wollte so tun, als wäre es nie passiert. Und um ehrlich zu sein, gab es auch gar nichts zu erzählen. Sie hatte Jack nicht einmal getroffen, und jetzt, da sie Fling gelöscht hatte, war ihre einzige Verbindung zu ihm gekappt. Sie wusste, dass sie Jack aus ihrem Kopf verbannen musste, aber es war unmöglich. Hätte sie doch niemals von Fling erfahren!

Sich eine Kampagne für diese App auszudenken, erschien ihr plötzlich unmöglich. Jack war die elektrische Spannung, die sie mit Selbstvertrauen aufgeladen hatte. Jetzt schien die Batterie wieder nur auf ein Prozent gefallen zu sein. War sie dazu verdammt, den Rest ihres Lebens als einsame Seele zu verbringen, die sich immer fragte, was hätte sein können?

Sie ertappte sich dabei, wie sie ziellos durch Social-Media-Seiten klickte, um sich abzulenken. Celine hatte eine Story gepostet, unter der stand: »Also, da sich viele von euch gefragt haben, was ich für meine Haut tue ...« Tara verdrehte genervt die Augen. Niemand hatte sich das gefragt. Immerhin war es nicht ganz so schlimm wie das eine Mal, als Celine mit vollem Make-up im Gesicht ein #NoMakeUp-Selfie gepostet hatte. Vor kurzem hatte Celine ihr drittes Kind zur Welt gebracht und teilte jeden Aspekt davon gnadenlos auf Instagram. Aus Höflichkeit hatte Tara kurz kommentiert »Glückwunsch zum Babie«, worauf Celine geantwortet hatte: »Du hast Baby falschgeschrieben, haha.« Tara hatte voller Genugtuung zurückgeschrieben: »Du hast falsch schreiben falsch geschrieben, haha«. Es war der hässlichste Austausch, den sie mit Celine je gehabt hatte.

Und es war Taras Stimmung auch nicht gerade zuträglich, dass sie sich dazu entschlossen hatte, die Keto-Diät auszuprobieren, um wieder so auszusehen wie damals bei ihrer Hochzeit. Sie hatte gelesen, dass sie Fett essen durfte, aber keine Kohlenhydrate. Es war nicht einmal Mittag, und Tara fühlte sich völlig ausgelaugt, als hätte sie null Energie. Sie war so reizbar, es war die reine Folter. Wie konnte es sein, dass so viele Frauen die Keto-Diät machten und so taten, als sei es super einfach? Nach nur fünf Stunden ohne Kohlenhydrate war Tara bereit, für ein Stück Weißbrot zu töten.

Sie musste einen Weg finden, sich auf die Kampagne zu konzentrieren. Sie hatte Dick Mulligan eine vollständige Präsentation versprochen, und die Abgabe war in weniger als einer Woche. Tara fiel ein, dass sie Emily damit beauftragt hatte, einen Tisch für sich und Dick zu reservieren. Aber Emily hatte eine Angewohnheit, selbst klare Anweisungen zu ignorieren.

»Emily, kannst du mal reinkommen, bitte?«, sagte sie ins Telefon, nachdem sie Emilys Durchwahl gewählt hatte.

Emily betrat vorsichtig ihr Büro. »Bekomme ich Ärger?«, fragte sie.

»Natürlich nicht. Wie kommst du darauf?«

»Ich weiß auch nicht, es wirkt einfach so, als wärst du wieder die alte Tara. Du wolltest überhaupt nichts über dein Date mit Jack verraten.«

»Da gibt es auch nichts zu verraten«, meinte Tara achselzuckend. »Mein Mann hätte uns fast erwischt, ich habe dich panisch angerufen, die Kellnerin hat mir den Wein übers Kleid geschüttet, und ich bin durch die Hintertür geflüchtet. Das ist die ganze Geschichte.«

»Na, schön. Aber du hast mich noch gar nicht nach meinem Wochenend-Date gefragt. Das ist doch unsere Tradition!«, erwiderte Emily schmollend.

»Tut mir leid, Emily.« Tara lachte. »Wie war es?«

»Wieder ein Totalausfall«, seufzte Emily. »Er hatte eine Flagge der Sowjetunion über dem Bett, so eine große rote Fahne.«

»Oje.« Tara verzog das Gesicht.

»Andererseits, viele Männer haben nicht mal ein richtiges Bett heutzutage. Man muss immer das Positive sehen, richtig?« Emily zuckte mit den Schultern. »Also, warum wolltest du mich sehen?«

»Ach ja, ich habe mich gefragt, ob du einen Tisch bei Al Fresco reserviert hast, für meinen Termin mit Dick Mulligan?«

»Nein, du hast mich nicht darum gebeten«, erwiderte Emily verwirrt.

»Ich habe dir zwei E-Mails geschrieben!«

»Oh, meine Arbeits-E-Mails landen direkt im Spam-Ordner.«

»Warum das denn?«, fragte Tara entsetzt.

»Weil ich sie als Spam markiere«, erklärte Emily trocken.

»Emily, jetzt mal im Ernst!«

»Mein Gott, beruhige dich!«, sagte Emily mit hochgezogenen Augenbrauen.

»Sorry, Emily, ich bin heute etwas durch den Wind. Ich wollte nur wirklich, dass die Vorstellung der Kampagne gut läuft, aber der ganze Druck blockiert mich.«

»Diamanten entstehen unter Druck, Tara. Das hast du mir beigebracht. Wir wissen doch, was dich wirklich umtreibt«, sagte Emily augenzwinkernd.

»Was meinst du? Ich bin nur von der Kampagne gestresst, ich schwöre«, log Tara.

»Schwöre auf ABBA!«, verlangte Emily.

Tara konnte es nicht. »Okay, schön! Ich vermisse Jack, bist du nun zufrieden?«

»Ich hätte dich warnen sollen. Wenn der Name eines Mannes mit J beginnt, steht dir eine emotionale Achterbahnfahrt bevor.«

»Aber das ist doch das Problem, Emily. Ich vermisse die Achterbahn. Ich will wieder einsteigen. Ich spüre, wie die Leere sich wieder in mir breitmacht. Jack hat mir das Gefühl gegeben, so lebendig zu sein. Ich habe versucht, ihn mir aus dem Kopf zu schlagen, aber gestern Abend, als Colin und ich ... du weißt schon ... da habe ich mir die ganze Zeit Jack vorgestellt! Ich kann nur noch an ihn denken. Er ist wie ein Ohrwurm, den ich nicht loswerde«, erklärte Tara aufgebracht.

»Nach meiner Erfahrung kann man einen Ohrwurm nur loswerden, indem man das Lied ganz zu Ende singt. Du musst ihm noch mal schreiben«, meinte Emily.

»Ich wünschte, das könnte ich, aber es ist zu spät. Ich habe Jack versetzt und die App gelöscht. Mein Profil ist weg«, sagte Tara und schlug sich die Hände vors Gesicht.

»Nein, ist es nicht. Du musst dich nur wieder anmelden, wenn du die App neu geladen hast. Hier, gib mir mal dein Handy«, forderte Emily sie mit ausgestreckter Hand auf.

»O mein Gott, Emily, ist das dein Ernst?« Tara reichte ihr das Telefon.

»So funktionieren doch alle Apps. Du bist echt ein hoffnungsloser Fall.« Emily lud Fling innerhalb weniger Sekunden erneut runter. »Okay, lass mal sehen ... Benutzername Claire ... Passwort ABBAGold und ... siehe da, wir sind drin«, verkündete sie und reichte Tara ihr Handy.

Tara war geschockt. Sie war die ganze Zeit davon ausgegangen, dass sie mit dem Löschen der App Jack für immer verloren hatte. Das zeigte mal wieder, wie sehr sie hinterher war, wenn es um moderne Technologien ging. Aber jetzt sah sie auf ihr Handy, und Jack war immer noch in ihrem Eingangspostfach. Sie öffnete ihre Unterhaltung, um die vielen herzerweichenden Nachrichten zu lesen, die Jack ihr geschrieben hatte, als er vor The Vine auf sie gewartet hatte.

»O mein Gott, er hat über eine Stunde vor dem Restaurant auf mich gewartet!«, rief Tara.

»Worauf wartest du noch? Schreib ihm schon zurück!«, sagte Emily.

»Aber Colin und ich machen eine Paartherapie, um unsere Ehe zu retten. Da kann ich doch nicht parallel eine Online-Affäre haben. Mann, ich war mal so ein guter Mensch«, seufzte Tara.

»Gute Menschen sind bloß schlechte Menschen, die nie erwischt worden sind. Jetzt schreib ihm endlich, bevor ich mich bei Fling anmelde und ihn dir wegschnappe«, sagte Emily.

»Schon gut, schon gut. Auf in den Kampf«, seufzte Tara und tippte eine Nachricht.

Claire: Hallo, Fremder x

Tut mir leid, dass ich von der Bildfläche verschwunden bin.

Können wir uns heute Abend um elf nach elf unterhalten?

Tara hatte keine Ahnung, ob Jack bereit sein würde, ihr zu verzeihen, aber selbst wenn sie nie wieder etwas von ihm hörte, hätte sie es zumindest versucht. Dennoch, die Vorstellung, dass er nicht antworten könnte, war aus irgendeinem Grund beängstigend.

»O mein Gott, was tue ich, wenn er nicht antwortet? Was, wenn wir füreinander bestimmt gewesen sind und ich es vermasselt habe?« Tara brach in Panik aus.

»Tara, ich bin voll dafür, dass du dich mit Jack triffst, aber übertreibst du nicht gerade ein bisschen? Das sollte doch eigentlich etwas Zwangloses sein«, sagte Emily mit besorgter Miene.

»Ich weiß schon, was du meinst, aber Jack ist irgendwie besonders. Wir haben diese seltsame Verbindung zueinander«, erwiderte Tara und starrte ins Leere.

»Ja, das nennt sich Wi-Fi. Er ist immer noch ein Fremder aus dem Internet, denk dran. Warte mit der Beurteilung besser ab, bis du ihn tatsächlich getroffen hast«, riet Emily.

»Darum geht es nicht. Keiner von uns weiß, wie der andere aussieht, aber wir sehen uns trotzdem, verstehst du, was ich meine?« Tara hatte einen träumerischen Ausdruck auf dem Gesicht.

»Du musst aufhören, Männer zu idealisieren. Den Fehler habe ich auch mal gemacht, als ich jemanden über diese Sugar-Daddy-Webseite kennengelernt habe.«

»Was ist passiert?«

»Er hat mich zum Hummeressen eingeladen, aber am Ende habe ich nur Krabben bekommen«, sagte Emily achselzuckend.

»Oje. Aber Jack ist anders, Emily, das spüre ich mit jeder Faser meines Körpers.«

»Ich sage ja nur, du solltest deine Erwartungen etwas zurückschrauben. Es ist besser, positiv überrascht zu werden, als heillos enttäuscht.«

»O nein!«, rief Tara plötzlich aus. »Mir ist gerade aufgefallen, dass ich ein neues Problem habe. Colin schläft nicht mehr im Wohnzimmer. Und ich kann unmöglich mit Jack chatten, wenn Colin neben mir im Bett liegt! Was zum Teufel soll ich jetzt tun?«

»Das ist leicht, fang einfach einen Streit mit ihm an«, meinte Emily.

»Ich habe unserer Paartherapeutin versprochen, keinen Streit anzufangen. Sollte ich es doch tun, wird Colin es in der Therapie gegen mich verwenden. Und ich will ihm auf keinen Fall Munition liefern«, erwiderte Tara.

»Dann dreh es so, dass er den Streit anfängt ...«, meinte Emily mit verschlagener Miene.

»Ich bin ganz Ohr ...«

»Du musst ihn zur Weißglut bringen.«

»Wie soll ich das denn anstellen?«, fragte Tara verwirrt.

»Es ist eine Strategie, die ich entwickelt habe, um Männer loszuwerden. Dazu musst du sie ordentlich auf die Palme bringen. Wenn ich beispielsweise mit einem Mann zusammen bin, den ich nicht mehr mag, serviere ich ihn nicht direkt ab. Stattdessen frage ich ihn nach der genauen Zeit seiner Geburt, damit ich ein vollständiges Horoskop von ihm erstellen kann. Verstehst du, worauf ich hinauswill?«, erklärte Emily.

»Okay, das ist tatsächlich ziemlich clever«, meinte Tara. »Was kann ich noch tun?«

»Versuche, so viel Platz wie möglich im Haus einzunehmen. Gib ihm das Gefühl, dass die Couch der einzige Ort ist, wo er noch Ruhe und Frieden finden kann«, fuhr Emily fort.

»Verstanden. Was noch?«

»Oh, und mein persönlicher Favorit: Tu so, als würdest du Veganerin werden«, sagte Emily.

»Oh, das ist echt gut.«

»Aber der beste Weg, einen Mann zu nerven, ist es, ihm eine hypothetische Frage zu stellen.«

»Was denn für eine Frage?«

»Frag ihn, ob er dich noch lieben würde, wenn du ein Wurm wärst«, antwortete Emily und grinste. »Vertrau mir, da rastet er aus.«

KAPITEL
EINUNDZWANZIG

Als Colin am Dienstag an seinem Schreibtisch saß, war er nicht in der Lage, auch nur die simpelsten Arbeiten auszuführen, nicht einmal in seinem üblichen Autopilot-Modus. Seine Gedanken trieben auf einem Meer der Unsicherheit dahin. Er hatte Fling an diesem Morgen schon ganze vierunddreißigmal geöffnet, um nachzusehen, ob Claire online war. Nach ihrem grünen Licht zu suchen, war zu einer regelrechten Obsession geworden. Er musste sogar zeitweise die Benachrichtigungsfunktion seines Handys ausschalten, weil er jedes Mal, wenn es irgendeinen Ton von sich gab, sofort nachsah, in der Hoffnung, es wäre eine Nachricht von Claire. Bisher funktionierte seine Strategie des kalten Entzugs nicht wirklich. Seine Besessenheit war wie eine offene Wunde, die er ständig berühren musste. Dabei sollte er die Wunde heilen lassen.

Colin wusste, dass er eigentlich all seine Energie darauf konzentrieren musste, seine Ehe mit Tara zu retten. Das einzige Problem war nur, dass er sich keine Zukunft mit ihr vorstellen konnte, in der keine Kinder vorkamen. Als sie jünger waren, hatten sie so manche Nacht damit verbracht, im Bett darüber zu sprechen, wie sie eine Familie gründen wollten. Aber jetzt war die Zeit dazu gekommen, und sie mussten dringend etwas unternehmen. Ihnen standen immer noch so viele Möglichkeiten offen. Leihmutterschaft, Adoption, Pflegekinder; warum weigerte sich Tara, diese Dinge auch nur in Erwägung zu ziehen? Außerdem bestand durchaus noch die Chance, dass die künstliche Befruchtung funktionierte, besonders, wenn Tara ihren Stolz hinunterschlucken und Celine nach ihrem befreundeten Fruchtbarkeitsexperten fragen würde.

Vielleicht war das ihr nächster Schritt. Tara war zu stolz, um Celine zu fragen. Aber was, wenn sie es nicht tun musste? Vielleicht war es jetzt an ihm, die Initiative zu ergreifen. Zu stolz zu sein, um jemanden um Hilfe zu bitten, war schon immer ein tragischer Fehler von Tara gewesen. Er hatte schon mehr als einmal mitangesehen, wie sie sich völlig verausgabt hatte, weil sie dachte, um Hilfe zu bitten, wäre ein Zeichen von Schwäche. Vielleicht war es seine Pflicht als Ehemann, für sie in den sauren Apfel zu beißen. Vielleicht ging es nicht darum, was Tara wollte, sondern darum, was sie brauchte.

Colin beschloss, Celine selbst zu fragen. Er fand ihre Nummer in seinen Kontakten und holte tief Luft, ehe er den Anruf-Knopf drückte.

»Hallo?«, meldete sich Celine.

»Hi, Celine, hier ist Colin von der anderen Straßenseite«, sagte er unbeholfen, weil er sie noch nie angerufen hatte.

»Oh, Colin, das ist ja eine Überraschung! Sag nicht, meine Hunde waren wieder auf eurem Rasen!«, meinte Celine besorgt.

»Nein, nein, alles in Ordnung. Ich rufe an, weil du uns vor ein paar Monaten gesagt hast, du hättest einen Bekannten, der Spezialist für künstliche Befruchtung ist, und du könntest uns den Kontakt vermitteln?«, fragte Colin.

»O ja, Dr. Guillermo Ferreira-Hernández. Er ist der führende Fruchtbarkeitsspezialist im Land«, sagte Celine.

»Wie schreibt man das?«, fragte Colin und griff nach einem Stift, um sich den Namen zu notieren.

»Ach, das weiß ich jetzt nicht auswendig. Die meisten Leute nennen ihn nur den Spanier. Ich kenne eine Frau, die neunundvierzig war, als sie zu ihm kam, und gleich beim ersten Versuch schwanger wurde. Ich schwöre«, sagte Celine.

»Nun ... ich habe mich gefragt, ob du für Tara und mich ein gutes Wort einlegen könntest?«, fragte Colin.

»Ich würde mich freuen, Colin. Es überrascht mich, dass ihr nicht schon früher zu mir gekommen seid! Also, normalerweise ist er Monate im Voraus ausgebucht, aber ich kann euch bestimmt sofort einen Platz auf seiner Warteliste verschaffen«, sagte Celine.

»Das wäre klasse, Celine.«

»Aber Colin, ich muss dich einfach fragen. Warum ruft mich nicht Tara selbst an?«, fragte Celine neugierig.

»Na ja ... Tara hat die Hoffnung aufgegeben, was die künstliche Befruchtung angeht. Aber ich denke, wir sollten es noch ein letztes Mal versuchen. Tara weißt nicht, dass ich dich anrufe, also, wenn wir das erst mal für uns behalten könnten, wäre ich dir sehr verbunden«, erklärte er.

»Colin, meine Lippen sind versiegelt. Und du hast das absolut Richtige getan. Ich schreibe dir eine Nachricht, sobald ich etwas von ihm höre.«

»Vielen Dank, Celine. Wir sprechen uns«, sagte Colin.

»Ciao«, flötete sie und legte auf.

Sobald er das Telefon vom Ohr genommen hatte, verspürte Colin gemischte Gefühle über das, was er getan hatte. Obwohl er etwas unternommen hatte, waren da immer noch so viele Dinge, die er nicht kontrollieren konnte. Es gab keine Garantie, dass Tara sich der Idee öffnen würde, und selbst, wenn sie mitmachte, war es immer noch nur ein Platz auf einer Warteliste, dabei war ihre Zeit doch knapp. Er versuchte, sich auf das Positive daran zu konzentrieren, konnte die Energie dazu aber einfach nicht aufbringen. Er hatte gehofft, der Anruf bei Celine würde das Pflaster sein, das seine Wunde brauchte, aber es änderte nichts an der Tatsache, dass er immer noch litt. Hoffnungslos ließ er den Kopf auf die Schreibtischplatte sinken.

Im nächsten Moment öffnete Rory die Tür zu Colins Büro.

»O Mann, sag bloß, du trauerst immer noch dieser Ciara hinterher«, meinte Rory, als er ihn mit dem Gesicht auf dem Schreibtisch sah.

»Sie heißt Claire!«, entgegnete Colin patzig.

»Du erinnerst dich an ihren Namen? Mann, dann bist du aber

echt besessen von ihr!« Rory schlug mit der flachen Hand auf Colins Schreibtischplatte. »So habe ich dich noch nie gesehen.«

»Ich kann nichts dafür. Ich habe keine Kontrolle mehr über mein Leben. Ich weiß nicht, was ich tun soll«, jammerte Colin.

»Hast du versucht, noch ein bisschen mehr zu jammern? Ich habe gehört, das soll helfen«, erwiderte Rory sarkastisch.

»Das ist alles deine Schuld, weißt du? Du warst es, der mir gesagt hat, ich sollte mir Fling runterladen«, beschuldigte ihn Colin und setzte sich auf.

»Ja, um ein bisschen *Spaß* zu haben! Nicht, damit du dir von einer Frau das Herz brechen lässt, die du noch nie getroffen hast. Es ist Zeit, dass du dich wieder in den Griff bekommst.«

»Tja, sorry, aber ich kann nun mal nicht einfach in meinem Kopf einen Hebel umlegen. Gestern Abend hatten Tara und ich Sex, aber ich habe es nur geschafft, einen hochzubekommen, weil ich mir Claires Fotos angeschaut habe. Und ich bin mir ziemlich sicher, Tara hat rumgeschnüffelt und rausgefunden, dass ich Viagra brauche, um mit ihr zu schlafen«, erwiderte Colin.

»Wow, das muss sie aber hart getroffen haben.« Rory grinste hämisch.

»Ach, halt doch die Klappe.« Colin musste sich selbst das Lachen verkneifen. »Aber ein Blick auf Claires erotische Fotos, und ich war wieder ein notgeiler Teenager. Aber sie ist einfach weg.«

»Col, der einzige Weg, um über jemanden hinwegzukommen, ist, unter jemand neuen zu kommen. Wir müssen deine Schlagzahl mal ein bisschen erhöhen«, meinte Rory.

»Meine Schlagzahl?« Colin zog die Augenbrauen hoch.

»Sex ist nur ein Zahlenspiel, Colin. Mein Ziel ist es, mit hundert Frauen geschlafen zu haben, bevor ich sterbe«, brüstete sich Rory.

»Bei welcher Zahl bist du denn jetzt?«, wollte Colin wissen.

»Die genaue Zahl weiß ich natürlich nicht. Was bin ich? Ein menschlicher Taschenrechner?«, verteidigte sich Rory.

»Ja, könnte man so sagen. Du bist Wirtschaftsprüfer.«

»Nun, ich habe jedenfalls den Überblick verloren, wie viele Frauen es waren. Aber das beweist doch nur, was für ein Hengst ich bin«, prahlte Rory unbeirrt weiter.

»Pass nur auf, dass du dir nicht was einfängst, du toller Hecht«, feixte Colin.

»Haha, wahnsinnig lustig«, entgegnete Rory. »Aber der Witz geht auf deine Kosten, denn lieber bekomme ich Chlamydien als diese Gefühle, die du gerade durchmachst. Dabei muss es auf Fling so viele gelangweilte Hausfrauen geben, die sich nach einem Dick Date sehnen.«

»Nennt man das mittlerweile so?«, fragte Colin lachend.

»Das tut man tatsächlich. Jetzt hör auf, dich wie ein alter Mann zu benehmen, und stoß dir mal ordentlich die Hörner ab. Öffne jetzt sofort die App und sieh nach, ob du noch andere Matches hast«, befahl Rory.

»Na gut«, lenkte Colin ein und zog sein Handy hervor. »Nur, um dir zu beweisen, dass ich an niemand anderem Interesse habe.«

Colin öffnete Fling und wäre fast vom Stuhl gefallen: Claires grünes Licht leuchtete. Und nicht nur das, sie hatte ihm sogar geschrieben.

Claire: Hallo, Fremder x

Tut mir leid, dass ich einfach so von der Bildfläche verschwunden bin.

Können wir uns heute Abend um elf nach elf unterhalten?

Colin war so geschockt, dass er fast das Handy fallen gelassen hätte. »O mein Gott, Claire hat geantwortet. Sie sagt, es tue ihr leid und dass sie sich heute Abend unterhalten will. Was soll ich schreiben? Soll ich ihr sagen, wie sehr ich sie vermisst habe?«

»Grundgütiger! Ich muss mich fremdschämen, wenn ich so was höre. Sie hat dich versetzt, jetzt ist es Zeit, dass du mal für dich selbst einstehst. Sei ein Mann«, forderte Rory ihn auf.

»Okay, du hast ja recht«, gab Colin zu. Er straffte die Schultern und begann zu tippen.

Jack: Ich stehe nicht drauf, versetzt zu werden.

Als er die Nachricht abgeschickt hatte, bekam Colin sofort Panik.

»O Gott, das war vielleicht zu hart.«

»Entspann dich. Sie will doch, dass du durchsetzungsfähig bist«, erwiderte Rory zuversichtlich.

»Meinst du wirklich?«, fragte Colin, immer noch nervös.

»Steh mal deinen Mann«, meinte Rory. »Wenn eine Frau weiß, dass sie über dich hinwegtrampeln kann, wird sie das tun und dich dann verlassen.«

»Ich hoffe, du hast recht«, sagte Colin, während er auf den Nägeln kaute.

Colins Handy piepte.

Claire: Das verstehe ich, Jack ...
Aber ich flehe dich an: Lass es mich wiedergutmachen x

Colin war schockiert. Rorys Ratschlag hatte sich offensichtlich ausgezahlt. Sie war nicht nur reumütig, sie flehte ihn sogar an, es wiedergutmachen zu dürfen.

»Siehst du?«, meinte Rory, als er die Nachrichten sah. »Sie will dich sogar noch mehr, weil du nicht eingeknickt bist. Weil sie weiß, dass du nicht harmlos bist. Frauen finden die Vorstellung attraktiv, einen wilden Mann zu zähmen. Aber sobald sie das geschafft haben, sind sie nicht mehr an ihm interessiert.«

»Na, dann werde ich Claire heute Abend mal zeigen, wie wild ich sein kann«, grinste Colin und fing an, eine Antwort zu tippen.

Jack: Ich glaube, das lässt sich einrichten, heute Abend um elf Uhr elf.
Lass mich nicht warten ...

Als die Nachricht verschickt wurde, stellte Colin plötzlich fest, dass ihm ein nicht unbedeutendes Hindernis im Weg stand. Tara hatte ihm den Streit von neulich verziehen, und er schlief jetzt wieder im Bett neben ihr. Aber wenn er neben Tara im Bett lag, konnte er nicht mit Claire chatten.

Er berichtete Rory von seinem Problem.

»Dann fang doch einen Streit an und bring Tara dazu, dass sie dich wieder auf die Couch verbannt.«

»Unsere Paartherapeutin hat uns verboten, Streits anzufangen«, seufzte Colin.

»Dann bring Tara dazu, den Streit anzufangen«, schlug Rory vor.

»Hm ... ja, ich verstehe, worauf du hinauswillst«, sagte Colin. »Aber wie stelle ich das an?«

»Du willst mir sagen, dass du seit achtzehn Jahren mit Tara zusammen bist und nicht weißt, wie du sie auf die Palme bringen kannst?«, fragte Rory mit hochgezogener Augenbraue.

»Du hast recht«, meinte Colin nachdenklich.

»Sehr gut. Dann weißt du ja, was zu tun ist«, sagte Rory und grinste.

KAPITEL
Zweiundzwanzig

Colin verbrachte die gesamte Heimfahrt damit, sich im Geist Notizen zu machen, womit er Tara so richtig ärgern konnte. Die Liste an Dingen, die sie störten, war lang, aber er musste sich auf die konzentrieren, die sie wirklich wahnsinnig machten. Er musste gestehen, dass er durchaus ein schlechtes Gewissen hatte, aber das Rendezvous mit Claire war zu wichtig. Und Claire zu schreiben, während er neben Tara im Bett lag, war einfach keine Option.

Als er schließlich zu Hause ankam, roch es verdächtig verbrannt. Er folgte dem Geruch, und als er die Tür zum Wohnzimmer öffnete, brauchte er einen Moment, um zu verstehen, was er da sah. Tara meditierte in der Lotus-Position, genau in der Mitte seiner Männerhöhle. Sie war umgeben von glimmenden Räucherstäbchen, etwas, von dem sie wusste, dass er es absolut verabscheute. Sie hatte alle Möbel so umgestellt, dass das Zimmer nicht wiederzuerkennen war.

»Was zur Hölle ist das?«, fragte Colin.

»Yoga«, erklärte Tara, ohne die Augen zu öffnen.

»Yoga ist bloß Stretching mit Esoterik«, meinte er, genervt von dem, was er sah.

»Psst ... ich meditiere.«

»Das sehe ich ... aber warum musst du das in meiner Männerhöhle machen?«

»Na, ja, ich habe über ein paar der Dinge nachgedacht, die Dr. Burke gesagt hat. Zum Beispiel, dass es zwischen uns keinerlei Grenzen geben muss ...«

»Ich glaube, das hast du falsch verstanden«, erwiderte er.

»... und ich sehe nun ein paar Dinge anders«, fuhr sie fort und erhob sich von der Yogamatte. »Das ist unser Wohnzimmer, und der Ausdruck ›Männerhöhle‹ ist einfach so überholt. Wenn nicht sogar sexistisch! Also habe ich die Möbel umgestellt, um das Feng Shui des Raums zu verbessern, und ihn in Zen-Familienzimmer umbenannt.« Tara legte die Hände aneinander und verbeugte sich wie ein buddhistischer Mönch. »Ich bin so froh, dass wir lernen, Kompromisse zu schließen!«

Colin hätte am liebsten mit der Faust gegen die Wand geschlagen. Aber wenn er jetzt einen Streit anfing, wäre er der Böse und Tara würde in der Therapiesitzung das Opfer mimen. Er musste sich auf die Zunge beißen und sich an den Plan halten.

»Kein Problem ... Babe«, sagte er, wobei er das Wort, das sie so sehr hasste, absichtlich in die Länge zog. Colin ging in die Küche und sah sich nach einer Möglichkeit um, sie auf irgendeine Weise zu verärgern. Ihm fiel auf, dass der Eimer mit dem Recycling-Müll voll war und geleert werden musste, wohingegen der Restmüll nur halb gefüllt war.

Bingo.

Colin nahm den Behälter mit dem Recycling-Müll und leerte die Hälfte davon in den Restmülleimer. Das Klappern des Mülls machte genug Krach, und er wusste, dass er damit Taras Aufmerksamkeit erregen würde.

»Was tust du da?«, fragte Tara, als sie in die Küche gestürmt kam.

»Ach, der Recycling-Müll war voll, also habe ich etwas Platz geschaffen«, erklärte er provozierend.

»Ist das dein Ernst?«, brauste sie auf. »Du kannst den Müll doch nicht einfach vermischen!«

»Tja, ich bin einfach so froh, dass der Restmüll und der Recycling-Müll endlich lernen, Kompromisse zu schließen«, erwiderte Colin grinsend.

»So läuft das nicht, Colin. Wenn wir einfach alles irgendwie wegwerfen, landet es am Ende im Meer und tötet die Schildkröten«, entgegnete sie entnervt.

»Ja, aber ich dachte mir ... was haben die Schildkröten eigentlich je für mich getan, weißt du?«, erwiderte Colin.

»Wie du meinst, Honigbärchen.« Tara setzte ein gekünsteltes Lächeln auf.

Colin ging zum Kühlschrank, um sich etwas zu essen herauszuholen. Als er die Tür öffnete, wurde er von einem voll bestückten Dschungel aus Obst und Gemüse empfangen.

»Warum sieht unser Kühlschrank aus wie ein verdammter Marktstand?«, fragte Colin verwirrt.

»Weil, Honigbärchen ... wir jetzt vegan leben!«, sagte Tara und klatschte die Hände aneinander wie ein Spielzeugäffchen, das zwei Becken zusammenschlägt.

»Wie bitte?« Colin sah sie entsetzt an.

»Ja, es ist offiziell. Wir hören auf, Tiere und alle möglichen tierischen Produkte zu uns zu nehmen.«

»Wenn Menschen keine Tiere essen sollen, warum sind sie dann aus Essen gemacht?«

»Honigbärchen, es scheint mir, du bist vor Hunger ein wenig verstimmt? Soll ich dir zum Abendessen ein bisschen Rosenkohl heißluftfrittieren?«

»Nein, danke, Babe, ich habe keinen Appetit mehr«, sagte er und schloss den Kühlschrank wieder.

»Keine Sorge, ich werde nicht zu einer dieser Veganerinnen werden, die die ganze Zeit davon spricht, Veganerin zu sein.«

»Du meinst, wie du es gerade tust?«, erwiderte er hämisch. Colin zermarterte sich das Gehirn, womit er Tara noch auf die Palme bringen konnte.

Dann hatte er plötzlich eine Eingebung.

»So gern ich auch jetzt mit dir vegan leben würde, Babe, es ist einfach nicht der richtige Zeitpunkt. Ich brauche alle meine Vitamine und Mineralstoffe, um meinen Bart wachsen zu lassen.«

»Deinen ... Bart?«, fragte sie entsetzt. »Colin, du hast schon mal versucht, dir einen Bart wachsen zu lassen, erinnerst du dich?«

»Ja, aber ich hätte der Sache mehr Zeit geben sollen.«

»Du hast es sechs Monate lang versucht, und das Ergebnis waren vereinzelte Flecken aus schwarzem, grauem und rotem Haar. Du hast ausgesehen wie ein gesuchter Sexualstraftäter!«, rief Tara, die nicht glauben konnte, dass er es ernst meinte.

»Aber dieses Mal mache ich es richtig. Ich muss es ein ganzes Jahr lang versuchen. Am Ende wird es sich auszahlen. Jetzt entschuldige mich bitte, Babe, ich werde in meiner Männerhöhle das Spiel schauen«, verkündete er und stapfte ins Wohnzimmer zurück.

»Du meinst wohl das Zen-Familienzimmer!«, schrie sie ihm hinterher.

* * *

Tara musste sich eingestehen, dass sie nicht weiterkam. Er schien sein eigenes Spiel zu spielen. Oder vielleicht spielte er auch ihr Spiel mit, das konnte sie nicht sagen.

So oder so war es an der Zeit, die Einsätze zu erhöhen.

»Du machst es dir gemütlich, und ich mache uns eine schöne Tasse Tee«, rief Tara ins Wohnzimmer, während sie das Teewasser aufsetzte.

Colin trank seinen Tee auf eine ganz spezielle Weise; der Teebeutel musste immer mindestens sechzig Sekunden lang ziehen, und er nahm nur einen Fingerhut voll Milch hinein. Es gab nichts, was er mehr hasste, als einen dünnen, zu milchigen Tee. Sobald das Wasser kochte, hängte Tara den Teebeutel in Colins Tasse – sie hatte eine ausgewählt, die er am wenigsten mochte –, rührte ein paar Sekunden darin und nahm den Beutel wieder heraus. Dann füllte sie die Tasse mit ihrer frisch gekauften Mandelmilch auf, bis der Tee fast weiß war.

* * *

Colin hatte inzwischen die Möbel wieder an ihren ursprünglichen Platz geschoben und schaute das Fußballspiel Manchester United gegen Liverpool im Fernsehen. Er hörte, wie Tara leise ins Zimmer schlich wie ein heimtückischer Attentäter. Irgendetwas führte sie im Schilde, aber er konnte nicht sagen, was genau es war. Nur eines wusste er. Sie waren in irgendeine Art geistigen Wettstreit verstrickt.

»TEA TIME!«, rief sie viel zu laut, was ihn fast vom Sitz gefegt hätte.

»Mann! Du weißt jedenfalls, wie du mich auf Trab hältst, Babe«, sagte er und nahm seine Tasse entgegen.

In dem Moment, als seine Lippen die heiße Flüssigkeit berührten, wusste er, dass etwas nicht stimmte.

»Wie ist dein Tee, Honigbärchen?«, fragte sie lächelnd, wie die Parodie einer Hausfrau aus den Fünfzigern.

Colin hätte das ekelerregende Zeug am liebsten quer durchs Zimmer gespuckt, aber er war fest entschlossen, nicht die Fassung zu verlieren. »Einfach perfekt, Babe«, erwiderte er durch zusammengebissene Zähne.

Colin stellte die Tasse auf dem Beistelltisch ab, einen Zentimeter neben den Untersetzer, weil er genau wusste, wie sehr Tara das hasste. Doch sie biss sich offensichtlich auf die Zunge und rang sich ein qualvolles Lächeln ab.

»Ich hoffe, es macht dir nichts aus, aber ich habe vorhin deine Mutter angerufen, um die genaue Zeit deiner Geburt in Erfahrung zu bringen«, erklärte sie immer noch lächelnd.

»Und warum genau solltest du das tun?«, fragte Colin, ernsthaft verblüfft.

»Na, damit ich ein vollständiges Horoskop von dir erstellen kann, Dummerchen!«, quietschte sie und zog ihr Handy hervor.

»Lass mich raten? Merkur ist mal wieder läufig?«

»Es heißt *rück*läufig, Honigbärchen«, korrigierte sie ihn und öffnete eine App für Tierkreiszeichen auf ihrem Handy. »Also, wir wissen, dein Sternzeichen ist Stier, aber wusstest du, dass dein Aszendent Löwe ist? Das ergibt viel mehr Sinn, wenn ich jetzt darüber nachdenke. Und hör dir das an, Uran steht im Krebs!«

»Was soll das sein? Eine Koloskopie?«

»Eher eine Colinoskopie. Das alles beschreibt, was dich ausmacht.« Tara grinste.

»Na ja, wohl besser einen Uran im Krebs, als Krebs im Uran«, feixte Colin. »Weißt du, es ist zu schade, dass du nicht den Zodiac-Killer geheiratet hast, der hat doch seine Briefe mit dem Tierkreiszeichen unterschrieben. Er hätte dieses Zeug bestimmt geliebt. Ich wette, er war Zwilling.«

Colin legte seine Füße auf den Tisch, etwas, von dem er wusste, dass es Tara provozierte. Doch sie reagierte immer noch nicht.

»Wird dir das nicht langweilig, immer nur dem Ball zuzuschauen, wie er hin und her gekickt wird?«, fragte sie.

»Darum geht es beim Fußball nicht. Es geht um Strategie. Darum, das andere Team mit Taktik zu besiegen«, erklärte Colin.

»Ich glaube, Liverpool gewinnt«, meinte Tara.

»Machst du Witze?«, rief Colin. Seit seinem fünften Lebensjahr war er eingefleischter Manchester-Fan.

* * *

Tara wusste, dass es Colin richtig nervte, wenn sie während eines Spiels blöde Fragen stellte. Sie hatte ihn fast so weit. Glücklicherweise hatte Emily ihr genau die Frage geliefert, die ihn mit großer Wahrscheinlichkeit zur Weißglut bringen würde.

»Colin«, flötete Tara und rutschte näher an ihn heran. »Ich muss dich mal was fragen.«

»Was denn?«, fragte Colin, ohne den Blick vom Fernseher zu nehmen.

»Es ist wichtig, Colin!«

»Okay, okay, was ist denn?« Colin wandte sich ihr zu.

»Würdest du mich noch lieben, wenn ich ein Wurm wäre?«, fragte Tara mit todernstem Tonfall. Insgeheim musste sie ein Lachen unterdrücken, aber sie gab sich alle Mühe, nicht aus der Rolle zu fallen. Sie musste die Frage ernst rüberbringen.

»Was hast du gesagt?«

»Also, wenn ich mich in einen Wurm verwandeln würde, würdest du mich auch dann noch lieben?«, wiederholte Tara.

»Was ist das denn für eine selten dämliche Frage?«

»Es ist keine dämliche Frage, Colin. Es ist eine sehr wichtige Frage.«

»Wie um alles in der Welt könnte diese Frage wichtig sein?«

»Na, falls ich mich eines Tages in einen Wurm verwandeln sollte, wüsste ich gern, ob du mich einfach sitzenlassen würdest!« Tara gab sich alle Mühe, wirklich aufgebracht zu wirken.

»Warum solltest du dich denn in einen Wurm verwandeln?«, fragte Colin, der nun allmählich sichtlich genervt davon war, dass er nicht in Ruhe sein Spiel schauen konnte.

»Antworte doch einfach auf die Frage, Colin!«, verlangte sie hysterisch.

»Himmelherrgott, wenn du ein Wurm wärst, wüsste ich doch gar nicht, dass du es wärst, also würde ich dich vermutlich aus Versehen zerquetschen.«

»Nein, du wüsstest, dass ich es bin«, entgegnete Tara, als wäre es das Offensichtlichste auf der Welt.

»Wie zum Teufel sollte ich das denn wissen?«

»Ich könnte doch immer noch reden.«

»Dann ... nein«, antwortete Colin, der sich wieder gesammelt hatte.

»Nein, zu was?«

»Nein, ich würde dich nicht mehr lieben, wenn du ein Wurm wärst. Denn wenn du noch reden könntest, würdest du den ganzen Tag damit verbringen, mir blöde Fragen zu stellen, während ich versuche, Fußball zu schauen«, erklärte Colin nüchtern.

»Wow ... und ich dachte immer, du wärst treu.« Sie tat verletzt. »Also, würdest du mich einfach wegwerfen wie Abfall, ja?«

»Babe, natürlich nicht«, erwiderte er ruhig.

»Wirklich nicht?«

»Ich würde dich recyceln.«

»Man kann doch keine Würmer recyceln, Colin!«, entgegnete Tara patzig.

»Und was ist mit mir? Würdest du mich noch lieben, wenn ich ein Wurm wäre?«, gab Colin die Frage zurück.

»Du bist doch schon ein Wurm!«

* * *

»Super, dann können wir doch gemeinsam Würmer sein«, meinte Colin und nahm einen weiteren Schluck Tee, weil er vergessen hatte, wie abscheulich er schmeckte. Er kochte innerlich, aber er versuchte alles, um seine innere Temperatur zu kontrollieren, indem er sich auf sein Ziel konzentrierte. Er hatte noch ein letztes Ass im Ärmel. Es gab nichts, was Tara heiliger war als ihr Schönheitsschlaf. Sollte es Colin gelingen, ihr den zu nehmen, würde sie ihn garantiert sofort auf die Couch verbannen.

»Ach, das habe ich ganz vergessen, dir zu erzählen. Ich lese gerade dieses neue Buch, in dem es darum geht, dass erfolgreiche Leute immer um fünf Uhr aufstehen. Es macht dir doch nichts aus, wenn ich den Wecker auf fünf stelle, oder, Babe?« Colin wusste, dass er den Sieg in der Tasche hatte.

»Fünf Uhr morgens?« Tara lachte. »Du weckst mich nicht um fünf Uhr morgens auf!«

»Du sagst doch immer, ich sollte mehr Bücher lesen, die mir helfen, an mir zu arbeiten. Ich versuche nur, dich glücklich zu machen«, meinte er achselzuckend.

»Um fünf Uhr morgens aufzustehen, ist reiner Wahnsinn!«

»Na, du weißt doch, was man über Genie und Wahnsinn sagt.

Ich schätze, deshalb stehen so viele Top-Manager so früh auf. Der frühe Vogel fängt den Wurm! Oh, du darfst auch mein Wurm sein, Babe!«, sagte Colin in einem nervig flötenden Tonfall.

Colin sah, wie die Vene auf Taras Stirn hervortrat.

Nun war es offiziell: Sie kochte innerlich.

Schachmatt.

»Also, wenn du um fünf Uhr aufstehen willst, kannst du gleich wieder auf die verdammte Couch ziehen!« Tara stürmte aus dem Zimmer.

Manchester schoss im gleichen Moment ein Tor, und Colin sprang vor Freude aus dem Sessel auf. Er hatte Tara in ihrem kleinen Machtspielchen besiegt, und nun stand es ihm frei, mit Claire jeden Abend um elf Uhr elf zu chatten.

KAPITEL
Dreiundzwanzig

Dienstag – 23.11 Uhr

Jack: Hallo, Fremde;)

Claire: Jack, ich schulde dir eine riesige Entschuldigung. Es tut mir so leid, dass ich dich versetzt habe. Bitte, hasse mich nicht dafür.

Jack: Ich könnte dich doch niemals hassen. Aber es hat mich schon verletzt, dass du nicht aufgetaucht bist.
Was ist denn passiert?

Claire: Lange Rede, kurzer Sinn, ich hatte das Gefühl, erwischt zu werden. Ich habe einfach Panik bekommen und die App gelöscht. Vielleicht haben wir das mit dem Treffen überstürzt. Kannst du mir verzeihen?

Jack: Ich verzeihe dir, Claire, aber du hast mich wirklich verletzt.

Claire: Das verstehe ich absolut. Vielleicht kann ich es ja mit einem weiteren Foto wiedergutmachen …

Jack: Oh, da sage ich nicht nein … Aber noch lieber würde ich dich bald in echt sehen;)

Claire: Das will ich auch, ich kann nicht aufhören, an dich zu denken. Aber wir wären fast erwischt worden …

Jack: Dann wüsste dein Mann wenigstens, dass er Konkurrenz hat;)

Claire: Nicht mal das wird ihn dazu bringen, mich wieder wertzuschätzen …

Jack: Er weiß nicht, was ihm entgeht;)
Wenn ich an seiner Stelle wäre ...

Claire: Ja?

Jack: Dann würde ich dafür sorgen, dass du dich jeden Tag wertgeschätzt fühlst.
Nicht bloß wertgeschätzt ... vergöttert;)

Claire: Ach, du weißt einfach immer, was ich hören will.
Ich wünschte, du könntest jetzt bei mir sein.

Jack: Ich würde alles dafür geben ...

Claire: Hast du manchmal das Gefühl, in deinem eigenen Leben gefangen zu sein?

Jack: Die ganze Zeit. Manchmal kommt es mir so vor, als würde ich gar nicht richtig leben ... sondern nur vor mich hin vegetieren.

Claire: Ja, genau! Ich hatte so lange diese schreckliche Leere in mir.
Erst seit ich dich kenne, ist sie aus meinem Leben verschwunden.
Ich schätze, deshalb habe ich dich vermisst x

Jack: Ehrlich gesagt habe ich wirklich geglaubt, ich hätte dich verloren. Jeden Tag habe ich nachgesehen, ob dein grünes Licht wieder auftaucht.

Claire: Ich dachte, als ich die App gelöscht habe, wäre auch mein Profil für immer verschwunden. Aber sobald ich erfahren habe, dass ich mich nur neu anmelden muss, bin ich zurückgekehrt x

Jack: Ich bin sehr froh, dass du das getan hast.
Das Leben war so leer ohne dich:(

Claire: Vielleicht waren wir in einem vorherigen Leben ein Liebespaar;)

Jack: Vielleicht war ich ein alter irischer König und du warst meine Königin.

Claire: Oder vielleicht warst du ein griechischer Bildhauer und ich deine Muse.

Jack: Nein, da wäre ich zu habgierig ... Ich würde alle meine Skulpturen für mich behalten, damit ich diesen perfekten Körper nicht mit anderen teilen müsste;)

Claire: Du bist derjenige mit dem faszinierenden Körper!
Manchmal sehe ich auf der Straße einen Mann in Sportkleidung und frage mich, ob du das bist ...

Jack: Ich frage mich immer, ob sich unsere Wege schon mal gekreuzt haben.

Claire: Definitiv nicht.

Jack: Wieso bist du dir da so sicher?

Claire: Weil wir dann schon vor Jahren eine Affäre miteinander angefangen hätten.

Jack: Wo du recht hast:)
So wie es zwischen uns knistert, wäre es sicher zum Ausbruch gekommen.

Claire: In meiner Phantasie ist es jedenfalls so.

Jack: Oh, du hast Phantasien von mir?

Claire: Es ist schwer, die nicht zu haben. Ich kann an nichts anderes denken als an dich.
Kann ich dir mal ein Geheimnis verraten?

Jack: Natürlich;)

Claire: Ich liebe die Vorstellung, dass ich mich mit dir so richtig gehen lassen kann, ich selbst sein kann.
Und du küsst mich, als wäre ich dein Besitz.

Jack: Ich würde dir ins Ohr raunen: »Lass dich fallen.«
Und du würdest dich mir hingeben.

Claire: Es fühlt sich gut an, so offen reden zu können. Ich weiß, du würdest mir geben, was ich verdiene.

Jack: Die ganze Nacht;)
Nun, in meinem Terminkalender ist zufällig jeden Abend um elf nach elf was frei.

Claire: Was für ein Zufall ... genau wie in meinem;)

Mittwoch – 23.11 Uhr

Jack: Hallo, Fremde;)
Wie war dein Tag?

Claire: Sehr interessant ... ;)

Jack: Ach ja? Inwiefern?

Claire: Ich bin in der Mittagspause losgegangen und habe neue Dessous gekauft ...
Nur für dich x

Jack: Ich glaube, ich bin der größte Glückspilz auf Erden!
Darf ich mal sehen?

Claire: Nun, es wäre wohl Geldverschwendung, wenn ich nicht damit angeben könnte ... Aber es sind wieder nur Körperfotos, keine mit Gesicht.

Jack: Keine Sorge, ich kenne die Regeln;)

Claire: Bild gesendet
Bild gesendet
Bild gesendet

Jack: Du hast keine Ahnung, was diese Bilder mit mir anstellen ...

Claire: Das nehme ich mal als Kompliment.

Jack: Eine andere Interpretation kommt nicht in Frage.
Ich wünschte, ich hätte noch ein paar Workout-Fotos für dich.
Aber ich war heute nicht im Fitnessstudio.

Claire: Kein Problem, aber lass mich nicht zu lange warten;)
Wenn meine Kollegen wüssten, dass ich in meiner Mittagspause erotische Fotos von mir mache haha

Jack: Stell dir mal vor, es käme heraus, dass wir Arbeitskollegen wären?

Claire: O Gott, wenn du einer der Männer wärst, die mit mir arbeiten, würde ich mich aber schnellstens aus dem Staub machen.

Jack: Sind sie so schlimm?

Claire: So schlimm nicht, aber manchmal habe ich das Gefühl, sie nehmen mich nicht ernst.
Sie haben dieses Bild von mir im Kopf, das nicht wirklich ich bin.

Jack: Ich werde mal bei dir im Büro vorbeikommen und ihnen eine Abreibung verpassen;) Gib mir die Adresse und ich rücke ihnen den Kopf zurecht.

Claire: Haha, das ist gegen die Regeln! Aber der Gedanke ist schon aufregend, das muss ich zugeben x

Jack: Jeder Mann, der dich ärgert, bekommt es mit mir zu tun.

Claire: Mein persönlicher Bodyguard. Jetzt turnst du mich aber wirklich an x

Jack: Ich weiß nicht, wie ich so ein Glück haben konnte, dich zu finden ... Es ist, als wäre ein Traum wahr geworden;)

Claire: So geht es mir mit dir auch, Jack. Ich fühle mich so zu dir hingezogen.
Nicht nur sexuell ... auch spirituell

Jack: Ich bin einfach so froh, dass du wieder in meinem Leben bist. Du hast keine Ahnung, wie verrückt ich geworden bin, ohne dich.

Claire: Ist deine Frau echt so schlimm?

Jack: Es ist, als wäre sie eine andere geworden. Ich erkenne sie kaum wieder:(
Sorry, ich wollte dich nicht runterziehen

Claire: Nein, nein, ich finde es gut, dass wir über solche Sachen reden können. Und ich weiß genau, was du meinst. Mein Mann gibt mir auch nicht mehr das gleiche Gefühl wie früher.
So wie du mich fühlen lässt x

Jack: Ich will nicht egoistisch klingen, aber ich bin froh, dass er dich so für selbstverständlich nimmt.
Das gibt mir die Chance, dich auf die Weise zu verehren, wie du es verdient hast;)

Claire: Ich mag es, dass du egoistisch bist. Du nimmst dir, was du willst, und du entschuldigst dich nicht dafür,

Jack: Der Mann, den du verdienst;)

Claire: Aber ich kann auch nicht nur meinen Mann verantwortlich machen. Manchmal mag ich die Person selbst nicht, zu der ich geworden bin:(
Sorry, du weißt wahrscheinlich nicht mal, wovon ich rede ...

Jack: Doch! Das tue ich! Als wärst du dir selbst fremd geworden?

Claire: Ja! Genau!

Jack: Manchmal denke ich, mein jüngeres Ich würde sich für mich schämen.

Claire: Es ist verrückt, wie wir zulassen können, dass wir uns so weit von uns selbst entfernen.

Jack: Aber noch verrückter ist es, dass ich mich wieder wie ich selbst fühle, wenn ich mit dir über diese App kommuniziere.
Als wäre ich wieder der Mann von früher.

Claire: Ich weiß, was du meinst! Ich bin zu dieser Version von mir geworden, die ich nicht mal leiden kann.
Erst du hast mein altes Ich wieder zum Leben erweckt x

Jack: Ich wünschte, du hättest mich früher kennengelernt. Ich war ein echter Rebell. Und ich weiß, dass du auf Bad Boys stehst;)

Claire: Du bist immer noch ein Rebell, Jack!
Ich meine, alles an unserer Beziehung ist rebellisch, wenn man so darüber nachdenkt.

Jack: Stimmt. Manchmal vergesse ich, wie krass es ist, dass wir uns überhaupt unterhalten.

Claire: Es braucht Mut, sich gegen das Unglücklichsein zu wehren.
Bevor wir uns getroffen haben, war ich so abgestumpft. Du hast mich gerade noch rechtzeitig vor dem Ertrinken gerettet x

Donnerstag – 23.11 Uhr

Claire: Hallo, Fremder x

Jack: Hey, sexy Lady, ich habe eine Überraschung für dich ...

Claire: Ach, echt? x

Jack: Bild gesendet
Bild gesendet
Bild gesendet

Claire: Mein Gott, du hast aber hart trainiert, oder?

Jack: Haha, gefallen sie dir?

Claire: O ja. Du siehst so sexy aus in deiner Trainingskleidung.
Ich bin schon fast eifersüchtig auf diese Hanteln, die du stemmst
x

Jack: Claire, es gibt etwas, das ich dich fragen wollte ... Aber ich hoffe, es ist nicht zu früh.

Claire: Du kannst mich alles fragen, Jack.

Jack: Meine Gefühle für dich sind die ganze Woche über immer stärker geworden.
Und ich habe mich gefragt ...
Was hältst du davon, wenn wir noch einmal versuchen, uns zu einem Date zu treffen?
Ich weiß, du meintest, wir hätten es beim letzten Mal überstürzt, aber wenn du bereit bist, dann bin ich es auch;)

Claire: Versteh mich bitte nicht falsch, ich will es auch total. Aber es gibt eine bestimmte Sache, die mich zurückhält

Jack: Du kannst es mir ruhig sagen ...

Claire: Meine Angst ist, dass wir uns treffen, aber danach ...
Dass ich dann nie wieder etwas von dir höre:(

Jack: Claire, das würde ich nie tun. Ich schwöre es dir.

Claire: Ich weiß, ich weiß, aber es ist einfach so eine irrationale Angst, die ich nicht kontrollieren kann.
Es ist halt so, dass die meisten Männer nur das eine wollen:(

Jack: Ich bin aber nicht wie die meisten Männer, Claire.
Ich würde dich in einer Million Jahren nicht verletzen wollen.
Was wir haben, ist mir viel zu wichtig.

Claire: Es fühlt sich so gut an, das zu hören x

Jack: Also, was sagst du?
Sollen wir uns noch mal verabreden?

Claire: Es scheint mir immer noch so riskant, aber ich kann meine Gefühle nicht mehr länger unterdrücken ...
Lass es uns tun! Lass uns ein Date ausmachen und was zusammen trinken gehen x

Jack: Wunderbar! Wo würdest du denn gern hingehen?
Sag nicht The Vine, die geben mir nie wieder eine Reservierung;)

Claire: Haha! Wie wäre es mit dem Elixir? Das ist eine Cocktailbar in der Harcourt Street.

Jack: Perfekt. Passt dir morgen Abend?

Claire: Ja! Sagen wir 20 Uhr?

Jack: Abgemacht. Elixir in der Harcourt Street, morgen um 20 Uhr.
Du hast keine Ahnung, wie aufgeregt ich bin!!!

Claire: Ich auch! Mein Herz springt mir fast aus der Brust!

Jack: Bitte, versetz mich dieses Mal nicht;)

Claire: Werde ich nicht, Jack.
Ich werde da sein x

KAPITEL
Vierundzwanzig

Der Freitag kam, und je näher seine Verabredung mit Claire rückte, desto mehr grinste Colin. Er war schon morgens zu aufgeregt gewesen, um sich auf seine Arbeit zu konzentrieren, also hatte er beschlossen, seine gewonnene Wette bei Rory einzulösen, der keine andere Wahl hatte, als zuzustimmen. Eine Partie Golf im Luxus-Golfclub schien genau das richtige Sahnehäubchen auf seiner perfekten Woche zu sein. Colin atmete die frische Luft ein und fühlte sich lebendiger denn je.

»Weißt du, was noch besser ist als eine Partie Golf?«, fragte Colin, als er seinen Schlag vorbereitete.

»Bitte, sag es nicht«, flehte Rory.

»Eine kostenlose Partie Golf«, sagte er und holte zu einem kräftigen Schlag aus, der den Ball die halbe Länge des Fairways entlangfliegen ließ.

»Das ist doch lächerlich. Du brauchst nicht einmal einen Caddy«, maulte Rory, als er Colins Golftasche mit den Schlägern schulterte.

»Ja, aber es versüßt mir meinen Sieg.«

Colin begann den Fairway runterzugehen, auf die Stelle zu, wo sein Ball gelandet war, während Rory missmutig hinter ihm hertrottete. Während er über den Rasen schlenderte, ließ Colin seiner Phantasie freien Lauf, was den möglichen Ausgang seines Dates mit Claire anging. Er wusste, dass es keine Garantie gab, dass sie ihn attraktiv finden würde – und umgekehrt –, aber sie beide hatten über Fling jeden Abend derart intime Momente miteinander geteilt, dass es ihm schier unmöglich erschien, im echten Leben keine Gefühle für sie zu haben. Was sie hatten, war zu echt.

Über die App waren sie bloß zwei körperlose Personen, und

doch kam es Colin so vor, als hätte er endlich wieder zu sich selbst gefunden. Es fühlte sich fast so an, als wäre Colin seine Maske, und Jack war derjenige, der darunter existierte. Vielleicht legte er jeden Morgen nach dem Aufstehen einen unsichtbaren Anzug an, um die Rolle zu spielen, die er dachte, spielen zu müssen. Doch jeden Abend mit Claire hatte er das Gefühl, seine Verkleidung ablegen zu können und sein wahres, ursprüngliches Selbst zu zeigen.

Obwohl es anfangs nur eine leere Drohung gewesen war, um Tara zu ärgern, hatte Colin angefangen, sich einen Bart wachsen zu lassen. Tara hatte recht gehabt, als sie seinen vorherigen Versuch als Fehler bezeichnet hatte. Er hatte immer geglaubt, einfach nicht das genetische Potenzial dazu zu haben. Aber jetzt, nach nur drei Tagen des nicht Rasierens, zeigten sich auf Colins Wange dichte Stoppel, auf die er mächtig stolz war. Es verlieh ihm einen raubeinigeren Look, und er hatte sogar bemerkt, wie ihm auf der Straße ein paar Frauen hinterhergeschaut hatten. Sein Selbstbewusstsein war auf einem nie da gewesenen Hoch.

»Also, wie ist denn der Schlachtplan für dein Date mit Claire heute Abend?«, fragte Rory, als sie bei Colins Golfball ankamen.

»Kein Schlachtplan. Nur zwei Menschen, die sich auf einen Drink treffen«, erklärte Colin und betrachtete prüfend den Rasen, um zu entscheiden, welchen Schläger er einsetzen sollte. »Dreier Holz, bitte.«

Rory knurrte und reichte Colin den gewünschten Schläger. »Also, wo genau gehst du mit ihr hin?«

»Sie hat sich das Elixir ausgesucht. Wir treffen uns dort um zwanzig Uhr.«

»Gute Wahl. In welchem Hotel hast du reserviert?«

»Wie, bitte?«, meinte Colin verwirrt. »Warum sollte ich ein Hotelzimmer buchen.«

»Warte mal, du hast kein Zimmer, in das du sie danach mitnehmen kannst?«, fragte Rory schockiert.

»Natürlich nicht. Sie wollte sich doch nur auf einen Drink mit mir treffen. Von einem Hotel hat sie nichts gesagt.«

»Ja, Col, sie hat sich das Elixir ausgesucht, weil es in der Harcourt Street liegt. Und was gibt es in der Harcourt Street sonst noch? Eine Reihe von Hotels. Muss sie es dir wirklich so deutlich sagen? Will sie ins Elixir, hofft sie auf sein Elixier«, sagte Rory. Das schlechte Wortspiel musste er sich gerade ausgedacht haben.

»Nur du kannst auf so einen Mist kommen«, lachte Colin und winkte ab. Er holte aus und schickte den Ball in hohem Bogen aufs Grün. »Wie auch immer, ich weiß ja nicht einmal, ob sie überhaupt für Sex beim ersten Date zu haben ist.«

»Wie oft muss ich dir das noch sagen? Es ist kein erstes Date, es ist eine Affäre. Die normalen Regeln gelten hier nicht. Ohne Sex ist es keine Affäre. Und dafür gibt es doch die Ehe!«

»Na ja ... unsere Unterhaltungen sind immer ziemlich erotisch ... aber sie hat nie ausdrücklich gesagt, dass sie heute Abend mit mir schlafen will«, meinte Colin.

»Natürlich hat sie das nicht ausdrücklich gesagt. Das ist doch deine Aufgabe. Du musst die Kunst der Dreistigkeit beherrschen«, meinte Rory und zuckte mit einer Augenbraue.

»Und was soll das nun wieder bedeuten?«, fragte Colin.

»Wenn du jemanden verführen willst, musst du dir etwas einfallen lassen, um das nächste Level zu erreichen. Keine Frau will einen Mann bitten müssen, sie zu küssen. Sie will, dass der Mann es einfach tut. Sie will, dass du die Initiative ergreifst. Aber ihr seid beide verheiratet, also kannst du sie nicht in aller Öffentlichkeit küssen. Dafür ist Dublin zu klein. Irgendwelche Leute werden euch bestimmt erkennen. Die große Kunst besteht darin, den richtigen Moment zu finden, um ihr ins Ohr zu flüstern, dass du in einem Hotelzimmer in der Nähe eine Flasche Champagner kalt gestellt hast ...«

»Und was, wenn sie nein sagt?«, wandte Colin ein.

»Dann ist es ihr Pech. Aber was, wenn sie ja sagt und du kein

Zimmer hast, in das du sie bringen kannst? Dann würdest du ganz schön blöd dastehen«, stellte Rory fest.

Colin dachte einen Moment darüber nach. Er war sich nicht sicher, ob er Rorys Logik folgen wollte, aber seine Beziehung zu Claire hatte tatsächlich bereits eine ziemlich erotische Ebene erreicht. Immerhin hatten sie viele Nächte damit verbracht, über ihre intimen Sehnsüchte zu sprechen. Wenn sie bereit sein sollte, einen Schritt weiterzugehen, wollte Colin vorbereitet sein. Allerdings fühlte es sich ein wenig vermessen an, vorab schon ein Zimmer zu reservieren. Außerdem missfiel ihm die Vorstellung, für ein Zimmer zahlen zu müssen, das er am Ende gar nicht benutzte.

»Kann ich nicht einfach eins buchen, nachdem wir was trinken waren?«.

»Ein Last-Minute-Zimmer? In der Harcourt Street? Freitagabend? Dann mal viel Glück damit.« Rory lachte.

»Na, gut! Ich reserviere das verdammte Zimmer«, sagte Colin und zog sein Handy hervor. Er suchte online nach einem möglichst niedrigen Preis, musste jedoch feststellen, dass die meisten der Hotels in der Harcourt Street bereits ausgebucht waren.

»Das günstigste noch verfügbare Zimmer ist eine Suite im Gibson Court Hotel, aber das kostet zweihundertsechzig Euro«, sagte Colin und verzog das Gesicht.

»Hör zu, es ist deine Entscheidung, aber wenn Claire sagt, sie würde gern vögeln, was sagst du dann? Folge mir, Baby, ich kenne da eine malerische dunkle Gasse, gleich um die Ecke?«, sagte Rory.

Auch wenn Rory wie immer übertrieb, ergab es manchmal doch Sinn, was er sagte. Es war besser, ein Zimmer zu haben und es nicht zu nutzen, als das Zimmer zu brauchen und es nicht zu haben. Claire hatte ihm in ihren Gesprächen immer wieder gesagt, wie sehr sie es mochte, dass er dominant war und die Kontrolle übernahm. Vielleicht würde es ihr ja gefallen.

So oder so wollte Colin sich gern alle Optionen offenhalten.

»Nun ... genau genommen ist es günstiger als eine Therapiestunde«, sagte er und klickte auf JETZT BUCHEN auf dem Bildschirm. Nach ein paar weiteren Klicks war das Zimmer offiziell reserviert, er musste nur beim Check-in noch bezahlen. Colin verspürte einen Adrenalinschub. Er war schon aufgeregt, Claire kennenzulernen, doch jetzt bestand noch die Möglichkeit, dass sie ihre sexuellen Phantasien Wirklichkeit werden ließen.

Als sie auf dem Grün ankamen, fiel Colin ein, dass er immer noch eine Frau hatte, bei der vielleicht ein paar Alarmglocken schrillen könnten, wenn er nach seinem Date erst spät zu Hause ankam.

»Ich muss mir noch eine Ausrede für Tara einfallen lassen. Irgendwas, das sie mir abkauft«, sagte Colin mit sorgenvoller Miene.

»Halte es möglichst vage«, riet ihm Rory. »Sonst verstrickst du dich in deine eigenen Lügen.«

Colin zog wieder das Handy hervor und schrieb Tara eine Nachricht.

Arbeite heute länger. Ist noch nicht sicher, wann ich heimkomme.

Es war nicht die originellste Lüge, aber sie war einfach und sachlich. Als er die Nachricht geschickt hatte, bemerkte er, dass er schon morgens eine Nachricht von Celine bekommen hatte.

Celine: Ich habe den Platz beim Spanier bekommen. Und keine Sorge, ich werde Tara nichts verraten;)

Colin hatte schon fast vergessen, dass er Celine um Hilfe gebeten hatte. In dem Moment war er verzweifelt gewesen, was seine Zukunft anging, doch jetzt konnte er nicht daran denken, mit Tara Kinder zu haben, es bereitete ihm Schuldgefühle.

»Was ist los?«, wollte Rory wissen, als er seinen Gesichtsausdruck bemerkte.

»Ach, nichts. Nur eine Nachricht von Taras Freundin Celine. Ich hatte sie vor ein paar Tagen gebeten, uns bei so einem berühmten

Fruchtbarkeitsspezialisten auf die Warteliste zu setzen«, erklärte Colin.

»Ich dachte, Tara wollte keine künstliche Befruchtung mehr machen?«

»Will sie auch nicht. Ich habe Celine gefragt, ohne dass sie davon weiß, weil ich dachte, irgendwann wäre sie wieder an Bord.«

»Ja, das geht bestimmt nicht nach hinten los«, meinte Rory sarkastisch.

»Ich habe es wohl nicht zu Ende gedacht. Es ist nur einfach schwer, sich damit abzufinden, niemals Vater zu werden. Denkst du denn nie über Kinder nach?«

»Nee, ich bin wohl eher der Dating-Typ, kein Daddy-Typ.«

»Du meinst wohl eher Caddy-Typ«, neckte ihn Colin.

»Sehr lustig.« Rory verdrehte die Augen. »Aber wie auch immer, du solltest die Zukunft vergessen und dich lieber auf die Gegenwart mit Claire konzentrieren.«

»Ja, aber das Verrückte ist, wenn ich an die Zukunft denke, sehe ich mich mit Claire«, gab Colin zu. »Ist das schrecklich von mir, so etwas zu sagen?«

»Ja, es ist schrecklich dumm. Du weißt doch noch nicht einmal, wie sie aussieht!«

»Ich weiß, dass sie den heißesten Körper hat, den ich je gesehen habe.«

»Ja, aber was, wenn sie ein Abergesicht hat?«, wandte Colin ein.

»Was zur Hölle ist ein Abergesicht?«

»Wenn eine Frau einen heißen Körper hat, aber ihr Gesicht ...« Rory zog eine Grimasse.

»O Mann, das ist fies. Selbst wenn sie kein Model ist, werde ich sie mit Respekt und Anstand behandeln. Zwei neue Ausdrücke für deinen Wortschatz«, meinte Colin neckend.

»Ich verstehe trotzdem nicht, warum du so besessen von ihr bist.«

»Ich bin nicht besessen. Ich habe einfach das Gefühl, ich selbst sein zu können, wenn ich mit ihr chatte. Ich muss mich nicht verstellen«, erklärte Colin.

»Du hast sie auf einer anonymen Seitensprung-App unter falschem Namen kennengelernt. Da geht es doch gerade darum, jemand anderes zu sein!«, meinte Rory.

»Aber vielleicht bin ich eben lieber Jack als Colin.«

»Das ist nicht die richtige Zeit für eine Existenzkrise, Col. Hier geht es um Sex«, sagte Rory.

»Eines Tages wirst du verstehen, wie ich mich fühle.«

»Nichts, was eine gesunde Dosis postkoitale Erkenntnis nicht heilen könnte.«

»Was soll nun das schon wieder sein?«, fragte Colin.

»Na, wenn die Gefühle für jemanden wie von Zauberhand verschwinden, nachdem man mit demjenigen Sex gehabt hat. Warte nur ab, das wird dir auch so gehen, wenn du dich heute Abend mit Claire triffst«, prophezeite Rory.

»Nicht, wenn der Sex atemberaubend ist«, meinte Colin, als sie bei seinem Golfball auf dem Grün ankamen. »Putter, bitte.«

Rory seufzte und zog Colins Putter aus der Golftasche. »Du kannst sie noch so sehr vergöttern, du wirst trotzdem das Interesse an ihr verlieren, wenn du sie erst mal flachgelegt hast. Und wenn nicht, dann muss es wohl Liebe sein«, sagte Rory, als er ihm den Schläger reichte.

»Die Zeit wird es zeigen. Ich schätze, ich kann jetzt nichts anderes tun, als mein wohlverdientes Golfspiel zu genießen, während ich auf den Abend warte.« Colin umfasste den Griff des Schlägers. Er tippte den Ball mit dem Putter an und beobachtete, wie er ins Loch rollte. »Gut, dass wir noch siebzehn Löcher vor uns haben.«

»Ich dachte, wir hätten uns auf neun Löcher geeinigt!«, meinte Rory.

»Du bist doch derjenige, der immer sagt, jedes Loch ist ein Sieg«, grinste Colin.

»Ich habe dabei sicher nicht von Golf gesprochen!«

KAPITEL
Fünfundzwanzig

Tara verbrachte die Mittagspause am Freitag an dem Ort, der einer irischen Frau das Selbstvertrauen geben kann, alles zu schaffen. In der Blow Dry Bar.

Sie gönnte sich so eine Föhnfrisur nicht oft, aber sie war wild entschlossen, bei Jack am Abend den bestmöglichen ersten Eindruck zu machen. Als sie wieder im Büro ankam, wippte ihr Haar mit jedem Schritt.

Nach jedem nächtlichen Rendezvous dieser Woche waren Taras Gefühle für Jack stärker geworden. Er hatte ihr davon erzählt, dass sie ihm geholfen hatte, wieder zu sich selbst zu finden. Und sie fühlte sich mit Jack so weiblich wie schon lange nicht mehr. Sie hatte das Gefühl, als hätte sie Zugang zu einer höheren Existenzebene, in der sie das Göttlich-Weibliche verkörperte. Es war ein Gefühl von sinnlicher Macht.

Sie war sich noch nicht sicher, was sie von dem Gedanken hielt, mit Jack zu schlafen, doch sie musste sich eingestehen, dass sie es ernsthaft in Erwägung zog. Das Einzige, was sie dazu brachte, den Gedanken zu verdrängen, war die Tatsache, dass sie Jacks Gesicht noch nicht kannte. Anonymität war vielleicht in der Phantasiewelt von Fling sexy, aber bei einem echten Rendezvous konnte man unmöglich anonym bleiben. Die Masken mussten fallen. Und doch, ihr Instinkt sagte ihr, dass ihre Gefühle für Jack echt waren. Sie fühlte sich völlig im Einklang mit ihrem Schicksal, bereit, etwas zu riskieren, um herauszufinden, was ihre Bestimmung war.

Doch eins nach dem anderen, Tara hatte immer noch einiges zu tun. Ihr Meeting mit Dick Mulligan sollte am Montagmorgen stattfinden, also hatte sie Emily gebeten, ihr dabei zu helfen, die Präsentation fertig zu machen. Alles war so weit bereit, ihr fehlte nur noch ein griffiger Slogan, um die Kampagne abzurunden. Der richtige Aufhänger.

»Wie wäre es mit … ›Sie haben den Ring, jetzt fehlt ihnen noch Fling‹«, schlug Tara vor.

»Hm, fühlt sich zu gezwungen an. Und ich glaube nicht, dass es einen Reim braucht«, erwiderte Emily unbeeindruckt.

»Okay, wie wäre es mit ›Sie wollen auch ein Stück vom Kuchen? Holen Sie es sich‹«, brainstormte Tara weiter.

»Da bekomme ich bloß Lust auf Kuchen«, meinte Emily achselzuckend.

»Hmpf, ich auch. Und ich habe die ganze Woche keine Kohlenhydrate zu mir genommen«, seufzte Tara, der plötzlich wieder einfiel, wie hungrig sie war.

»Ich habe doch gesehen, wie du heute Morgen einen Keks gegessen hast.« Emily war wie immer gnadenlos.

»Erzähl mir nicht, dass in Keksen auch Kohlenhydrate drin sind? Ich dachte, die bestünden nur aus Fett?«, erwiderte Tara verwirrt.

»Du hättest dich über diese Diät vermutlich ein bisschen genauer informieren sollen.« Emily grinste.

»Okay, okay. Dann ist heute eben mein Cheat Day«, beschloss Tara. »Warte mal, könnte das vielleicht ein guter Slogan sein? ›Jeder braucht mal einen Cheat Day‹?«

»Das klingt, als gäbe es einen speziellen Tag im Jahr, an dem man betrügen darf. Aber das ist tatsächlich gar keine schlechte Idee. Ein Tag im Jahr, an dem man eine Affäre haben könnte, ohne dass es Konsequenzen hat. Wie ein landesweiter Feiertag«, dachte Emily laut nach.

»Ich denke, einen landesweiten Feiertag einzuführen, liegt außerhalb der Möglichkeiten für unsere Marketingkampagne«, seufzte Tara. »Mein Gott, warum ist es denn so schwer, sich einen guten Slogan einfallen zu lassen?«

»Hör auf, dich auf das Ergebnis zu konzentrieren, und denk lieber an die Kundenerfahrung. Du bist immerhin kurz davor, deine

Affäre von der App in die Realität zu verlegen. Wie fühlst du dich damit?«, wollte Emily wissen.

»Nervös. Aufgeregt. Frei. Rücksichtslos. Stark. Wahnsinnig. Ich empfinde tausend verschiedene Dinge. Eigentlich will ich Colin gar nicht betrügen. Aber ich musste meine Lust so lange betäuben, dass ich jetzt alles für diesen Rausch geben würde. Und ich muss unbedingt wissen, warum Jack mir dieses Gefühl gibt, warum ich die Synchronizität gespürt habe. Colin hat die ganze Woche auf der Couch geschlafen, so dass Jack und ich uns abends sehr oft geschrieben haben. Wir haben ein paar echt heiße Rollenspiele durchgespielt. Wie das, dass er der Rettungsschwimmer ist und ich Mund-zu-Mund-Beatmung brauche«, erzählte Tara mit verschlagenem Grinsen.

»Ach, Tara, du bist so niedlich. Die Fanfiction, die ich als Dreizehnjährige geschrieben habe, klingt heißer als das«, lachte Emily. »Aber ich bin froh, dass du endlich lernst, dein größtes Sexualorgan zu benutzen.«

»Emily, reiß dich zusammen«, schimpfte Tara gespielt.

»Was? Ich rede doch von deinem Gehirn«, entgegnete Emily.

»Oh.« Tara lachte. »Da fällt mir ein, ich muss Colin noch schreiben, dass ich später nach Hause komme. Ich will nicht, dass er misstrauisch wird.« Tara zog ihr Handy hervor, doch als sie den Bildschirm entsperrte, sah sie, dass Colin ihr bereits geschrieben hatte.

Arbeite heute länger. Ist noch nicht sicher, wann ich heim komme.

Perfekt.

»Puh. Colin arbeitet heute länger, dann brauche ich mir keine Ausrede einfallen lassen. Eine Sache weniger, um die ich mir Sorgen machen muss«, sagte Tara und entspannte sich.

»Also, darf dich Jack heute nach den Drinks vernaschen?«, fragte Emily augenzwinkernd.

»Emily!«

»Tara, sind wir über diesen Punkt nicht hinaus? Wieso reagierst du immer noch so geschockt auf meine Sprüche?«

»Okay, du hast ja recht. Aber die Gefühle, die Jack und ich füreinander empfinden, sind mehr als nur reine Begierde. Es geht ihm nicht nur um Sex.«

»Er ist ein Mann.«

»Tja, niemand ist perfekt«, meinte Tara achselzuckend. »Lass es mich mal so sagen, ich bin offen zu sehen, wohin der Abend uns führt.«

»Tue nichts, was ich nicht auch tun würde«, scherzte Emily.

»Ich denke, das lässt mir einiges an Spielraum.« Tara lachte.

»Und wenn er auf dir liegt, kannst du ihn auch gleich nach ein paar Ideen für einen Slogan fragen.«

»Mir wird vielleicht nichts anderes übrigbleiben. Ich habe grad echt ein Brett vor dem Kopf. Ich werde das Tablet wohl übers Wochenende mit nach Hause nehmen müssen. Hat das mit der Reservierung bei Al Fresco geklappt?«

»Welche Reservierung?«, fragte Emily mit Unschuldsmiene.

»Emily! Die Tischreservierung für mein Meeting mit Dick!«, rief Tara aufgebracht.

»Beruhige dich, ich mache doch nur Spaß. Der Tisch auf der Terrasse ist längst reserviert, und ich habe den Termin mit Dick sogar in deinen Arbeitskalender eingetragen«, sagte Emily.

»Wow, du hast tatsächlich deinen Job gemacht? Das bedeutet mir wirklich viel. Wie kann ich mich nur erkenntlich zeigen?«, sagte Tara ironisch.

»Mit Geld wäre gut«, erwiderte sie trocken.

In dem Moment ging die Tür zu Taras Büro auf, und Tommy, Mark und Rob spazierten herein. Sie hatten seltsam entschlossene Mienen aufgesetzt, und Tara gefiel das kein bisschen.

»Können wir euch helfen, Jungs?«, sagte sie und verschränkte die Arme vor der Brust.

»Wir wollten nur mal reinschauen, um zu sehen, wie die Vorbereitungen für das große Meeting laufen«, sagte Tommy.

»Könnte nicht besser sein. Emily und ich kommen großartig voran. Also, wenn ihr uns jetzt bitte entschuldigen würdet …«

»Wir drei haben nachgedacht«, unterbrach sie Tommy.

»Irgendwann ist immer das erste Mal«, erwiderte Tara lächelnd.

»Wir finden, wenigstens einer von uns sollte dich zu dem Meeting begleiten«, sagte Mark, ohne auf die Spitze einzugehen.

»Und warum sollte ich euch mitkommen lassen?«

»Nun ja … wir sind uns nicht sicher, ob wir dich mit Dick Mulligan allein lassen sollten«, sagte Rob vorsichtig.

»Wir denken, er ist weniger an deinen Ideen interessiert als … an dir«, fügte Mark hinzu.

»Wow. Ist es wirklich so schwer zu akzeptieren, dass mein Vorschlag besser war als eurer?« Tara war ehrlich entsetzt.

»Es liegt nur in deinem Interesse, wenn wir mitkommen«, meinte Tommy.

Tara war außer sich vor Wut. Es fühlte sich wie eine Drohung an. »In meinem Interesse? Was soll das sein, eine Art Erpressung?«

»Nein, wir versuchen nur, dich zu unterstützen. Du weißt doch, dass du einer von uns bist«, sagte Tommy.

»Ach, ich bitte euch, seit Jahren mobbt ihr drei mich aus den großen Aufträgen raus, weil ich kein Mann bin. Tja, wisst ihr was? Ich will gar kein Mann sein. Diese Kampagne ist ein Job für eine Frau«, erklärte Tara und straffte die Schultern.

»Wir versuchen doch nur, auf dich aufzupassen«, meinte Mark.

»Nein, es sieht eher so aus, als würdet ihr hier in der letzten Minute auftauchen, um die Lorbeeren für meine Arbeit einzuheimsen. Das stimmt doch, oder?«

»Weißt du was?«, begann Tommy mit ruhiger Stimme. »Wir haben gesagt, was wir sagen wollten.«

»Nun, danke, dass ihr vorbeigeschaut habt, aber es ist nicht meine Aufgabe, Teilnahmeurkunden auszuhändigen für Ideen, die es nicht geschafft haben. Warum spielt ihr drei nicht noch eine Runde Tischfußball. Einige von uns sind hier, um zu arbeiten«, erwiderte Tara selbstbewusst.

Tommy machte kehrt und verließ Taras Büro, gefolgt von Mark und Rob.

Emily sah Tara staunend an. »O mein Gott!«, rief sie. »Ich will so sein wie du, wenn ich mal groß bin.«

Das waren genau die Worte, die Tara immer hatte hören wollen. Die Worte, die ihr das Gefühl gaben, dass sie, als Frau, etwas verändert hatte.

»Unterschätze niemals die Macht einer frischgeföhnten Frisur«, sagte sie und warf sich die Haare über die Schulter.

KAPITEL
Sechsundzwanzig

Im Taxi auf dem Weg zu ihrem Date war Tara furchtbar nervös und gleichzeitig kribbelig vor Vorfreude – ein bisschen so wie das Lampenfieber einer Schauspielerin, die kurz davor war, die Bühne zu betreten. Sie konnte es kaum erwarten, die Rolle der Claire zu spielen, gleichzeitig hatte sie Angst vor Jacks Reaktion.

Sie erinnerte sich daran, dass sie im Moment besser aussah, als sie es seit Jahren getan hatte. Nach Feierabend hatte sie auf der Arbeit noch das Outfit gewechselt – in ein schwarzes Satinkleid mit gewagt hohem Schlitz, der bis zum Oberschenkel reichte. Emily hatte so getan, als würde sie den Feueralarm auslösen, als sie die Verwandlung sah. Tara sah umwerfend aus, und das wusste sie. Aber ihr Äußeres war nicht die Ursache ihres Selbstbewusstseins. Ihre erotische Energie strahlte von innen heraus, als wäre sie elektrisch aufgeladen. Es machte sie stolz, festzustellen, dass es sie nur wenig Mühe kostete, ihr Spiegelbild dazu zu bringen, sie so zu zeigen, wie sie sich fühlte. Tara war schon immer ihr schärfster Kritiker gewesen, und die Tatsache, dass sie sich selbst beeindruckt hatte, bedeutete, dass sie jeden beeindrucken konnte.

Die Gedanken hatten Tara beruhigt, und sie entspannte die Schultern. Sie wollte all das genießen. Die Aufregung, die Neugier, das Staunen, alle diese Gefühle waren in Taras Leben selten geworden, und sie hatte vor, diese nun voll auszukosten. Es war, als hätte sie eine ihrer Lieblingsplatten auf einem staubigen Speicher entdeckt und würde nun endlich der Nadel eines Plattenspielers erlauben, die grandiosen Melodien darauf erklingen zu lassen. Die Musik war in ihr Leben zurückgekehrt.

Wie aus dem Nichts stieg der Taxifahrer plötzlich auf die Bremse und riss Tara unsanft aus ihren Träumereien.

»Herrgott, diese verdammten Fußgänger, die einfach so über die Straße rennen. Der Fluch meiner Existenz!«, rief der Taxifahrer, während ein Mann vor ihnen über die Straße hastete. Als Tara sich wieder gerade hinsetzte und aus dem Fenster sah, erblickte sie etwas völlig Unerwartetes.

Es war Colin.

Er war direkt vor ihrem Taxi über die Straße gelaufen. Und nicht nur das, er war auch ziemlich schick angezogen und sah unfassbar gepflegt aus. Der Dreitagebart, den sie zu gern hassen würde, stand ihm ausgesprochen gut. Er war geradezu ein Adonis! Aber Colin hatte ihr vorhin geschrieben, dass er lange arbeiten musste. Was hatte er hier zu suchen, so weit von seinem Büro entfernt?

Sie musste es unbedingt herausfinden.

»Entschuldigen Sie, ich weiß, das ist eine seltsame Bitte, aber würden Sie vielleicht diesem Mann dort folgen?«, fragte Tara.

»Wem? Dem Kerl, der mir fast vors Taxi gerannt wäre? Kennen Sie den?«, wollte er wissen.

»Das ist mein Mann. Und er hat gesagt, er muss länger arbeiten«, erklärte Tara.

»Hm ... ich sag immer, diesen rücksichtslosen Fußgängern kann man nicht trauen«, erwiderte er. »Ich folge ihm.«

Der Taxifahrer hängte sich an Colin dran, während dieser weiterging, am Elixir vorbei. Wenigstens wollte er nicht in die gleiche Bar, in der sie Jack treffen würde. Nach etwa vierhundert Metern betrat er schließlich ein Gebäude. Das Gibson Court Hotel.

»Was zur Hölle macht Colin in einem Hotel?«, fragte sich Tara laut.

»Muss ich Ihnen das wirklich erklären, Lady?«, entgegnete der Taxifahrer.

»Nein, ich bin mir sicher, es gibt eine logische Erklärung, warum mein Ehemann vorgibt, länger arbeiten zu müssen, und stattdessen in ein Hotel geht«, sagte Tara zu dem Mann. Doch sobald sie die Worte laut ausgesprochen hörte, wurde ihr bewusst, wie lächerlich sie klangen.

»Klar. Wie auch immer, das macht fünfundzwanzig Euro«, sagte der Taxifahrer.

Tara kramte in ihrer Handtasche und reichte ihm den Betrag samt Trinkgeld.

»Und da wären noch die zwanzig Prozent Privatdetektiv-Aufschlag, für das Verfolgen Ihres Kerls«, fügte er hinzu.

»Ist das Ihr Ernst? Sie sind nur ein paar zusätzliche Meter gefahren!«, entgegnete Tara gereizt.

»Nicht aufregen, Lady, ich mache doch nur Spaß. Sie haben schon genug um die Ohren. Viel Glück«, meinte er.

»Danke«, erwiderte Tara und stieg aus.

Einen Moment lang stand sie vor dem Hotel und wusste nicht, was sie tun sollte. Sie versuchte verzweifelt, sich Gründe auszudenken, warum Colin in das Hotel gegangen sein könnte. Vielleicht nahm er an einer Veranstaltung von der Firma teil und hatte ihr deshalb gesagt, dass er länger arbeiten musste. Vielleicht fand in dem Hotel eine Wirtschaftsprüfer-Konferenz statt. Gab es so etwas überhaupt? Oder vielleicht war es eine Abschiedsparty eines Kollegen, die in einem der Veranstaltungsräume des Hotels gefeiert wurde. Sie wollte Colin vertrauen, aber sie wusste, dass es ihr Date ruinieren würde, wenn sie diesem Rätsel jetzt nicht auf die Spur ging. Sie konnte sich nicht auf Jack konzentrieren, wenn sie immer wieder darüber nachdenken würde, was Colin in diesem Hotel machte. Sie sah die Straße runter, wo das Elixir lag, und warf einen Blick auf die Uhr.

Zehn vor acht. Tara war früh dran für ihr Date. Sie hatte noch Zeit.

Zeit, Antworten zu finden.

Langsam ging sie durch die Eingangstür des Gibson Court Hotels und sah sich nach der Rezeption um. Sie entdeckte Colin, der gerade mit der Frau am Empfang sprach. Schnell versteckte sich Tara hinter einer Säule und lugte hervor, um ihn zu beobachten.

Sie konnte nicht hören, was gesagt wurde, aber sie sah, dass Colin etwas mit seiner Kreditkarte bezahlte. Hatte er ein Zimmer gebucht? Tara versuchte sich einzureden, dass das unmöglich sein konnte, musste dann aber zusehen, wie die Rezeptionistin Colin eine Schlüsselkarte reichte. Es machte keinen Sinn mehr, es zu leugnen. Colin drehte sich um, und Tara duckte sich gerade noch rechtzeitig hinter die Säule. Den Rücken an die Wand gepresst, wartete sie ab, bis Colin an ihr vorbei zur Treppe gegangen war.

Tara folgte ihm mit einem kleinen Abstand und sah gerade noch, wie er im ersten Stock nach links abbog. Sie schlich sich an der Wand entlang und linste um die Ecke. Colin steckte die Karte in eine der Türschlösser, etwa in der Mitte des Flurs, und betrat das Zimmer.

Tara konnte nicht begreifen, was sie da sah, als konnte ihr Gehirn die Bilder, die ihre Augen ihm schickten, nicht verarbeiten. In einer Million Jahren hätte sie die Möglichkeit nicht in Betracht gezogen, dass Colin sie betrügen könnte. Und doch sah es verdammt danach aus. Vielleicht hatte er das Zimmer auch für sich und Rory gebucht, weil sie vorhatten, eine Kneipentour durch die Harcourt Street zu machen? Nein, Rory wohnte mitten in der Stadt. Wenn Colin es nach dem Ausgehen nicht nach Hause schaffte, würden sie bei Rory übernachten.

Während sich ihre Gedanken überschlugen, schlich Tara den Flur entlang auf das Zimmer zu, in das Colin gerade gegangen war. Sie legte das Ohr an die Tür von Nummer 117 und lauschte auf verdächtige Geräusche. Sie hörte, wie etwas bewegt wurde, aber es klang, als wäre Colin allein. Wenn er eine Affäre hatte, wo war dann die Frau? Gehörte er zu den Männern, die für Sex zahlten? War eine Prostituierte auf dem Weg zu ihm?

Während sie an der Tür lauschte, hörte Tara, wie sich der Aufzug am Ende des Flurs öffnete, gefolgt vom Geräusch klappriger Räder, die sich näherten. Es war der Portier mit einem Zimmerservice-Wägelchen. Tara sammelte sich hastig und tat möglichst natürlich, während sie in Richtung Aufzug ging. Sie wollte nicht dabei erwischt werden, wie sie einem der Hotelgäste hinterherspionierte. Als sie an dem Mann vorbeiging, fiel ihr Blick auf das Tablett auf dem Wagen. Darauf stand ein Kühler mit einer Flasche Champagner und zwei lange Sektgläser, jedes mit einer frischen Erdbeere bestückt. Tara erreichte das Ende des Flurs und versteckte sich erneut hinter der Ecke zum Treppenhaus. Als sie vorsichtig den Kopf hervorstreckte, wurden ihre schlimmsten Befürchtungen Wirklichkeit. Der Portier klopfte bei Zimmer Nummer 117. Die Tür ging auf, und der Wagen wurde hineingerollt.

Tara verspürte einen Stich im Herz, als wäre ihr eine Klinge durch den Rücken gestoßen worden. Colin hatte ihr Vertrauen soeben verloren. Es war nicht mehr zu leugnen.

Er hatte eine Affäre.

Sie spürte, wie Wut in ihr aufstieg. Wie lange lief das Ganze wohl schon? Wie lange hielt er sie schon zum Narren?

Der Concierge verließ das Zimmer mit einem leeren Wagen und kehrte zum Aufzug zurück. Obwohl sie wusste, dass es ihr den Rest geben würde, beschloss Tara, Colin anzurufen und ihn zu fragen, wo er war. Sie wollte ihn lügen hören. Sie wollte wissen, wie weit er gehen würde. Sie nahm ihr Handy und rief ihn an.

»Tara, das passt gerade nicht so gut«, meldete Colin sich.

»Oh, bist du noch im Büro? Ich habe gerade deine Nachricht gesehen, dass du länger arbeiten musst«, sagte sie.

»Ja, das bin ich. Rory hat diese Prüfung für einen großen Kunden vermasselt, und ich versuche gerade, es wieder hinzubekommen.«

»Also, bist du noch im Büro?«, hakte sie nach.

»Ja, ich fürchte, es wird eine längere Geschichte. Könnte die ganze Nacht dauern«, sagte er wenig überzeugend.

»Zufällig bin ich gerade in der Stadt. Ich komme kurz vorbei und bringe dir einen Kaffee.«

»Nein! Nein, ehrlich, ich hatte gerade einen Kaffee, das ist nicht nötig. Aber danke für das Angebot«, erwiderte Colin mit überschlagender Stimme.

Eine lange Pause entstand.

»Wir sehen uns dann zu Hause«, sagte Colin, um das Gespräch zu beenden.

»Oh ... das werden wir mit Sicherheit«, sagte Tara und legte auf.

Sie kochte vor Wut. Sie hatte ihm eine Chance gegeben, es zu erklären, aber nun war alles klar. Die Lügen, das Hotelzimmer, die zwei Sektgläser ... Die Situation konnte gar nicht anders interpretiert werden.

Ihr Ehemann betrog sie mit einer anderen Frau.

Klar, sie war kurz davor gewesen, ihn ebenfalls zu betrügen, aber ihr Verhalten erschien im Vergleich harmlos. Sie wollte nur einen Mann auf einen Drink treffen, während Colin irgendeine Frau in einem Hotel traf, was nur auf Sex hinauslaufen konnte. Wer war diese Frau? War sie irgendeine namenlose Prostituierte? Oder noch schlimmer, eine Frau, die Tara kannte? Plante er gar, Tara für sie zu verlassen?

Vor lauter Fragen schwirrte Tara der Kopf. Sie sammelte sich und warf einen Blick auf die Uhr. Fünf Minuten vor acht. Dieser zufällige Vorfall hatte sie so überrumpelt, dass sie ihr Date völlig vergessen hatte. Aber sie wusste, sie konnte Jack jetzt nicht mehr treffen. Nur aus Trotz hätte sie es am liebsten durchgezogen, aber ihr Selbstbewusstsein war am Boden.

Vor ein paar Minuten hatte sie sich noch unbesiegbar gefühlt. Jetzt kam sie sich vor wie der letzte Dreck.

Ihr Ehemann begehrte sie nicht mehr. Er wies sie zurück. Als Ehefrau, aber auch als Liebhaberin. Das Messer in ihrem Rücken stach tief mitten in sie hinein. Und wegen dieser Zurückweisung musste sie Jack gehen lassen, zumindest für den Moment. Obwohl sie sich nichts mehr wünschte, als von ihm gehalten zu werden, von ihm verführt zu werden, von ihm vergöttert zu werden, so wusste sie doch, dass es nicht seine Aufgabe war, ihre Wunde zu versorgen.

Sie verließ das Hotel und winkte ein Taxi heran. Sie beschloss, Jack von unterwegs zu schreiben und ihm zu erklären, warum sie sich nicht treffen konnten. Hoffentlich verstand er es. Wenn Colin nach Hause kam, wollte sie vorbereitet sein.

Denn es würde Krieg geben.

KAPITEL
Siebenundzwanzig

Colin sah sich in dem Zimmer um, das er gerade vorbereitet hatte. Der Champagner stand kalt, die Lichter waren gedimmt, und die Heizung war auf die perfekte Temperatur eingestellt. Zu guter Letzt hatte er sogar noch ein paar Rosenblütenblätter auf dem Bett verteilt. Colin war sich sehr wohl darüber bewusst, dass er ein wenig übertrieb, aber er konnte nicht anders. Er wollte, dass alles perfekt war, nur für den Fall, dass Claire einen Schritt weiter gehen wollte.

Taras Tonfall bei ihrem Anruf beunruhigte Colin ein wenig. Er meinte, so etwas wie Misstrauen herausgehört zu haben. Aber er blieb dennoch zuversichtlich, sein Alibi erfolgreich aufrechterhalten zu haben.

Colin checkte die Uhrzeit auf seinem Handy und sah, dass es zwei Minuten vor acht war. Er stand auf und betrachtete sich im Spiegel. Er war bereit. Gerade als er das Zimmer verlassen wollte, hörte er ein Piepsen von seinem Handy, das eine Nachricht von Fling meldete. Er öffnete die App und las Claires Nachricht.

Claire: Jack. Es tut mir so leid. Ich habe gerade etwas Schreckliches erfahren. Ich kann dich heute Abend nicht treffen. Bitte, hasse mich nicht dafür x

Colin starrte die Nachricht an, las sie wieder und wieder, in der Hoffnung, die Buchstaben würden sich auf magische Weise neu anordnen und etwas anderes bedeuten. Er glaubte ihr nicht. Er wusste, dass sie nichts Schreckliches erfahren hatte. Wenn es so war, warum würde sie bis zur letzten Minute vor ihrem Date warten, um es ihm zu sagen? Sie versetzte ihn einfach wieder, servierte ihn ein weiteres Mal kalt ab. Er hätte ihr niemals eine zweite Chance geben sollen. Jetzt stand er wieder da wie der letzte Idiot. Aber das war das letzte Mal, das schwor er sich in diesem Moment. Er wollte ihre Ausreden nicht mehr hören. Er wollte gar nicht mehr von ihr hören.

Colin schloss Fling und löschte die App von seinem Handy.

Er öffnete die Flasche Champagner und wischte die Rosenblütenblätter vom Bett, ehe er sich darauf niederließ. Er schämte sich plötzlich, sie überhaupt verteilt zu haben. Warum hatte er sich nur von Rory überreden lassen, dass er ein Hotelzimmer parat haben musste? Jetzt war genau das eingetreten, was er befürchtet hatte. Zweihundertsechzig Euro zum Fenster rausgeworfen. Er hätte an Murphys Gesetz denken sollen. Natürlich ging alles schief. Das tat es immer.

Er dachte an Tara, die angeboten hatte, ihm einen Kaffee zu bringen, weil er länger arbeiten musste. Und doch saß er hier und war kurz davor gewesen, alles, was er sich mit ihr aufgebaut hatte, aufs Spiel zu setzen. Claires Sirenengesang hatte ihn so verzaubert, dass er sein Schiff um ein Haar an ihrer felsigen Küste hatte zerschellen lassen. Und die ganze Zeit hatte sie ihn nur an der Nase herumgeführt, zu ihrem eigenen kranken Vergnügen. Auch wenn Claire ihn erneut verletzt hatte, konnte er sich doch nur selbst die Schuld geben.

Plötzlich erinnerte er sich daran, wie sehr er seine Frau liebte. Er verspürte eine übermächtige Sehnsucht, in ihren smaragdgrünen Augen zu versinken. Sie war es, die er vom ersten Tag an gewollt hatte, und auch wenn die Strömungen des Lebens sie auseinandergetrieben hatten, wollte er wieder zu ihr schwimmen. Tara war sein Fels. Sein Zuhause. Und das war es, wo er sein wollte. Er nahm einen letzten Schluck Champagner und verabschiedete sich von seinem Doppelleben.

Als Colin in Hillcrest ankam, stieg er aus dem Auto und starrte ihr Haus an. Nicht auszudenken, dass er das Leben, dass er sich aufgebaut hatte, beinahe für eine flüchtige Affäre riskiert hätte. »Is glas iad na cnoic i bhfad uainn«, stand auf dem Schild über der Haustür, und erst jetzt begriff Colin die volle Bedeutung. Gott sei Dank ahnte Tara nichts von seiner Beinahe-Affäre. Er nahm die Golftasche aus dem Auto und öffnete die Haustür.

»Tara, bist du zu Hause?«, fragte Colin, und seine Stimme hallte durchs Haus. Keine Antwort.

Er öffnete die Tür zum Wohnzimmer und blickte ins Dunkel.

»Tara?«, wiederholte er.

Die Lampe in der Ecke des Zimmers ging plötzlich an. Tara saß in einem Sessel, ein Glas Wein in der Hand.

»Hallo, Honigbärchen«, sagte Tara und nippte an ihrem Glas.

Colin hatte sofort ein schlechtes Gefühl. Sie sah aus wie eine Femme fatale in einem alten Film noir. Die Sorte Frau, deren Blicke töten können. Es fehlte nur noch die Zigarette zwischen den Lippen. Und sie hatte ihn Honigbärchen genannt. Sie war ganz offensichtlich verärgert. Aber worüber? Sein Alibi war wasserdicht.

»Tara, ist alles okay?«, fragte Colin und stellte die Golftasche im Flur ab. Er schaltete das Hauptlicht an, um die düstere Stimmung im Zimmer zu zerstreuen.

»Colin, ich werde dir jetzt ein einzige Chance geben, mir zu sagen, wo du warst«, sagte Tara mit todernster Miene.

Colin bekam es mit der Angst zu tun. Wie konnte sie wissen, dass er nicht gearbeitet hatte? Hatte sie Rory angerufen? Nein, Rory hätte ihn gedeckt. Hatte sie in der Firma angerufen? Nein, der Empfang war nach fünf nicht mehr besetzt, sie hätte niemanden erreicht.

Sie musste bluffen.

»Ich habe dir doch schon gesagt, ich habe länger gearbeitet«, erwiderte er ruhig.

Tara starrte ihm geschlagene zehn Sekunden in die Augen, ihr Duell hatte wieder begonnen.

»Interessant ...« Tara ging zur hinteren Wand des Zimmers. Sie musterte Colins Sammlung an Bierschildern, die immer noch dort hingen. Es wirkte, als würde sie sich eins aussuchen. Colin hatte keine Ahnung, was ihr durch den Kopf ging.

Dann, mit unerbittlicher Gewalt, riss Tara ein Guinness-Schild von der Wand.

»Falsche Antwort!«, brüllte sie und schleuderte das Schild genau in Colins Richtung. Er blockte es mit dem Unterarm ab, ehe es seinen Kopf treffen konnte. Glücklicherweise waren die Schilder aus Aluminium und nicht aus echtem Stahl, so dass es nicht zu sehr weh tat.

»Was zur Hölle ist los?«, rief Colin völlig geschockt.

»Sag du es mir, Colin«, entgegnete Tara mit aufgerissenen Augen. »Ich frage dich jetzt noch ein letztes Mal. Wo warst du?«

»Tara, ich habe gearbeitet«, beharrte er.

»Deine Nasenflügel beben, Honigbärchen!«, schrie Tara. Sie riss das Heineken-Schild ab und zielte direkt auf Colins Kopf. »Du verlogener Mistkerl!«

»Tara, hör auf«, flehte Colin sie an, doch sie warf es trotzdem. Er konnte sich gerade noch rechtzeitig ducken, so dass es über ihn hinweg sauste. »Bist du wahnsinnig geworden?«

»Oh, wage es ja nicht, mich wahnsinnig zu nennen!«, schrie sie.

Colin wusste, das Spiel war aus. Er war aufgeflogen. Aber praktisch hatte er sie nicht betrogen. Wie in aller Welt konnte er ihr das nur klarmachen?

»Tara, lass uns einfach darüber reden, okay? Ich kann dir alles erklären ...«, setzte er an.

Tara riss ein weiteres Schild von der Wand. »Wer ist sie? Wie heißt die Schlampe?«, zischte sie, das Schild fest umklammert, bereit, es jeden Moment von sich zu schleudern.

»Sie ist niemand, Tara. Ich schwöre, es ist nichts passiert«, sagte Colin.

»Es ist nichts passiert? Also, du hast ein Hotelzimmer für dich und eine Frau gebucht, um was genau zu tun? Scrabble zu spielen?«, fragte Tara sarkastisch.

»Ich schwöre, ich habe dich nicht betrogen, Tara«, sagte Colin. »Wie kannst du so etwas nur von mir denken?«

»So etwas sagen nur Leute, die lügen!«, schrie Tara und schleuderte das Schild in seine Richtung.

»Können wir nicht einfach darüber reden wie erwachsene Menschen?«, flehte Colin, während er dem Schild auswich.

»Oh, sieh mal einer an, wer da bereit ist, erwachsen zu werden. Ich will den Namen des Flittchens wissen! O Gott, ist es eine Prostituierte? O Gott, du hast mir bestimmt ein paar Geschlechtskrankheiten verpasst«, meinte Tara panisch.

»Mein Gott, Tara, ich habe keine Geschlechtskrankheiten.«

»Nun, wer den Hund ins Bett lässt, steht mit Flöhen auf«, meinte Tara. »Warte, kenne ich sie etwa? Grundgütiger, bitte, sag mir, dass ich diese skrupellose Schlampe nicht kenne!«

»Verdammt nochmal, Tara, ich habe dich nicht betrogen!«

»Beweise es. Gib mir dein Handy. Wenn du mich nicht betrügst, dann gib mir dein Handy!«, verlangte Tara und streckte die Hand aus.

Colin wollte Tara nur ungern sein Telefon geben, doch dann fiel ihm ein, dass er Fling gelöscht hatte. Die App und mit ihr alle Beweise für seine vermeintliche Affäre waren weg. Vielleicht kam er aus diesem Streit doch noch lebendig wieder raus.

»Okay, gut!«, sagte er und zog sein Handy hervor. »Du wirst keine Beweise finden, weil ich keine Affäre habe. Ich habe nichts zu verbergen.«

Tara schnappte sich das Telefon aus Colins Hand. Sie durchsuchte Colins Apps nach etwas Verdächtigem. Colin hielt den Atem an, doch er war zuversichtlich, dass sie nichts finden würde.

Er hatte Claires erotische Fotos nicht gespeichert, genauso wenig wie ihre intimen Gespräche.

Er war sauber.

»O mein Gott!«, schrie Tara aufgebracht.

»Was ist los?«, fragte Colin verwirrt.

Tara streckte ihm sein Handy hin. Da sah er, was sie meinte.

Die Mutter aller Fehlinterpretationen. Sein letzter Sargnagel.

Celine: Ich habe den Platz beim Spanier bekommen. Und keine Sorge, ich verrate Tara nichts;)

Colin wollte nur noch im Boden versinken. Er hatte keine Hoffnung, sich aus der Sache rausreden zu können.

»Celine?«, brüllte Tara. »Du betrügst mich mit Celine?«

»Tara, bitte. Es ist nicht das, wonach es aussieht!«, flehte Colin, um sie zur Vernunft zu bringen.

»Nun, es sieht so aus, als hätte Celine meinem Mann geschrieben, dass sie einen Tisch in einem spanischen Restaurant bekommen hat, nur ein paar Stunden bevor er ein Hotelzimmer gebucht und so getan hat, als würde er länger arbeiten müssen!«, sagte Tara, ohne Luft zu holen.

»Ich weiß, das klingt seltsam! Aber du ziehst die falschen Schlüsse«, versuchte Colin verzweifelt zu erklären. Aber er wusste, es war zwecklos. Sie war bereits blind vor Wut.

»Glaubst du, ich bin von gestern? Von allen Frauen, mit denen du mich hättest betrügen können. CELINE?« Sie war völlig außer sich.

»Tara, ich schlafe nicht mit Celine! Du bist irre!«

»Häng mir das ja nicht an!«, rief Tara. »Du hältst mich nicht zum Narren. Das ist ein Betrug von biblischem Ausmaß!«

»Ach, sei doch nicht so melodramatisch, Tara!«, entgegnete Colin. Er wusste in dem Moment, als er es gesagt hatte, dass es ein fataler Fehler gewesen war.

»Melodramatisch? Oh, ich zeige dir melodramatisch!« Tara

rauschte an Colin vorbei in den Flur. Sie schnappte sich Colins Neuner-Eisen aus der Golftasche und stürmte zur Hintertür hinaus.

»Tara, nicht!«, schrie Colin und rannte ihr hinterher.

Als er nach draußen kam, erblickte er Tara, die den Golfschläger in den Himmel hob, genau über dem Motorrad, das er endlich fertig repariert hatte. Sie sah aus wie eine altertümliche Kriegsgöttin.

»Nicht die Triumph, Tara!« Colin streckte hilflos die Hand nach ihr aus.

Tara ließ den Golfschläger auf den Motor des Zweirads hinabsausen.

»Tara, hör sofort auf, das ist Wahnsinn!«, verlangte Colin.

»O, sorry, tut das etwa weh?«, fragte sie mit Unschuldsmiene. Sie holte erneut aus und zertrümmerte das Vorderlicht des Motorrads.

»Tara, bitte, hör mir zu! Celine hat nicht von einer Reservierung in einem Restaurant geredet! Der Spanier ist der Experte für künstliche Befruchtung, den Celine kennt. Dr. Guillermo-irgendwas. Du kannst seinen Namen googeln. Ich schwöre dir, ich sage die Wahrheit. Ich habe Celine gebeten, uns zu helfen, bei ihm auf die Warteliste zu kommen. Ich dachte, vielleicht bist du zu stolz, um sie selbst um Hilfe zu bitten, also habe ich es für dich getan«, erklärte Colin mit verzweifelter Stimme.

Tara hielt immer noch den Golfschläger über dem Kopf, während sie versuchte, die neuen Informationen zu verarbeiten. Sie senkte das 9er-Eisen für einen Moment. Dann veränderte sich ihr Blick, als hätte sie entschieden, was sie davon hielt.

»Das ist noch tausendmal schlimmer!«, sagte sie und hieb auf das Vorderrad ein, bis es abfiel.

»Wie kann das denn noch schlimmer sein?«, fragte Colin.

»Du hast die eine Sache getan, die ich nicht wollte – hinter meinem Rücken. Ich habe mich klar ausgedrückt, dass ich keine künstliche Befruchtung mehr möchte und dass ich Celines Hilfe nicht will. Was war dein weiterer Plan, Colin? Mir Eizellen zu entnehmen, ohne dass ich es mitbekomme?«, fragte sie.

»Ich dachte, du wärst vielleicht irgendwann wieder offen dafür. Ich wollte nur, dass wir auf der Warteliste stehen, für den Fall, dass du deine Meinung änderst«, gestand Colin.

Tara fing endlich an, sich zu beruhigen.

»Das erklärt aber immer noch nicht, warum du ein Hotelzimmer gebucht hast und warum auf diesem Servierwagen des Portiers zwei Sektgläser standen!«, sagte sie.

»Welcher Portier? Warte, woher weißt du das alles?«, fragte Colin verwirrt. »Bist du mir gefolgt?«

»Du hast verdammt recht, ich bin dir gefolgt«, sagte sie.

»Wir sollten uns gegenseitig vertrauen, Tara!«

»Ach, bitte, ich traue dir kein Stück über den Weg. Und hatte ich nicht recht damit?«

»Tara, es war ein dummer Fehler, und es tut mir leid«, sagte er aufrichtig.

»Ach, bitte, Männern tut es immer nur dann leid, wenn sie erwischt werden. Du würdest dich nicht entschuldigen, wenn ich nicht gesehen hätte, wie du in das Zimmer eincheckst«, meinte Tara.

»Nun, vielleicht hätte ich nicht in das Hotel eingecheckt, wenn du nicht aus unserer Ehe ausgecheckt hättest!«, verteidigte sich Colin.

»Wage es nicht, mir das anzuhängen! Ich habe dich nicht dieser Schlampe in die Arme getrieben. Und wenn ich herausfinde, wer sie ist, dann Gnade ihr Gott«, zischte Tara wutentbrannt. Sie ließ den Golfschläger fallen und stürmte ins Haus.

»Wo willst du hin?«, fragte er.

»Ich werde einen echten Mann finden und selbst eine Affäre haben!«, erwiderte Tara und warf die Tür hinter sich zu.

* * *

Natürlich hatte sie nicht wirklich vor, eine Affäre anzufangen. Es ging ihr nur darum, Colin zu verletzen. So gern sie es auch getan hätte, sie konnte sich nicht einfach in Jacks Arme flüchten. Sie wusste nicht, wer er war. Und sie hatte ihn zum zweiten Mal versetzt. Sie hatte eine zweite Chance bekommen und es wieder vermasselt. Auf gar keinen Fall würde Jack ihr eine dritte Chance geben. Aber das spielte jetzt keine Rolle. Denn Tara brauchte keinen Mann, der sie tröstete. Die einzige Person, die Tara jetzt sehen wollte, war diejenige, die schon immer genau gewusst hatte, wie sie ihr helfen konnte.

Tara brauchte ihre Mutter.

KAPITEL
Achtundzwanzig

Während der dreistündigen Fahrt nach Galway schmetterte sie aus vollem Hals ABBA-Herzschmerz-Songs. Als sie ankam, lag das Häuschen, in dem sie aufgewachsen war, im Dunkeln. Doch sobald das Licht in der Küche anging und ihr Gesicht erhellte, wusste Tara, dass es die richtige Entscheidung gewesen war, nach Hause zu fahren.

»Tara!«, rief ihre Mutter, als sie die Tür öffnete.

Shannon Fitzsimmons war von Beruf spirituelle Heilerin, und auch wenn sie jetzt schon fünfundsiebzig war, hatte sie immer noch einen sehr guten Ruf, wenn es um spirituelle Beratung ging. Jeder Schulmediziner im Land würde ihre sogenannten Heilmethoden als Ammenmärchen abtun, aber die Leute reisten von überall im Land an, um sich von ihr behandeln zu lassen. Jetzt war es zum ersten Mal in ihrem Leben Tara selbst, die Hilfe brauchte. Und wenn es überhaupt jemanden gab, der ihr helfen konnte, dann war das mit Sicherheit ihre Mum.

»Hi, Mum!«, sagte Tara und umarmte ihre Mutter.

»Was für eine Überraschung!«, erwiderte Shannon verblüfft. »Komm rein, komm rein.«

Tara betrat das kleine Haus.

»Was machst du denn hier so spät?«, fragte Shannon und führte sie in die Küche. »O mein Gott, sag es mir nicht. Du bist schwanger!«

Vielleicht waren ihre spirituellen Fähigkeiten doch nicht mehr so ausgeprägt.

»Nein, Mum. Es sind keine guten Neuigkeiten, fürchte ich.« Tara standen sofort Tränen in den Augen.

»O nein, Häschen, ist alles okay?«

»Ich weiß nicht, wie ich es sagen soll«, sagte Tara. Plötzlich war es ihr peinlich, dass Colin sie betrogen hatte.

»Setz dich doch erst mal.« Shannon zog ihr einen Küchenstuhl heran. »Ich mache uns einen Tee. Alles ist gleich ein bisschen einfacher mit einer Tasse warmem Tee in der Hand.«

Tara tat wie geheißen. Vom Küchentisch aus betrachtete sie die Fülle an Nippes und Kitsch, die den Raum beherrschte. Es war, als besäße das ganze Chaos eine innere Ordnung, was ihr ein unglaubliches Gefühl von Zuhause vermittelte. Es war laut und lebendig.

»Ich weiß, das Haus müsste mal wieder ausgemistet werden«, sagte Shannon, als sie Taras Blicke bemerkte.

»Nein, überhaupt nicht. Es ist perfekt so«, erwiderte sie.

»Dein alter Freund, Tom O'Malley fragt übrigens die ganze Zeit nach dir«, erzählte Shannon, während sie darauf wartete, dass das Teewasser kochte.

»Oh, wie geht es ihm? Redest du oft mit ihm?«, fragte Tara.

»Er war heute bei mir. Ich musste ihm ein Heilmittel gegen eine Verletzung geben«, antwortete Shannon.

»O weh, ist es wieder in Ordnung?«

»Na klar. Nur eine Zerrung in der Leiste. Ich habe eine Schnur in Butter getaucht und sie für ihn zu einem Kreis verknotet, damit er sie tragen kann. Die Zerrung war natürlich innerhalb weniger Minuten verschwunden«, sagte Shannon lächelnd.

Tara erwiderte das Lächeln. Das war genau die Art Heilmittel, über die sich Colin lustig machen würde, obwohl ihm Shannon einmal eine Warze auf dem Knie mit Hilfe eines Pennys entfernt hatte. Der Teekessel pfiff, und Shannon begann eine Kanne Tee für sie beide zuzubereiten. Sie ließ den Tee ziehen und füllte schließlich Taras Lieblingstasse.

»Meine kleine Tasse«, freute sich Tara, als sie daran dachte, wie sehr sie die Tasse immer geliebt hatte. Sie nahm einen Schluck Tee, und es fühlte sich an wie ein Wundermittel. Mütter machten einfach den besten Tee.

»O Gott, das habe ich wirklich gebraucht. In Dublin trinke ich eigentlich nur Kaffee«, sagte sie.

»Also, früher warst du jedenfalls eine Teetrinkerin. Du bist abends immer aus deinem Zimmer gekommen und hast sechs oder sieben Teetassen zum Spülen mitgebracht«, lachte Shannon.

»Der irische ›Walk of Shame‹, wie du es genannt hast.« Tara lachte mit, doch ihr Lachen verschwand schnell wieder.

»Schon gut, Häschen, lass es raus«, sagte Shannon und berührte ihre Hand.

Tara holte tief Luft. Warum war es ihr peinlich, betrogen worden zu sein? Warum fiel es ihr so schwer, mit der Sprache herauszurücken? Insgeheim kannte sie die Antwort. Sie konnte Colin nicht wirklich verurteilen, weil sie kein Recht dazu hatte. Sie hatte ebenfalls vorgehabt, eine Affäre zu beginnen. Vielleicht zwang Colins Seitensprung sie dazu, sich selbst einen Spiegel vorzuhalten.

Doch andererseits wollte sich Tara nur mit einem Mann auf einen Drink treffen, während Colin in ein Hotel gegangen war, um Sex zu haben.

»Colin hat mich betrogen«, sagte sie schließlich.

»Was?«, rief Shannon entsetzt aus. »Du machst Witze. Das kann nicht sein, Tara.«

»Ich habe ihn auf frischer Tat ertappt. Er hat mich angelogen und gesagt, er müsse länger arbeiten, aber ich habe gesehen, wie er in ein Hotelzimmer gegangen ist.«

»Zwischen zwei Stühlen fällt man zu Boden. Aber ich kann mir Colin einfach nicht mit einer anderen Frau vorstellen, Liebes. Ihr beide wart immer so verliebt. Ich weiß, ihr streitet euch oft, aber das sind meistens die besten Beziehungen«, meinte Shannon.

»Durch die gescheiterten Versuche mit der künstlichen Befruchtung, haben wir uns irgendwie auseinandergelebt. Es hat uns einfach zermürbt«, gestand Tara.

»Ich habe dir immer gesagt, du wirst ein Kind haben, wenn es der richtige Zeitpunkt dafür ist«, meinte Shannon.

»Ich bin siebenunddreißig Jahre alt«, seufzte Tara. »Die Statistik arbeitet gegen mich.«

»Ach, hör doch auf, so zu reden! Ich habe dich mit achtunddreißig bekommen, und du bist auch was geworden, oder? Wenn es so sein soll, kommt es auch so«, sagte Shannon bestimmt.

»Du hast mir immer gesagt, alles passiert aus einem bestimmten Grund. Aber welchen Grund kann es dafür geben, dass Colin mich mit einer anderen Frau betrügt?«, fragte sie verzweifelt.

»Tara, das Schwierige am Leben ist, dass wir es vorwärts leben müssen, aber es nur rückwärts verstehen können. Vielleicht hat Colin jemand Neues kennengelernt, weil du auch jemand Neues kennenlernen sollst«, überlegte Shannon.

»Jack«, murmelte Tara in sich hinein.

»Wer?«

Tara wusste nicht, wo sie anfangen sollte. Sie war erschöpft nach dem langen Tag. »Mum, ich habe dir eine Menge zu erzählen, aber ich fühle mich, als würde ich jeden Moment zusammenbrechen. Ich habe einen Knoten im Bauch, nach allem, was passiert ist. Können wir vielleicht morgen weitermachen?«, fragte Tara.

»Natürlich, Häschen. Geh ruhig ins Bett, und morgen früh mache ich dir ein schönes Frühstück«, sagte Shannon.

»Danke, Mum.«

Tara lächelte und ging dann den Flur entlang zu ihrem alten Schlafzimmer. Es war noch genauso, wie sie es zurückgelassen hatte, wenn auch ein wenig staubiger. Sie betrachtete die Wände, die mit alten ABBA-Postern behängt waren, und versuchte, den Schmerz, den sie fühlte, wegzulächeln.

Sie zog sich aus, schlüpfte unter die Bettdecke, und plötzlich war sie wieder ein Teenager.

Shannon öffnete die Tür und betrat das Zimmer.

»Hier, Häschen«, sagte sie und reichte ihr ein Glas mit einer klaren Flüssigkeit. »Trink das. Es heilt deinen Bauch.«

»Was ist das?« Tara setzte sich auf.

»Nur abgestandene Limo.« Shannon lächelte. »Wird den Knoten in deinem Magen lösen.«

»Danke«, erwiderte sie lächelnd und nahm einen Schluck.

»Morgen früh wirst du dich wie ein neuer Mensch fühlen«, sagte Shannon, als sie das Licht löschte.

Ehe sie einschlief, öffnete Tara noch einmal Fling, um nachzusehen, ob Jack ihr geantwortet hatte.

Nichts. Keine Nachricht und kein grünes Licht. Aber sie wusste, dass es sein gutes Recht war, sie zu ignorieren. Immerhin hatte sie ihn zweimal versetzt. Sie schrieb ihm noch eine Nachricht, in der Hoffnung, dass er sie das nächste Mal, wenn er die App öffnete, lesen würde.

Claire: Ich hoffe, du kannst mir verzeihen, Jack. Ich brauche dich.

KAPITEL
Neunundzwanzig

Am nächsten Morgen wurde Tara von einem himmlischen Duft und dem Zischen von brutzelndem Speck geweckt. Sie rieb sich den Schlaf aus den Augen und öffnete Fling, um nachzusehen, ob Jack geantwortet hatte. Immer noch nichts.

Sie ging in die Küche, wo ihre Mutter dabei war, Frühstück für eine ganze Armee zuzubereiten. Es gab Eier, Würstchen, Frühstücksspeck, weiße Bohnen, Blutwurst, gebratene Tomaten und einen schier endlosen Vorrat an getoastetem Weißbrot.

»Du hättest dir doch nicht so viel Arbeit machen müssen«, sagte Tara, während sie die Auswahl bewunderte.

»Hör schon auf, du musst doch was essen. Seit ich dich das letzte Mal gesehen habe, bist du rappeldürr geworden«, meinte Shannon und lud Essen auf Taras Teller.

Tara setzte sich und griff nach einer Scheibe Toast mit Butter. Sie biss hinein und erlebte schiere Ekstase. Genau wie beim Tee, gab es niemanden, der so gutes Buttertoast zubereiten konnte, wie Mütter das taten.

»O mein Gott, Mum, du hast keine Ahnung, wie sehr ich das gebraucht habe. Ich habe die ganze Woche keine Kohlenhydrate gegessen«, seufzte Tara.

»Du musst mit diesen Trend-Diäten aufhören. Frauen sind nicht dafür gemacht, kein Weißbrot zu essen. Warum quälst du dich so?«, fragte Shannon missbilligend.

Tara wusste, dass sie irgendwie recht hatte. Die fünf Tage ohne Kohlenhydrate hatten aus ihr ein reizbares Nervenbündel gemacht. Sie fragte sich, ob sie auch mit dem Golfschläger auf Colins Motorrad losgegangen wäre, wenn sie an dem Tag mehr gegessen hätte. Vermutlich nicht.

Shannon tat Tara noch das restliche Essen auf. Die Portion konnte nur als monströs bezeichnet werden. Tara konnte vor lauter Essen kein bisschen Teller mehr sehen.

»Das ist zu viel«, sagte Tara.

»Ach, fang schon an zu essen!«, beharrte Shannon. »Also, wenn ich mich richtig erinnere, wolltest du mir noch etwas über jemanden namens Jack erzählen.«

Tara musste schmunzeln. Ein Arzt hatte Shannon vor etlichen Jahren gesagt, dass sie das Gen für Alzheimer in sich trug, doch ihre Mutter schien klarer denn je.

»So viel dazu, dass dieser Arzt damals meinte, du würdest dein Erinnerungsvermögen verlieren.« Tara lächelte.

»Ach ja, ich habe ganz vergessen, dass ich Alzheimer habe«, lachte Shannon. »Also, wer ist dieser Jack?«

Tara holte tief Luft. Wenn irgendjemand ihr Ratschläge zu unmöglichen Situationen geben konnte, dann war es ihre Mutter. »Na gut, okay. Die Sache ist, seit der letzten fehlgeschlagenen künstlichen Befruchtung hatten Colin und ich eine ziemliche Krise. Ich habe zu ihm gesagt, dass ich das alles nicht noch einmal durchmachen könnte. Aber ab dem Moment an haben Colin und ich uns voneinander entfernt. Und während ich mich von ihm entfernt habe, kam ich jemand anderem näher«, erklärte Tara.

»Und weiter, wer ist er?«, wollte Shannon wissen.

»Tja, ab da wird es kompliziert. Es gibt da diese neue App namens Fling, wahrscheinlich hast du noch nichts davon gehört.«

»Natürlich habe ich das! Es gibt wohl niemanden im Land, der nicht Mary Muldoon und ihren Auftritt bei *The Line* kennt. Vor drei Wochen ist sie sogar bei mir vorbeigekommen, um sich von der Schande heilen zu lassen.«

»Wie heilt man denn so eine Schande?«

»Mit einem Vibrator.«

»Mum!«, rief Tara entsetzt.

»Sie war auch nicht gerade begeistert, als ich ihr das gesagt habe«, lachte Shannon. »Wie auch immer. Erzähl weiter, Häschen.«

»Okay, also, ich habe mich bei Fling angemeldet, nur um zu beweisen, dass ich nicht so bin wie diese Mary. Aber noch am gleichen Tag habe ich ein Match mit einem Mann angezeigt bekommen – mit hundert Prozent Übereinstimmung! Und dieser Mann heißt Jack«, erzählte Tara.

»Hundert Prozent – das ist ja wirklich erstaunlich.« Shannon lehnte sich in ihrem Stuhl zurück.

»Aber jetzt kommt das Verrückteste. Es geht um dieses Bauchgefühl, das wir manchmal haben?«

»O ja. Deine Oma hatte das auch. Es ist unsere Intuition. Wie ein sechster Sinn.«

»Nun ... als ich das Match mit Jack auf Fling hatte, bekam ich dieses Bauchgefühl. Eine vollkommene Synchronizität. Genau das gleiche Gefühl, wie ich es hatte, als ich Colin das erste Mal im O'Malleys gesehen habe«, sagte Tara.

»Mein Gott, das ist ernst. Erzähl weiter«, sagte Shannon, die ihr gebannt an den Lippen hing.

»Also, ich habe mit Jack eine Weile gechattet, aber wir haben uns nie getroffen. Ich weiß, es klingt dumm, aber ich habe Gefühle für ihn entwickelt, obwohl ich nicht einmal weiß, wie er aussieht. Denn eine der Regeln auf Fling lautet, dass man sich keine Fotos vom Gesicht schicken darf. Es läuft alles anonym ab.«

»Und du hast noch nicht versucht, dich mit ihm zu treffen?«, fragte Shannon.

»Doch, das habe ich, aber ich habe ihn zweimal versetzt. Und jetzt habe ich ihn wohl endgültig vergrault. Er antwortet mir nicht mehr, und ich habe kaum noch Hoffnung, dass er es noch tun wird. Ich sollte an meinen Mann denken, und daran, dass er mich betrogen hat, aber mir geht Jack einfach nicht mehr aus dem Kopf. Es ist total unlogisch«, sagte Tara.

»Herzensangelegenheiten sind selten logisch, Häschen. Auf

eine Art ist es ziemlich wunderbar, dass du Gefühle entwickelt hast, ohne ihn je gesehen zu haben. Vielleicht bedeutet es, dass es mehr ist als pure Lust. Und die Synchronizität muss auch eine Bedeutung haben.«

»Glaubst du wirklich, Jack könnte meine Bestimmung sein?«

»Ich kenne die Antwort nicht, Häschen. Aber ich denke, ich weiß, wo sie zu finden ist«, erwiderte Shannon geheimnisvoll.

Nachdem sie ihr monumentales Frühstück beendet hatten, führte Shannon Tara in den Garten. Tara war sich nicht sicher, wo es hingehen sollte, denn der Garten war seit ihrem letzten Besuch kaum wiederzuerkennen. Sie liefen auf die hintere Ecke zu, wo ein mit Blumen bepflanzter Bereich mit Spalieren abgegrenzt war.

»Was ist das?«, wollte Tara wissen.

»Das ist ein kleiner Gedächtnisgarten, den ich für deinen Vater angelegt habe«, antwortete Shannon.

Als Tara die wunderschönen Pflanzen betrachtete, wurde ihr bewusst, wie sehr sie ihren Dad vermisste. Sie hatte ihm sehr nahegestanden, vor allem, wenn ihre Mutter mal wieder voll ausgebucht war mit Menschen, die für die unterschiedlichsten Heilmittel zu ihnen nach Hause kamen. Tara hatte alle Stufen der Trauer durchlaufen und sich schließlich mit seinem Tod abgefunden. Aber er hatte eine Lücke in ihrer Welt hinterlassen – und in der vieler anderer. Die Trauerfeier hatte ganze vier Tage gedauert, so beliebt war er gewesen.

»Er ist wunderschön. Du vermisst Dad bestimmt jeden Tag«, meinte Tara.

»Ja, aber er ist nicht wirklich weg, Häschen. Energie wird niemals zerstört, sie wird nur transferiert. Und die Energie deines Vaters steckt überall in diesem Garten«, erklärte Shannon mit Blick auf die unzähligen Blumen.

»Das ist ein schöner Gedanke. Ich werde versuchen, es auch so zu sehen.«

»Er war fast sein ganzes Leben lang mein Gärtner. Es fühlt sich gut an, ihm etwas zurückzugeben. Solange dieser Garten lebt, tut er es auch«, sagte Shannon lächelnd.

»Das ist wunderbar.«

»Aber jetzt ist es an der Zeit, einen Blick auf dein Schicksal zu werfen. Komm in meine Praxis«, forderte Shannon sie auf und führte Tara in eine Art Pavillon, der aus altem Korbmaterial gefertigt war. Pflanzen wuchsen durch die geflochtenen Wände der kleinen Hütte, was ihr eine etwas mystische Atmosphäre verlieh. In der Mitte stand ein Tisch mit zwei großen Sitzsäcken auf jeder Seite.

»Was ist das für ein Ort?«, fragte Tara staunend.

»Ich habe es erst vor kurzem bauen lassen, Häschen. Es ist ein Yoni-Tempel.«

»Und was genau ist das?«, fragte Tara verwirrt.

»Also, das Wort ›yonisch‹ ist das Gegenteil von ›phallisch‹. Die patriarchalische Gesellschaft ist so besessen von phallischen Bauwerken, dass ich beschlossen habe, ein yonisches zu bauen, als Verkörperung des weiblichen Fortpflanzungssystems, speziell der Gebärmutter«, erklärte Shannon.

»Wow, zurück in der Gebärmutter meiner Mutter, nach all den Jahren. Ich schätze, neun Monate haben nicht gereicht«, scherzte Tara.

»Eigentlich habe ich dich neuneinhalb Monate im Bauch gehabt. Du warst sogar zu deiner eigenen Geburt zu spät, stell dir vor«, meinte Shannon lächelnd.

»Chronisch zu spät«, erwiderte Tara.

»Jedenfalls mache ich hier jetzt immer das Kartenlegen. Auch für dich«, sagte Shannon und begann, ein Set Tarotkarten zu mischen.

»Klar, ich nehme jeden Ratschlag mit, den ich bekommen kann«, sagte Tara und nahm auf einem der Sitzsäcke Platz.

Shannon breitete die Karten verdeckt auf dem Tisch vor Tara aus. »Okay, Häschen, zieh deine erste Karte.«

Tara seufzte und wählte, ohne nachzudenken, eine Karte aus. Sie drehte sie um und legte sie vor sich hin. Darauf stand »Glücksrad«.

»Also, die erste Karte ist das Glücksrad. Aufrecht. Sie stellt deine Vergangenheit dar. Das Glücksrad steht für Schicksal und Bestimmung. Bei dieser Karte gibt es keinen Zufall, sondern eher eine Ahnung von den Dingen, die vorherbestimmt sind.«

»O mein Gott. Es könnte um Fling gehen. Die hundertprozentige Übereinstimmung mit Jack«, sagte Tara, die plötzlich munter wurde.

»Such dir deine nächste Karte aus«, wies Shannon sie an.

Tara nahm wieder eine zufällige Karte und legte sie aufgedeckt vor sich. Sie zeigte »Die zwei Schwerter«.

»Okay, deine zweite Karte ist die der zwei Schwerter. Aufrecht. Sie stellt deine Gegenwart dar. Hier siehst du eine Frau mit Augenbinde, die zwei Schwerter hochhält, dahinter das Meer. Die Augenbinde deutet an, dass diese Frau getäuscht wird und nicht sieht, was direkt vor ihren Augen liegt. Diese Frau steht an einer Kreuzung in ihrem Leben und weiß nicht, welchen Weg sie einschlagen soll. Sie versucht, zwei Schwerter zu balancieren. Diese könnten als phallisch interpretiert werden. Vielleicht jongliert sie mit zwei Männern.«

»Okay, das wird langsam ein bisschen gruselig«, meinte Tara schockiert.

»Wähle deine dritte Karte, Häschen. Sie steht für deine Zukunft.« Shannon machte eine Handbewegung über die Karten auf dem Tisch.

Tara holte tief Luft. Das war die Karte, die ihr eventuell Aufschluss geben konnte, was sie tun sollte. So wie sie ihr Glück kannte, würde sie vermutlich die Todeskarte ziehen. Sie schloss die Augen und griff nach einer Karte. Als sie die Augen wieder öffnete, sah sie, dass es die Karte »Die Liebenden« war.

»Ah, ja, Die Liebenden. Aufrecht«, sagte Shannon. »Sie stellt innere Harmonie durch perfekte Einheit dar. Dies ist die Karte der durch das Schicksal Verbundenen. Es ist die Karte der Seelenverwandten.«

Tara war sprachlos.

»Also, in deiner Vergangenheit sehe ich ein Glücksrad, das sich zu deinen Gunsten dreht. In deiner Gegenwart sehe ich eine Frau, die Mühe hat, das zu sehen, was direkt vor ihr liegt. Und in deiner Zukunft sehe ich zwei Liebende, die sich gegenseitig entdecken. Spricht dich das an, Häschen?«

»Ja, total!«, rief Tara, völlig verblüfft von dem Ergebnis des Kartenlegens. »Aber was soll ich denn jetzt tun? Die Karten sagen mir, dass ich mit Jack zusammen sein sollte, aber er antwortet mir einfach nicht mehr über Fling!«

»Tara, Häschen, er ist ein Mann. Sie halten es nie lange aus, uns die kalte Schulter zu zeigen«, meinte Shannon grinsend.

»Aber dann ist da noch Colin. Ich hasse ihn zwar gerade, aber ich liebe ihn immer noch. Bedeutet diese ganze Suche nach dem Einen nicht, dass es auch nur einen Mann für mich geben sollte?«

»Das habe ich früher auch gedacht, aber seit kurzem sehe ich die Dinge ein wenig anders«, sagte Shannon mit geheimnisvoller Miene.

»Was meinst du damit?« Tara zog fragend die Augenbrauen hoch.

»Nun ja ... Du weißt ja, wie sehr ich deinen Vater geliebt habe. Und das werde ich auch immer tun. Aber er ist nun sechs Jahre tot, und ich bin in der Situation, dass ich von einem anderen Mann umworben werde.« Shannon lächelte unwillkürlich.

»Mum, das ist wundervoll. Wer ist es?«, fragte Tara erfreut.

»Tom O'Malley«, antwortete Shannon.

»Tom O'Malley! Du machst Witze! Ich dachte, du hast gesagt, er wäre nur vorbeigekommen, damit du seine gezerrte Leiste heilst?«

»Was denkst du, wie er sich die Leiste überhaupt gezerrt hat?« Shannon lachte.

»Mum!« Tara war entsetzt.

»Ach, entspann dich. Ich frage mich, wo du dieses religiöse Schamgefühl her hast. Das muss von deinem Vater kommen, denn von mir hast du es sicher nicht«, meinte Shannon.

»Das stammt definitiv von Dad. Und von den Nonnen.« Tara lachte.

»Nun, es ist jedenfalls an der Zeit, dass du aufhörst, dich schlecht zu fühlen wegen Dingen, die sich gut anfühlen!«

»Du hast recht. Manchmal kommt es mir so vor, als würden es alle tun außer mir! Selbst meine Mutter hat offenbar ein besseres Sexleben als ich!«

»Tja, dann vertrau einfach mal auf das, was deine Mum dir mitgegeben hat«, lachte Shannon.

»Du hast recht. Ich werde nicht zulassen, dass Colins Fremdgehen mich definiert. Ich bin eine selbstbewusste Frau und werde daran wachsen«, sagte Tara zuversichtlich.

»Ach, Häschen, nach all den Jahren bist du immer noch Feministin, oder?«, fragte Shannon.

»Aber natürlich. Frauen sind den Männern gleichgestellt, davon bin ich überzeugt!«, sagte Tara geschockt.

»Aber, Häschen, das heißt doch nicht, dass Männer den Frauen gleichgestellt sind. Ich fände es schrecklich, wenn wir uns auf die Ebene von Männern hinablassen würden.« Shannon lächelte.

»Für eine Sekunde habe ich mir tatsächlich Sorgen gemacht.« Tara lachte.

»Also, damit kannst du sofort wieder aufhören. Nach diesem Kartenlegen ist es eindeutig, was du zu tun hast.«

»Ich muss mich mit Jack treffen. Ich muss herausfinden, wer er ist«, sagte Tara bestimmt.

»Und vergiss nie, was ich dir beigebracht habe. Alles passiert aus einem bestimmten Grund.«

KAPITEL
Dreißig

Als Colin erwachte, hämmerte es in seinem Kopf, als würden hundert Trommeln auf einmal geschlagen. Sein Mund fühlte sich an wie ein Sack voll Sand. Er rappelte sich von der Couch hoch und stürzte sofort so viel Wasser hinunter, wie er konnte. Sein Zustand verbesserte sich ein wenig, aber er war noch längst nicht über den Berg.

Nachdem Tara davongestürmt war, hatte er getrunken, um alles um sich herum zu betäuben, doch nun kehrten die Erinnerungen an den Vorabend allmählich zurück. Die Dinge, die Tara gesagt hatte, kamen ihm wieder in den Sinn. War sie nachts überhaupt wieder nach Hause gekommen?

»Tara?«, rief er durch das leere Haus. Keine Antwort.

Er wusste, die Lage war ernst. Er erinnerte sich an ihre letzten Worte, ehe sie gegangen war. Irgendetwas mit einer eigenen Affäre, die sie haben wollte. Das war sicherlich nur eine leere Drohung gewesen, um ihn zu verletzen. Dennoch, wo zur Hölle steckte sie?

Colin zog sein Handy hervor und rief sie an. Der Anruf wurde nach einem Mal klingeln auf die Mailbox umgeleitet, als hätte sie ihn weggedrückt.

»Hi, hier ist Taras Mailbox. Bitte hinterlassen Sie eine Nachricht, dann rufe ich zurück«, sagte ihre Stimme auf dem Band.

»Tara, hier ist Colin. Wo bist du? Bitte, komm nach Hause, damit wir miteinander reden können«, sagte Colin, ehe er auflegte.

Als er ins Wohnzimmer zurückkam, fielen ihm die Pub-Schilder auf dem Boden auf, die Tara nach ihm geworfen hatte. Er wusste, es war das Mindeste, was er tun konnte, die restlichen Schilder abzunehmen und seine Männerhöhle aufzugeben. Zum Teil, weil

Tara schon damit begonnen hatte, und andererseits wollte er verhindern, dass es überhaupt noch Schilder gab, die sie nach ihm werfen konnte. Er sammelte sie ein und stapelte sie.

Während er sie zum Schnuppen trug, fiel Colins Blick auf sein Motorrad, das auf der Seite lag. Obwohl Tara ihm heftig zugesetzt hatte, wusste Colin, dass das Motorrad es überstehen würde. Er war sich allerdings nicht sicher, ob das Gleiche für seine Ehe galt. Seine Frau war verschwunden, ohne ihm zu sagen, wohin sie ging, und er war sich nicht sicher, ob sie vorhatte zurückzukehren. Zum Haus natürlich schon irgendwann, aber er fragte sich, ob sie auch zu ihm zurückkommen würde.

Auch wenn er nicht mit Claire geschlafen hatte, war ihm bewusst, dass die Situation nicht gut aussah für ihn. Tara hatte mit eigenen Augen gesehen, wie er in ein Hotelzimmer gegangen war, während er ihr ein falsches Alibi aufgetischt hatte. Wenn eine Jury die Lage bewerten müsste, bestünde wohl kaum Grund zur Hoffnung.

Er verspürte ein überwältigendes Gefühl von Reue. Die ganze Sache mit Fling erschien ihm mit einem Mal so schäbig. Die Tatsache, dass er seine Ehe für eine Frau aufs Spiel gesetzt hatte, die ihn zweimal versetzt hatte, machte ihn unfassbar wütend, was durch seine Selbstverachtung noch verstärkt wurde. Und dennoch konnte er die Gedanken an Claire nicht aus seinem Kopf vertreiben. Am liebsten hätte er mit der Faust gegen eine Wand geschlagen.

Colin stellte den Stapel Schilder auf dem Sitz des Motorrads ab und rollte die Überreste seiner Männlichkeit zurück in den Schuppen, wo sie vorher gestanden hatten. Er lehnte das Motorrad an die hintere Wand und setzte sich auf den Boden neben ein paar alte Umzugskartons. Er fragte sich, ob es eine Chance gab, dass Tara ihm verzieh. Sie war verletzt, und sie hatte die Tendenz, nachtragend zu sein. »Ich vergebe, aber ich vergesse nicht«, sagte sie immer.

Er dachte darüber nach, ihr alles zu erzählen, wenn sie nach Hause kam. Angefangen vom Download der App, über das Match mit Claire, den Versuchen, sie auf einen Drink zu treffen, bis hin zum Buchen des Hotelzimmers, nur für den Fall, dass sie Sex haben wollte. Aber wenn er so darüber nachdachte, ließ es ihn wie ein Monster dastehen. Sein Verhalten erschien ihm plötzlich so vorsätzlich. Wäre der Seitensprung einfach so aus dem Moment heraus passiert, wäre es vielleicht nachvollziehbar, aber Colin hatte zu oft die Möglichkeit verpasst, aus der Sache auszusteigen.

Links von ihm entdeckte Colin eine Kiste mit der Aufschrift: »Tara – College«. Er zog sie zu sich und öffnete den Deckel. Das erste, was er in dem Karton erblickte, war Taras alter Magic-8-Ball. Er hatte sich immer darüber lustig gemacht, dass sie dem Orakel aus Plastik so viel Glauben schenkte. Lächelnd nahm er die Kugel in die Hand und überlegte, was er sie fragen konnte.

»Ist Tara die Liebe meines Lebens?«, fragte er und schüttelte die Kugel.

Ja, definitiv, war auf der Kugel zu lesen.

»Okay ...« Colin überlegte weiter. »Sind meine Gefühle für Claire echt?«

Ja.

»Sollen Tara und ich zusammen bleiben?«

Zweifelsohne.

»Sollen Claire und ich zusammen sein?«

Mit Sicherheit.

»Wird meine Ehe mit Tara ewig dauern?«

Darauf kannst du dich verlassen.

»Sollte ich eine Affäre mit Claire anfangen?«

Alle Zeichen deuten darauf hin.

»Dieses Ding hat keinen blassen Schimmer«, murmelte Colin und warf den Magic-8-Ball quer durch den Schuppen.

Er kramte weiter in der Kiste und entdeckte ein Sammelsurium an Erinnerungsstücken, die Tara aus ihrer College-Zeit behalten hatte. Notizblöcke von ihren Vorlesungen, ihre Arbeitskleidung von O'Malleys. Sie hatte sogar ihre Interrail-Tickets aufgehoben, alle Eintrittskarten von Konzerten, zu denen sie gemeinsam gegangen waren, alte Fotos von ihnen beiden und seinen alten UCD-College-Hoody, den Tara fast ununterbrochen getragen hatte. Er nahm den Kapuzenpulli heraus, zog ihn über und stellte fest, dass er noch passte. Der Pulli roch noch nach Tara, und sofort kamen alte Erinnerungen in ihm hoch. Er hatte es geliebt, sie darin zu sehen.

Er fand sogar Taras Seminararbeit mit dem Titel »Girls just wanna have Fundamental Rights: Eine neue Theorie des Feminismus«. Mit rotem Stift war die Bewertung darauf vermerkt, 49 %, was Tara fertiggemacht hatte und sie bis heute verfolgte. Er nahm ein Foto in die Hand, von ihrem Studentenaustausch-Sommer in New York. Das Empire State Building war hinter ihnen zu sehen, während Tara Colin einen Kuss auf die Wange drückte.

Sie sahen so glücklich aus.

Colin stellte plötzlich fest, dass diese Kiste, die er durchstöberte, wie ein Schrein ihrer Beziehung war. Eine Zeitkapsel, von der er nie gewusst hatte, dass sie existierte. Er war noch nie besonders sentimental gewesen, aber die Gegenstände lösten Gefühle in ihm aus und brachten ihn auf eine Idee. Er stand auf und sah sich in dem kleinen Schuppen um.

Vielleicht gab es doch noch eine Möglichkeit, alles wiedergutzumachen?

Er wusste, was er zu tun hatte, obwohl es bestimmt nicht einfach werden würde. Es sah so aus, als wäre Tara das ganze Wochenende weg, und er wusste, wenn sie heimkam, würde er ihr nicht sagen können, wie leid es ihm tat.

Er würde es ihr zeigen müssen.

KAPITEL
Einunddreißig

Nach einem erholsamen Wochenende bei ihrer Mutter beschloss Tara, dass es an der Zeit war, nach Hause zu fahren. Sie versprach sich selbst, dass sie in Zukunft mindestens einmal im Monat nach Galway fahren wollte. Die lange Fahrt nahm sie dafür gern in Kauf. Am Freitagabend war sie einem Nervenzusammenbruch nahe gewesen, doch nun kehrte sie voller Hoffnung zurück. Es war Sonntagabend, und in weniger als vierundzwanzig Stunden stand ihr Lunch-Meeting mit Dick Mulligan an. Auch wenn sie noch mit dem Liebeskummer der Betrogenen zu kämpfen hatte, war sie doch fest entschlossen, Dick als Kunden zu gewinnen, wenn auch nur, um den Jungs zu beweisen, dass sie es draufhatte.

Ehe sie auf die Autobahn nach Dublin einbog, musste Tara allerdings noch einen kleinen Stopp einlegen. Sie fuhr nach Galway rein, zu O'Malleys Pub. Als sie die Shop Street entlangschlenderte, konnte Tara die besondere Energie der Stadt spüren. Sie fühlte sich hier immer noch wie zu Hause. Wie üblich tummelten sich die Touristen auf den Straßen und machten Fotos von den farbenfrohen Bars und den Bronzestatuen. Galway hatte einfach etwas Magisches an sich. Es war wie eine lebendig gewordene Postkarte.

Als sie schließlich bei O'Malleys ankam, sah alles so aus wie immer. Nicht einmal einen frischen Anstrich hatte die rustikale Fassade erhalten. Als Tara die Tür öffnete, stellte sie erfreut fest, dass sich drinnen auch nichts verändert hatte. Es war einer der kleinsten Pubs Galways, aber das bedeutete, dass der Gastraum immer voll und gemütlich wirkte. Selbst jetzt, an einem Sonntagabend, schien er vor positiver Energie zu vibrieren. Tara war nicht mal fünf Sekunden durch die Tür, als der Besitzer, Tom O'Malley, sie erblickte.

»Tara Fitzsimmons!«, rief er.

»Tom O'Malley!«, sagte Tara und ging zu ihm. »Du solltest in deinem Alter doch nicht mehr arbeiten!«

»Klar, wer sollte denn sonst O'Malleys führen, wenn nicht O'Malley selbst?« Tom lachte schallend. Er war sichtlich gealtert, seit Tara ihn zuletzt gesehen hatte, aber er hatte recht. Ohne ihn wäre der Pub nicht derselbe.

»Du musst doch inzwischen schon in deinen Siebzigern sein, oder?«, sagte sie.

»Das ist wirklich nett, Tara, aber tatsächlich bin ich vor ein paar Wochen achtzig geworden.« Tom war sichtlich geschmeichelt.

»O mein Gott, Tom, und du arbeitest immer noch?«

»Tja, du weißt, was man sagt, die häufigste Sterbeursache bei alten Leuten ist der Ruhestand. Solange man einen Job hat, muss man am Leben bleiben, um ihn machen zu können«, erwiderte er lachend. »Was führt dich zurück nach Galway?«

»Ach, das ist eine lange Geschichte. Heftiger Streit mit meinem Mann. Musste einfach mal raus«, erklärte Tara und nahm an der Bar Platz.

»Ich sage immer, man muss Feuer mit Feuer bekämpfen. Wenn deine Ehe auf der Kippe steht, musst du dir einen hinter die Binde kippen«, meinte Tom und nahm eine Flasche Whiskey aus dem Regal.

»Ich wünschte, ich könnte, Tom, aber ich habe noch eine dreistündige Autofahrt vor mir«, winkte Tara ab. »Für mich nur eine Cola, bitte.«

»Kommt sofort.« Tom öffnete eine Flasche und goss das Getränk in ein Glas. »Weißt du, die Stammgäste sprechen immer noch davon, dass du damals das beste Pint Guinness gezapft hast.«

»Schön zu hören, dass mein Vermächtnis noch lebendig ist. Ich habe wirklich gern hier gearbeitet. Wenn ich daran denke, wie viel wir immer gelacht haben. Ich bin so froh, dass du hier gar nichts verändert hast.«

»Manche Leute meinen, ich sollte die alten Schilder abhängen, aber ich weigere mich. Das hier ist mein Lieblingsschild«, sagte Tom und zeigte auf das über der Bar, mit der Aufschrift »Guinness for strength«.

»Mein Mann hat genau das gleiche Schild in unserem Wohnzimmer hängen«, stellte Tara fest. Sie sah sich im Pub um und entdeckte alle Schilder, die Colin besaß, an den Wänden. »Grundgütiger, das ist ein seltsamer Zufall. Colin hat tatsächlich alle diese Schilder auch.«

»Nun, dann hat er jedenfalls ein gutes Auge, die sind alle sehr selten. Nicht einfach aufzutreiben. Tara, Liebes, ich wechsle nur schnell das Fass. Bin gleich wieder da«, sagte Tom und verschwand im Hinterzimmer.

Als sie so allein an der Bar saß, musste Tara daran denken, wie sie Colin genau an diesem Ort das erste Mal gesehen hatte.

Es war der 11. November gewesen. Sie hatte nicht einmal bemerkt, wie er den Pub betreten hatte, weil sie damit beschäftigt gewesen war, die Regale aufzufüllen. Dann hörte sie eine Stimme hinter sich, die ein Guinness bestellte, und als sie sich umdrehte, war er da. Es war das erste Mal, dass Tara eine Synchronizität erlebte. Aber das Gefühl hatte sie nicht verwirrt, ganz im Gegenteil. In dem Moment wusste sie mit völliger Sicherheit, dass er der Richtige für sie war.

Er hatte sie aufgezogen und sich über das Guinness beschwert, obwohl er sich denken konnte, dass sie das ärgern würde.

»Wann ist deine Schicht zu Ende?«, hatte Colin sie schließlich gefragt.

»Was geht dich das an?«

»Habe mich bloß gefragt, ob du danach wohl zu müde bist für die nächste Schicht«, erwiderte Colin grinsend.

Sie sagte ihm, dass Aufreißer wie er sie nicht interessieren würden und dass er auf keinen Fall auf sie warten sollte. Aber natürlich, als sie das O'Malleys in jener Nacht verließ, war er da, saß wartend auf seinem Motorrad mit einer Zigarette im Mundwinkel.

»Du hast auf mich gewartet«, sagte sie überrascht.

»Natürlich habe ich das, du hast mir doch gesagt, ich solle es nicht tun«, meinte Colin und ließ den Motor an. »Steig auf.«

»Auf keinen Fall steige ich auf dieses verdammte Motorrad«, entgegnete Tara.

»Also, du kannst jetzt entweder aufsteigen oder dich den Rest deines Lebens fragen, was passiert wäre, wenn du es getan hättest.«

»Von all den Pubs in allen Städten Irlands musstest du ausgerechnet in meinen reinspazieren«, hatte sie zu ihm gesagt und sich dann hinter ihm auf das Motorrad gesetzt.

Als Tara jetzt in O'Malleys Pub saß, fragte sie sich, ob sie wieder auf dieses Motorrad steigen würde, wenn sie ihr Leben noch einmal leben würde? Wie wäre ihr Leben verlaufen, wenn sie es damals nicht getan hätte? Wäre sie nicht aufgestiegen, hätte sie die besten Jahre ihres Lebens nie erlebt. Aber sie fühlte sich auch zutiefst verletzt, dass sie ihre besten Jahre einem Mann geschenkt hatte, der irgendwann aufgehört hatte, sie zu lieben. War es besser, zu lieben und die Liebe zu verlieren, als niemals überhaupt geliebt zu haben? War es besser, den Schmerz zu spüren, als überhaupt nichts zu fühlen?

Ein Teil von ihr war unheimlich eifersüchtig. Sie würde zu gern wissen, was diese Frau hatte, das ihr fehlte. Aber sie wusste auch, dass sie Colin nicht verurteilen durfte. Sie wusste genau, was einen Menschen dazu brachte, fremdzugehen.

Es war die Sehnsucht, sich wieder lebendig zu fühlen.

Colin hatte recht gehabt. Wäre sie nicht auf dieses Motorrad gestiegen, hätte sie den Rest ihres Lebens damit verbracht, sich zu fragen, was passiert wäre. Aber jetzt hatte sie Angst, dass sie etwas verpasste, wenn sie sich nicht mit Jack traf. Auch wenn sie Colin immer lieben würde, war es jetzt Jacks Motorrad, auf das sie klettern wollte. Genau wie damals sagte die Vernunft ihr, dass sie etwas Verbotenes tat, aber insgeheim war sie in Versuchung, alles zu riskieren. Es fühlte sich an wie ein Abenteuer, ein neuer Anfang, der verlockende Geruch eines noch ungelesenen Buches.

Aber es gab so viele unbeantwortete Fragen, die sie quälten. Wo war Jack? Würde er ihr antworten? Würde sein grünes Licht je wieder aufleuchten? Sie hatte mehrere Male versucht, Fling zu löschen, aber sie konnte sich dieses Mal einfach nicht überwinden. Sie und Jack hatten noch eine Rechnung offen. Sein Profil war nicht gelöscht, also bestand noch Hoffnung. Aber genau diese Hoffnung war es, die sie quälte. Würde er ihr klar und deutlich sagen, dass ihre Online-Romanze zu Ende war, würde sie das akzeptieren und ihn vergessen können. Es war sein Schweigen, das ihr so zusetzte. Sie begann eine weitere Nachricht zu schreiben, um sie ins Nichts zu schicken.

Claire: Jack, bitte rede mit mir ... Du hast keine Ahnung, wie sehr ich dich jetzt brauche.

Tara steckte ihr Handy gerade wieder ein, als Tom zurückkehrte.

»Also, was höre ich da? Du umwirbst meine Mutter?«, fragte sie neckend. »Es scheint, du bist in deinem hohen Alter noch zu einem Schürzenjäger geworden.«

»Das ist also der Grund, warum du gekommen bist. Um mir auf den Zahn zu fühlen, wie es sich gehört«, lachte Tom.

»Keine Sorge, Tom, ihr habt meinen Segen. Ich habe sie seit dem Tod meines Vaters nicht mehr so glücklich gesehen«, sagte Tara und prostete ihm zu.

»Oh, das ist Musik in meinen Ohren, Tara. Es freut mich sehr, dass ich sie glücklich mache.«

»Irgendetwas machst du jedenfalls richtig. Sie wirkt sogar jünger als ich«, erwiderte Tara lachend.

»Nun, ich habe immer daran geglaubt, dass jede Blume es verdient zu blühen«, meinte Tom.

Das war es. Der Slogan für Fling, nach dem Tara so lange gesucht hatte.

Jede Blume verdient es zu blühen.

Es war genau die Idee, die sie schon so lange im Kopf hatte, für die sie aber nicht die richtigen Worte gefunden hatte.

»Tom, du bist ein Genie. Ich muss schnell nach Hause. Du hast mich gerade inspiriert«, sagte Tara und leerte ihre Cola in einem Zug.

»Ach, Liebes, du bist doch gerade erst gekommen«, beschwerte sich Tom.

»Wir sehen uns bald wieder, versprochen. Mum, du und ich sollten mal zusammen essen gehen.«

»Ach, das wäre wunderbar.«

»Benimm dich bis dahin, Schürzenjäger. Keine Leistenzerrungen mehr«, neckte ihn Tara, als sie auf die Tür zuging.

»Kann ich nicht versprechen!«, entgegnete Tom und lachte.

Nach einer dreistündigen Fahrt kam Tara um kurz nach elf Uhr endlich in Hillcrest an. Sie war völlig erschöpft von der Reise und absolut nicht in der Laune für irgendeine Art von Konfrontation mit Colin. Glücklicherweise lag er noch auf der Couch und schlief, als sie ins Wohnzimmer lugte. Sie bemerkte ein paar Farbkleckse auf seiner Kleidung und seinen Händen, als hätte er an irgendeinem Projekt im Haus gearbeitet, aber sie konnte auf den ersten Blick nicht feststellen, was es war. Allerdings fiel ihr auf, dass die Bierschilder verschwunden waren und die Männerhöhle wieder zu ihrem Wohnzimmer geworden war. Sein Bart war in den zwei Tagen weiter gewachsen, und sie musste widerwillig zugeben, dass es ihm gut stand. Leise schloss sie die Tür wieder und schlich auf Zehenspitzen nach oben in ihr Schlafzimmer.

Sie musste immer noch ihre Präsentation für Dick Mulligan fertigmachen und den neuen Slogan einfügen, aber sie war völlig am Ende. Sie konnte kaum die Augen offen halten. Also beschloss sie, lieber am nächsten Morgen früher aufzustehen. Tara ging ins Bett und hoffte, dass am nächsten Tag alles nach Plan laufen würde.

KAPITEL
Zweiunddreißig

Tara erwachte früh und startete voller Elan in den Tag. Hoffentlich würde er ihr den lange ersehnten Schub für ihre Karriere bringen. Alles musste perfekt laufen, zu viel hing von diesem Meeting ab. Ein kleiner Fehler, und alles konnte verloren sein. Lief alles gut, wäre Dick Mulligan einer der hochkarätigsten Kunden, die Insight je gehabt hätte. Auch wenn er durchaus umstritten war, galt er doch als großer Fisch, und Tara war wild entschlossen, ihn an Land zu ziehen. Sie musste den Jungs beweisen, dass sie es immer noch genauso draufhatte wie früher – genauso wie den Männern in der Chefetage.

Sie ging nach unten in die Küche, nahm ihr Tablet aus der Tasche und setzte sich einen Kaffee auf. Vom Küchenfenster aus bewunderte sie die blassrosa Farbe des Morgenhimmels. Vor dem Schuppen lagen ein paar Werkzeuge herum, und sie nahm an, Colin hatte an seinem Motorrad gearbeitet, um den Schaden zu beheben, den sie in ihrer Wut angerichtet hatte.

Während der Kaffee durchlief, steckte sie kurz den Kopf ins Wohnzimmer, wo Colin immer noch tief und fest schlummerte. Perfekt. Auf einen Streit mit ihm konnte sie gut verzichten. Tara goss sich eine Tasse Kaffee ein und verbrachte die nächste halbe Stunde damit, ihre Präsentation auf Vordermann zu bringen. Sie ging jede Folie noch einmal durch und fügte den Slogan »Jede Blume verdient es zu blühen« in kleiner Schriftgröße unter das Logo ein. Das Sahnehäubchen der gesamten Kampagne. Und das hatte sie nur Tom O'Malley zu verdanken. Wer hätte das gedacht?

Tara speicherte die Präsentation gerade final ab, als sie feststellte, dass die Batterie des Tablets fast leer war. Da sie es für das

Meeting brauchte, hängte sie es in der Küche ans Ladegerät. Es war erst halb acht, also blieb noch genügend Zeit, es aufzuladen.

Jetzt musste Tara nur noch ihre eigene Batterie auf hundert Prozent hochfahren.

Sie wusste, sie brauchte jedes letzte bisschen Selbstbewusstsein, das in ihr steckte. Sie konnte nicht zulassen, dass Colins Seitensprung sich ihrer Karriere und dieser riesigen Chance in den Weg stellte. Bei ihrem ersten Geschäftsmeeting hatte Tara Dick mit ihrem Auftreten beeindruckt, also lag die Messlatte hoch. Sie musste sich jetzt selbst übertreffen.

Tara duschte, legte ihr bestes Make-up auf und schlüpfte in ein rotes Kleid und ein Paar High Heels, die ihr das nötige Selbstvertrauen verschafften. Zugegebenermaßen war das Kleid ein wenig zu kurz, und Tara fragte sich kurz, ob es überhaupt bürotauglich war. Aber als sie in den Spiegel sah, musste sie feststellen, dass sie wirklich gut aussah. Sogar umwerfend. Dick Mulligan war immerhin der Gründer einer Seitensprung-App. Er musste wissen, dass sie Sexappeal hatte, damit sie ihm die Marketingstrategie verkaufen konnte. Bei ihrem Ansatz für die Kampagne ging es darum, dass Frauen ihren Begierden freien Lauf ließen und ihre Lebendigkeit wiederentdeckten, also war es quasi markenkonform, dass sie ein verführerisches Kleid trug.

Colin mochte sie vielleicht betrogen haben und Jack mochte ihr die kalte Schulter zeigen, aber sie würde nicht zulassen, dass irgendein Mann ihr an einem solch wichtigen Tag die Stimmung verdarb. Sie straffte die Schultern, reckte das Kinn in die Höhe und ging selbstbewusst nach unten. Als sie wieder in die Küche kam, erschrak sie fast, als sie Colin dort sitzen sah, der sich gerade Müsli in eine Schüssel schüttete. Er hatte vorher bereits die Milch hineingegossen, was für ein Wahnsinniger.

»Tara!« Er sah ebenso erschrocken aus. »Ich wusste nicht, dass du hier bist.«

»Nun, das bin ich aber«, erwiderte sie emotionslos.

»Ich habe dich gestern Abend gar nicht nach Hause kommen hören. Es gibt da etwas, das ich dir zeigen will«, sagte Colin und stand auf.

»Colin, ich habe kaum noch Zeit«, erwiderte sie und nahm ihre Handtasche.

»Du willst das auf jeden Fall sehen. Komm schon, es ist im Schuppen«, sagte Colin wie ein aufgeregtes Kind.

»Colin, es ist mir egal, ob du endlich den Schuppen aufgeräumt hast, nachdem ich dir seit Monaten damit in den Ohren liege. Ich habe heute wichtigere Dinge im Kopf.«

Colin stand die Enttäuschung ins Gesicht geschrieben. »Was kann denn wichtiger sein als unsere Ehe?«

»Eine Affäre zu haben, offensichtlich«, zischte sie.

»Also, das Letzte, was du zu mir gesagt hast, war, dass du dir eine eigene Affäre suchen willst. Hast du das etwa das ganze Wochenende über gemacht?«, fragte Colin.

»Das wüsstest du wohl gern, was?«, entgegnete Tara.

»Du bist ganz schön aufgedonnert für jemanden, der bloß zur Arbeit geht«, stellte er fest, während er sie von oben bis unten musterte. »Sieht eher aus, als hättest du ein Date.«

»Vielleicht habe ich das ja auch«, sagte Tara, als würde sie das Messer in der Wunde herum drehen.

»Das sagst du nur, um mich zu verletzen.« Damit hatte er nicht ganz unrecht, aber das würde Tara ihn keinesfalls spüren lassen.

»Glaub doch, was du willst. So oder so, werde ich jetzt sicher nicht mit dir diskutieren«, entgegnete sie und warf sich die Handtasche über die Schulter. Mit erhobenem Haupt marschierte sie aus der Küche. Diesen Tag würde sie sich nicht von Colin ruinieren lassen.

* * *

Colin hörte, wie die Haustür ins Schloss geworfen wurde. Tara war weg. Sicherlich bluffte sie bloß. Es konnte nicht sein, dass sie eine Affäre hatte. Andererseits hatte er auch gedacht, sie würde bluffen, als sie ihn mit seiner vermeintlichen Affäre konfrontiert hatte, und er hatte sie völlig falsch eingeschätzt. Zudem sah sie für einen normalen Montag auf der Arbeit tatsächlich ein bisschen zu schick aus. Wen wollte sie beeindrucken? Er setzte sich wieder hin, um sein Müsli fertig zu essen.

Plötzlich hörte Colin ein Piepsen, das nicht von seinem Handy stammte. Er sah sich in der Küche um und entdeckte Taras Tablet, das vibrierend auf dem Küchentresen lag. Colin ging rüber, um es auf stumm zu schalten, aber als er näher kam, wich er geschockt zurück. Auf dem Sperrbildschirm blinkte ihm eine Benachrichtigung entgegen:

Heute, 12 Uhr: Dick Date
Al Fresco, Dublin

Colin war versteinert vor Schreck. Es gab nur eine mögliche Erklärung, die ihm einfiel. Tara bluffte nicht. Sie hatte tatsächlich eine Affäre. Jetzt ergab alles einen Sinn. Einfach das ganze Wochenende zu verschwinden, sich mitten in der Nacht ins Haus zu schleichen. Sich fürs Büro aufzubrezeln. Und jetzt das: ein *Dick Date* in ihrem Terminkalender. Sie hatte sich immer Erinnerungen für Sex mit Colin eingetragen, als sie noch versucht hatten, ein Kind zu bekommen. Aber eine Affäre einzutragen! Das war obszön.

Für wen hielt sich Tara eigentlich? War sie wirklich dermaßen versessen auf Rache, dass sie einfach aus Trotz mit irgendeinem Typen ins Bett sprang? Oder noch schlimmer, hatte sie vielleicht Gefühle für den anderen? Hatte sie vor, ihn zu verlassen?

Colin schnappte nach Luft. Er hatte schon gehört, wie Rory den Ausdruck »Dick Date« verwendet hatte, und er wusste, dass es eine unverbindliche Verabredung zum Sex bedeutete, nichts Ernstes. Colin hatte keine Ahnung, was er als Nächstes tun sollte, aber er war sicher, seinem Freund Rory würde etwas einfallen.

* * *

Emily wartete bereits auf Tara, als diese ins Büro stolzierte.

»O mein Gott«, staunte Emily, als sie ihre Chefin sah. »Ich habe das Bedürfnis, mit Geldscheinen nach dir zu werfen.«

»Es ist doch nicht zu viel, oder?«, fragte Tara mit Blick auf das Kleid.

»Natürlich nicht. Ich meine, du stellst eine Kampagne für eine Seitensprung-App vor. Dafür darfst du nicht aus der Rolle fallen. Du musst die Anti-Mary sein.« Emily lächelte.

»Das ist genau das, was ich auch dachte«, erwiderte Tara erleichtert. Sie stellte ihre Handtasche auf dem Schreibtisch ab und nahm Platz. »Ich habe übrigens den Slogan gefunden. ›Jede Blume verdient es zu blühen‹. Was hältst du davon?«

»Sexy und poetisch. Gefällt mir«, meinte Emily.

»Ich habe die Präsentation heute Morgen abgeändert. Könntest du sie noch schnell gegenlesen?«

»Tara, in dieser Aufmachung glaube ich nicht, dass Dick irgendwelche Schreibfehler in deiner Präsentation auffallen werden«, neckte sie Emily.

»Sei nicht albern, Dick hat nur Interesse an meinen Ideen, nicht an mir«, winkte Tara ab.

»Trotzdem, ist es nicht seltsam, dass er darauf bestanden hat, das Meeting in einem Restaurant stattfinden zu lassen und nicht im Büro, wie er es mit den Jungs getan hat?«, fragte Emily misstrauisch.

»Es ist durchaus ... ein bisschen ungewöhnlich, nehme ich an. Aber in gewisser Weise ist es auch besser. Lockere Atmosphäre, weniger Druck. Du kannst die Kampagne mit mir gemeinsam vorstellen, wenn du magst?«, bot Tara an.

»Ich, irgendwas vorstellen? Mit meinen Panikattacken? Ich würde lieber mit einem Toaster baden«, erwiderte Emily trocken.

»Okay, aber kannst du bitte trotzdem meine Präsentation gegenlesen? Du weißt, ich bitte dich nur selten darum, deinen Job zu machen«, meinte Tara.

»Na, schön. Gib mir dein Tablet.«.

»Danke, Emily.« Tara griff in ihre Handtasche. Sie kramte fünf Sekunden darin herum, bis der Groschen endlich gefallen war. Ihr wich sämtliche Farbe aus dem Gesicht. Sie hatte ihr Tablet am Ladegerät in der Küche hängen lassen.

»O mein Gott«, stammelte Tara. »Ich habe das Tablet vergessen! Ich kann Dick die Kampagne nicht präsentieren, ohne meine Folien!« Sie begann, in ihrem Büro auf und ab zu tigern, während sie kurz davor war, zu hyperventilieren.

»Entspann dich. Wann hast du das letzte Mal gespeichert?«, fragte Emily.

»Heute Morgen. Als ich die letzten Änderungen vorgenommen habe«, antwortete Tara nach Luft schnappend.

»Dann ist sie bestimmt in der Cloud«, sagte Emily ruhig.

»Welcher Cloud? Wir haben eine Cloud?«

»Du und Technik«, lachte Emily. »Warte hier, ich hole schnell mein eigenes.« Sie ging zu ihrem Schreibtisch und kehrte mit ihrem Tablet im Arm zurück. »Also, dann lass mal sehen, deine E-Mail-Adresse lautet tara@insight.com, und ich schätze dein Passwort ist ABBAGold, und ... oh, siehe da, ich bin drin.«

»Ist meine Präsentation da?«, fragte Tara panisch.

»Yep. Präsentation Fling-Kampagne. Zuletzt abgespeichert heute Morgen. Hier, nimm mein Tablet für das Meeting«, bot Emily an und reichte ihr das Gerät.

»Ach, Emily, du bist ein Engel!« Tara fiel ein Stein vom Herzen.

»Nimm das zurück«, scherzte Emily.

»Im Ernst. Wenn ich das geschafft habe, lade ich dich auf einen Drink ein, okay?«

»Na gut, aber ich warte im Auto, bis das Meeting vorbei ist«, erwiderte Emily.

»Abgemacht. O Gott, ich bin so erleichtert.« Tara kam allmählich wieder zu Atem. »Heute muss einfach alles nach Plan laufen.«

»Mach dir keine Sorgen. Ich habe das heutige Horoskop für Zwilling gelesen, und da stand, dass dir etwas Großes bevorsteht«, sagte Emily lächelnd.

* * *

Als Colin die Tür zu seinem Büro öffnete, erblickte er Rory, der ausgestreckt auf seiner Couch lag. Es war Montag, also war er natürlich mal wieder verkatert.

»Tara hat eine Affäre«, platzte es aus Colin heraus.

»Fuck!«, rief Rory und setzte sich ruckartig auf. »Bist du sicher?«

»Na ja ... nein. Aber es gibt keine andere Erklärung.«

»Okay, mal ganz von vorne.«.

»Gut, also zuerst hat Tara rausgefunden, dass ich in das Hotelzimmer gegangen bin, um mich mit Claire zu treffen. Dann hat sie mich damit konfrontiert und ist übers Wochenende verschwunden. Und als ich heute Morgen aufgewacht bin, war sie zurück und total aufgebrezelt, in einem kurzen Kleid, das ich noch nie an ihr gesehen habe. Nachdem sie dann zur Arbeit gefahren ist, habe ich eine Benachrichtigung auf ihrem Tablet bemerkt. Sie hat heute ein *Dick Date*. Sag mir, dass ich verrückt bin, Rory! Sag mir, dass ich das alles vollkommen falsch interpretiere!« Colin musste erst mal Luft holen, nachdem er alles in einem Atemzug runtergerattert hatte.

Rory hielt einen Moment lang inne, während er die Informationen verarbeitete. »Colin, ich weiß alles, was es über Frauen zu wissen gibt. Und es gibt keine andere Erklärung. Tara hat eine Affäre«, sagte er, ohne erkennbare Zweifel.

»O mein Gott.« Colin sackte auf der Couch zusammen. »Was zur Hölle soll ich tun?«

»Machst du Witze? Du musst für sie kämpfen! Was stand noch in der Benachrichtigung?«, fragte Rory.

»Da stand Dick Date, heute um zwölf Uhr im Al Fresco, Dublin.«

»Al Fresco, das kenne ich. Das ist ein kleines Restaurant mit Terrasse in Dalkey. Wir müssen bis Mittag dort sein, um sie auf frischer Tat zu ertappen«, sagte Rory mit Feuereifer.

»Du hast recht! Wir müssen herausfinden, mit wem sie sich trifft. Wahrscheinlich hält sie mich für einen Volltrottel. Sie treibt sich in der Stadt herum und führt mich vor, als würde sie tatsächlich denken, ich könnte es nicht rausbekommen?«, regte sich Colin auf.

»Sie setzt dir die Hörner auf. Sie denkt, sie kommt damit davon, weil sie dich für harmlos hält!«, putschte Rory ihn noch weiter auf.

»Tja, da habe ich ein paar Neuigkeiten für sie. Ich bin kein Mann, der einfach wegsieht, während seine Frau ein Dick Date hat!«, brauste Colin auf.

»Ich begleite dich. Für den Fall, dass der Typ, mit dem sie sich trifft, dir dumm kommen will, kann er sich auf was gefasst machen.«

»Ich werde diesem Kerl zeigen, dass er sich die falsche Frau ausgesucht hat«, rief Colin kampfbereit.

KAPITEL
Dreiunddreißig

Um zehn vor zwölf hielten Colin und Rory am Straßenrand, direkt gegenüber vom Al Fresco. Sie hatten klare Sicht von Rorys Auto aus, aber im Restaurant war noch nichts von Tara zu sehen.

»Bist du sicher, dass wir am richtigen Ort sind?«, fragte Colin, der mit angestrengter Miene zum Restaurant hinübersah.

»Es gibt nur ein Al Fresco. Entspann dich, wir sind früh dran«, erwiderte Rory und schaltete den Motor seines Range Rover aus.

»Ich fasse es nicht, wohin sich meine Ehe entwickelt hat. Meine Frau betrügt mich in aller Öffentlichkeit!«, klagte Colin.

»Sie will sich offensichtlich an dir rächen. Du meintest doch, sie hätte gesehen, wie du dich mit Claire getroffen hast?«

»Sie hat mich nicht mit Claire gesehen, zum Glück. Aber sie hat gesehen, wie ich in das Hotelzimmer eingecheckt habe. Das Hotelzimmer, zu dem du mir geraten hattest, nur fürs Protokoll!«, sagte Colin vorwurfsvoll.

»Ach, komm schon, woher sollte ich denn wissen, dass Tara das herausfinden würde? Welcher Psycho folgt jemandem, um ihn beim Fremdgehen zu erwischen?«, fragte Rory.

»Du meinst, so wie das, was wir hier tun?«

»Nein, das ist etwas ganz anderes«, entgegnete Rory. »Du versuchst, deine Männlichkeit zurückzubekommen. Du kämpfst um deine Frau!«

»Ja. Ich versuche, sie davor zu bewahren, einen Fehler zu machen, den sie bereuen wird. Ich habe Claire nicht einmal getroffen, geschweige denn mit ihr geschlafen, also habe ich praktisch gar keinen Ehebruch begangen. Aber wenn Tara das durchzieht, könnte unsere Ehe unwiederbringlich zerstört werden. Und ich werde nicht zulassen ...«

In diesem Moment fuhr Taras blauer Nissan Micra an Rorys Auto vorbei.

»Das ist Taras Auto!«, rief Colin und duckte sich im Beifahrersitz. Rory versuchte ebenfalls, sich zu verstecken. Gemeinsam lugten sie vorsichtig über das Armaturenbrett. Glücklicherweise schien sie nichts bemerkt zu haben. Sie blinkte rechts und wollte offenbar auf der gleichen Straßenseite einparken, nur ein Auto vor ihnen. Tara fuhr ein Stück nach vorne und versuchte, rückwärts in den Parkplatz einzubiegen.

»O Mann, das kann dauern. Tara kann nicht besonders gut einparken«, seufzte Colin.

»Ist da noch jemand mit ihr im Auto?«, fragte Rory, der dachte, er hätte jemanden auf der Beifahrerseite gesehen.

»Keine Ahnung«, erwiderte Colin und kniff die Augen zusammen.

Nach etlichen ungeschickten Manövern schaffte es Tara schließlich, den Wagen in die Lücke zu parken, auch wenn sie nicht ganz hinter der weißen Linie stand. Sie stieg aus dem Auto und überquerte die ruhige Straße.

»Sieh sie dir an, extra schick gemacht für ihren mysteriösen Lover. Ich glaube, mir wird schlecht«, sagte Colin, während er sie beobachtete. Sie hatten gute Sicht auf die Terrasse, so dass sie verfolgen konnten, wie Tara zu einer Kellnerin ging und dann alleine an einem Tisch Platz nahm.

»Hm, bisher noch kein mysteriöser Lover zu sehen«, meinte Rory.

»Ich werde sie anrufen«, beschloss Colin und zog sein Handy hervor.

»Was? Dann verspielen wir doch den Überraschungseffekt!«, wandte Rory ein.

»Ich sage ihr ja nicht, dass wir hier sind. Ich frage sie bloß, wo sie ist. Vielleicht gibt es doch eine vernünftige Erklärung dafür, warum sie hier ist«, erwiderte Colin.

Er wählte ihre Nummer aus seiner Anrufliste und wartete, während es klingelte. In der Ferne konnte er sehen, wie Tara in ihre Tasche griff und das Telefon herausholte. Sie schaute aufs Display und zuckte zusammen, als sie sah, wer sie anrief. Doch schließlich drückte sie auf Annehmen und hielt sich das Handy ans Ohr.

»Ich bin bei der Arbeit, Colin, ruf mich nicht wieder an«, sagte Tara und legte auf, ehe Colin auch nur eine Chance hatte, etwas zu sagen. Er war fassungslos.

»Was hat sie gesagt?«, fragte Rory neugierig.

»Sie hat gesagt, sie sei bei der Arbeit, und hat dann einfach aufgelegt. Tja, wir wissen, dass das gelogen ist. Wir können es mit unseren eigenen Augen sehen. Sie ist offensichtlich nicht bei der Arbeit. Und das war auch meine Ausrede, als ich mich in Wahrheit mit Claire treffen wollte!« Colin war außer sich vor Wut.

»Hast du ihr Gesicht gesehen, als sie bemerkt hat, wer sie anruft? Sie ist auf Rache aus. Die Hölle kennt keinen Zorn wie den einer verschmähten Frau.«

»Sieh nur!« Colin deutete nach draußen.

Ein Mann im schwarzen Anzug näherte sich Taras Tisch, und sie stand auf, um ihn zu begrüßen. Er gab ihr einen Kuss auf die Wange und legte seine Hand für Colins Geschmack ein wenig zu tief auf ihren unteren Rücken.

»Wer zur Hölle ist der Kerl?«, raunte Colin.

»Ich kann ihn nicht erkennen. Benutz mal dein Handy, um mit der Kamera ran zu zoomen«, schlug Rory vor. Ganz offensichtlich tat er so etwas nicht zum ersten Mal.

Colin öffnete die Kamera auf seinem Handy, um einen besseren Blick zu erhaschen. Das Foto war nicht ganz scharf, aber mit Sicherheit besser als Colins Augen.

»Wer ist das?«, fragte Colin wieder.

»Ich bin mir nicht sicher, aber sein Anzug sieht teuer aus. Wer auch immer es ist, er scheint ein hohes Tier zu sein«, schlussfolgerte Rory.

Colin schaute wieder zum Restaurant rüber und entdeckte ein Lächeln auf Taras Gesicht, wie er es seit Monaten nicht mehr bei ihr gesehen hatte. Der Mann schien irgendeinen Witz gemacht zu haben, denn Tara lachte ein wenig zu sehr, als dass es natürlich gewirkt hätte.

»Sie lacht auf diese flirtende Art«, sagte Rory.

»Ich muss rausfinden, wer das ist.« Colin schäumte vor Wut.

Rory sah sich das Foto auf dem Handybildschirm noch einmal genauer an. »Hm ... er sieht reich aus. Ein bisschen älter, als man auf den ersten Blick denkt. Starke Kieferpartie, schwaches Kinn. Wir bräuchten einen Feldstecher, um zu beurteilen, wie weit sein Haaransatz zurückgegangen ist. Der arme Kerl hat eine riesige Stirn«, meinte Rory.

»Was zur Hölle will sie dann von dem? Es würde mehr Sinn ergeben, wenn er besser aussähe als ich!«, sagte Colin verwirrt.

»Ich schätze, sie ist so wütend auf dich, dass sie bereit ist, Abstriche zu machen.«

»Ich gehe näher ran, um besser sehen zu können«, erklärte Colin und legte sein Handy aufs Armaturenbrett.

»Okay, dann los.« Rory fasste an den Türgriff.

»Nein, du bleibst hier. Du musst die Lage im Auge behalten«, befahl Colin und öffnete die Beifahrertür.

»Na schön. Aber gib mir ein Signal, wenn du Unterstützung brauchst!«, sagte Rory.

* * *

Colin stieg aus und lief diagonal über die Straße auf das Restaurant zu, so dass Tara ihn nicht sehen konnte.

Rory beobachtete die Szene weiter, doch dann bemerkte er plötzlich, wie die Beifahrertür von Taras Auto geöffnet wurde und eine gutaussehende junge Frau ausstieg. Er war sofort fasziniert von ihrem Anblick.

»Ich wusste, da war noch jemand im Auto!«, murmelte Rory in sich hinein.

Zu seiner Überraschung stellte er fest, dass die junge Frau auf sein Auto zukam.

»Was zur Hölle soll das?«, fragte Emily, als sie die Beifahrertür öffnete.

»Was machst du da?«, erwiderte Rory geschockt.

Emily setzte sich ins Auto und schloss die Tür.

»Ich weiß, dass ihr Tara hinterherspioniert. Ich habe euch im Schminkspiegel von Taras Auto beobachtet«, sagte Emily.

»Du meinst den Rückspiegel?«, fragte Rory entsetzt.

»Warum spioniert ihr Tara nach?«, wollte Emily wissen.

»Das ist etwas Persönliches zwischen ihr und Colin«, antwortete Rory, nicht bereit, mit der Wahrheit herauszurücken.

»Also, das ist Taras Ehemann. Die Sache spitzt sich zu. Wie andere Dinge auch«, meinte Emily mit Blick auf Rorys ausgebeulte Hose.

»In chaotischen Situationen ist er immer aufgeregt!«, verteidigte sich Rory und versuchte, seinen Schoß zu bedecken.

»Raus mit der Sprache!«, fuhr ihn Emily an.

»Du bist gerade ungefragt in mein Auto eingestiegen! Wenn hier jemand Antworten schuldig ist, dann ja wohl du!«, entgegnete Rory.

»Nur zu. Mein Sicherheitswort ist *härter*«, grinste Emily.

»Okay, ich erzähle dir alles, aber nur unter einer Bedingung. Ich darf dich zu einem Drei-Gänge-Menü ausführen«, sagte Rory, der von ihrer chaotischen, sexuellen Energie fasziniert war.

»Ich interessiere mich nur für einen Gang«, erwiderte Emily.

»Und für welchen?«

»Den Nachtisch«, hauchte sie vielsagend.

»Grundgütiger, ich glaube, ich bin verliebt«, stöhnte Rory. »Okay, wir haben eine Abmachung.«

»Jetzt sag mir, was hier vor sich geht!«, verlangte Emily.

»Colin spioniert Tara hinterher, weil sie eine Affäre hat und er sie auf frischer Tat ertappen will. Er hat heute Morgen eine Benachrichtigung auf ihrem Tablet gesehen, dass sie heute Mittag ein Dick Date hat, also sind wir ihr gefolgt, um sie beim Fremdgehen zu erwischen«, erklärte Rory.

* * *

Emily dämmerte, dass sie teilweise mitverantwortlich war für das Durcheinander. Sie war es gewesen, die »Dick Date« in Taras Kalender eingetragen hatte.

»O Mann, ich weiß, was passiert ist. Ich verwalte Taras Kalender. Sie hat kein Dick Date! Sie hat ein Meeting mit Dick!«

»Du sprichst in Rätseln!«, beschwerte sich Rory.

»Dick ist Richard Mulligan, der Geschäftsführer von Fling!«, erklärte Emily.

»Der Typ aus dem Radio?«, fragte Rory.

»Ja, und Tara ist kurz davor, den wichtigsten Auftrag ihrer Karriere an Land zu ziehen«, sagte Emily panisch.

»Und Colin ist kurz davor, sie damit zu konfrontieren, dass sie eine Affäre hat!«, erwiderte Rory, dem der Ernst der Lage allmählich bewusst wurde.

»Na, dann ruf ihn an und halte ihn auf!«

Rory nahm sein Handy und rief Colin an.

»Es klingelt«, verkündete er.

»Gott sei Dank!«, sagte Emily erleichtert.

Colins Handy begann zu klingeln – auf dem Armaturenbrett.

»O Gott, Colin hat sein Handy hier gelassen«, sagte Rory voller Panik. »Los, komm, wir müssen ihn aufhalten!«

* * *

Tara bemerkte, dass sich Dick gar nicht für ihre Präsentation zu interessieren schien. Stattdessen richtete er den Blick immer wieder auf ihren Ausschnitt.

»Also, das Thema der blühenden Blume zieht sich durch die gesamte Kampagne. So viele Frauen fühlen sich in ihrem eigenen Leben wie ausgetrocknet, und Fling kann ihnen eine Phantasie anbieten, einen Weg, sich wieder mit ihrem erotischen Selbst in Verbindung zu bringen«, erklärte Tara und versuchte, Dicks Aufmerksamkeit wieder auf die Präsentation zu lenken.

»Hm«, machte er, offenbar ohne ihr richtig zuzuhören.

»Die Kampagne dreht sich darum, dass Frauen sich nicht schämen müssen, Begierde zu empfinden. Es geht darum, ihnen zu zeigen, dass diese Leidenschaft zu ihnen gehört«, sagte Tara und wischte zur nächsten Folie.

»Tara, ich bin mir sicher, die restliche Kampagne ist wunderbar«, meinte Dick und legte das Tablet flach auf den Tisch. »Aber ich würde gern mehr über Ihre Begierden erfahren.«

»Meine? Also, ich denke, ich unterscheide mich nicht wirklich von anderen Frauen«, erwiderte Tara nervös.

»Oh, Sie unterscheiden sich durchaus von anderen Frauen.« Dick legte ihr eine Hand aufs Knie.

Tara lachte verlegen, weil sie nicht wusste, was sie tun sollte. »Ich habe keine Ahnung, was Sie meinen«, sagte sie.

»Nun, Sie haben einen unglaublichen Sexappeal. Das habe ich gleich bemerkt, als ich Sie das erste Mal gesehen habe«, meinte Dick und bewegte die Hand von ihrem Knie zu ihrem Oberschenkel.

Tara erstarrte vor Angst. Es war, als wäre sie gelähmt und doch hellwach, doch was sie erlebte, glich eher einem Albtraum.

»Und dieses Kleid, das Sie tragen, macht mich ganz wahnsinnig.«

»Äh ... Richard, ich ... «

»Bitte, nenn mich doch Dick«, sagte er und schob die Hand unter ihr Kleid.

»Hände weg von meiner Frau!« Colin kam über die Terrasse auf ihren Tisch zugestürmt.

Tara war völlig geschockt. Colins plötzliches Auftauchen hatte sie aus ihrer Erstarrung gelöst, aber sie verstand überhaupt nicht, wo er herkam.

»Colin, was tust du hier?« Sie sprang von ihrem Stuhl auf.

»Was ich hier tue?«, zischte Colin. »Was zur Hölle tust du hier mit diesem Widerling?«

»Hör zu, Kumpel ...«, versuchte Dick sich zu verteidigen.

»Ich bin nicht Ihr Kumpel! Wer glauben Sie eigentlich, wer Sie sind, dass Sie meine Frau begrapschen können?«

»Colin, sei still!«, rief Tara.

»Oh, tut mir leid, störe ich dein kleines Date? Dein *Dick Date*?«

»Colin, ich kann alles erklären. Bitte, hör mir zu ...«

»Ich habe dir genug zugehört. Du glaubst, du kannst mich zum Narren halten, oder? Tja, dieser Drecksack hat sich mit dem falschen Mann angelegt!«, brüllte Colin.

Inzwischen waren die Blicke aller Gäste auf sie gerichtet. Etliche zückten ihr Handy und filmten.

»Wen nennen Sie da einen Drecksack?« Dick stand nun ebenfalls auf.

»Ich nenne Sie einen Drecksack! Ich habe genau gesehen, wie Sie die Hand unter das Kleid meiner Frau geschoben haben!«, schrie Colin.

»Wenn eine Frau ein so kurzes Kleid trägt, bettelt sie regelrecht darum, dass eine Hand daruntergeschoben wird«, sagte Dick unverfroren.

Colin holte aus und verpasste Dick Mulligan einen rechten Haken, der ihn ausknockte und quer über den Tisch fliegen ließ.

»Colin!«, schrie Tara.

Die Menge schnappte hörbar nach Luft, aber weiterhin wurde jede Sekunde des sich immer weiter entwickelnden Chaos gefilmt.

»Wenn ein Mann solche Sachen sagt, bettelt er regelrecht um

einen Schlag ins Gesicht!«, sagte Colin zu Dicks bewusstlosem Körper.

Rory und Emily kamen zu ihnen gerannt.

»Colin, hör auf, es ist nicht so, wie du denkst«, sagte Rory schnell.

»O doch, das ist es. Das ist Taras Dick Date!«

»Es ist kein Dick Date. Es ist ein Meeting mit Dick. Du hast gerade Richard Mulligan k. o. geschlagen!«, rief Tara.

»Wen?«, fragte Colin verwirrt.

»Es sollte mein bisher größter Auftrag werden. Ich habe keine Affäre mit ihm. Das war ein Geschäftsmeeting!« Tara war außer sich vor Wut.

»Warum hatte er dann seine Hand unter deinem Kleid?«, fragte Colin, immer noch verdutzt.

»Er ... nun ... ich ...«, setzte Tara an. Vor lauter Zorn stotterte sie. Sie war wütend auf Colin, weil er in ihr Meeting hineingeplatzt war, aber sie war genauso sauer auf Dick, wegen seines entsetzlich unangemessenen Verhaltens.

Dick Mulligan kam wieder zu Bewusstsein und rappelte sich vom Tisch auf. Er war immer noch wackelig auf den Beinen, und aus seiner Nase tropfte Blut.

»Mr. Mulligan, das war alles ein Missverständnis«, sagte Tara und ging auf ihn zu.

»Keinen Schritt näher!«, brüllte Dick. »Wagen Sie oder irgendwer von Insight es ja nicht, mich je wieder zu kontaktieren.« Er wandte sich mit vor Wut blitzenden Augen an Colin. »Und was dich angeht, du Affe! Sollte ich dich je wiedersehen, verklage ich dich auf jeden Cent, den du besitzt!«

Dick machte auf dem Absatz kehrt und marschierte ins Restaurant, um sich die blutige Nase zu säubern.

Tara, Colin, Rory und Emily blieben in den Trümmern zurück, ohne dass einer von ihnen ein Wort sagte.

»Tara, ich ...«, setzte Colin schließlich an.

»Sag nichts mehr. Was auch immer du dir für Hoffnungen gemacht hattest, dass ich dir deinen Seitensprung verzeihen würde – vergiss es. Hat es dir nicht gereicht, unsere Ehe zu zerstören? Musstest du dasselbe auch noch mit meiner Karriere machen? Geh nach Hause, Colin. Geh nach Hause und pack deine blöden Koffer, deine blöden Bierschilder und dein blödes Motorrad«, sagte Tara schäumend vor Wut.

»Tara …«, flehte Colin.

»Es ist vorbei.«

KAPITEL
Vierunddreißig

Drei Wochen später

An einem Samstagnachmittag im Oktober saß Tara in Dr. Burkes Praxis und wartete darauf, dass ihr Mann auftauchte. Sie war allerdings nicht für eine Therapiesitzung dort. Dr. Burke war jetzt ihre Mediatorin, die ihnen dabei helfen sollte, eine Trennungsvereinbarung aufzusetzen. Tara hatte Colin eine Nachricht mit dem genauen Termin zukommen lassen, trotzdem war er schon zehn Minuten zu spät.

Nach dem Fiasko bei Al Fresco war Tara nicht mehr zur Arbeit gegangen. Sie hatte sich dazu entschieden, ihren restlichen Jahresurlaub zu nehmen, um sich nicht dem Urteil der Jungs auszusetzen. Sie hatte gehofft, die ganze Sache unter den Teppich kehren zu können, aber sie musste bald erfahren, dass das nicht möglich sein würde. Einer der Schaulustigen hatte ein Video online gestellt, und da Dick Mulligan ein von der Öffentlichkeit so verhasster Mann war, wurde es zu einem viralen Phänomen. Tausende Menschen teilten immer noch das Video, sie wusste also, dass die Jungs eine Million Jokes auf Lager haben würden, wenn sie zurückkehrte. Am liebsten hätte sie sich unter einem Felsen verkrochen und sich auf unabsehbare Zeit dort versteckt. Es war peinlich genug gewesen, auf der Terrasse so viele Zuschauer zu haben, aber jetzt schien es, als würde das ganze Land über sie lachen. Je mehr sie darüber nachdachte, umso wütender wurde sie auf Colin.

Und dennoch, tief in ihr drinnen gab es eine Stimme, die ihr riet, ihm zu verzeihen. Er hatte sie immerhin gerettet. Sie hasste es, sich selbst als Jungfrau in Not zu sehen, aber als Dick ihr die Hand unters Kleid geschoben hatte, war sie vor Angst wie versteinert gewesen. Colin war genau im richtigen Moment aufgetaucht, wie ihr Ritter in schimmernder Rüstung. Wäre er nicht gekommen, wer weiß, was Dick als Nächstes getan hätte. Colin war endlich einmal der Held gewesen, den sie sich immer gewünscht hatte.

Das Problem war, dass Colin nicht im Restaurant aufgetaucht war, um sie zu retten, sondern weil er ihr unterstellt hatte, sie würde ihn betrügen. Es war kein Heldenmut, der ihn angetrieben hatte. Es war Boshaftigkeit. Anschließend hatte sie ihn aus dem Haus geworfen und seitdem nichts mehr von ihm gehört. Er hatte sie betrogen. Und außerdem noch öffentlich gedemütigt.

Nein, es war zu viel passiert.

Die Tür ging auf, und Colin schlenderte herein. Er sah ungepflegt aus, als wäre er gerade aus dem Bett gefallen. Sein Bart hatte sich in einen Vollbart verwandelt. Colin setzte sich neben Tara auf die Couch und wandte sich Dr. Burke zu.

»Okay, dann bringen wir das mal hinter uns«, sagte er und lehnte sich zurück.

»Wie bitte?« Tara war entsetzt von seiner gleichgültigen Haltung. »Das ist ein sehr wichtiger Termin.«

»Nun, ich habe keine Ahnung, wie Meditation unserer Ehe helfen soll. Du weißt doch genau, dass ich Yoga hasse«, meinte Colin und verschränkte die Arme.

»Es ist eine Ehe-Mediation, keine Meditation, du Idiot! Wir sind hier, um eine Trennungsvereinbarung aufzusetzen«, erwiderte Tara.

»In deiner Nachricht stand Ehe-Meditation«, entgegnete Colin. Er zog sein Handy hervor und öffnete die Nachrichten-App. Er hielt ihr das Telefon vor die Nase, und sie sah, dass er recht hatte, sie hatte sich verschrieben. Tara verfluchte sich stumm wegen ihres Tippfehlers.

»Das war vermutlich die Autokorrektur. Du hättest dir doch denken können, dass es Mediation heißen muss, nach allem, was passiert ist!«, sagte sie patzig.

»Warte mal, soll das heißen, wir lassen uns scheiden?« Colin wirkte ernsthaft geschockt.

»Nein, wir trennen uns. Für eine Scheidung braucht es Zeit.«

»Muss ich mir einen Anwalt nehmen? Du hast mich völlig damit überrumpelt, ich habe nichts vorbereitet.«

»Deshalb haben wir doch Dr. Burke als Mediatorin. Um uns bei der Einigung zu helfen.«

»Gab es niemanden, der etwas günstiger ist?«, meinte Colin und warf die Hände in die Luft. »Sie hat uns dreihundert Euro berechnet, um uns zu sagen, wir sollten unser altes Hochzeitsvideo anschauen.«

»Diese Strategie hilft Paaren in der Regel«, meinte Dr. Burke achselzuckend.

»Ich schätze, Nostalgie ist auch nicht mehr das, was sie mal war«, murmelte Colin. »Ist sie überhaupt qualifiziert als Mediatorin?«

»Dr. Burke, ich muss mich für ihn entschuldigen«, sagte Tara. »Genauer gesagt, nein! Ich muss mich nicht mehr für ihn entschuldigen. Weil er nicht mehr mein Problem ist.«

»Halleluja!«, jubelte Colin.

»Schon okay, Tara«, sagte Dr. Burke mit ruhiger Stimme. »Colin, ich kann Sie beruhigen, ich habe zehn Jahre Erfahrung als geprüfte Mediatorin, und ich bin autorisiert, gesetzlich bindende Trennungsvereinbarungen im Auftrag meiner Klienten aufzusetzen. Mediation ist dafür da, Paaren dabei zu helfen, ihre eigenen Trennungsbedingungen auszuhandeln, während sichergestellt ist, dass die Bedürfnisse jeder Partei gewahrt werden. Es ist ein langer Prozess, wir könnten ein paar Stunden dafür brauchen.«

»O Mann, ich glaube, ich hätte doch lieber Yoga gemacht«, seufzte Colin.

»Weißt du, Colin, du hast echt Nerven, hier solche Scherze zu machen, nach dem, was du angerichtet hast. Du hast praktisch meine gesamte Karriere zerstört!«, zischte Tara.

»Ach, komm schon, ich habe nur einen kleinen Fehler gemacht.«

»Einen kleinen Fehler? Du bist mir gefolgt, um mich auf frischer Tat beim Fremdgehen zu ertappen!«

»Du meinst, so, wie *du mir* gefolgt bist, um mich beim Fremdgehen zu ertappen? Was sollte ich denn denken, wenn du in Cocktailkleidchen und Zwanzig-Zentimeter-High-Heels zur Arbeit gehst?«

»O Gott, Männer haben echt keine realistische Vorstellung von zwanzig Zentimetern, oder? Dr. Burke, lassen Sie mich Ihnen kurz erklären, wovon wir reden«, sagte Tara und wandte sich ihr zu.

»Das ist nicht nötig, Tara, ich habe das Video gesehen«, erwiderte Dr. Burke mit schwachem Lächeln.

»O Gott, selbst Sie haben es gesehen? Emily hatte recht, es ist echt viral gegangen. Großartig, Colin, das ganze Land lacht über mich!«, fuhr Tara ihn wütend an.

»Du bist doch so gut wie gar nicht zu sehen auf dem Video, Tara. Ich bin es, den sie gefilmt haben. Und fürs Protokoll, die meisten halten es für heldenhaft, was ich getan habe«, prahlte er.

»Sei froh, dass du nicht im Gefängnis sitzt, Colin! Hast du wirklich geglaubt, du kannst einfach auf jemanden losgehen, ohne dass es Konsequenzen hat?«

»Wenn jemand meine Frau begrapscht, dann schon! Ich fasse es nicht, dass du dich auf die Seite dieses Mannes schlägst. Immerhin hat er dich belästigt. Sehen Sie, Dr. Burke, meine Frau ist lange nicht so fortschrittlich, wie sie denkt, und das ist ein großer Teil des Problems«, sagte Colin.

»Natürlich bin ich das. Ich bin Feministin!«, rief Tara aufgebracht.

»Tja, in den Kommentaren unter dem Video nennt man mich den Verteidiger des Feminismus«, entgegnete Colin und zog sein Handy hervor. »Lass uns mal sehen ... ach ja, hier ist es. Im obersten Kommentar heißt es, ›So sieht ein echter Feminist aus #SeinTeam‹, und im zweiten: ›Wir brauchen mehr Männer wie ihn, die sich gegen die Frauenfeindlichkeit auflehnen #ErFürSie‹. Siehst du, ich bin ein feministisches Vorbild.« Er genoss den Moment sichtlich.

Tara wäre vor Wut fast an die Decke gegangen. Schon ihr ganzes Leben lang wollte sie unbedingt zu einem feministischen Vorbild werden, das andere Frauen inspirierte, und jetzt wurde ausgerechnet Colin von diesen Frauen bejubelt? Es ergab einfach keinen Sinn! Achtzehn Jahre lang hatte sie versucht, Colin dazu zu bringen, sich als Feminist zu bezeichnen, und jetzt wollte sie bloß, dass er die Klappe hielt.

»Ich werde nicht zulassen, dass du mich von den Tatsachen ablenkst, Colin. Wir haben uns gestritten, bevor das im Al Fresco passiert ist, weißt du noch? Oder hast du die Tatsache ausgeblendet, dass du mit einer anderen Frau geschlafen hast?«, sagte Tara.

»Wie oft muss ich es dir denn noch sagen? Ich hatte keinen Sex mit einer anderen! Schau dir meine Nasenflügel an. Beben sie? Nein!«, erwiderte Colin.

»Ich habe doch mit eigenen Augen gesehen, wie du in dieses Hotel eingecheckt hast, Colin. Vermutlich, um dich mit einer Prostituierten zu treffen!«

»Sie ist keine Prostituierte!«

»Das hätte sie genauso gut sein können. Dr. Burke, fürs Protokoll, mein Mann hat mich wegen seines unheilbaren Madonna-Hure-Komplex betrogen«, sagte Tara und erwartete tatsächlich, dass Dr. Burke das notierte.

»Diese Diagnose habe ich nie gestellt«, erwiderte Dr. Burke.

»Tja, mit wem auch immer dieser Ehebrecher in dem Zimmer war, ich bin jedenfalls nicht reingeplatzt und habe ihr ins Gesicht geschlagen!«

»Ach ja, du hast nur zu Hause im Dunkeln gewartet, damit du mich mit meinen Pub-Schildern attackieren konntest! Dr. Burke, fürs Protokoll, meine Frau hat mit harten Gegenständen nach mir geworfen«, sagte Colin.

»Ach, bitte, diesem Dickschädel kann ja wohl nichts etwas anhaben«, meinte Tara und wandte sich ab.

»Ich hätte es gern aus dem Protokoll gestrichen, dass ich mich mit einer Prostituierten getroffen habe.«

»Ihnen ist klar, dass wir nicht vor Gericht sind und dass es kein Protokoll gibt?«, meinte Dr. Burke.

»Wusste diese Schlampe, dass du verheiratet bist?«, fragte Tara.

»Ja. Sie ist auch verheiratet.«

»Tja, dann sollte ich sie ausfindig machen und mit ihrem Mann schlafen. Es ihr mit gleicher Münze heimzahlen. Los, wie heißt sie?«, wollte Tara wissen.

»Sie ist niemand. Sie war nur eine Frau, die mir ein gutes Gefühl gegeben hat. Sie war liebevoll, zärtlich und sie wollte tatsächlich, dass ich glücklich bin.«

»Tja, warum heiratest du sie dann nicht?«, sagte Tara mit kindischem Trotz.

»Vielleicht mache ich das sogar!«, erwiderte Colin.

»Weißt du was? Jetzt fühle ich mich tatsächlich besser«, sagte Tara etwas ruhiger. »Wenn eine Frau deinen Mann stiehlt, ist es die beste Vergeltung, sie ihn behalten zu lassen.«

»Super. Also, wo ist diese Trennungsvereinbarung? Ich bin bereit, zu unterschreiben, damit ich endlich ein freier Mann sein kann.«

»Also, wir haben den Mediationsprozess eigentlich noch gar nicht begonnen«, meldete sich Dr. Burke zu Wort.

»Dann lassen Sie uns anfangen.« Colin lehnte sich zurück.

»Wie auch immer«, sagte Dr. Burke, offensichtlich erleichtert, endlich fortfahren zu können. »Heute geht es darum, zusammenzukommen, um zu trennen. Es ist keine Scheidung, mehr eine Art Abkoppelung.«

»Oh, nennen wir das Kind doch einfach beim Namen«, murmelte Colin.

»Nach diesem Termin werde ich eine Trennungsvereinbarung aufsetzen, die Sie beide dann unterschreiben können. Also, fangen wir beim Wichtigsten an. Vermögenswerte und Verbindlichkeiten.«

»Nun ... da wäre das Haus«, sagte Tara. »Ich lebe dort, Colin ist zu einem Freund gezogen.«

»Was keinen Sinn ergibt, da es ein Haus mit drei Schlafzimmern ist!«, wandte Colin hitzig ein.

»Ich finde, ein bisschen Freiraum ist eine vernünftige Forderung, wenn man bedenkt, was geschehen ist.«

»Ich soll also einfach weiter die Hälfte der Kreditrate bezahlen, ja?«

»Natürlich nicht. Es ist nicht sinnvoll, das Haus zu behalten. Wahrscheinlich ist es jetzt sogar mehr wert als damals, als wir es gekauft haben. Wir könnten den Kredit abzahlen und noch etwas Geld für uns haben«, meinte Tara mit einem Anflug von Wehmut. Sie wusste, dass es naheliegend war, das Haus zu verkaufen, aber sie fühlte sich emotional verbunden. Beim ersten Blick darauf hatte ihr Bauchgefühl ihr gesagt, dass sie dort bis an ihr Lebensende glücklich sein würden. Aber das Leben war nicht zu dem Märchen geworden, auf das sie gehofft hatte. Vielleicht war es einfach an der Zeit, einzupacken und weiterzuziehen. »Ich bin dafür, dass wir das Haus verkaufen, und ich bleibe dort wohnen, bis wir einen Käufer gefunden haben.«

»Ich kann nicht länger auf Rorys Couch schlafen, das ist schlecht für meinen Rücken.«

»Tja, mein Rücken schmerzt auch ziemlich von dem Messer, das du hineingestochen hast, also bleibe ich im Haus. Denk dran, wer hier die Brötchen verdient«, fügte Tara hinzu, um Colin eins auszuwischen.

»Ich dachte, du hast den Kohlenhydraten abgeschworen?«, meinte Colin gehässig.

»Derjenige, der im Haus bleibt, wird es auch für die Besichtigungen herrichten müssen, und für diesen Job bin ich natürlich die Richtige.«

»Ach, ich bitte dich, innerhalb einer Woche hängt an jeder einzelnen Wand in diesem Haus ein ›Leben, lieben, lachen‹-Schild!«

»Ja, und du würdest jedes Zimmer in eine Männerhöhle verwandeln. Auf keinen Fall! Ich bleibe im Haus, und damit Basta!«, schnaubte Tara.

»Na, schön, aber komm ja nicht angerannt, wenn du in der Spüle eine Spinne findest und du dich nicht traust, sie zu töten«, schmollte Colin.

»Ich lebe lieber mit einer Spinne in der Spüle als mit einer falschen Schlange im Haus!«

»Tara. Colin«, mahnte Dr. Burke. »Wir landen hier wieder im Bereich der Eheberatung. Denken Sie bitte daran, das ist eine Ehe-Mediation. Wir sind hier, damit Sie sich einigen, wie Sie die Trennung am besten über die Bühne bringen können.«

»Okay, lassen Sie uns weitermachen«, stimmte Tara zu.

Nach drei Stunden hatten sich Tara und Colin endlich auf die Bedingungen ihrer Trennung geeinigt. Tara würde bis zum Verkauf im Haus wohnen bleiben, und Colin würde so lange auf Rorys Couch schlafen, bis er seine eigene Single-Wohnung in der Stadt gefunden hatte.

Sobald das Haus verkauft war, würden sie die Gegenstände im Haus auf lächerlich kleinliche Weise zwischen sich aufteilen. Als Tara die Lampen haben wollte, beanspruchte Colin die Glühbirnen für sich. Tara konnte das Bett haben, aber Colin bestand auf der Matratze. Colin bekam die Couch, aber Tara wollte die Kissen.

Doch schließlich fand das ewige Tauziehen ein Ende, und Dr. Burke hatte alle Informationen für die Trennungsvereinbarung beisammen.

»In Ordnung«, sagte Dr. Burke. »Ich denke, jetzt haben wir alles erledigt. Ich werde die Vereinbarung noch heute Abend fertig machen und ihnen morgen nach Hause schicken.«

»Vielen Dank, Dr. Burke«, sagte Tara, als sie sich gemeinsam mit

Colin von der Couch erhob. Colin ging mit langen Schritten zur Tür und verschwand, ohne sich zu verabschieden.

»Ich muss mich für ihn entschuldigen«, sagte Tara beschämt.

»Das müssen Sie nicht mehr«, erinnerte sie Dr. Burke.

»Ach, stimmt. Tut mir leid«, erwiderte Tara, nur um festzustellen, dass sie sich schon wieder entschuldigt hatte.

»Darf ich Ihnen noch etwas mit auf den Weg geben?«, fragte Dr. Burke höflich.

»Natürlich.«

»Nehmen Sie sich Zeit, ehe Sie die Vereinbarung unterzeichnen. Sie sollten sich ganz sicher sein, dass es wirklich das ist, was Sie wollen. Ich weiß, es fühlt sich jetzt vielleicht so an, als würden Sie ihn hassen, aber Liebe und Hass liegen manchmal gar nicht so weit voneinander entfernt«, sagte Dr. Burke und berührte sie an der Schulter.

»Danke Ihnen, Dr. Burke, aber leider bin ich mir ziemlich sicher, dass das auf uns nicht zutrifft.«

KAPITEL
Fünfunddreißig

Als sie das Gebäude verließ und zu ihrem Auto ging, dämmerte Tara, dass es das jetzt gewesen war. Eine Trennung mochte nicht so final sein wie eine Scheidung, aber es lief darauf hinaus; ihre Ehe war so gut wie am Ende. Es würde nur noch zwei Unterschriften brauchen, um es zu zementieren. Plötzlich überkam sie ein schmerzhaftes Gefühl von Einsamkeit. Tat sie das Richtige? Sollte sie doch versuchen, Colin seinen Ausrutscher zu verzeihen? Warum hielt sie weiterhin an Jack fest, obwohl es keine Zukunft für sie gab? Er hatte ihr immer noch nicht zurückgeschrieben, und nach wie vor öffnete sie regelmäßig die App, um nachzusehen, ob ihr Ritter in schimmernder Rüstung nicht doch wieder auftauchte.

Sie wollte, dass Jack sie rettete, auf eine Art, wie nur er es konnte.

Wäre es Jack gewesen, der Dick Mulligan niedergeschlagen hätte, wäre sie ihm für immer verfallen gewesen. Und vielleicht hätte sie das Gleiche für Colin empfunden, hätte er sie nicht betrogen. Aber sein Seitensprung verletzte sie zu sehr. Sie versuchte, sich daran zu erinnern, wie unglücklich sie gewesen war, noch lange bevor das mit Dick passiert war. Das war nur der letzte Dominostein, der gefallen war, nicht der erste. Doch selbst jetzt, da sie in der Trennungsvereinbarung alles bekommen hatte, was sie wollte, verspürte sie kein Gefühl des Triumphs.

Als sie beim Parkplatz ankam, sah sie, wie Colin gerade auf sein Motorrad aufsteigen wollte. Ihre Hiebe mit dem Golfschläger waren offensichtlich nicht stark genug gewesen.

»Nicht mal ein Abschiedsgruß?«, fragte sie.

»Du bist diejenige, die sich verabschieden will, nicht ich«, erwiderte Colin und drehte sich zu ihr um.

Zwischen ihnen entstand ein Schweigen, wie sie es in ihrer

Beziehung noch nie erlebt hatten. Es war ein stiller Moment der Trauer um ihre Liebe. Tara bekam plötzlich das Gefühl, einen schrecklichen Fehler zu machen. Sie wusste nicht, wie sie diesen Liebeskummer alleine überstehen sollte.

»Weißt du, ich hatte wirklich gedacht, dass wir beide es schaffen würden«, sagte Colin, der offenbar ebenfalls bemüht war, gefasst zu bleiben.

»Ich auch.«

»So viel zu für immer und ewig.«

Tara wusste nicht, was sie sagten sollte. Sie war kurz davor, zusammenzubrechen. »Vielleicht leuchten die Sterne, die am hellsten sind, ... am kürzesten«, sagte sie schließlich.

Colin schwieg ein paar Sekunden lang.

»Wenn du es alles noch einmal machen könntest, würdest du wieder auf mein Motorrad steigen?«, fragte er schließlich.

Sie senkte den Blick. Diese Frage konnte sie unmöglich beantworten. Sie bereute es nicht, auf dieses Motorrad gestiegen zu sein, aber letztendlich hatte es sie zu diesem Moment in ihrem Leben geführt, einem Moment des Kummers und der Verzweiflung. »Ich weiß nicht, wie ich darauf antworten soll«, gestand sie schließlich.

Colin wirkte niedergeschlagen. »Von allen Pubs, in allen Städten, in ganz Irland, musste ich genau in deinen hineinspazieren«, sagte er mit erstickter Stimme.

Eine Träne lief Tara über die Wange, auch wenn sie sich alle Mühe gab, die Fassung zu bewahren. Sie spürte, wie die Leere sich wieder in ihr breitmachte, wie ein schwarzes Loch, das sie mit der Zeit verzehren würde. Ihr wurde nur zu deutlich bewusst, dass dies das Ende war. Sie kämpfte mit aller Macht gegen die Tränen, im verzweifelten Versuch, den Damm nicht brechen zu lassen.

»Bevor du die Vereinbarung unterzeichnest, wirf einen Blick in den Schuppen. Ich habe dir dort etwas hinterlassen, was dich an mich erinnern soll«, sagte er.

Colin schenkte ihr ein letztes trauriges Lächeln, ehe er den Helm aufsetzte und den Motor anließ. Als sie sein Motorrad im Sonnenuntergang davonfahren sah, brach sie schließlich doch zusammen. Zehn Minuten zuvor hatte sie keinerlei Zweifel gehegt, dass sie die richtige Entscheidung getroffen hatte, und auf einmal stellte sie alles in Frage. Sie stieg in ihr Auto und betete, dass die Straße nicht vor ihren Augen verschwimmen würde vor lauter Tränen.

Tara fröstelte, als sie das leere Haus betrat. Ihr war, als würde ihr Versagen von den Wänden widerhallen. Zum allerersten Mal in ihrem Leben war sie völlig allein. Die grausame Realität drohte sie zu erdrücken und in die Tiefen der Melancholie zu ziehen. Sie hatte das Gefühl, ihr Leben hätte jegliche Bedeutung verloren, da jedes Detail ihres komplizierten Glaubenssystems widerlegt worden war.

Sie hatte alles haben wollen. Mit dem Mann, den sie liebte, verheiratet sein, im Haus ihrer Träume, mit einem süßen Baby und einer erfolgreichen Karriere. Jetzt hatte sie nichts davon. Keine Ehe, keine Kinder, keine Karriere und bald auch kein Haus mehr. Ihr fiel auf, dass erst ihr Match mit Jack all das in Gang gesetzt hatte. Sie hatte Fling heruntergeladen, und nur ein paar Wochen später hatte sie alles verloren. Die Synchronizität, die sie immer als ihren spirituellen Kompass verstanden hatte, war ihr zum Verhängnis geworden.

War diese kosmische Grausamkeit das Schicksal, das sie verdient hatte?

Nein, da musste es noch etwas geben. Das alles konnte unmöglich Zufall sein. Wenn dem so wäre, was hatte dann überhaupt noch eine Bedeutung? Hinter all dem Chaos musste einfach ein tieferer Sinn stecken. Sie brauchte ihren Glauben an das Schicksal mehr denn je.

Tara öffnete Fling und sah all die Nachrichten, die sie Jack geschickt hatte, und die unbeantwortet geblieben waren.

Er ignorierte sie. Sie hatte es nicht anders verdient.

Doch da sah sie, dass er seit zwei Wochen nicht online gewesen war. Vielleicht ignorierte er sie gar nicht bewusst. Vielleicht hatte er die App einfach nicht mehr geöffnet. Oder sie gar gelöscht. Aber sein Profil war noch da, was bedeutete, dass es noch eine Chance gab. Eine geringe zwar, aber dennoch eine Chance. Es war Samstagabend, und sie hatte am nächsten Tag frei.

Sie musste es noch ein letztes Mal versuchen. Tat sie es nicht, würde sie sich ewig mit der Frage quälen, was gewesen wäre, wenn. Also würde sie sich ein letztes Mal dem Universum anvertrauen. Immerhin hatte sie nichts zu verlieren. Wenn es ihre Bestimmung war, würde es auch so kommen.

Das Schicksal würde entscheiden.

Claire: Hi, Jack, wahrscheinlich hasst du mich, und vielleicht liest du diese Nachricht nicht einmal. Aber ich will einfach, dass du weißt, wie leid es mir tut, dass ich dich wieder versetzt habe. Ich verdiene keine dritte Chance, das weiß ich. Aber trotzdem werde ich morgen beim Dún Laoghaire Harbour sein, um 15 Uhr. Auf halbem Weg den West Pier entlang gibt es einen ruhigen Steg. Ich weiß, die Chancen stehen schlecht, dass du kommst, aber ich werde da sein, Jack.

Ich verspreche, da zu sein x

KAPITEL
Sechsunddreißig

»Du hast gesagt, wir gehen in eine Bar«, seufzte Emily. Sie saß neben Tara in Oscars Haar- und Nagelsalon, wo sie gerade eine Pediküre bekamen.

»Genau genommen stimmt das auch. Wir sind in einer Nagelbar«, erwiderte Tara und zwinkerte ihr zu.

»Also, ich hätte lieber einen Drink.«

»Es ist Sonntagvormittag.«

»Genau. Hast du noch nie etwas von Sektfrühstück gehört?«

»Komm schon, ich brauche dich als moralische Unterstützung. Ich will für Jack von Kopf bis Fuß perfekt aussehen. Und Suzanne hier ist einfach die Beste«, sagte Tara in Richtung Suzanne, die an ihren Füßen gerade Wunder vollbrachte.

»Ach, danke, Süße«, erwiderte Suzanne lächelnd.

»Also, nur noch mal zum Mitschreiben. Du machst dich hübsch, um Jack am Dún Laoghaire Harbour zu treffen, obwohl er dir nicht einmal auf deine Nachrichten geantwortet hat und du nicht weißt, ob er überhaupt auftauchen wird?«, fragte Emily.

»Ganz genau.«

»O weh, das ist echt das nächste Level von Zwillings-Wahnsinn«, lachte Emily.

»Willst du etwa behaupten, du wärst noch nie irgendwo hingegangen, nur weil ein bestimmter Mann dort sein könnte?«

»Hm ... erwischt«, gab Emily zu. »Trotzdem hoffe ich, dass du dir nicht die ganze Mühe für Jack machst und es umsonst ist.«

»Ich tue es nicht für Jack, ich tue es für mich«, erklärte Tara feierlich. »Ich muss mich wieder wie ich selbst fühlen. Und wenn er nicht auftaucht, dann weiß ich, dass es wohl nicht sein soll, und kann wieder nach vorne schauen.«

»Na gut«, meinte Emily und senkte den Blick wieder auf ihr Handy.

»Wie viele Views hat das Video jetzt?«, fragte Tara.

»Willst du das wirklich wissen?«

»Nun, ich muss doch zumindest eine Ahnung davon haben, wie viele Leute im Land über mich lachen.«

»1,2 Millionen.«

»Was?« Tara zuckte zusammen und hätte Suzanne dabei fast ins Gesicht getreten. »Tut mir leid, Suzanne!«

»Mensch, Tara, ich dachte, es wäre dein Mann, der den Leuten ins Gesicht schlägt, nicht du«, sagte Suzanne scherzhaft.

»O Gott, du hast das Video auch gesehen?«, fragte Tara.

»Deine Reaktion auf den Schlag ist noch lustiger als der Schlag selbst. Sieh mal«, meinte Emily und hielt ihr das Handy vor die Nase.

Auf Emilys Handy war eine Nahaufnahme von Tara zu sehen, in dem Moment, als Colins Faust Dick Mulligan traf. Es war das schrecklichste Foto, das Tara je von sich selbst gesehen hatte. Die Kamera hatte den puren Schock in ihrem Gesicht eingefangen. Die Leute online erstellten Memes, indem sie dem Foto verschiedene Überschriften hinzufügten. Eine lautete: »Wenn dir einfällt, dass du den Herd angelassen hast.« Eine andere: »Wenn du dir den großen Zeh am Bett stößt.«

»O mein Gott, ich bin ein Meme!«, stöhnte Tara. »Das ist eine absolute Katastrophe!«

»Tara, viral zu gehen, ist etwas Positives. Ich träume schon seit Jahren davon, eine Internetberühmtheit zu werden«, sagte Emily ermutigend.

»Nennen die Leute Colin immer noch ein feministisches Vorbild?«

»Ich meine, er hat dem Patriachat die Fresse poliert. Dieser Kommentar von Dick, dass du gewollt hast, dass er dir die Hand unters Kleid schiebt ... Ich hätte ihm auch zu gern eine verpasst.

Aber es war so viel heißer, Colin dabei zuzusehen, wie er es tut. Ich habe gehört, er ist wieder Single. Glaubst du, ich hab eine Chance bei ihm?«, neckte sie Emily.

»Denk nicht mal daran«, lachte Tara, als sie Emily ihr Handy zurückgab. Sie hatte fürs Erste genügend Memes von sich selbst gesehen.

»Hat es dich nicht auch ein bisschen angeturnt, wie Colin deine Ehre verteidigt hat?«, fragte Emily neugierig.

»Doch, schon«, gab Tara zu. »Aber er hat es auch den falschen Gründen getan. Er wollte nicht meine Ehre verteidigen, sondern mich öffentlich bloßstellen, weil er dachte, ich hätte eine Affäre. Also, wenn es Jack gewesen wäre, der Dick eine reingehauen hätte, wäre das etwas ganz anderes. Aber so, wie das alles gelaufen ist, macht es mich bloß furchtbar wütend.«

»Du bist aber nicht wütend auf mich, weil ich ›Dick Date‹ in deinen Kalender geschrieben habe, oder? Ich meine, wie konnte ich denn ahnen, dass er das liest«, meinte Emily.

»Nein, ich bin nicht wütend auf dich.« Tara seufzte. »Ich habe nur Angst vor dem Geläster der Jungs, wenn ich am Montag wieder zur Arbeit gehe. Meine Karriere ist am Boden.«

»Ich glaube, du hast das alles vollkommen falsch verstanden. Die ganze Zeit werde ich gefragt, wie es dir geht. Alle waren geschockt von dem, was Dick in dem Video zu dir gesagt hat. Ich glaube, die Jungs haben es ernst gemeint, als sie dich zu deinem Schutz zum Meeting begleiten wollten«, sagte Emily.

»Ja, vielleicht hast du recht. Sie wollten gar nicht meine Lorbeeren einheimsen. Sie wollten mich nur beschützen«, sagte Tara. Wie hatte sie das alles nur so falsch verstehen können? Sie dachte an die Ereignisse, die dazu geführt hatten, dass Colin Dick geschlagen hatte. »Weißt du was? Ich habe mich da selbst hineingeritten. Es ist Karma. Ich hätte sie einfach den Auftrag alleine machen lassen sollen. Ich wollte ihnen nur beweisen, dass ich keine Mary bin, und dafür ist mein Gesicht jetzt überall im Internet.«

»Ich finde ja, du hast alles richtig gemacht«, sagte Emily. »Und wenn es dir hilft: Mittlerweile gibt es ein neues Klatsch-Thema .«

»Ach ja? Was denn?«

»Der angesagteste Hashtag ist aktuell #Yummy-Mummy. Alle reden von dieser Influencerin Celine Loftus.«

»Das ist meine Nachbarin. In Hillcrest wird sie regelrecht angebetet. Sag mir nicht, dass der Rest des Landes ihr jetzt auch noch verfallen ist.« Tara verdrehte die Augen.

»Nein, ganz im Gegenteil. Eine Journalistin hat sich als Yummy Mummy ausgegeben und einen Artikel veröffentlicht, in dem sie Celines Geschäft als Schneeballsystem entlarvt. Jetzt verlangen alle von Celine ihr Geld zurück. Sie verliert gerade all ihre Follower. Sieh nur.« Emily reichte ihr wieder das Handy. Taras Gesicht erhellte sich, als sie die Kommentare überflog.

Gib das Geld zurück, Celine, sonst Gnade dir Gott!, schrieb eine. *Sie hat Millionen gescheffelt, indem sie Frauen schamlos ausgenutzt hat. Das geht gar nicht!*, schrieb eine andere.

Tara traute ihren Augen kaum. Ihr schlechtes Gefühl bei Celine hatte sich tatsächlich bestätigt. In diesem Moment verspürte sie eine unglaubliche Erleichterung.

»Emily, du hast keine Ahnung, was das für mich bedeutet. Ich hatte immer so eine Ahnung, dass Celine in Wahrheit ein niederträchtiges Biest ist, aber alle hielten mich für verrückt!«

»Fertig«, verkündete Suzanne, die gerade Taras Pediküre vollendet hatte. »Du bekommst auch die Haare gemacht, richtig?«

»Vielen Dank, Suzanne. Ja, genau«, sagte Tara und stand auf.

»Perfekt, nimm einfach auf einem der Frisierstühle Platz, Oscar ist gleich bei dir«, sagte Suzanne.

Tara und Emily gingen zum Friseurbereich des Salons und nahmen Platz.

»Also, wenn Jack tatsächlich auftaucht, was habt ihr beide dann vor, nachdem ihr am Pier spazieren wart?«, fragte Emily.

»Ehrlich gesagt habe ich noch nicht so weit geplant. Ich werde mich einfach auf meinen Instinkt verlassen. Es ist verrückt, ich weiß, aber in den vergangenen Wochen hat mich das Universum weg von Colin und hin zu Jack geleitet. Mein ganzes Leben ist auseinandergefallen. Und alles nur, weil ich Fling heruntergeladen habe. Ich muss daran glauben, dass es aus einem bestimmten Grund passiert ist. Ich muss auf mein Bauchgefühlhören.«

»Ich glaube ja immer noch, es ist bloß das Reizdarmsyndrom«, scherzte Emily.

»Hattest du je das Gefühl, es sei Schicksal, dass du jemand Bestimmten getroffen hast?«

»Tja, es ist lustig, dass du das sagst, denn ich habe tatsächlich vor kurzem jemanden kennengelernt. Nachher treffe ich mich noch mit ihm«, sagte Emily mit verträumtem Blick.

»Emily, das ist ja wunderbar! Ich wusste, dass es einen Mann für dich gibt! Dann mal raus mit der Sprache! Wer ist es?«, wollte Tara wissen.

»Der Freund deines Mannes, Rory«, sagte Emily prahlerisch.

»Rory?! Nein, nein, nein, jeder andere, nur nicht Rory! Er ist ungefähr der schlimmste Typ, den ich je getroffen habe!«

»Ich weiß, er ist perfekt!«

»Der romantischste Song ist für ihn ›Mr. Brightside‹ von den Killers«, ereiferte sich Tara.

»Bester Hochzeitssong ever«, meinte Emily grinsend.

»Emily, wenn er noch einmal Tripper bekommt, knackt er den Weltrekord!«

»Ach, dagegen bin ich schon seit Jahren immun.«

»Aber er ist quasi die männliche Version einer Nymphomanin!« Tara hielt plötzlich inne, als ihr dämmerte, dass die zwei vielleicht doch ein gutes Paar abgeben könnten. »Okay, jetzt verstehe ich.«

»Der Fachbegriff lautet Satyromane, ich habe es nachgeschaut.« Emily lächelte. »Ich dachte, sie wären bloß ein Mythos. Nicht zu fassen, dass ich tatsächlich ein freilaufendes Exemplar aufspüren konnte.«

»Ich schätze, Colin hatte recht, es gibt tatsächlich für jeden Topf den passenden Deckel. Und du bist Waage, also je öfter ich dir sage, dass du nicht mit ihm schlafen sollst, desto eher tust du es«, sagte Tara achselzuckend.

»Und er ist Skorpion. Das wird die katastrophalste Beziehung aller Zeiten«, sagte Emily aufgeregt.

»Wer kann da noch behaupten, es gäbe keine Romantik mehr.«

»In ihm steckt so viel mehr, als er nach außen zeigt. Ich kann hinter seine Fassade blicken. Die meisten Männer heutzutage sind Wölfe im Schafspelz, aber Rory ist ein Schaf im Wolfspelz«, erklärte Emily.

»Trotzdem, viel Glück mit seinen Bindungsängsten.«

»Ach, ich bitte dich. Männer haben keine Bindungsängste. Sie haben Angst, verlassen zu werden. Sobald einem das bewusst ist, kann man sie viel besser verstehen.«

»Okay, du hast gewonnen. Ich schätze, er ist perfekt für dich. Also, wann trefft ihr euch?«

»Gleich nach meinem Bikini Waxing«, grinste Emily.

»Kannst du Rory fragen, wie es Colin geht? Ob er auf sich achtgibt?«, fragte Tara besorgt.

»Du musst aufhören, wie Tara zu denken, und anfangen, mehr wie Claire zu sein. Colin ist Vergangenheit, Jack ist die Zukunft. Tja ... falls er auftaucht«, meinte Emily.

Taras Friseur, Oscar, trat zu ihnen.

»Tara, schön, dich zu sehen. Große Wellen, wie beim letzten Mal?«, fragte er.

»Nein, sie braucht einen ganz neuen Look«, mischte sich Emily ein.

»Oh, auf der Suche nach etwas Neuem?«

»Nicht unbedingt etwas Neuem, Oscar, aber ... ich will mich wieder wie ich selbst fühlen«, sagte Tara.

»Hm ... vertraust du mir?«, fragte Oscar.

»Absolut.«

»Okay, dann setz die mal auf«, sagte Oscar und holte eine gekühlte Gelmaske aus einem Mini-Kühlschrank.

»Oh, ich habe gehört, die wirken super gegen Augenringe«, sagte Tara und setzte sie auf. Ihr fiel auf, dass sie fast nichts mehr sehen konnte.

»Ja, und sie sorgt dafür, dass du die Augen zumachst, während ich mein Ding durchziehe. Jetzt lehn dich zurück und entspann dich.«

»Viel Spaß, Tara«, sagte Emily. »Ich muss zu meinem Waxing.«

»Ich fasse es nicht, dass ich fünfzig Euro dafür zahle, dass du dich für Rory McKenna enthaaren lässt«, seufzte Tara.

»Hey, ich kann nichts dafür, dass die einen hier so abziehen«, sagte Emily und zwinkerte Oscar zu.

Nach einer nervenzerfetzenden Stunde im Friseurstuhl, während die Farbe einwirkte und Tara Oskar die gesamte Geschichte über Jack erzählte, war es schließlich Zeit, die Gelmaske abzunehmen und das Ergebnis in Augenschein zu nehmen. Tara holte tief Luft. Sie hatte keine Ahnung, was sie erwartete. Oscar nahm die Maske ab, und Tara wäre fast vor Schreck vom Stuhl gefallen.

Sie war wieder rothaarig.

Ihr erster Reflex war, es nicht zu mögen. Aber als sie genauer hinsah, bemerkte sie, dass der Rotton viel satter wirkte als ihre ursprüngliche Haarfarbe. Es war die Art Rot, die man von Hollywoodstars kannte. Wie ihre Naturhaarfarbe, aber irgendwie glänzender, lebendiger. Und im nächsten Moment hatte sie eine wunderbare Erkenntnis.

Tara war wieder sie selbst.

»Oscar, du hast ein Wunder vollbracht«, rief Tara und umarmte ihn.

»Tja, wir haben seit Jahren mit diesem Aschblond das Rot bekämpft. Ich fand, es war an der Zeit, dass dein wahres Ich wieder zum Vorschein kommt.«

»Danke dir, Oscar«, sagte Tara. »Ich hoffe, Jack gefällt es genauso gut wie mir. Falls er überhaupt auftaucht, natürlich.«

»Wenn er es nicht tut, ist er selbst schuld«, meinte Oscar und lächelte.

KAPITEL
Siebenunddreißig

Als Tara zu Hause ankam und in die Einfahrt einbog, erblickte sie einen Transporter vor Celines Haus und Dutzende Umzugskisten auf dem Rasen. Tara stieg aus und entdeckte Celine, die auf der anderen Straßenseite mit dem Fahrer des Umzugswagens diskutierte. Die anderen Mütter in der Straße standen vor ihren Häusern und beobachteten alles. Als Celine Tara entdeckte, eilte sie sofort auf sie zu.

»Tara!«, rief sie. »Tara!«

Tara drehte sich um. »Alles in Ordnung, Celine?«, fragte sie mit Unschuldsmiene.

»Tara, mein Leben bricht auseinander. Alle nennen mich eine Betrügerin. Wir müssen unser Haus verkaufen, um die Vertreter zu bezahlen, wenn nicht, drohen sie, mich zu verklagen. Wir müssen nach ...« Celine schien sich an den eigenen Worten zu verschlucken, »... wir müssen nach ... *Northside* ziehen!«

Tara brauchte all ihre Willenskraft, um nicht laut loszulachen.

»Gibt es nicht irgendetwas, das du tun kannst, um mir zu helfen?«, flehte Celine. »Du arbeitest doch im Marketing. Kannst du die Story nicht irgendwie so drehen, dass ich besser dastehe? Wir sind doch beide weibliche Chefs. Und Frauen müssen sich gegenseitig unterstützen. Ich meine, du weißt, dass ich nicht nach Northside gehöre. Ich bin es, die Hillcrest überhaupt erst zu dem gemacht hat, was es heute ist.«

»Das würde ich sofort unterschreiben«, entgegnete Tara lächelnd.

»Wie bitte?« Celine sah sie entsetzt an. »Ich habe nicht vor, mich von dir oder irgendjemand anderem verurteilen zu lassen!«

»Tja, wie gut, dass es dir egal ist, was andere Leute denken.

Ich habe dein Selbstbewusstsein immer bewundert«, erwiderte Tara.

Celine schnaubte und stürmte zu ihrem Haus zurück, um die Diskussion mit dem Fahrer fortzusetzen. Tara nahm ihr Handy und öffnete Celines Social-Media-Profil. Sie war runter auf vierhundertzehn Follower – von zehntausend. Die böse Hexe des Südens war zur bösen Hexe des Nordens geworden und damit nicht mehr Taras Problem. Sie wünschte bloß, das wäre etwas früher passiert, bevor sie und Colin sich entschieden hatten, das Haus zu verkaufen. Nun würde sie Hillcrest ohne Celines bösen Zauber nie erleben.

Tara lief ins Haus, um sich noch schnell für ihr Treffen mit Jack umzuziehen. Sie fühlte sich phantastisch, und sie wusste auch schon genau, was sie anziehen würde. Als sie die Haustür öffnete, bemerkte sie einen großen Umschlag, der im Flur auf dem Boden lag.

Ihre Trennungsvereinbarung war da.

Sie hob den Umschlag auf und ging damit in die Küche. Als sie ihn öffnete, sah sie, dass das Dokument selbst gar nicht so umfangreich war. Ihr gesamtes Leben mit Colin, zusammengefasst auf ein paar Seiten. Das fühlte sich nicht richtig an. Sie blätterte die Seiten durch und sah, dass die Stellen, wo sie unterschreiben sollte, markiert waren. In ihrer Handtasche fand sie einen Kugelschreiber.

Doch als der Stift das Papier berührte, wurde Tara flau im Magen. Sie war kurzzeitig wieder auf Diät und hatte seit vierundzwanzig Stunden keine Kohlenhydrate zu sich genommen, nur um sicherzugehen, dass sie nicht aufgebläht aussah, wenn sie Jack traf. Aber das fühlte sich nicht nach Hunger an. Es war etwas anderes. Plötzlich hörte sie wieder Colins Worte in ihrem Kopf. Er hatte ihr gesagt, sie sollte erst in den Schuppen schauen, bevor sie die Trennungsvereinbarung unterschrieb. Etwas, das sie an ihn erinnern sollte, würde dort auf sie warten. Tara warf einen Blick aus dem Küchenfenster. Sie wusste, sie hatte keine Chance gegen ihre Neugier.

Als sie sich dem Schuppen näherte, fragte sie sich, was sich dort so Wichtiges befinden konnte. Wenn Colin dachte, ein paar Kisten zu sortieren, nachdem sie ihm monatelang deswegen in den Ohren gelegen hatte, würde irgendetwas ändern, irrte er sich gewaltig. Sie öffnete die Tür und konnte zunächst nichts sehen. Der Schuppen war fensterlos und lag völlig im Dunklen. Sie dachte schon daran, wieder umzudrehen, doch sie schuldete es Colin, es sich zumindest kurz anzusehen. Sie ging blind in die Dunkelheit, um den Lichtschalter zu finden. Colin hatte ihn an der hinteren Wand angebracht und nicht neben der Tür, was deutlich mehr Sinn gemacht hätte. Sie tastete herum und schließlich fand sie den Schalter. Als das Licht anging, wäre Tara vor Schreck fast umgekippt. Jeder Zentimeter des Raums war mit einem Mal beleuchtet. Zunächst dachte sie, sie würde halluzinieren. Aber als sie sich genauer umsah, erkannte sie, was er getan hatte.

Colin hatte den Schuppen in eine Miniaturausgabe von O'Malleys Pub verwandelt.

Auch wenn es natürlich kleiner war als das Original, kam es ihm schon ziemlich nahe. Als wäre sie wieder an ihrem Lieblingsplatz auf dieser Welt. Dem Ort, an dem sie sich ineinander verliebt hatten.

Die Theke, die aus zwei aufgestellten Paletten und einer langen Holzplanke bestand, war dunkelbraun angestrichen, genau wie die echte Bar bei O'Malleys. Es gab sogar einen Guinness-Zapfhahn. Über der Bar hing ein selbstgemachtes Schild mit der Aufschrift: »O'Malleys«. Colins alte Pub-Schilder hingen alle an den Wänden, genauso angeordnet, wie im echten Pub. Erst in diesem Moment dämmerte Tara, warum Colin diese Schilder überhaupt gesammelt hatte.

An jeder Wand hingen zudem Dutzende Fotos, auf denen sie beide während ihrer besten Jahre zu sehen waren. Ihr Lächeln strahlte ihr von den Wänden entgegen. Fotos von ihnen in verschiedenen europäischen Großstädten von ihrer Interrailtour, Fotos von ihnen in ihrer alten Einzimmerwohnung. Außerdem waren da noch alte Konzerttickets, Armbändchen von Musikfestivals, Flugtickets. Er hatte sogar Hunderte winziger Lichterketten aufgehängt, die aussahen wie Glühwürmchen in der Nacht.

Der Raum war ein Zeugnis ihrer Liebe.

Tara ging zur Bar und zog vorsichtig am Zapfhahn. Zu ihrer großen Überraschung kam ein Tropfen Guinness heraus. Er hatte sogar ein echtes Fass angeschlossen. In der Mitte des Raums stand ein kleiner Holztisch mit Stühlen. Auf dem Tisch und auf der Bar standen Weinflaschen mit langen Kerzen darin. Die Weinflaschen, die darauf gewartet hatten, dass Colin sie zum Altglascontainer brachte, hatten tatsächlich eine neue Bestimmung gefunden. Hinter der Bar hatte er ihre alte Arbeitskleidung eingerahmt, genau wie ihre Seminararbeit über Feminismus. Mit rotem Stift hatte er aus den 49 Prozent 149 Prozent gemacht, mit der hinzugefügten Notiz: »Feministisches Vorbild«. Sie musste lachen, während ihr die Tränen übers Gesicht liefen.

Wie hatte er das nur geschafft?

Es fühlte sich an wie ein unbegreifliches Wunderwerk. Er musste unfassbar viel Arbeit hineingesteckt haben. Sie war nur ein Wochenende weg gewesen, und offensichtlich hatte Colin jede der achtundvierzig Stunden genutzt, um aus ihrem Schuppen den Ort zu machen, an dem sie sich kennengelernt hatten. Das musste der Grund gewesen sein, warum er so erschöpft auf der Couch gelegen hatte, mit Farbspritzern übersät. Und am Morgen danach hatte er Tara gebeten, mit ihm zu kommen. Es ergab nun alles einen Sinn.

Da Tara selbst erst vor kurzem im Pub gewesen war, erkannte sie, wie viel Aufmerksamkeit er in die Details gesteckt hatte. Es war eine lebendige Nachbildung. Aber es war mehr als das. Es war ein Museum ihrer Erinnerungen, ein Monument für ihre Ehe.

Dann entdeckte Tara etwas auf einem der Barhocker, was ihr

den Rest gab. Es war Colins alter College-Hoodie. Der Kapuzenpullover, den sie zu ihrem eigenen gemacht hatte. Der Stoff, der ihren Körper umhüllt hatte, immer wenn sie ihn vermisst hatte. Sie wollte zu gern den Hoodie anziehen und wieder ihm gehören. Aber wie sollte das gehen? Sie gehörte nicht mehr zu ihm.

Tara spürte, wie sich ihr Magen verkrampfte und eine Welle der Übelkeit sie überkam. In diesem Moment hätte sie alles dafür gegeben, die Zeit zurückdrehen zu können. Zu dem Moment, als sie und Colin sich verloren hatten. Sie wollte nichts lieber, als von ihm in den Armen gehalten zu werden.

Aber was wollte Colin?

Während ihr die Tränen über die Wangen liefen und ihr Make-up ruinierten, dachte sie an Colins Traum, Vater zu werden. Sein Traum, den sie ihm nicht hatte erfüllen können. Eine Familie zu gründen, war alles, was er sich je gewünscht hatte, und sie war dazu nicht in der Lage gewesen. Er war immer noch jung und gutaussehend. Er würde leicht jemand anderen finden. Vielleicht hatte die Person, mit der er sich in dem Hotelzimmer getroffen hatte, Gefühle für ihn. Vielleicht konnte sie ihn glücklich machen. Vielleicht konnte sie ihm die Familie schenken, die Tara ihm nicht geben konnte.

Und auch wenn es sie schmerzte, er hatte sein Glück verdient. Sie wusste, er würde den besten Vater abgeben, den man sich vorstellen konnte. Ein richtiger Dad, wie er es bezeichnen würde. Die Art von Vater, wie er ihn selbst nie gehabt hatte. Es würde sie umbringen, ihn mit einer anderen Frau und Familie zu sehen, aber es ging nicht um sie. Sie hatte sich egoistisch verhalten. Sie war so besessen davon gewesen, ihr Schicksal zu finden, dass sie nicht einen Moment innegehalten hatte, um über Colins Schicksal nachzudenken. Wenn je ein Mann dazu bestimmt gewesen war, Vater zu werden, dann war es Colin.

Sie dachte an den alten Spruch, dass man jemanden loslassen muss, wenn man ihn liebt. Und wenn derjenige dann doch wieder zurückkehrte, war es so bestimmt. Sie liebte Colin und missgönnte ihm nichts. Sie wollte nur, dass er glücklich war.

Er verdiente es, glücklich zu sein.

Sie wünschte, sie könnte diejenige sein, aber vielleicht lag das nicht mehr in ihrer Macht. Und würde sie jetzt zu Colin rennen, hätte sie für immer den Gedanken an Jack im Hinterkopf. Warum hatte sie nur die Synchronizität verspürt? Warum war daraufhin ihr gesamtes Leben um sie herum zusammengebrochen? Sie durfte sich den Rest ihres Lebens nicht weiter mit diesen Fragen quälen. Es gab nur einen Weg, Antworten zu finden. Sie musste zum Pier. Nichts konnte sie davon abhalten. Sie musste es zu einem Abschluss bringen.

Tara ging wieder nach drinnen und sah die noch nicht unterschriebene Trennungsvereinbarung auf dem Tisch liegen. Dafür war nun nicht der richtige Moment. Sie steckte die Papiere in die Handtasche und sah auf die Uhr.

Kurz nach zwei.

Sie musste in weniger als einer Stunde am Pier sein und wollte auf keinen Fall zu spät kommen. Sie riss sich zusammen und lief nach oben, um sich fertig zu machen. Alles lief auf diesen Moment hinaus. Und auch, wenn dieser Moment nicht kommen sollte, würde Tara doch die Antworten erhalten, die sie brauchte, um das Kapitel Jack endgültig abzuschließen.

Er hatte ihr immer noch nicht geantwortet, also standen die Chancen, dass er tatsächlich kam, nicht gerade gut. Aber das machte nichts. Denn auch wenn sie kein Date mit Jack haben sollte, so hatte sie doch zumindest eines mit dem Schicksal.

KAPITEL
Achtunddreißig

Colin saß im Schlafanzug auf Rorys Couch und stopfte eine große Portion Cornflakes in sich hinein. Seit der Trennung von Tara verbrachte er so den Großteil seiner freien Zeit. Sein neuer Bart konnte schon länger nicht mehr als gepflegt bezeichnet werden, und er brachte keinerlei Motivation auf, sich aufzuraffen. Er war noch nicht wirklich am Tiefpunkt, aber manchmal fühlte es sich so an. Er hatte die Liebe seines Lebens verloren, genauso wie ihr gemeinsames Zuhause. Aber was am schlimmsten war, er hatte seine Zukunft mit Tara verloren. Seine aktuelle Situation sollte natürlich nicht von Dauer sein, aber trotzdem nagte es an ihm.

Rorys Wohnung war praktisch eine einzige große Männerhöhle in Form eines offenen Lofts. An den Wänden hingen berühmte Playboy-Cover, die Bar im Wohnzimmer war voll bestückt, und der riesige Flachbildfernseher war ein Traum, um jede Art von Sport darauf zu schauen. Es war unfassbar sauber, aber gleichzeitig hatte Colin den Verdacht, dass man die Wohnung lieber nicht unter einem ultravioletten Licht begutachten sollte. Könnten diese Wände sprechen, würden sie zweifellos schreien.

»Bist du noch im Bett?«, fragte Rory, der gerade aus dem Schlafzimmer kam.

»Ich bin nicht im Bett, ich bin auf der Couch«, stellte Colin richtig.

»Ja, aber du schläfst auf meiner Couch, was praktisch bedeutet, dass du den ganzen Tag im Bett warst. Steh auf, wir spielen eine Runde Billard.«

»Keine Lust.«

»Das war keine Frage. Wenn es eine Sache gibt, die ich nicht leiden kann, dann sind es Leute, die sich in Selbstmitleid suhlen. Jetzt steh schon auf.«

Rory hatte recht. Colin konnte nicht ewig seine Wunden lecken. Und um ehrlich zu sein, war Colin begeistert von Rorys samtrotem Billardtisch.

»Okay, schon gut.« Colin erhob sich seufzend. »Ich fühle mich nur irgendwie verloren.«

»Verstehe ich schon, Mann.« Rory ging zum Billardtisch und sammelte die Kugeln zusammen. »Aber du musst wieder in den Sattel kommen. Da draußen warten noch jede Menge Frauen auf einen Mann wie dich.«

»Aber ich will keine anderen Frauen. Ich will Tara zurück«, meinte Colin, der zu ihm getreten war. Er nahm einen Queue und zielte auf die Kugeln, woraufhin zwei in den Taschen verschwanden.

»Nur fürs Protokoll, ich kann es immer noch nicht glauben, dass Tara dich verlassen hat, weil du diesem Drecksack eine verpasst hast. In dem Video siehst du aus wie ein echter Champion!«

»Danke dir! Und in den Kommentaren sind sich auch alle einig, dass ich der Held war.«

»Genau! Und ich sah auch ziemlich heldenhaft aus als deine Verstärkung«, fügte Rory hinzu, während er eine Kugel in die Tasche schoss.

»Du hast keinen Finger gerührt!«, entgegnete Colin trocken.

»Das nennt man einen Anfeuerer, Colin. Ich habe mich nicht eingemischt, weil ich dir nicht die Show stehlen wollte«, sagte Rory wenig überzeugend.

»Ja ... klar«, lachte Colin.

»Aber was ich sagen wollte, es gibt im Internet Hunderte von Frauen, die darüber sprechen, was für ein Held du bist. Jetzt ist nicht die Zeit für eine Selbstmitleids-Party auf meiner Couch. Jetzt ist die Zeit, dich wieder ins Spiel zu bringen. Das Timing könnte nicht besser sein!«

»Hm ... vielleicht hast du recht«, meinte Colin. So hatte er es noch gar nicht betrachtet. Es war wie seine fünfzehn Minuten Ruhm, vielleicht sollte er das nutzen.

»Ich habe immer recht«, erwiderte Rory. »Ich meine, warum hast du dir Fling nicht wieder runtergeladen? Jetzt, wo Tara weg ist, gibt es nichts, was dich davon abhält, es mit Claire zu treiben.«

»Claire will mich doch auch nicht«, seufzte Colin. »Sie hat mich zweimal versetzt. Wenn sie mich wollte, hätten wir uns längst getroffen.«

»Wann hast du das letzte Mal mit ihr geschrieben?«

»Als ich im Hotelzimmer war, hat sie mir geschrieben, dass sie nicht zu unserem Date kommt. Danach habe ich Fling gelöscht. Kalter Entzug.«

»Nichts für ungut, aber kalter Entzug steht dir nicht«, sagte Rory mit Blick auf seinen verwilderten Bart und den Schlafanzug. »Lade doch wenigstens Fling wieder runter und sieh nach, was du noch für Matches hast. Und wenn es nur hilft, dein Ego ein bisschen aufzupolieren.«

»Ich werde kein besseres Match als die hundert Prozent mit Claire bekommen, Rory. Sie war die einzige Frau außer Tara, für die ich wirklich etwas empfunden habe.«

»Dann sag ihr, dass du der heiße Typ bist, über den alle im Internet reden! Du musst deine Identität doch nicht mehr verbergen. Wenn sie das Video erst einmal gesehen hat, wird sie es kaum erwarten können, sich mit dir zu treffen. Und nicht nur auf einen Drink.«

Colin fielen keine Ausreden mehr ein. Er hatte nicht das Gefühl, dass Claire ihn wirklich wollte. Aber vielleicht war es einen Versuch wert. Es gab jetzt nichts mehr, was ihn davon abhalten konnte, ihr ein richtiges Foto zu schicken. Er hatte zwar ein gebrochenes Herz, aber vielleicht war das der Moment, das Herz auf der Zunge zu tragen.

Nach allem, was passiert war, hatte er doch nichts mehr zu verlieren, oder?

»Okay, in Ordnung. Ich lade Fling runter«, stimmte Colin zu.

»Guter Junge!«

Colin zog sein Handy aus der Tasche. Als er auf den Icon klickte, wurde er von der Log-In-Seite begrüßt. Er gab den Namen *Jack* ein.

»Was war noch mal das Passwort, dass du benutzt hast?«, fragte Colin.

»RORY-IST-GUTBESTÜCKT, alles großgeschrieben und mit Bindestrichen.« Rory grinste.

Colin verdrehte die Augen und loggte sich in sein Profil ein. Als er den Posteingang öffnete, hätte er das Handy vor Schreck fast fallen gelassen. Jede Menge ungelesener Nachrichten von Claire warteten auf ihn. Die aktuellste wurde zuerst angezeigt.

Claire: Hi, Jack, wahrscheinlich hasst du mich, und vielleicht liest du diese Nachricht nicht einmal. Aber ich will einfach, dass du weißt, wie leid es mir tut, dass ich dich wieder versetzt habe. Ich verdiene keine dritte Chance, das weiß ich. Aber trotzdem werde ich morgen beim Dún Laoghaire Harbour sein, um 15 Uhr. Auf halbem Weg den West Pier entlang gibt es einen ruhigen Steg. Ich weiß, die Chancen stehen schlecht, dass du kommst. Aber ich werde da sein, Jack.
Ich verspreche, da zu sein x

Sprachlos starrte Colin den Bildschirm an. Sein Gehirn konnte kaum verarbeiten, was er las. Claire wollte ihn immer noch.

»Was zur Hölle ist los?«, wollte Colin wissen, als er seinen Gesichtsausdruck sah.

»Es ist Claire! Sie will sich mit mir am Dún Laoghaire Harbour treffen!«

»Was? Wirklich? Wann?«

Colin suchte die Nachrichten ab und stellte fest, dass die Nachricht gestern mit dem Treffpunkt für morgen geschrieben worden war. »Heute! Sie will mich heute treffen! Sie schreibt, sie wird um drei Uhr da sein – wie viel Uhr ist es jetzt?«

»Halb drei!«

»Halb drei?« Colin bekam Panik. »Das schaffe ich niemals rechtzeitig!«

»Nicht mit dieser Einstellung«, entgegnete Rory.

»Okay, okay.« Colin versuchte, die Nerven zu behalten. »Kleider, ich brauche Kleider!«

»Geh zu deinem Koffer und hol dir eine Jeans und ein Hemd! Und zähme diesen Bart! Dann putz dir die Zähne. Und Deo nicht vergessen!«

Colin eilte in Rorys Zimmer, wo sein Koffer stand. Er kramte darin herum, bis er ein paar dunkle Jeans und ein blaues Hemd gefunden hatte. Dazu wählte er braune Stiefel. Nachdem er angezogen war, lief er ins Badezimmer, putzte sich die Zähne, kämmte seinen Bart mit etwas Bartöl, um ihn gepflegter aussehen zu lassen. Er sprühte sich Deo unter die Achseln und etwas Parfüm an den Hals. Dann warf er einen Blick auf seine Armbanduhr.

14.36 Uhr.

Es war nahezu unmöglich, dass er pünktlich kam.

Aber verdammt, er musste es versuchen.

»Sehe ich okay aus?«, fragte er Rory, als er zur Tür eilte.

»Na ja, für sechs Minuten nicht schlecht«, meinte Rory.

In dem Moment klingelte es an der Haustür.

»Oh, das ist Emily. Pünktlich zu ihrem Dick-Date«, sagte Rory.

»Bitte, benutz diesen Ausdruck nicht mehr vor mir, ich leide immer noch an einem Trauma.« Colin verzog das Gesicht und versuchte, die Erinnerungen zu verdrängen.

Als Rory Emily hereinließ, stürzte sie sich sofort auf ihn und begann sich über ihn herzumachen. Rory ging rückwärts in die Wohnung hinein und erwiderte ihre Küsse. Auf einmal bemerkte Emily Colin im Augenwinkel und sah auf.

»Oh, ich habe vergessen, dass du Besuch hast.« Sie riss sich zusammen.

»Du musst Emily sein«, meinte Colin. »Ich habe schon viel von dir gehört.

»Du kannst nichts beweisen«, erwiderte Emily grinsend.

»Wie auch immer, ich muss los!« Colin sauste zur Tür. »Moment! Ich habe ihr gar nicht geschrieben, dass ich komme!«

»Keine Zeit mehr, Col! Beeil dich einfach!«, rief Rory.

»Alles klar! Wünsch mir Glück!« Damit war Colin aus der Tür.

»Hau rein, Kumpel!«, rief Rory ihm hinterher, ehe er die Tür schloss. »Also, wo waren wir stehengeblieben?«

* * *

Rory und Emily fielen wieder übereinander her.

»Wo musste Colin denn so eilig hin?«, fragte Emily.

»Ach, lange Geschichte«, antwortete Rory, während er ihr weiter den Hals küsste. »Er hat gerade rausgefunden, dass er in einer halben Stunde ein Date beim Dún Laoghaire Harbour hat. Ich hoffe echt, dass er es rechtzeitig schafft. Der arme Kerl braucht mal einen Sieg.«

»Warte mal, Colin hat ein Date beim Dún Laoghaire Harbour?«, fragte Emily alarmiert. »Das ist seltsam, Tara auch.«

»Das wird sicher unangenehm«, lachte Rory, während er den Reißverschluss an Emilys Kleid öffnete.

»Na ja, ich weiß nicht, ob ich es ein Date nennen würde. Tara hofft, dort einen Typen namens Jack zu treffen. Aber vermutlich taucht er gar nicht auf. Egal ...« Emily riss Rorys Hemd auf und strich über seine sich wölbenden Bauchmuskeln.

»Moment mal.« Rory stutzte. »Hast du gerade gesagt ... Jack?«

»Ja, das ist der Typ, mit dem sie gechattet hat«, antwortete Emily. »Den sie auf dieser App kennengelernt hat.«

»Das kann nicht wahr sein.«

»Was ist?«

»Kann es sein ... Ist Taras Name auf Fling zufällig ... Claire?«

»Ja, woher weißt du ...« Emily riss die Augen auf, als ihr dämmerte, was los war. »Nein!! Colin ist Jack?«

»Tara ist Claire? Also haben sie die letzten Wochen miteinander gechattet?«

»So muss es gewesen sein! Wir müssen sie unbedingt anrufen!« Emily zückte ihr Handy.

»Warte!«

»Auf was? Wir haben keine Zeit!«, erwiderte Emily panisch.

»Hör mir erst mal zu«, sagte Rory. »Warum lehnen wir uns nicht einfach zurück und warten ab, was passiert? Ich meine, was haben wir für ein Recht, uns Jacks und Claires erstem Date in den Weg zu stellen?«

»Hm ... das stimmt allerdings.« Emily grinste. »Und ich habe gerade gemerkt, dass wir ein wesentlich dringenderes Problem haben, um das wir uns kümmern müssen.«

»Und welches ist das?«, fragte Rory, während er Emily hochhob und an die Wand drückte.

»Ich habe es noch nie auf einem Billardtisch gemacht ...«

KAPITEL
Neununddreißig

Colin sprang auf seine Triumph Bonneville.

Er hatte nur zwanzig Minuten, um zum Dún Laoghaire Harbour zu gelangen. Die Chancen standen schlecht für ihn. Aber davon hatte er sich noch nie entmutigen lassen.

Er betätigte den Anlasser und ließ Bonnies Motor aufheulen. Dann schoss er aus dem Parkplatz hinter Rorys Haus und bog auf die Straße ein. Das würde kein entspannter Sonntagsausflug werden. Es ging um alles oder nichts. Er hatte die Sache mit Tara vermasselt. Das durfte ihm mit Claire nicht auch passieren.

Er fuhr durch die Straßen der Innenstadt, wechselte immer wieder die Spur. Bonnie wurde an ihre Grenzen gebracht, aber das war die Fahrt, für die sie gebaut worden war.

Schließlich stockte der Verkehr, und es ging nicht mehr voran.

»Nicht heute«, stöhnte er und zwängte sich zwischen die zwei Spuren, um an dem Stau vorbeizufahren. Einige Autofahrer hupten ihn an, aber das war ihm egal. Es stand zu viel auf dem Spiel.

Endlich hatte er die Stadtmitte hinter sich gelassen und musste an einer roten Ampel halten.

Er trat auf die Bremse und warf einen Blick auf die Uhr.

14.45 Uhr.

Es war immer noch unwahrscheinlich, dass er es rechtzeitig schaffte.

Aber nicht unmöglich.

Und das reichte Colin fürs Erste.

Die Ampel schaltete auf Grün, und er drehte den Anlasser kraftvoller denn je.

* * *

Als sie den Dún Laoghaire Harbour entlangging, spürte Tara wieder diese Übelkeit in sich aufsteigen. Doch wahrscheinlich war es normal, vor einem Blind Date ein flaues Gefühl im Magen zu haben. Sie holte tief Luft und versuchte sich zu entspannen. Ob Jack wohl tatsächlich auf dem Weg zu ihr war?

Für den Bruchteil einer Sekunde dachte sie darüber nach, umzukehren und zu flüchten, überlegte es sich dann aber doch anders. Sie erinnerte sich an ihre zweite Tarotkarte, auf der die blinde Frau vor dem Meer zu sehen gewesen war, und sie stand nun genauso da – am Meer, bereit die Augenbinde abzulegen. Als Zukunftskarte hatte sie »Die Liebenden« gezogen. Das musste doch etwas zu bedeuten haben. Sie sollte auf ihre Intuition vertrauen.

Schließlich kam sie am Ende des Steges an und machte am Geländer halt, den Blick aufs Meer gerichtet. Sie stellte die Handtasche ab und lehnte sich über die Brüstung, so dass ihr der Wind durch die rotgefärbten Haare fuhr. Es war ein warmer, milder Tag für Oktober, deshalb hatte sie sich für ein ärmelloses weißes Sommerkleid mit großem braunen Gürtel und Riemchensandalen entschieden. Es war die Art Outfit, das sie normalerweise nur im Urlaub tragen würde, nie in Irland. Und als der Wind stärker wurde, bereute sie sofort, dass sie keine Jacke mitgebracht hatte.

Sie betete, dass Jack ihre Nachricht gesehen hatte und zu ihr kommen würde. Die Abfolge an Ereignissen, die zu diesem Moment geführt hatten, erschienen alle komplett chaotisch und zufällig, aber Tara musste einfach daran glauben, dass irgendein Plan für sie dahintersteckte, dass sie immer noch auf dem richtigen Weg war. Es war Synchronizität, die sie auf diesen Pfad geführt hatte, und schließlich war der Moment der Wahrheit gekommen. Wenn Jack nicht auftauchte, würde sie wissen, dass es nicht hatte sein sollen. Aber wenn sie und Jack nicht füreinander bestimmt waren, war dann überhaupt irgendetwas vorherbestimmt? Würde das heißen, ihre Synchronizität war bedeutungslos? Die Frage bereitete ihr Angst, aber dennoch brauchte sie eine Antwort.

Sie sah auf die Uhr.

14.59 Uhr.

Bald würde sie die Antwort kennen.

Tara schaute aufs Meer hinaus und wartete geduldig, dass das Schicksal sie finden würde.

* * *

Colin konnte das Wasser sehen.

Er wusste, dass er fast da war.

Das Problem war nur, dass er auf dem Motorrad kein Navi hatte, und er nicht ganz sicher war, wo er abbiegen musste. Aber mit dem Meer in Sicht konnte er nicht falsch liegen.

Doch in diesem Moment hörte er ein klackendes Geräusch. Als hätte jemand einen Schraubenschlüssel gegen Bonnies Motor geworfen. Dann kam der Rauch.

»Nein, nein, nein, nein, nein!«, rief Colin. »Nicht jetzt!«

Bonnie wurde langsamer, der Motor erstarb. Hatte er sie zu hart gefahren? Sie war schon fast so alt wie er selbst, und vielleicht verkraftete sie so eine wilde Fahrt einfach nicht mehr. Aber Colin hatte sie doch gerade erst repariert. Andererseits war er natürlich auch kein Mechaniker, und Tara hatte der Maschine mit dem Golfschläger ganz schön zugesetzt.

Er hielt am Straßenrand. Zu gern hätte er nachgesehen, ob er das Problem beheben konnte, doch dafür war nun keine Zeit.

Er sah auf die Uhr.

15.08 Uhr.

Er war schon zu spät. Aber Claire würde sicher ein paar Minuten auf ihn warten. Er sah nach links, und seine Stimmung hellte sich schlagartig auf.

Er konnte bereits den Pier sehen. Er war nur einen Steinwurf entfernt. Colin konnte es immer noch schaffen, wenn er schnell genug lief. Und das hatte er jetzt vor.

Colin sprintete auf den Pier zu, mit aller Kraft, die er aufbringen konnte. Er musste es einfach schaffen. Wenn nicht, wäre sein Leben völlig umsonst auseinandergefallen. Er rannte auf eine große Straße, die ihn vom Pier trennte. Die Autos schossen an ihm vorbei und hupten, aber das war ihm egal. Als er auf der anderen Straßenseite ankam, schwitzte er schon. Er war noch nie in seinem Leben so schnell gerannt, und sein Körper war in einer Art Ausnahmezustand. Doch vielleicht war der Adrenalinschub genau das, was ihm den letzten Kick gab, um es zu schaffen.

Endlich kam er am Hafen an. Er blieb einen Moment stehen, um wieder zu Atem zu kommen. Der Pier erstreckte sich vor ihm, und es waren jede Menge Leute unterwegs, die den schönen Sonntag genossen. Wie sollte er Claire erkennen? Was hatte sie in ihrer Nachricht geschrieben? Etwas von einem Steg auf halber Strecke des Piers.

Colin erblickte den Steg, der sich in der Mitte des Hafens befand. Sein Atem hatte sich gerade wieder normalisiert, als er wieder beschleunigt wurde. Dort stand eine rothaarige Frau, die aufs Meer hinausblickte, als würde sie sich nach ihm sehnen. Sie hatte ihm den Rücken zugewandt, so dass er ihr Gesicht nicht erkennen konnte. Aber sie war der einzige Mensch weit und breit.

Das musste Claire sein.

Es ergab Sinn, dass sie rothaarig war. Dafür hatte er schon immer eine Schwäche gehabt.

Colin lief lächelnd den Fußweg entlang. Als er sich ihr näherte, verspürte er ein seltsames Gefühl der Vertrautheit. Immer wenn er in den vergangenen Wochen mit Claire gechattet hatte, war es ihm vorgekommen, als würde er sie schon sein ganzes Leben kennen, und jetzt, als die Entfernung zwischen ihnen dahinschmolz, spürte er es stärker denn je. Ihre roten Haare flatterten in seine Richtung, wie ein unzähmbares Feuer im Wind. Er zögerte fast zu blinzeln, aus Sorge, sie wäre dann verschwunden. Sie war wie eine Fata Morgana in der Wüste seines Lebens, eine Quelle an Möglichkeiten.

Plötzlich war er sich der Tatsache überdeutlich bewusst, dass er sie gleich würde ansprechen müssen. Was konnte er nur sagen, das dem Moment gerecht wurde? Wie würde er klingen? Sie hatte seine Männlichkeit anziehend gefunden, aber Colin hatte keine sonderlich tiefe Stimme. Er beschloss, möglichst eine Oktave tiefer zu sprechen, also räusperte er sich vorsorglich.

Aber was sollte er tun, nachdem er sie angesprochen hatte? Er und Claire hatten sich auf einer so tiefgehenden emotionalen Ebene unterhalten, dass Small Talk einfach keine Option war. Er versuchte, sich seine nächtlichen Gespräche mit Claire ins Gedächtnis zu rufen. Was sie sich am meisten wünschte, war von einem Mann genommen und von den Füßen gerissen zu werden, hatte sie ihm erzählt. Sie wollte den Mann nicht bitten müssen, sie in seine Arme zu ziehen, sie wollte einen Mann, der die Initiative ergriff.

Als er schon fast bei ihr war, wusste er, was zu tun war.

* * *

Tara sah zum letzten Mal auf ihre Uhr.

15.14 Uhr.

Es war an der Zeit zu gehen. Wenn Jack die Nachricht gesehen hätte, wäre er schon aufgetaucht.

Sie kam sich ziemlich albern vor, überhaupt zum Pier gegangen zu sein. Mit einem Mal dämmerte ihr, wie lächerlich das alles war. Einen Mann treffen zu wollen, der nicht einmal auf ihre Nachrichten reagiert hatte? Es war absurd.

Aber wenigstens wusste sie jetzt Bescheid. Sie hatte ihre Antwort. Eine Antwort, die bedeutete, dass alles, woran sie geglaubt hatte, eine Lüge war. Eine Antwort, die ihr alle Hoffnungen nahm.

Doch da hörte sie Schritte hinter sich.

Sie kamen näher.

Aus einem unerklärlichen Grund wusste sie, dass es Jack war. Sie konnte seine männliche Energie hinter sich spüren.

Die Spannung war unerträglich. Am liebsten hätte sie sich sofort umgedreht, aber sie wollte noch warten, bis er direkt hinter ihr stand. Endlich hielten die Schritte inne.

»Hey, Fremde«, sagte ein Mann mit dunkler, männlicher Stimme, die sich so vertraut anfühlte, als würde sie ihn schon ihr ganzes Leben lang kennen.

Tara lächelte und drehte sich langsam um.

»Nicht umdrehen«, befahl die Stimme. Sie gehorchte ihm sofort. Er hatte die Kontrolle übernommen, und sie mochte das. »Vertrau mir einfach.« Jacks Worte verursachten ihr eine Gänsehaut auf den Unterarmen.

Aus unerfindlichen Gründen vertraute sie ihm. Sie hätte ihm ihr Leben anvertraut.

»Schließe die Augen«, wies er sie an.

Sie gehorchte wieder, ohne zu wissen, was sie erwartete. Sie hörte wieder Schritte. Er näherte sich ihr. Sie stand erstarrt da, ihre Sehnsucht nach ihm wuchs. Ihre Augen waren fest geschlossen, während Jack näher kam. Er hatte ihr einen Befehl gegeben, und sie wagte es nicht, sich ihm zu widersetzen.

In dem Moment spürte sie von hinten seine Umarmung, während er sie umdrehte und seine Lippen auf ihre drückte. Sie schmolz in seinen Armen dahin und gab sich ganz ihren Gefühlen hin. Tara hatte plötzlich ein Déjà-vu, als hätte sie diesen Moment in der Vergangenheit schon einmal erlebt. Sie bekam am ganzen Körper Gänsehaut und spürte ein Kribbeln im Nacken. Das Gefühl war so vertraut wie phantastisch.

Es war die mächtigste Synchronizität, die Tara je erlebt hatte. Selbst mit geschlossenen Augen konnte sie sehen, dass sie genau dort war, wo sie sein sollte.

Aber sie hielt die Spannung nicht mehr aus, sie musste sein Gesicht sehen. Vorsichtig öffnete sie ein Auge, um einen Blick auf die Liebe ihres Lebens zu erhaschen.

Doch was sie sah, ließ Tara vor Schreck zusammenfahren.

»Colin!«, rief sie.

»Tara?« Colin riss die Augen auf.

Tara ließ einen mächtigen Schrei los und schubste Colin unsanft von sich weg. »Was tust du hier?«

»Was ich hier tue? Die Frage ist eher, was tust du hier? Ich wollte mich mit Claire treffen!«, sagte Colin.

Da fiel endlich der Groschen.

»Jack?«

»Claire?«

»Nein, nein, nein, das kann nicht wahr sein.« Tara stand völlig unter Schock. »Du kannst nicht Jack sein, das ist unmöglich. O mein Gott, Colin, hast du das absichtlich gemacht? War das ein Spiel für dich?« Sie versuchte verzweifelt, es zu begreifen.

»Ich? *Du* hast doch mit mir gespielt!«, entgegnete er.

»Ich wusste nicht, das du Jack bist!«, rief Tara aufgebracht.

»Und ich wusste nicht, dass du Claire bist!«

»Warte mal, mir ist schwindelig. Willst du damit sagen, wir haben in den letzten Wochen über Fling *miteinander* gechattet?« Die Ironie des Ganzen traf sie wie ein Sack Zement.

»Nein, das ergibt keinen Sinn. Claire und ich, wir schreiben uns schon so lange!«

»Um elf nach elf jeden Abend?«, fragte Tara, obwohl sie die Antwort kannte.

»O mein Gott, während ich auf der Couch lag, hast du oben im Bett geschrieben? Auf keinen Fall, Claire hat mir diese sexy Fotos von sich geschickt! So etwas besitzt du gar nicht!«

»Ich habe die Dessous extra gekauft, um für Jack sexy auszusehen. Aber Jack hat mir Fotos von sich im Fitnessstudio geschickt. Das warst doch auf keinen Fall du auf den Fotos!«

»Rory hat mich ins Fitnessstudio mitgenommen.«

»O mein Gott, deshalb warst du in der Straßenbahn vor The Vine in der Dawson Street! Du warst auf dem Weg, um *mich* zu treffen!« Sie schnappte nach Luft.

»Du warst dort? Ich dachte, Claire hätte mich versetzt!«

»Ich habe dich gesehen und hatte Angst, von dir mit Jack erwischt zu werden, also bin ich abgehauen!«

»Moment mal, deshalb hast du mich auch gesehen, wie ich in das Hotel eingecheckt habe! Du warst in der Harcourt Street, um dich mit Jack zu treffen!« Colin wurde alles klar.

»Also, hast du ein Zimmer für dich und Claire gebucht?«, fragte Tara.

»Ja!«

»Dann hast du mich mit ... mir betrogen? Ich bin die Frau, die du treffen wolltest?«

Und mit einem Mal änderte sich alles.

Colin hatte die Wahrheit gesagt. Er hatte nie mit einer anderen Frau geschlafen. Außerdem war sie selbst diese andere Frau!

»Moment mal kurz. Du bist total ausgerastet, als du rausgefunden hast, dass ich eine Affäre hatte. Aber du hattest doch auch eine!«, rief Colin.

»Ich wollte nie fremdgehen! Ich habe Fling nur heruntergeladen, weil wir die Werbekampagne für die App machen sollten.«

»Du willst mir also sagen, unsere unzähligen Gespräche mitten in der Nacht waren bloße Recherche? Erzähl doch keinen Quatsch«, schnaubte Colin. Offensichtlich glaubte er ihr kein Wort.

»So hat es jedenfalls angefangen. Aber als ich das Match mit Jack hatte, bekam ich dieses Bauchgefühl, das ich auch bei dir damals hatte.«

»So ein Zufall«, meinte Colin.

»Ich dachte, mein Bauchgefühl sei ein Zeichen, dass ich dafür bestimmt bin, mit Jack zusammen zu sein.«

»Tja ... vielleicht ist es ja so«, sagte Colin aufrichtig. »Du hast deine Haare gefärbt.«

»Gefällt es dir nicht?« Tara versuchte, die im Wind flatternde Mähne zu bändigen.

»Es gefällt mir sogar sehr. Du siehst wieder aus wie du selbst. Wie die Tara, in die ich mich im O'Malleys verliebt habe«, sagte Colin mit sanfter Stimme.

»Dem O'Malleys in Galway oder dem in unserem Schuppen?« Tara lächelte.

»Oh, du hast es gesehen?« Colin erwiderte ihr Lächeln.

»Wie um alles in der Welt hast du das nur hinbekommen?«

»Du wärst überrascht, was man online so alles kaufen kann.«

»Und du hattest schon alle Schilder aus dem Pub«, sagte Tara.

»Ich hatte gehofft, du würdest die Schilder als Zeichen nehmen, die Vereinbarung nicht zu unterschreiben.«

»Klingt nach einem ausgetüftelten Plan.«

»Ist er zufälligerweise aufgegangen?«

Tara beugte sich nach vorne und zog die Trennungsvereinbarung aus ihrer Handtasche. »Sieh selbst.« Sie reichte ihm die Papiere.

Colin blätterte die Seiten durch bis zur letzten Seite. »Du hast nicht unterschrieben«, sagte er und hob den Blick. »War irgendetwas nicht in Ordnung damit?«

»Nein, alles okay ...«, sagte Tara zaghaft. »Ich finde nur, es ist komisch, wie ...«

Colin zerriss die Trennungsvereinbarung in der Mitte und drückte Tara einen Kuss auf die Lippen, um sie zum Schweigen zu bringen. Während er sie an sich zog und fest in den Armen hielt, fühlte sie sich sicher genug, sich fallenzulassen.

In diesem Moment verspürte Tara eine kosmische Klarheit darüber, wo ihr Platz in der Welt sein sollte. Als ihr Mann sie in seinen Armen hielt, wusste sie, dass sie genau dorthin gehörte.

Endlich ergaben diese überwältigenden Gefühle für Jack einen Sinn. Sie hatte ihre Bestätigung, dass das Universum einen Plan für sie hatte, dass es so etwas wie Zufall nicht gab. Wenn zwei

Menschen füreinander bestimmt sind, wird das Schicksal immer einen Weg finden. Die Synchronizität hatte sie nicht in die Arme eines anderen geführt. Das Schicksal hatte sie nach Hause gebracht.

»Ich liebe dich, Jack«, sagte Tara, sicher in seinen Armen.

»Ich liebe dich auch, Claire«, erwiderte Colin und hielt sie noch fester.

»Für immer und ewig?«

»Für ewig und immer.«

»Von allen Pubs in allen Städten in ganz Irland, musstest du ausgerechnet in meinen hineinspazieren«, sagte Tara lächelnd, nicht in der Lage, die Freude, die ihr aus der Seele strahlte zu verbergen.

»Dann verrate mir doch mal«, sagte Colin. »Würdest du noch mal zu mir auf mein Motorrad steigen?«

»Das hängt von deiner Antwort auf eine sehr wichtige Frage ab«, meinte Tara und sah ihn mit großen Augen an.

»Ja, Babe«, sagte er mit wissendem Lächeln. »Ich würde dich selbst dann noch lieben, wenn du ein Wurm wärst.«

»Das ist alles, was eine Frau hören will, Honigbärchen«, lachte Tara und lehnte sich nach vorn, um ihn zu küssen.

Sie wussten beide, dass sie in diesem Moment ihre Gelübde erneuert hatten, ohne ein Wort sagen zu müssen.

Aber als Tara Colin wieder küsste, wurde ihr plötzlich schwindelig. Dieses Mal konnte sie sich kaum noch auf den Beinen halten. Irgendetwas stimmte nicht.

»Colin, ich fühle mich nicht so gut«, sagte Tara, während die Welt vor ihren Augen verschwamm.

»Tara, was ist los?«, fragte Colin erschrocken.

»Ich ... ich ... ich glaube, ich werde ...«, brachte Tara gerade noch so hervor, ehe sie die Augen verdrehte und in sich zusammensackte. Als sie in die Dunkelheit der Bewusstlosigkeit fiel, konnte sie noch hören, wie Colin verzweifelt nach Hilfe rief.

KAPITEL
Vierzig

Als Tara im Krankenhaus erwachte, sah sie etwas, das ihr vollkommen fremd war. Colin betete. Sie war immer wieder kurz zu Bewusstsein gekommen, nachdem sie in Ohnmacht gefallen war, und sie erinnerte sich daran, wie Colin den Krankenwagen gerufen hatte und sie ins Krankenhaus gebracht worden war. Jetzt fühlte sie sich zum ersten Mal wieder richtig wach.

»Colin«, sagte sie und streckte die Hand nach ihm aus.

»O mein Gott, Tara, du bist wach!« Colin sprang auf und gab ihr einen Kuss auf die Stirn.

»Was ist passiert?«

»Du bist auf dem Pier ohnmächtig geworden. Wir wissen noch nicht, warum. Die Ärzte werten gerade ein paar Tests aus. Du bist immer wieder bewusstlos geworden, als sie dir Blut abgenommen haben, deshalb haben sie dich hierhergebracht.«

»O Gott, ich muss sterben«, sagte Tara und setzte sich auf.

»Sag so was nicht, Tara!«

»Wahrscheinlich habe ich Krebs. Ich muss unbedingt im Internet nachschauen«, sagte sie und griff nach ihrem Handy.

»Nein.« Colin nahm ihre Hand. »Du wirst nicht deine Symptome googeln. Die Testergebnisse müssen jeden Moment da sein. Und was es auch ist, wir werden das gemeinsam durchstehen. Nichts wird uns je wieder auseinanderbringen.«

Emily und Rory platzten in Taras Zimmer.

»O mein Gott! Tara, geht es dir gut?«, rief Emily und lief zu ihr.

»Ihr hättet doch nicht kommen müssen!«, sagte Tara. »Ich wollte euer Date nicht unterbrechen.«

»Keine Sorge, wir haben es schon dreimal getan«, erwiderte Rory bierernst.

»Und ihr seid immer noch zusammen?«, fragte Colin schockiert. »Was ist aus der postkoitalen Erkenntnis geworden?«

»Es ist total schräg – nachdem wir Sex hatten, mochten wir uns sogar noch mehr!«, erklärte Rory ebenso ungläubig.

»Aber was ist denn nun passiert? Bist du in Ohnmacht gefallen, als du erfahren hast, dass Colin Jack ist?«, fragte Emily.

»Du wusstest es?« Tara war außer sich.

»Wir haben es erst kurz vor eurem Date herausgefunden«, erklärte Rory. »Wir haben eins und eins zusammengezählt.«

»Du hättest mir Bescheid sagen können!«, beschwerte sich Colin.

»Wir dachten, es würde schon alles gut werden. Wer hätte auch ahnen können, dass du im Krankenhaus landest?«, entgegnete Emily.

In dem Moment betrat ein Arzt mit einem Klemmbrett das Zimmer.

»Tara, mein Name ist Dr. Boyd. Wie fühlen Sie sich?«, fragte er.

»Bitte sagen Sie es mir einfach«, verlangte Tara steif. »Wie viel Zeit habe ich noch?«

»Ich würde schätzen, etwa acht Monate«, erwiderte er mit Blick auf das Klemmbrett.

»O mein Gott.« Colin und griff wieder nach Taras Hand.

»Lassen Sie mich raten, Doktor«, sagte Tara. »Krebs?«

»Möglicherweise«, sagte der Arzt ausdruckslos.

»Grundgütiger«, rief Colin.

»Aber vermutlich eher Zwilling«, fuhr Dr. Boyd fort.

»Ich bin nicht hier, damit sie mir mein Sternzeichen erklären. Was sagt das Blutergebnis? Warum bin ich ohnmächtig geworden?«, meinte Tara verwirrt und auch ein wenig verärgert.

»Nun, es scheint, Sie hatten einen niedrigen Blutzuckerspiegel, aber das ist nichts Ernstes. In Ohnmacht zu fallen, ist nicht unüblich für Frauen in Ihrem Zustand.«

»Was für einen Zustand meinen Sie?«, rief Tara aufgebracht.

»Moment, Sie wissen es nicht?« Nun war es Dr. Boyd, der verwirrt war.

»Was weiß ich nicht?«

»Sie sind schwanger.«

»Schwanger?«, fragten Tara und Colin wie aus einem Mund.

Tara war völlig überrumpelt. Das war unmöglich. Es musste ein Irrtum sein.

»Nein, das muss ein Fehler sein. Ich kann keine Kinder bekommen«, sagte sie.

»Also, unseren Tests zufolge sind Sie es mit ziemlicher Sicherheit«, bestätigte Dr. Boyd.

»Ich dachte, meine Periode wäre einfach etwas zu spät. Ich habe mir nichts dabei gedacht«, sagte Tara verstört. »Aber Colin, wann hatten wir denn das letzte Mal Sex?«

»Das muss in der Nacht passiert sein, als wir unser Hochzeitsvideo angeschaut haben, wie es uns Dr. Burke aufgetragen hatte. Meine Güte, die Frau ist ein Genie!«, sagte Colin, und ihm wurde bewusst, dass die Therapiesitzung für dreihundert Euro die beste Investition seines Lebens gewesen war.

»Aber die künstliche Befruchtung ist dreimal schiefgegangen! Können Sie die Tests nicht wiederholen, nur um sicherzugehen?«, fragte Tara. Sie war immer noch überzeugt davon, dass es sich um einen Irrtum handeln musste.

»Wir haben die Tests schon wiederholt. Viele Frauen werden nach einer missglückten künstlichen Befruchtung auf natürliche Weise schwanger. Es braucht nur das richtige Sperma und das richtige Ei.«

»Also, sind Sie sich hundertprozentig sicher, dass ich schwanger bin?«, fragte sie wieder.

»Ja, Sie können nächstes Jahr im Juni mit einem kleinen Zwillingsbaby rechnen. Ihren Blutwerten zufolge sind Sie völlig gesund. Die Ohnmacht scheint eine Folge der hormonellen Anpassungen ihres Körpers und von niedrigem Blutzucker gewesen zu sein. Sie sollten keine Mahlzeiten mehr auslassen und genügend Kohlenhydrate zu sich nehmen, wie zum Beispiel Brot.«

»Das ist der glücklichste Tag meines Lebens«, sagte Tara mit Freudentränen in den Augen.

»Ich freue mich, Sie nun entlassen zu können, und denken Sie an Ihren ersten Ultraschalltermin in ein paar Wochen«, sagte Dr. Boyd, ehe er das Zimmer verließ.

»Tara, kannst du das glauben?«, wandte sich Colin ihr zu. »Wir werden ein Baby bekommen!«

»Ich kann nicht fassen, dass das wirklich passiert«, erwiderte Tara mit Tränen in den Augen. »Ich dachte, ich hätte Krebs.«

»Dieser Mann muss echt mal an seinem Feingefühl arbeiten«, meinte Emily. »Aber erst mal – herzlichen Glückwunsch! Können Rory und ich die Taufpaten werden?«

»Nur, wenn ihr zwei in acht Monaten noch zusammen seid«, lachte Tara.

»Herausforderung angenommen«, sagte Rory zuversichtlich.

»Los, komm, Rory, wir geben den beiden mal ein bisschen Privatsphäre. Vielleicht finden wir hier irgendwo eine leere Abstellkammer.« Emily zog Rory aus dem Zimmer.

»Ich schätze, es gibt wirklich für jeden Topf den passenden Deckel«, meinte Colin lachend, als er ihnen hinterherschaute.

»Narziss und die Nymphe, endlich vereint«, scherzte Tara. »Colin, ist das wirklich wahr? Ich glaube, ich muss weinen.«

»Wir bekommen ein Baby!«, sagte Colin und legte den Kopf an Taras Bauch. »Was meinst du: Wie sollen wir es nennen?«

»Was hältst du von Claire, wenn es ein Mädchen wird?« Tara lächelte.

»Und Jack, wenn es ein Junge wird?« Colin erwiderte ihr Lächeln. »Das wird eine lustige Gutenachtgeschichte.«

»Ich fasse es nicht, dass wir uns fast verloren hätten. Wenn ich je wieder einen Streit anfange, bring mich bitte sofort mit einem Kuss zum Schweigen«, verlangte Tara und drückte seine Hand.

»Und wenn wir uns je wieder auseinanderleben sollten, treffen wir uns einfach im O'Malleys.« Er streichelte ihr sanft über die Wange.

»Du wirst ganz schön zu tun haben, mit zwei Zwillingen im Haus«, lachte Tara.

»Ich verspreche, euch alle vier zu lieben«, scherzte Colin. »Alles, was uns jetzt noch zu tun bleibt, ist Fling von unseren Handys zu löschen.«

»Nur noch eines«, sagte Tara, als sie ihr Handy aus der Handtasche holte. Sie begann etwas zu tippen, und Colins Telefon vibrierte. Er öffnete die App und las die Nachricht auf dem Bildschirm.

Claire: Schön, dich endlich kennengelernt zu haben, Jack x

Colin lächelte und begann, eine Antwort zu schreiben.

Jack: Bis bald, Fremde;)

Tara und Colin löschten gemeinsam ihre Fling-Profile und entfernten die App von ihren Handys. Sie hatten ihr Hundert-Prozent-Match gefunden. Es gab wohl kaum etwas, das dieses Ergebnis übertreffen konnte. Sie hatten die App heruntergeladen, um ihrem Leben zu entfliehen, aber die Sterne hatten sie wieder zusammengeführt.

»Du hattest recht, Tara. Alles passiert aus einem bestimmten Grund«, sagte Colin und nahm die Hand seiner Frau.

»Du glaubst mir endlich?« Sie versank in seinen ozeanblauen Augen wie am ersten Tag, als sie ihn kennengelernt hatte.

»Ja, Tara ... weil ich jetzt weiß ... dass du mein Schicksal bist.« Colin schlang die Arme um Tara und küsste sie, als würde sein Leben davon abhängen.

Alles wegen eines Seitensprungs, der ebenso verhängnisvoll wie schicksalshaft gewesen war.

Und alles dank einer kleinen App namens Fling.

»Lass uns nach Hause gehen«, sagte Tara. Sie fühlte sich, als würde ihr Leben gerade erst beginnen.

Inhaltshinweis:
Dieses Buch enthält Themen, die triggern könnten. Diese sind: unerfüllter Kinderwunsch, künstliche Befruchtung, sexuelle Belästigung.